有爱的青春陪伴者

图书在版编目（CIP）数据

夏日焰火. 2 / 帘十里著. -- 贵阳：孔学堂书局，
2024.4
ISBN 978-7-80770-459-1

Ⅰ. ①夏… Ⅱ. ①帘… Ⅲ. ①长篇小说－中国－当代
Ⅳ. ①I247.5

中国国家版本馆CIP数据核字（2023）第154163号

夏日焰火 2　帘十里　著
XIARI YANHUO 2

责任编辑：黄　艳
责任印制：张　莹

出版发行：孔学堂书局
地　　址：贵阳市乌当区大坡路26号
印　　制：长沙鸿发印务实业有限公司
开　　本：880mm×1230mm　1/32
字　　数：339千字
印　　张：10
版　　次：2024年4月第1版
印　　次：2024年4月第1次印刷
书　　号：ISBN 978-7-80770-459-1
定　　价：45.80元

版权所有　翻印必究

目录

001 / 第一章
今夜的他仍令人心动

1. 好久不见 / 002
2. 有事可以联系 / 021
3. 约会 / 041

062 / 第二章
想成为他的小朋友

1. 和小时候一样 / 063
2. 他喜欢她吗？/ 083
3. 像温柔乡，也像避风港 / 101

121 / 第三章
浪漫告白与复盘往事

1. 想给你个惊喜 / 122
2. 我乖着呢，真的 / 140
3. 做我女朋友好吗？/ 162

181 / 第四章
　　　　人生的另一个阶段

　　　　1. 她的男朋友 / 182
　　　　2. 一起回家 / 205
　　　　3. 心跳加速的夜晚 / 223

234 / 第五章
　　　　稳稳的幸福

　　　　1. 这么多年，终于等到你 / 235
　　　　2. 谢谢你愿意嫁给我 / 247
　　　　3. 有个归宿 / 256

294 / 番外一
　　　　热烈的夏天

306 / 番外二
　　　　你的小狗狗

目录

1. 好久不见

再遇段焰的那一天骤风急雨、险象环生，是极其不平凡的一天。

2019 年 8 月的一天，周意收拾好行李，从桐城开车回南城，一共八个多小时的车程。到新租的公寓，周意已经没有精力去收拾房间，简单洗漱整理后她倒头就睡了。

第二天，生物钟让她准时在七点半醒来，周意带着一身疲倦去了新公司的所在地——南城的市中心环球金融大厦。

环球金融大厦是南城三座 5A 写字楼里的一座，物业服务周到，环境优美整洁，内接南城最繁华的商场美食城。

办公室安排在十八楼，周意直接空降成总监，行政给她安排了单独的办公室，两面都是落地窗，视野极佳。

周意关上办公室的门，站在落地窗前缓缓喝了一杯咖啡。

职位变迁、开设新项目、搬家，种种事宜堆在一起，她大概有半个月没睡过一个整觉了。

她望着底下的车水马龙，绷紧多日的神经终于慢慢松弛下来。

喝完咖啡，周意给天空打了个电话，多年过去，天空永远是那副精神奕奕、不苟言笑的职场精英模样。

天空在电话那头说："LIN，一切顺利吗？"

周意说："第一天，应该是顺利的吧。天空，我找你是想请你帮个忙。"

"工作上的？"

"不然还能是什么,我……第一次,没自信。"

天空笑了下:"总部认可你的能力才让你全权负责,对自己真的要有信心,你进公司以来的表现都很出色。"

周意站在办公桌边上,手指划过桌面边缘,轻声道:"可领导一个团队和做事又不一样。"

天空说:"这也是正常的,职场多年,总不可能永远都做一枚螺丝钉。而我们这行,变数太多,需要一直保持敏锐的嗅觉。LIN,你也要记住,同事永远不可能成为朋友,在下属面前性格不必太软。"

"谢谢,那请你最后帮我一次,帮我看下软件需求文件,如果没问题,我想等会儿交给技术经理。"

"可以,这是小事,那祝你在那边一切顺利。对了,LIN,你不是南城人吗?在外好几年了,有空可以休个短假回去看一下家人,我可以帮你和副总打声招呼。"

周意回:"嗯,谢谢,过段时间再说吧。"

挂了电话,周意打开电脑,处理了一些昨晚堆积的工作。想到天空的话,她又打开手机导航了下从这儿到家的距离。

两个半小时。

如果去正仁中学的话,是两小时。

从上大学到现在,周意回家的次数屈指可数,每次回去待的时间不会超过三天,和周兰关系的淡漠让她对那个家已经没什么归属感了。

但可能真如天空早些年说的,人到一定年纪会有着自己都难以察觉的心态变化。

人的骨子里都恋家恋国,似乎从今年开始她做了好几次关于家的梦。那是小时候,她什么都不懂的年纪,没心没肺地围着周兰转、喊妈妈,后来有了小淮,她笑着对周兰说:"妈妈,弟弟会走路了,好可爱啊。"

几次醒来,她都想不明白自己这是怎么了。

直到昨天开车一路回到南城,从进入属于南城的地界开始,她便觉得连空气的味道都不一样了。

烈日炎炎,闷热的风若有似无,满城的花香和江风的清爽味道,仿佛一朝让她回到十七岁。

那时候连争吵都充满了对未来的向往和一往无前的勇气,不像现在,只会沉默,多余的话只想烂在肚子里。

二十七岁,她开始没缘由地怀念十七岁身处南城的自己,那会儿,哭的、笑的、心酸的、活力的,都是最好的她。

从久远的思绪中回过神，周意揉了揉额头，转而继续投入工作中。

中午，她和人事一起去了十楼食堂用餐。大家默契地一边用餐一边刷手机，偶尔交谈几句，人人都是如此，这个时代谁都离不了手机。

有一条同城微博热搜吸引了周意的注意："南城气象"发布，今日下午有10级雷暴大风天气，请市民注意出行安全。

每年暑期南城都会被路过的台风影响，不过还是第一次见到10级大风。

她和人事说："上午天气挺好的，下午说有10级大风，不知道晚上会不会有影响。"

"大风？不会吧。"

周意笑笑，后来也没放在心上，用完餐，回了办公室。

编辑部的编辑都是近期新招的，男男女女年轻得很。周意没见过他们，他们也还没正式见过周意，不知她身份的男编辑看得直发愣，直到周意进了总监办公室。

男生们直接在内部群讨论起周意，说领导是天使的面孔魔鬼的身材。下一秒，只见周意在大群里说："下午三点会议室开会，请大家提前五分钟到达会议室。"

午休两点结束，周意趴在桌上，揉着后脖子，双眼迷茫，但紧接着就被外面猛烈的风震得瞬间清醒。

仅仅是一个午睡的时间，南城的天气已经变了。

落地窗外，天色暗沉，云层低得仿佛触手可及，风卷过城市的街道，在左摇右晃的树上有了形状，路上行人被吹得难以控制自身方向。

公司里大家也小小地讨论了一波这变化多端的天气，大家都以为等会儿就好了，绞尽脑汁地准备三点的开会内容。

但两点半时风越来越大，大厦隐隐约约有了摇晃感。

"哐——"

"哐——"

周意办公室突然传来撞击的巨响，公司里的人愣了一瞬，接着一群人推门而入。

大厦外有两名工人在高空作业，他们身处吊篮内，因为强风，整个吊篮被吹向数米外，来回撞击大厦外墙，只几下周意办公室的玻璃已被撞碎，席卷而来的风将整个办公室的文件吹得漫天飞扬。

众人刚推开门，便被迎面的劲风吹得睁不开眼，那风声像是怪物张开血盆大口，发出恐怖怪异的声波。

在一阵胆战心惊中，人事惊呼一声："总监！"

周意坐在办公椅上，手紧紧扒着办公桌，她的脚边落了一地的玻璃碎片，露出的胳膊有几道血痕。

风力太强，大幅度摇摆的吊篮仍在来回撞击，不止周意这一块，吊篮就像一个任人摆动的玩具，四处乱撞。

还没等人反应过来，吊篮再一次朝已破碎的玻璃方向撞过来，巨大的一声"咚"震得人耳膜欲裂。

边角残余的碎片被溅出。

周意皱着眉吃痛地"嘶"了声，一道划痕慢慢浮现在她左脸上。

突如其来的事故让所有人都不知所措。

周意看了眼犹如世界末日的窗外，捂着伤口找准时机推着大家出了办公室，关上办公室门的刹那还能听见里面虎啸龙吟般的声响。

大伙蒙了半晌，紧接着是一声接一声的惊叹，其他部门的人也匆匆赶来，大家议论纷纷。

有人在拍照拍视频发朋友圈，有人在探头张望，有人在静静吃瓜。

周意靠着门惊魂未定，沉了一口气道："报警，119和120都打，外面有人在高空作业，会出人命的。"

人事慌慌张张地摸出手机打119，周意的手机在里面，她看了眼正在发消息的员工，拿过他的手机，切出界面，按了120。

拿过手机的一瞬，她对那员工说："抱歉，借用一下。"

周意摸着额头，微微喘着气。电话接通的瞬间，她快速组织语言道："这里是环球金融大厦A座十八楼，大厦外有人在高空作业，但风太大，工人很危险，随时有可能出现意外，麻烦派医护人员前来支援。"

周意和人事同时打完电话，对视了一眼。人事说："消防出警了，我记得这边三条街外就是消防大队，赶过来我猜三分钟都不要。"

话落，外头又传来一次撞击巨响，撞的是人事工位旁的玻璃窗。

这一撞玻璃瞬间涌出密密麻麻的裂纹，所有人下意识地倒退了一步。

有人说："外面的人不知道怎么样了？"

"今天风这么大怎么还安排高空作业啊？"

"太吓人了！"

"欸，LIN，你流血了！"

此话一出，大家的目光都转向周意。

周意低头看了眼手臂，摇摇头："没事。"

她转头望向外面，心里有一股说不上来的压抑。

她也是头一回遇上这种事情。

面对紧急突发事件时时间总过得飞快，周意心跳还未恢复正常，楼下已经传来了消防车和救护车的声音，底下随救援人员一起赶来的还有大厦的物业等工作人员。

周意让公司员工到另一头暂避，给他们腾出地方操作。

安排好大家，周意转身朝门口走去，她要给消防员和医护人员做个简单的情况说明。

颤动楼层的脚步声越来越近，一群身穿橙黄色抢险救援防护服的消防员飞奔而来，他们戴着头盔，到达公司内部后迅速穿戴救援设备。周意站在消防支队队长边上做着简单快速的说明。

最前头穿戴设备的一名消防员整顿好自己，回头发号施令，有些熟悉的声音让周意整个人僵住。

办公室的门"砰"地被打开，一阵风似刀片般刮过来。燥热的夏天，热风混着室内冷气，周意的心跳停了一瞬，她回头看去，只看到一抹熟悉的背影。

然后，她听到身旁的支队长说："段焰！注意安全！"

段焰。

周意怔在原地，久远的记忆片段在这一刻悉数涌来。

第一次见他时那个盛夏雨后初歇的早晨……

校园广播里莫文蔚的《初恋》……

第一次去见他时的暴雨时分……

深夜明月下偷偷等他回消息的期盼……

为他喜欢别人而黯然神伤的夜晚……

为他做的所有疯狂的事……

雨夜漫步过的江岸……

支撑着她走过六百多个日日夜夜的他……

办公室那头又传来一声巨响，周意从十年前的盛夏里骤然回神，她不由自主地朝那边靠近，但被医护人员叫住。

"不要靠近那边，太危险了。你手上有伤，我给你处理一下吧。"

周意拒绝了。她望着那边，手撑在身旁的桌上，手指不自觉地缩起，指甲刮过桌面。

两点四十五分，风渐渐小了下去，办公室里传来几声男人粗犷的吼声："快！医生！救人救人！"

医护人员冲了进去。

里头人声嘈杂，没一会儿，担架抬着两个人下楼，吊瓶氧气罩齐上阵，匆匆忙忙的样子像极了电影场景。

消防员一个接一个地走出来，摘了头盔，露出年轻的面孔，每个人脸上都是不同程度的汗水，虽然疲累但因为危险已经过去，大家的表情都略放松了下来。

消防支队队长指挥着剩余工作，接着走到一边不知给谁打电话，周意从听到的三言两语里知晓了这次事态严重性。

她敛了敛双眸，重新把注意力放在这些消防员身上。

外头突如其来的狂风像熄灭的火焰，渐渐没了狂妄的气息，但办公室里堆着的文件依旧哗哗作响，落在地上的纸张被忽地吹起，朝周意飘去，又在她一步之遥的地方缓缓落下。

落下的瞬间，周意终于看到了那张熟悉的脸。

九年未见，岁月似乎对他格外厚待，这张曾经迷倒许多少女的脸庞依旧英俊难掩，只是棱角分明的轮廓少了一些少年的稚气，多了几分成熟男人的坚毅味道。

可他的眼神没变，瞳仁漆黑，双眸有光。

他一手拿着头盔，一手被队友架着，拿头盔的右肩膀被划了一道口子，血肉模糊，但他似乎不在乎这疼痛，反倒是挑着嘴唇和队友说笑。

他说："你不架我我可能还好点，你这一弄，我怎么感觉更疼了。"

队友是个比他年轻不少的男生，哭笑不得地道："副队，你心态是真的牛。"

他毫不在意地笑笑，眉宇间仍能找到昔日少年时的飞扬神采。

周意始终目不斜视地注视着他。

她的目光很难让人忽略，段焰抬头看去，四目相对的瞬间，他脸上的笑就这么僵在了嘴角。

悬挂在两人之间的橙色吊灯被风带动，微微晃动，光晕照过他和周意的脸庞，绕了一圈后轻轻回到原点。

暖色灯光下，周意琥珀色的桃花眼泛着水面一样的粼粼色泽。

她穿着一条黑色丝绸面料的紧身长裙，外搭了一件单薄的针织衫，细腰盈盈一握，露出的皮肤白皙润嫩，脖子上佩戴了一条钻石项链，黑色微卷的长发简单地束在后头，整个人看起来干练精致，还有她自身散发的温柔。

和从前一样的温柔。

可她和从前又有着太多的不一样，那时候的周意青涩拘谨，不似现在，光是站在那儿就给人一种落落大方的从容感。

两个人目光交汇，却都迟迟不开口。

还是段焰身边的队友问了一句："副队，你们……认识？"

段焰如梦初醒，一个"嗯"字卡在喉咙好半天才说出口。

周意撑在桌上的手早已握得不能再紧，她朝段焰缓缓点了下头，算是打招呼。

段焰盯了她半晌，也缓缓笑了下。

他说："周意。"

是在向她打招呼，也是在询问她，真的是她吗？

周意没想到有朝一日还能听到他叫她的名字，这一声"周意"让她有些恍惚，但她保持着明面上的波澜不惊。

她在心底组织了一番措辞，开口却只有四个字："好久不见。"

段焰凝视着她，回答说："好久不见。"

搀扶他的队友很有眼力见儿地说："那副队，你们聊会儿，我先下去帮忙，你这伤……"

段焰说："不碍事。你先去吧，我等会儿自己去医院。"

"那哪能啊，我在楼下等你吧。"

"也行。"

偌大的办公室，最后一个人退场后就只剩他们两个人，静谧得只剩边上饮水机"嗡嗡"的烧水声。

相顾无言，周意抿了抿唇，支起身，轻声道："你要不快点去医院吧，伤口很深。"

段焰低头看了眼肩膀，微微扬眉："没事，不严重，我一会儿就去。"

这些年，大概是职业关系，周意不是没幻想过两人有朝一日再见会是怎样的光景。

她想着，也许是有一天她回到南城，去商城买衣服时正好遇到段焰一家三口；也许是她回正仁看望老师时他也在，他们依旧能相谈甚欢；也许是她转到别的杂志社，而他成为战功赫赫的消防员，她有幸为他做一回采访，得知他过得非常幸福。

但没想到，是在这样的危险情况下。

而且她做不到想象中的从容，也做不到侃侃而谈，有的只是尴尬僵硬的寒暄。

办公室的门敞开着，外头的风势小了很多。

不久前阴沉得欲要塌下来的天一寸寸地放晴，这场风暴仿佛未曾来过一样。

墙壁是米白色的，地上铺的地毯是浅灰色的，头上的灯光是暖橙色的，随着天光渐亮，都被淡化，只有伫立在这里的他们，眼里交织的情绪在光影变迁下难以隐藏。

想看对方，又突然变得不敢看，余光落在别处，最后低下头又抬起头，目光再一次撞在一起。

周意右手搭着左小臂，不自在地上下蹭了下，尽量让自己平常心，但她整顿好自己刚打算开口再说些什么，段焰却也开了口。

"你……"

"我……"

异口同声，仿佛从前有一次他们也有过类似的对话。

两个人都是微微一怔，尴尬过后，嘴角扬起淡淡的微笑，客气疏离又带了点自在的舒适。

最后，还是段焰先说的话，他指了指她左脸颊："你这边，是被玻璃划伤的？"

周意没反应过来，顺着他指的方向抬手去摸。

"别碰，手脏，别被感染了。"

他一说，她的手就停了，僵在半空中。

周意骤然想起来，刚才脸好像是被玻璃划了一下，越细微的伤口越疼，只不过后续的事情容不得她在意这疼痛。

段焰还站在原地，隔着不远不近的距离，他低声说："刚刚医护人员在这儿，怎么不让他们处理一下？"

周意解释道："怕耽误他们救人，都是小伤，过几天就好了。不过你……你真的不要紧吗？"

这几年军旅消防题材盛行，周意接手过许多关于消防题材的故事，这一行的艰辛辛酸，她只在书上和新闻上接触过。因为现实生活中，她认识的消防员目前来说就只有段焰一个。

每当看到这些她就会想起他，想着他毕业后是否真的从事了这行，执行任务有没有受伤，他会不会也有一瞬的迷茫，感慨这就是自己要的生活吗？

他肩膀上的那一道伤，可能对他来说习以为常了，但是周意没见过，她不觉得这是小伤。

可段焰却仍然笑着，说："不要紧，我也是怕耽误他们救人，所以刚刚没让他们处理。队里和医院打过招呼了，我等会儿去门诊处理一下就好。你呢，要不和我一起去？中心医院从这儿过去的话开车大概二十分钟。"

他的语气有几分试探意味，周意没听出来。

"我这个真的没关系，我现在还在上班，这边……"周意朝办公室的方向看了一眼，"这边的情况我也需要处理一下。"

说到上班，段焰才想起一个被他忽略的问题，周意怎么会在这里。

他看了眼大门口的公司名称，米白色的墙上镶着几个金色大字：《彩虹》文学文化传播有限公司。

"你在这儿上班？"

"嗯。"

他的问题略显多余，让两个人陷入沉默。

段焰顿了顿，转而说："里面玻璃破裂，损坏程度很高，这边这扇也是，是存在安全隐患的，具体情况队里会和你们物业沟通，物业应该会再和你们公司说，不过我建议那个办公室先别进去了，最好你现在和领导汇报一下，让员工先回去。"

周意："这样啊……那我安排一下。还有什么需要注意的事项吗？"

段焰环视了一圈，说："其他没破损就没什么，物业肯定也会安排大厦进行维修检测的，可能这两天警察会来走一趟，不过都有物业，你们不用太费心。"

周意点点头。

然后再一次陷入沉默。

段焰站在那儿，忽然也不知道该说什么了。

他就这么静静地看着周意，双眸沉沉浮浮，其实他有许多想说的话，只是不知从何说起。

今天对他来说，也实在意外。

有多少年了？段焰在心里默默算着，然后才发现原来距离最后一次见她已经有九年了。

那年分别也是八月，也是这样炎热难耐的夏天。

毕业后，他被分配回南城，又去过正仁几次，但都没她的消息，后来每次出警他都会想，会不会就这样侥幸遇见周意，但心底又希望她永远不会打消防电话。

夏日焰火 2

一次又一次，一天又一天，时间流逝得飞快，身边同龄的人结婚生孩子，又离婚再结婚，他跟不上这种节奏，也忘不了十八岁时喜欢上的姑娘。

他有时候总是想，周意在哪座城市，是否过上她理想的生活了，有没有结婚生子？

现在看来，她应该过得很好。

眼前的周意看起来熠熠生辉，举手投足间都透着岁月凝结的温婉动人。

她的眼神没变太多，依旧清澈干净，只一眼，仍能让他一头陷进去。

只是重逢的地点并不浪漫，而她手上那枚和项链配套的钻石戒指看起来却极具浪漫色彩。

想到这儿，段焰低头，抬手蹭了下鼻尖，不由得笑了声，有几分自嘲意味。

周意不明所以地看着他。段焰微微挑眉，敛了那丝笑，声音是他不自知的温柔，他说："那我先走了？你注意安全……"

周意脚动了动，但没跨出去，只说："记得去医院。"

段焰"嗯"了声，随性地笑笑，一瘸一拐地朝门口走去。

周意一愣，她以为段焰只是肩膀有伤，他的腿怎么会……

"段焰……"

等人快走到门口，周意忽地喊住他，声音轻而悠长，还有只有她自己知道的颤抖。

记忆中，她喊他名字的次数屈指可数，一开始她都不好意思在陈佳琪面前直接说他的名字，很多时候就用"他"代替，慢慢地才在陈佳琪面前不扭捏地说出他的名字，可每说一次都会带着难以抑制的心跳。

年少的喜欢是什么，是可能连叫一次对方的名字都是隐晦的告白。

这些年她很少会和陈佳琪谈论他，就算说起段焰，也会刻意略去名字，随着时间的逝去，这个名字已经涩得难以从喉咙里发出声了。

如今叫出口，仿若回到那个盛夏，她叫他的名字，等他回头，她叫他的名字，祝贺他得偿所愿。

只是现在和从前又完全不一样了，她的声线染上了些许轻颤和局促，是一种久违的故事的开篇基调。

走到门口的段焰停下步伐。

两个人的视线在半空中相交。

周意目光下移，眼里有着关切："腿也受伤了？"

段焰的神情看不出任何疼痛，他是真习惯了，说："去固定吊篮的时候被撞了一下，压到了腿。"

"你怎么……这样的情况，应该一起上救护车让医生看一下的。"

周意担心的眼神让他的心不由得一动，他直勾勾地看着她，也正好站得有点累了，他索性靠到门框上，缓缓解释道："这次出诊的医护人员是不是不多？"

周意点了下头，这也是她刚才有些不解的地方。照理来说，这么大的事故，除了要抢救伤员，也要派人手支援消防员，以防他们因为救援而受伤。

段焰说："前两天郊区的一个化工厂出了点事，伤了不少人，都送往这边最近的中心医院了，医院人手不够，就不在刚刚给他们添麻烦了。"

南城早些年经济并不发达，也是这十来年才迅速发展起来的，而医疗水平最高的就是中心医院，棘手的病情一般小医院不敢接。

"工厂出事？"

段焰看她对南城的大事一无所知，反问道："你这几年不在南城，对吗？"

周意："嗯，昨天才回来。"

"之前在哪儿？"

"桐城。"

段焰若有所思地点点头，他不自觉又把声音放低了点，问道："在那边待了多少年？"

他靠着门框，因为脚疼站得吃力，重心放在了腰上，身体微微弓着，明明是因为身体不舒服做出的姿势，可落在他身上，就多了几分不羁的味道。

像极了那会儿他倚靠着学校围墙看人打篮球的样子。

但此时的他更显英气，搭上那双墨黑透亮的眼睛和这身制服，已经让人挪不开眼，更别提多年过去，他磁性迷人的嗓音又被调低了几个度。

周意压下略快的心跳，回答道："毕业后就一直在那边。"

段焰仰了仰头，算着："毕业后……那就是四年？"

"嗯，四年。你呢？"

"和你一样，毕业之后一直在南城。"

"一直在做消防？"

"嗯。"

四目相视,都不意外对方的这些年,却又意外这些年。

有很多很难说清的感觉。

段焰动了动,尽量让自己站直点。

周意看他站得吃力,也不知道刚才他一个人怎么在那边站那么久的,而他这会儿也不应该和她叙旧了,早点去医院才是正经事。

她转回正题,不太放心地问道:"刚刚和你一起的男生,还有其他人,他们在楼下等你是吗?"

"刚刚那个会在楼下等我,其他人我让他们先归队了,队里不能没人。"

"你现在能自己下去吗?"

段焰动了动受伤的腿,说:"感觉能行。"

周意的唇抿成一条直线,琥珀色的瞳仁微微闪动。良久,她浅声道:"我送你下去吧。"

"不用了,就几步路,有电梯。"

周意没有说话,只是安静地朝他走来。

段焰看着周意一步步朝他靠近,她穿的是平底凉鞋,十分简约的款式,但女人味十足,纤细的带子拢着白皙骨感的脚踝,修剪干净的脚指甲透着健康的粉色,她涂了一层透亮的指甲油,泛着淡淡的晶莹光泽。

脚踝往上是到小腿肚的黑色裙边,收腰吊带黑裙,在胸口处设计了几道褶皱,更好地在视觉上收腹凸出曲线。

而她那张脸少了年少时的稚嫩,却又保留了那份纯真,明明是妩媚多情的桃花眼,眉目流转间却透着一丝纯情,琥珀色的瞳仁添了秋水似的温柔。

她今天应该没有化妆,只描了烟灰色的细眉,楚楚动人之外,脸上那道细小的血痕给她平添了一丝脆弱,让人心生怜悯和疼惜。

他早就知道了,早就知道脱离了校园的束缚,周意会变得多漂亮。

可今天见到,却还是止不住地惊艳。

周意走到段焰面前,伸出手。女人的手纤细修长,洁白柔软。

她说:"我扶你下去,你……搭着我肩膀吧。"

段焰盯着她的手久久不动,她无名指上的戒指似乎还刻字了。

他也知道这个的,听队里刚结婚不久的一个同事说,现在流行在婚戒上刻字,是纪念也是独一无二的证明。

周意不知道他在看什么,见他不动,犹豫再三,她轻轻拉起段焰的衣袖往自己肩上放,说:"我扶你。"

段焰的手臂压在周意身上时,他眼神沉着,却看着她近在咫尺的脸不禁笑了,一笑,沉沉的双眸便沾上些许月光般的柔色。

他借力站起来,低头盯着周意的侧脸说:"我很重的。"

周意调整着姿势,一手扛着他,另一只手想去扶他的腰,刚环过去触碰到他的消防服就听到他这么说。

她条件反射般抬眸看他。

一个低头一个仰头,亲密地紧挨着,头顶上公司大门口装的白光顶灯,光线清晰强烈,隔着这么近的距离,周意都能看清段焰密长的睫毛。

他清冽的气息扑在她脸上,她呼吸一滞,低下头,心乱如麻,不太自然地说:"没关系,走吧,走慢点。"

说完,她环紧他的腰。

质感冷硬、韧性十足的消防服也挡不住段焰腰腹线条传递出来的流畅紧实和属于男人的力量感。

两个人走得很慢,每走一步,颠簸一下,段焰就会闻到周意身上若隐若现的香味,不是任何刺鼻的香水味,而是像从她身体里散发出的一样,淡淡的干净花香混着牛奶的醇香。

是从前的味道。

那时候周意穿了一夜他的运动外套,他回去后没衣服就把那件衣服套身上了,一上身就闻到这种淡淡的香味。

然后,他就把外套脱了,生怕自己的气味盖过周意留下的味道,又坐在柜台前时不时捧起衣服闻一下,再逗弄几下周意送给他的黏土小人。

他喜欢这个味道,总觉得这个味道像真正的周意,干净可爱。

后来,他路过许多香水柜台,有时间都会停驻,想找到这种味道,可是都没有找到,超市里的洗衣粉洗衣液也都不是这个味道。

而现在,鼻息间都是他想念的味道。

段焰始终垂着双眸,打量着周意的每一处。

她乌黑靓丽的微卷长发,系头发的黑色发带,藏在几缕碎发后的白玉般的耳朵,饱满红润的耳垂上似乎还有耳洞,耳朵后面还有一粒小红痣。

他的灼灼目光周意察觉到了,但不敢朝他看,佯装镇定,刻意将注意力都放在他的伤上,小心翼翼又认真地扶着他走到电梯那儿。

同楼层有人早早按了下楼键,两个人走到那边电梯正好来。

"叮咚"一声,电梯门缓缓打开,别人见是受伤的消防员就做了手势让周意和段焰先行。

周意说了声"谢谢"。

进电梯后,段焰撑住扶手,把搭在周意肩上的手放下来。看着合上的电梯门,他问周意:"要送我到楼下?"

周意想了想,问道:"你们刚才是物业给开了通道直接上来的吧?你朋友这会儿在哪儿等你?"

"大厦门口,消防车停的那边。"

"嗯,我送你到门口,楼下过道要门禁卡或者人脸识别才打得开。"

段焰听她说着,视线落在她被玻璃划破的手臂上,看着有三五道,鲜血结痂,在她雪白的皮肤上像假的一样。

然后,他又注意起了她的戒指。

电梯从十八楼降落,在多层停靠,电梯门开开合合,人走人来。

他们站在角落里,他靠着电梯门的左侧,周意正对着电梯门。

段焰捧着头盔的手微微下沉,改成拎在手里,撑在身后扶手上的手也挪到了周意那侧的扶手上,身体重心往她那边靠。

只听他没有缘由地低声道:"你好像变了很多。"

周意正视前方,但前面有一长条镜子,她能清楚地看到段焰朝她靠近后露出的侧脸,像剪影似的,眉骨、鼻梁、薄唇,到微微滚动的喉结,线条分明。

她短暂地和段焰对视了一眼,极轻地问他:"哪里变了?"

段焰勾了下唇:"说不清。"

周意说:"你好像也变了不少。"

"哪儿变了?"

"我也说不清。"

两个人都笑了一下,笑他们这有些幼稚的对话。

段焰说:"我们……有九年没见了吧?"

"嗯,好像是。"

"有变化也是正常的吧,你有去见过以前的同学吗?"

"两三年前见过一次。"

"你觉得他们变化大吗?"

周意回想了一下:"有些认不出来了。"

段焰凝视她:"那你今天怎么认出我来了?"

电梯到达六楼,一窝蜂地拥进许多人。周意伸手护住段焰的外侧,两个人变成了面对面。

周意低缓道:"我听到有人喊你名字了,没想到真的是你。"

"我也没想到会再看见你,这些年,过得好吗?什么时候结的婚?"

他询问时嗓音带着刻意放松的笑意。

周意没注意到,因为她以为自己听错了。

周意仰头,细眉微蹙:"我结婚?"

段焰从这短短的三个字里听出了别样意味,他的笑僵在那边,下一刻却又笑了起来,是和刚才完全不同的笑容。

他的眼尾扬起,抬抬下巴,指向她的手:"看你戴戒指了。"

"这个啊……"周意举起手搭在锁骨那儿,"这是一套,是我用来搭配衣服的。"

"我还以为……那总有男朋友吧?"

周意看着他,很难辨别他这几句话的真正意思,仿佛只是寻常问问,又仿佛带着别种试探。

她轻声如实道:"没有。"

"叮!"

电梯的声音和周意的回答同时响起。

段焰却听得很清楚。

她没有结婚,也没有男朋友。

那群人率先拥挤出去,周意被推搡得踉跄了下,手还搭在胸口那儿呢,被后面的人一挤,直接挤到了段焰怀里。

周意的心跳很久没这么快过了,像回到了年轻的时候。

她怕压到段焰的伤,又被他刚刚问得注意力分散。

让她重新找回思绪的是头顶上方段焰低低的嗓音,他说:"到了。"

周意站直,敛了一切心思,专心地去扶他。

段焰重新搭上她的肩膀。

沉甸甸的分量落在她身上,周意看了眼自己肩头的手,不知道是不是她的错觉,总觉得段焰不像在依靠她,而像在搂她,带着一种牢固的力量。

过了门禁,周意把人扶到大厦外面。

百年梧桐树撑起半边天,枝繁叶茂,绿荫覆盖了大半个街道,一辆红色的消防车就停在前头,刚刚扶段焰的那个年轻消防员正站在车边疯狂灌水喝。

他余光瞥见熟悉的消防服,再仔细一瞧,是段焰下来了,快速拧上水往车里一扔,小跑过来。

他对周意说:"我来我来。"

周意小心地把段焰交给他,瞥了眼段焰的腿,虽然肉眼看不出什么,她还是有点不放心,嘱咐道:"他……他,你们走慢点,前面是台阶。"

"哦哦……会小心的。"年轻消防员的眼神在段焰和周意之间瞟,然后露出一个了然的微笑。

大厦门口是个风口,旋转门带出来的丝丝冷气卷入风的热潮里,时凉时热,周意的长发被吹起,特别是耳边的碎发,淡薄的阳光折射在她胸口的钻石项链上,连带着她的瞳仁都泛了光。

段焰半边身体的重量都压在队友身上,他额角出了点汗,因为疼痛渐渐袭来两腮紧绷绷的,又不想在周意面前展露过多,忍着,滚着喉结,装作轻松的模样看了一眼高耸的梧桐树,浅吸一口气,最后重新看向周意。

一看便有些挪不开目光了。

还是队友在边上咳了一声,提醒了他。

热风穿过他们之间,地上刚被风暴卷下的残叶随着风轻微滚动。

段焰舔了下干涸的唇,措辞半天,说:"那我走了……你公司那边不用太担心,也不用害怕,等大厦检修,换上新玻璃就好了,自己注意安全。"

周意"嗯"了声,说:"你也是,好好养伤。"

"我没事,都是小伤。"

"那也要当心一点。"

"嗯。"

见两人明明道别了却又各自不动,扶着段焰的消防员试探性问道:"副队,走吗?"

段焰瞟了一眼队友,垂下眼皮,瞳仁浮动,没说走也没说不走,不知道在酝酿什么。

过了会儿,他忽地对周意开口道:"真的挺久没见了,要不改天一起吃个饭?"

周意意外地抬起头,眼前的段焰眼睛澄亮漆黑,在风暴过后仍然透着摄人心魂的力量。

这么多年过去,周意看着他,还是会被他的目光融化,而那颗沉寂的心也会再次抑制不住地加速跳动,背部会爬上一层密密麻麻的热感,但是不会再轻易地面红耳赤。

也许是夏天太热，也许是今天的一切让人缓不过神来。

周意没办法理智地去思考一些东西，顺着他的问题回答说："我都可以，不过……等你伤好了吧。"

而段焰一时分不清这算不算婉拒，因为周意看起来没什么情绪变化，语气淡淡，像是客套话。

但周意又从来都不是这样的人，从前的她不善言辞，却对他或者对周围人都是有什么说什么，从她眼里看不到敷衍或者谎言，如今见面，她还是给他这样的感觉。

他不太想这样模棱两可，这一次他不想踏错一步。

他挑了挑眉，尽量以轻快的姿态试探问道："那你给个手机号吧，或者微信。"

段焰去摸手机，但这次出来十分紧急，没带。他问架着他的队友："带手机了吗？"

队友摇头。

周意也没带，她的手机还在办公桌上。

"我……"

"你……"

两个人再一次同时开口。

不过这一次，周意先往下说了。

她说："我手机在楼上，我去问前台借纸笔，你等我一下吧。"

"好啊。"

周意转进大厦后很快拿了一张纸出来，上面是一串清晰的手机号码。

周意递给段焰说："是手机号，也是微信号。"

段焰接过的一瞬想起从前，他打不通周意电话那会儿。他看着这串数字失神，许多问题已经漫到了喉咙口，但他知道现在不是个叙旧的好时机。

不过没关系，有这串数字就够了。

他收起字条，忍着身体的疼痛，扬了扬嘴角，声音低而柔。

他说："那我今天得空了联系你，等会儿回去要先处理队里的事情。先走了。"

"嗯，好。"

段焰拍拍队友的肩膀，说："走吧。"

周意再次叮嘱道："走慢一点。"

年轻的消防员连连点头："会的，你放心。"

周意站在原地看着他们，风下，梧桐叶唰唰作响，段焰的影子被淡淡的阳光拉得很长。

她记得他的背影，那一天，夕阳下他的背影像一幅画。

和现在对比起来，似乎差别不大，但没了年少的清瘦感，反而在消防服的衬托下，他的身形透着一股属于男人的坚韧稳重感。

但骨子里却还有着少年人的劲儿。

也许，变的是她，他没变。

周意一直看着，直到他们平稳上了消防车才不疾不徐地转身进大厦回公司。

消防车上。

年轻的消防员开着车，八卦道："副队，刚刚那个……老同学？"

段焰靠着椅背，闭着眼休息，干裂的唇蒙上一层苍白，他"嗯"了声。

"长得真漂亮啊。"

"嗯……"段焰尾音拉得很长，下一刻缓缓睁开了眼，看向他，"你看得挺仔细的嘛。"

"不是，你别用这种眼神看我，不仔细看，哪怕是晃一眼，也是漂亮的啊。"

段焰哼笑一声，转头看向窗外。沿路的老梧桐树光影斑驳，像极了正仁的那条林荫道，只是鳞次栉比的高楼又在提醒他，时间不可逆。

但这两种感觉掺杂在一起，却似乎有着超乎想象的舒适。

他摸出那张字条，大拇指蹭了蹭上头的数字，心底默念了一遍又一遍。

队友"嘿嘿"两声，接着八卦道："不会是初恋吧？"

段焰对着字条勾勾嘴角，直接承认："是啊，初恋，高中时喜欢的女生。"

开车的消防员叫刘铭涛，今年才二十岁，入队后在防火处待了两年，在支队几个副队长中和段焰关系最不错，但也算不上知心兄弟，只不过段焰是几个副队长里最年轻的，也最没有架子，所以大家都爱和他套近乎。

有时候大家跟着段焰出去做防火检查，一路上什么都聊，每个人老家的特产、未来的打算、吃饭的口味，还有心爱的姑娘。

段焰也什么都说，却唯独没说过感情。

每每有人问起，他都一笑了之。男人间都有个默契，别人不愿意说的不会硬逮着问，但是下次还会没心没肺地问。

他们还轮番给段焰介绍过姑娘，自家的表妹啊，邻居的女儿啊，就连曹政委都给段焰介绍过他侄女,但他们介绍的,段焰都直接回绝了。

有一次消防演习完,大家都被坏了的水管喷了一身,湿淋淋地坐在阳光下,大队外路过的姑娘频频回头,他们怂恿段焰上去追一个,结果段焰说:"没打算谈恋爱,这辈子都不谈,都听明白了吗?再起哄就跑圈去。"

他们以为段焰是现在流行的单身主义者,时间久了,也从来没见段焰和哪个姑娘聊天,或者约会,他们就信了,不过偶尔还是会开开玩笑,打趣几句。

现在刘铭涛也是纯粹开玩笑瞎八卦一下,没想到还真套出东西了,以至于他久久接不上话,愣住了。

还没等刘铭涛组织好语言,段焰似自言自语,又似把他当倾诉对象一般,说:"有九年没见了,她以前就很好看,比现在多几分天真可爱,但现在也很好,漂亮得不行。也蛮奇怪的,她居然没男朋友……"

刘铭涛没谈过恋爱,是个清俊的大小伙子,听到副队这么说,很认真地想了一下。

他说:"现在的女生都很重视事业,可能她在打拼事业。"

"是吗……她那个公司……"段焰回想了一下,突然忘记她公司叫什么了,不过没事,队里有报警记录,出这么大的事,也肯定会有新闻,回头再找找就好了。

刘铭涛瞟了一眼段焰,还是那八卦的口吻,只是多了些不敢相信。

"副队,所以你要谈恋爱了?"

谈恋爱?

这么容易吗?

段焰突然有点心烦,他整齐地将字条叠好,慢悠悠地说:"我想谈,人就能和我谈吗?我都不知道她现在喜欢什么样的。"

刘铭涛笑了出来:"难道她喜欢什么样的男人,你还要去变成那样啊?我看身边的朋友,都是直接追的,送花送礼物,好话哄着,就追到手了。"

段焰嘴角翘了翘:"你今年几岁了?"

"二十啊。"

"比我年轻八岁呢,追人的方式怎么那么老土。"

"……"

过了会儿,段焰又开口:"你说,我第一次约她吃饭,带花是不是太直白了?她……我其实不知道她喜欢什么花。"

刘铭涛："……不直白，就是土了点。"

行吧。

段焰重新闭上眼仰头休息，但不知道怎的，止不住地想笑。

他觉得这一切很熟悉。

当初也是这样紧张不安地揣测周意的喜好，想她会喜欢怎样的男生。

原来，时间也是种轮回，只不过这一次，少了校园的束缚，年龄的枷锁，多了失而复得后的勇气，成年人的单刀直入。

还有，这一次，他一定要牢牢抓住周意的手。

2. 有事可以联系

周意回了十八楼，正逢公司职员三三两两从另一端靠过来，个个抻着脖子朝刚刚经历过重大事故的办公室张望，议论纷纷。

有人说："已经上热搜了，你看到了吗？10级大风，我看网上说银行的玻璃推拉门都被吹碎了，路边的树也被大风连根拔起。"

"那有没有说这个事故的啊？"

"有啊，还有人拍视频了，我给你找找，贼恐怖！"

周意走到办公室门口，朝里面看了一眼，一地狼藉，玻璃碎碴儿到处都是。

她避开一些大面积碎碴儿，走进去，拿上手机和背包，又把电脑文件保存后关闭电脑。

没一会儿，周意走出来，关上办公室的门，找了一圈人事，让人事通知大家会议室集合。

这次集团给他们租了十八楼的小半层，面积空旷舒适，会议室也安排了一大一小两间。

团队是刚成立不久的，所有部门员工加起来有三十多个，偌大的会议室挤一挤还算凑合。

周意和物业交流了后，又把目前的情况简单地给职员说明了一番，安排大家居家办公一周。底下的年轻男女藏不住心思，个个都面露喜色，就差庆祝出声。

周意看着一张张活力四射的面孔，想起自己刚入职场那会儿，她淡淡一笑，让大家挨个做自我介绍。

大家磕磕巴巴地做起介绍。

最后一个是周意她自己。她声音轻而柔，又带着些领导的压迫感，缓缓介绍着自己，说她哪一年开始从事这个行业的，说她和哪些平台合作过，说她这次对团队的期望和目标。

末尾，她问大家有什么想问的吗？

所有人都摇头，只有一个男孩举手，开玩笑地问："总监，有男朋友吗？没有的话我哥还单身。"

其他人低低笑着，又不敢太露骨。

周意静静打量着那个男孩，想到离开桐城之前部门组长和她说的话："现在的年轻人都有自己的想法，不能用以前那种方法带人了。"

可是这样的直接是周意没想到的。

也许是今天太特殊，周意有一瞬的恍惚，她觉得这样的直接难能可贵。

不过到底是在职场上，她没冷脸，也没配合，只笑着说："这些私人话题下次公司聚餐闲聊时我再告诉你。"

那男孩也笑，识趣的没再多说什么。

下午四点三十五分，周意开车回到公寓。一出电梯，她就看到家门口有个人，过道地砖是通透光亮的淡黄色，通道空余地方由物业摆放了散尾葵做装饰，只是楼道没光线来源，略显幽暗。

但周意还是一眼就看出了是陈佳琪，她穿着一身银行制服正靠在墙上戳着手机玩。

"佳琪。"周意远远地叫她。

陈佳琪听到声音，跺脚，头顶的感应灯亮起。她看到周意，激动地"啊"了声，踩着高跟鞋"嗒嗒嗒"地跑过去。

公司高层要调周意去南城的消息一出来周意就和陈佳琪说了，陈佳琪比她这个当事人还迫切，有一晚拉着她打了两小时的微信电话，幻想着她回来后，两个人一起逛街购物做美容的大好时光。

下午周意开完会，陈佳琪正好给她发消息，说下班了来公寓找她，帮她一起整理。周意说自己现在就回去了，她可以随时来。

陈佳琪说那她马上就来。

周意以为是玩笑话，没想到陈佳琪真就立马来了。

陈佳琪一眼就看到周意脸上的红痕："咦，你脸怎么了？"

周意用手抚过，伤口不深，也感觉不到痛了。

"小事，回家涂点药就行。"周意见陈佳琪这打扮，问道，"请假早走真没关系吗？你们领导不说你啊？"

陈佳琪毫不在意地说："无所谓啦，反正我看他也不顺眼，管他骂不骂，最多扣钱呗。还不是看你最近忙成狗，想着你一个人整理房子累，等会儿你请我吃好的啊！"

周意开门，让陈佳琪先进去，回答说："好啊，你想吃什么就吃什么。"

"那我要吃战斧牛排！"

"外卖有我就给你点。"

"开玩笑的啦，这种还是要去店里才好吃。"

陈佳琪换了拖鞋，参观了一圈周意的公寓。一室一厅，带独立厨房和卫浴，装潢简洁干净，是米黄色基调的奶油质感，还有一丝北欧风的格调。

她称赞道："你那秘书还是挺靠谱的，这个房子租得不错啊，就是门锁太老了，什么年代了公寓还没密码锁。要不回头你自己换个吧。"

"都行，主要这里比较清静，管理得也不错。"

周意让陈佳琪先自行参观，她找出家里备用的小药箱，把脸上的伤口简单处理了一下。

然后，她接了两杯水，递给陈佳琪一杯，两个人靠着小吧台闲聊。

陈佳琪瞥了眼周意，说："我们有多久没见了，今年过年你没回来，去年回来了，那就是一年半？时间过得真快啊，我还总觉得我们不久前才见过呢。"

周意毕业后一直在桐城，而陈佳琪大学毕业后回国。这几年，她和周意见面的次数一双手都数得过来，不过还好，现在通信发达，想说个话都是随时随地的事情，因此，她和周意从没那种生疏感。

她们虽然隔得远，但这些年也算知根知底，相互唠嗑着过来的。

时间过得太快，一转眼，她们已经从天真烂漫的小姑娘变成了过年被催婚的对象。

但怎么说呢，陈佳琪总觉得二十七岁的自己还是十七岁的心性，她觉得自己还没长大呢，就被催着结婚，真是奇奇怪怪。

而周意和她走了完全不同的路线，她亲眼见证周意一步步蜕变，变成了小时候看的电视剧里那种精致大姐姐。

岁月在周意身上是有痕迹的，不过是温柔的痕迹。

想到这儿，陈佳琪注意到周意的项链和戒指，她"呀"了声，放下水杯，握过周意的手。

陈佳琪星星眼："这是哪家的新款啊？真好看，不过这钻戒……不知道的人还以为你结婚了呢。"

一句玩笑话却让周意想到今天一系列惊心动魄的事情。

她还没来得及告诉陈佳琪，为什么她今天这么早回来，大厦发生了什么，又遇见了谁。

周意把戒指摘下来："你试试？这是我一个朋友自创的珠宝品牌，如果你想要，回头我把链接发你。"

"好啊好啊，不过……最近钱包紧张啊。"

陈佳琪试戴戒指，伸着手左看右看。

周意笑她："前两年不是开服装店赚了不少？"

陈佳琪："你可别提这个了，我家里人你又不是不知道，一个个都固执得要死，我开店就说我不务正业，非得找个他们心目中理想的工作，我这人生才算正常。"

同样是家里安排了未来，但陈佳琪无所谓什么自由不自由，当初她家里人要她出国她就出国，回国后由着陈佳琪自己创业做了两年，唠叨几句，陈佳琪也甘愿放弃，听了奶奶的话去银行上班。

周意有时候看着陈佳琪也会想，如果周兰他们能重视她，真的有把她当子女去疼爱，选理科也好，帮助家里减轻负担也罢，她也会顺从的吧。

周意低头看着手中的水杯，仰头慢慢喝完，转身去厨房冲洗杯子。

然后，她听到陈佳琪在那边问道："欸，你还没告诉我呢，你今天怎么回来这么早？该不会是你们做领导的都能无视打卡时长吧？"

周意洗完杯子，甩了甩手，慢慢走出厨房，靠着厨房的推拉门，在组织语言。

陈佳琪见她若有所思，问道："怎么了？上班第一天就不开心啊？"

周意摇头："你看热搜了吧，同城的。今天下午大风，大厦那边有人高空作业出事了，玻璃都碎了，为了安全就让大家都回去了。"

"啊？就是你那个大厦啊？天啊，你没啥事吧？"

陈佳琪走到周意身边好一通察看，在她还在为这种吓人的事情就发生在自己身边人身上而惊讶后怕时，周意语气轻缓地又说了一件事。

夏天下午四五点的光景，天还亮得透彻，只不过被下午的大风暴清洗后，多了一层灰蒙蒙的雾感。光从客厅的阳台玻璃门透进来，外面云层缓慢地飘过，整个屋子浮着岁月沉淀后的宁静感。

周意的眼神和声音也带了这种味道。

周意说："我遇见……段焰了。"

这会儿说出这个名字，周意还是觉得涩口。

陈佳琪嘴巴张得能塞鹅蛋，一字一句道："段焰？不会吧，他去你们公司面试了？还是在你们隔壁公司上班啊？他结婚了吗？有没有秃顶发福啊？一定变丑了吧！"

周意忍不住地笑了。

这么多年过去，陈佳琪对他一如既往的讨厌。

周意把两小时之前的事情说了一遍，陈佳琪更震惊了，转而又点头说："也对，他考了那个学校出来后总归是做这行的，不过你们也太巧了吧，那他变丑了吗？"

周意再次摇头："和以前一样。"

"真的假的？会不会是你情人眼里出西施啊？"

"情人眼里？"

"你不是一直没忘记他嘛。"

虽然这些年周意和她提起段焰的次数很少，但一个人的眼神骗不了人，仅有几次的提起，陈佳琪都能很直观地感受到，周意对段焰还眷恋着。

周意靠着门边，双手抱臂，双眸下垂又抬起，纤长睫羽缓缓扑闪，她弯了下嘴角说："是没忘记，今天看见他心跳还是会加速，也有点不知所措，真像是回到了当初，我很久没有这种感觉了。"

陈佳琪打量着周意，然后"扑哧"一声笑了出来。她用食指戳周意手背："你最近好像很念旧啊，总是说以前。"

周意笑笑："有吗？"

"你可能自己没察觉，但是我最近能直观地感受到。"

刚上大学那会儿大家也会怀念从前，但和现在的怀念不同。

那会儿比起大学的日常生活、课程、人际交往，大家怀念高中的纯粹。现在怀念那个距离他们已经过去十来年的高中时期，更多的是怀念那会儿与现在不同的自己。

陈佳琪偶尔也会怀念，但比起高中的生活，她更喜欢现在，可能是高中那会儿她太平平无奇。

而最近，周意还在桐城时，看到一些比较有代入感的青春故事，或者电视剧电影都会推给她，但以前不会，因为周意说过，干一行厌一行，周意不想在私人时间还说工作上的事情。

还有几次她们视频，周意无端说起有机会想回正仁走走，还给陈佳琪展示了一套高中时看的小说的实体书，说是再版了，那个作者跟她很熟悉，就送了她一套。

被陈佳琪这么一说，周意回忆了一番，笑得更甚，点头承认道："最近是有点，昨天回来感觉也十分强烈，见到他……就更强烈了。只是觉得那时候真好，虽然也有许多不开心，但那时候我的目标是真的明确，哪像现在……"

陈佳琪:"你现在也很好啊,工作至少是你喜欢的,收入也不菲,衣食无忧。"

"是啊,不过人都是不知足的。"

脱离了校园,周意能感觉到,人一年比一年空虚,即使这份工作能给她带来反馈,但是当生活的重心只放在工作上后,生活好像没了意义,当停下工作一个人待着休息时又觉得无趣,朋友也不可能随时陪伴自己。

充满了矛盾,还有对人生的妥协。

所以她怀念那会儿,不够自由所以渴望自由,不被爱所以拼命爱自己,对这个世界有着无限的向往。

也终于明白什么叫"鲜衣怒马少年时",明白为什么人们总是在歌颂少年。

而段焰……

他看上去似乎没有她的这种烦恼。

他的眼神、气韵,一如当初。

或许这就是性格的不同吧,他们同样在年少时经历了一些家庭琐事,但是他能快速调整自己,而她需要很长的时间去磨合,需要一个被人点醒的契机,需要一点勇气。

陈佳琪笑得不行,背过手,在屋里溜达了一圈,最后站在屋子中央,逆着光,说:"你的不知足是因为没和段焰在一起吧?他现在单身吗?结婚了吗?如果都没有,这么小概率的事你们都遇见了,不如试试呗,反正这些年我给你介绍的帅哥你都不喜欢。"

"没问,今天情况乱糟糟的,哪有时间闲聊。"

"那你们说什么了?"

周意想起在电梯里段焰问她有没有男朋友、有没有结婚,她权衡了一下,装作轻描淡写地和陈佳琪说了。

她以为陈佳琪会跳起来说段焰肯定是故意问的,但没想到陈佳琪摸着下巴说:"这确实也不好说,可能只是随口问问?毕竟我们和老同学见面开口也都是'结婚了吗''生孩子了吗''孩子多大了'……除了这些也没什么好说的。"

周意轻笑一声,笑自己心里也不知道在期盼什么。

周意看着陈佳琪,直起身,慢慢走过去,从桌上拿了把剪刀开始拆打包的行李箱子,说:"算了,不说这个了,拆东西吧,早点弄完我们早点休息。"

陈佳琪一眼就看穿了周意的伪装,她凑到周意边上帮忙,还用屁股撞了一下周意,说:"别装啦,'大威天龙',我一眼就看出你不是人!"

周意被逗笑:"什么啊……"

"什么什么什么,我问你,你们没加微信吗?"

"加了啊……"

"谁提的啊?"

"他。"

陈佳琪又揣摩了一番:"我预测他单身。"

"你怎么测出来的?"

"我现在真的见太多了,男同志就喜欢找老同学下手,他指不定也愁结婚呢,见你正好单着,想留一手。你别看他职业体面,也没有变丑,但是他们那个环境很难找女朋友的,因为都是男人。"

周意拆开的箱子正好是存放旧物的,她拿起那个落灰的日记本,轻轻擦了擦,低声道:"那赵嘉呢?也许他们早就结婚了。"

"不可能吧,我觉得他们早就分手了,这么多年,而且如果他结婚了还问你要联系方式,那不是回家找跪嘛。"

陈佳琪说的不无道理。

但是陈佳琪对段焰总是存在偏见,周意知道段焰不是那样的人,那会儿虽然叛逆,但是他从来明白自己要什么,做事光明磊落,她不愿意把他想成遇见单身女同学就想暧昧一番的人。

不过他和赵嘉也许真的像陈佳琪说的那样,分手了。

陈佳琪继续道:"你把他微信给我看看,让我找找蛛丝马迹。"

周意摸着日记本上那句诗,轻声道:"他还没加我吧。"

陈佳琪一愣。

周意解释了一下,陈佳琪八卦的心被激起,直接去桌边拿周意的手机,对着周意脸一照,说:"我打开你微信啦?"

周意也有点期待,点头同意。

打开后,通讯录没有小红点,陈佳琪比周意还失落,叹口气道:"这人真没劲,加个微信都磨磨叽叽的。"

周意:"他很忙,今天他还受伤了。"

"不会吧,严重吗?"

"我看着挺严重的,肩膀上很多血,腿也被压了下……不知道现在怎么样了。"

"听着好吓人啊。"陈佳琪放下手机,摇摇头,转而却说,"欸,听着你语气,你很心疼他啊?"

周意没否认:"有吧,看他那样,忍不住关心他。"

陈佳琪指了指日记本:"关心他就说明还是很喜欢他,我现在对于感情的看法依旧没变,喜欢就要去追,当然,我是站着说话不腰疼。可是啊……"

陈佳琪转了一圈,倚着沙发仰头说:"可是啊,人生匆匆几十载,没必要和自己太过不去。"

周意明白这些道理,她也不是没想过主动去找段焰。

大约是刚去桐城工作那半年,她看着周围的人都有对象,心里羡慕,受了一些作品和网络鸡汤的影响,在一个平凡的夜晚她给段焰发过一条短信,说她是周意,不知道他还记不记得,想加一些老同学的微信号,不知道他方便给吗?

但是久久没得到回应,她给那个号码打过电话,是空号。

那一刻她又明白了一件事,没有人会守着过去一直站在原地。

时间的流逝让她清醒了过来,后来就有了陈佳琪说的给她介绍对象。

陈佳琪对她总是全力付出,介绍的人真的个个颜值都说得过去,条件也不错,但试着接触了两个,周意不知道是自己太挑剔还是她的"心动"早在十七岁那时用完了,她很难真的对他们动心,处着处着就变成了朋友。

她总觉得他们不是真的懂她,只是为了谈恋爱而谈恋爱。

做尽一切暧昧事,却没有付出一点灵魂。

与其这样,她宁愿不恋爱不结婚。

可段焰的出现告诉她,她还有心动的感知,她还没有被时间和世俗打磨得失去光泽。

只是现在沉下心来想想,周意有些分不清。

这么多年过去,这份心动还是当初的喜欢吗?是心有不甘才难以忘怀吗?是因为习惯所以才悸动吗?是因为习惯所以才会忍不住关心他吗?

会不会只要多了解一些二十八岁的段焰,过往的滤镜就会破碎,然后逐渐把他忘记?

周意翻开日记的第一页,上面的字迹仍清晰无比,归功于纸张的好质量,如果不是还略显青涩秀气的字迹,她都要怀疑这是不是昨天写的。

她随手翻了几页,心里有些感慨。

时光易逝,年少的时光一生只有一次。

陈佳琪知道周意写日记，但从没看过，便问周意："能不能给我瞅瞅？"

周意有点不好意思，因为上面有许多少女的矫情文字，不过都是十年前的东西了。她说："你想看就看吧。"

陈佳琪笑起来："那晚上躺被窝慢慢看，我现在先帮你把活干了吧。"

两个人忙活到凌晨一点，当周意洗完澡出来，陈佳琪还没睡，正捧着她的日记本读得津津有味。周意抹着护肤品，问："你不累啊？"

"累啊，这不是在看书让自己更快入睡嘛。"陈佳琪看得连连摇头，"你那时候居然对我这么嫉妒，我还以为你是普通嫉妒，哈哈哈。"

"别……佳琪，别说出来，听着很尴尬。"

"哈哈哈哈！"

周意抹完护肤品上床，习惯性地靠着床玩手机，微信提示有十来条新消息，她点进去的一瞬先看到的不是别人发来的未读消息，而是通讯录的加好友提示。

周意心跳停了一下。

她点进去，头像是一张全黑的图，微信名是：Y。

周意点了接受，回到对话框，周意点进这个账号的朋友圈，无，个性签名是一串省略号，朋友圈背景图和头像一样是一张全黑的图。

周意把这张图放大看，像素很差，有点模糊，隐约看出好像是黑夜下人的影子。

陈佳琪和周意说日记的内容，周意没听见，见她捧着手机若有所思的样子，陈佳琪凑过去："段焰加你了？"

"嗯，应该是。"

"说段焰你就听见了，刚和你说话呢，你都听不见。"

周意朝她笑笑："对不起啊。"

"开玩笑的啦，他发你什么了吗？"

"没有，就是加了我。"

"我看看。"

陈佳琪和周意一样，逛了一圈段焰的朋友圈，一无所获，最后从段焰的网名和头像入手。

陈佳琪分析道："你看这个Y，说不定他是为了追你特意改的，周意的意。"

周意却摇头："我觉得应该是段焰的焰。"

"行吧,再看这个头像……什么玩意儿,什么年代了谁还用这么糊的图,乱七八糟都看不出到底是什么。他不会在装深沉吧?搞这种我爸都不用的图。"

"嗯……我觉得这是两个影子,你觉得呢?"

"好像是哦。咦,他有对象?算了,你直接问呀。"

周意笑得不行,她伸手揉了揉眼尾,随后在和段焰的对话框打下一行字。

LIN:是段焰吗?

四个字,一个标点符号,周意万分慎重。

她又不禁问自己,这是刻在骨子里的习惯吗?

为什么隔了这么多年,还是会感到紧张。

而那头几乎是秒回。

Y:是,你怎么还没睡?

周意轻轻呼出一口气,暗示自己放轻松点。

LIN:我刚回南城,住的地方还没收拾完,刚收拾好。你呢?

陈佳琪在一边点头,赞道:"你这个'你呢'就加得很灵性,从你的日记里我也看出来了,聊天还是有一手的。"

周意推她:"你可别再说日记了。"

"哈哈哈哈,他回复了回复了!"

Y:我也刚回到家没多久。你公司那边还好吗?

LIN:都安排好了,让大家居家办公一周,等物业通知。

Y:那你手上和脸上的伤呢?处理了吗?

LIN:消毒过了,你去医院检查怎么样?

Y:肩上是皮外伤,腿就肌肉有点伤到,休息两天就没事了。

LIN:那就好,你要睡了吗?

陈佳琪叫起来:"他万一要睡了怎么办?"

周意:"一点多了,他受伤了,早点睡才好。"

陈佳琪:"……那你问点关键的。"

"比如?"

"情感状况。"

"有点突兀吧,下次也可以问的。"

"好像是有点哦。"

Y:等会儿睡,现在还睡不着。你呢,要睡了吗?

LIN:再过一会儿吧,玩会儿手机。

Y：我没打扰你吧？

LIN：没有。

Y：今天见到你还挺开心的，也挺意外的，我后来听说你去了江城大学，是吗？

LIN：嗯，选的汉语言文学。

Y：当时开心吗？有没有觉得愿望达成了？

LIN：你还记得啊……当时肯定开心啊。

Y：忘不了，那会儿你是我唯一一聊学习的朋友。

周意把聊天内容给陈佳琪看，说："你看吧，还是不要想太多了，我要是今天遇到从前一起相互鼓励学习的同学也会忍不住问个联系方式的。"

陈佳琪"嘁"了声："就他还学习，真幼稚，全南城只有他搞这种中二的学渣逆袭情节。"

"那是别人做不到，他做得到罢了。"

"你啊，刚还和我说分不清到底是不是喜欢，我说一句你就要帮他说一句，这不是喜欢是什么？"

周意抿抿唇，轻巧地避开陈佳琪的目光，转移话题道："那我接下来该说什么啊？"

陈佳琪："拜托姐姐，你是搞小说的，你这专业的还问我啊？"

"现实和小说不一样。"

"顺其自然地聊呗，混熟了才好试探。"

周意拨了拨头发，把长发勾在耳后。

LIN：那你呢，后来开心吗？

Y：你指哪些方面，工作吗？

LIN：都有吧。

Y：还行吧，是自己选的路，也没后悔过，这些年做消防碰到很多有意思的事情。

周意觉得这是个不错的时机。

她在对话框删删减减，最后问出了口。

LIN：那你结婚了吗？如果结了，我补份子钱给你。

Y：没，我和你一样。

意外，又不意外的回答。

周意想听听陈佳琪的想法，但是一转眼，陈佳琪已经挨着她睡着了。

空调开得低，周意帮陈佳琪盖好被子，随后重新把注意力转到屏幕上。

周意想问，怎么和赵嘉分了？但是她觉得不太礼貌。

她从前和段焰几乎不聊感情，她也能感觉到他对感情是很慎重的人。

在周意还在踌躇时，段焰发来了新消息。

Y：你呢，开心吗？你公司是做什么的？

LIN：我也挺好的，我是做小说的。

Y：小说？你怎么会去做这个？

段焰的反应也算正常，对身边很多人来说，小说离得很近又很远，这行隔着互联网，大多数人发现互联网那头的人出现在身边都会觉得不可思议。就像有回同学会，周意也吃惊于有位同学在娱乐圈工作，日常和许多明星都有接触。

隔着行业看行业，确实会这样。

LIN：以前喜欢看，也写过，所以毕业后选了这行。

Y：蛮出乎我意料的，你写的什么，我能不能看看？

LIN：很早以前写的了，现在找不到了。你的工作也很好啊，我近期正好要做几个消防题材的项目，如果有需要的话，到时候可以和你了解一些细节吗？

Y：随时可以。

LIN：嗯，谢谢。

Y：这一点你倒是和以前一样，没怎么变，不用太客气。一点二十五分了，你睡觉吧，好吗？女生别睡太晚，回头再聊。

Y：对了，今天和你说请你吃饭的，这周日怎么样，有空吗？

LIN：周末都可以。

Y：那就周日吧，周六家里有点事。周日下午四点？

LIN：嗯，好啊。那你有什么想吃的吗？

Y：你想吃什么？想吃本地菜吗？还是东南亚的，或者火锅烤肉？

LIN：本地菜吧，我在桐城总是吃不到正宗的小笼包和红烧肉。

Y：那我这两天挑挑店，回头你选一下。

LIN：好啊，谢谢。

Y：一点三十六分了，睡吧。我的手机号是137××××××39，有事可以联系。

LIN：好，我存了，晚安。

Y：嗯。

周意没再回了，快速保存了这个号码。

他是把号码换了。

周意上下翻动着聊天记录回味,一如当年。

而这一次,吸引她的是最普通的"好吗"二字,她看得出神,她喜欢这些细微的温柔。

也许再多了解一些二十八岁的段焰,她会发现更多温柔,然后仍为他神魂颠倒。

只是,他和赵嘉是因为什么分开的呢?

周意关灯躺下后,翻来覆去地想,像是有一台时空穿梭机把她带到了过去,许多快要被遗忘的画面一幕幕重现眼前。

迷迷糊糊许久,周意在黑夜中摸到手机,刺眼的光让她不适,忍着不适,她给段焰改了个备注,想了想,又把他的对话框置顶。

她的工作群和消息很多,她不太想错过他的消息。

而其他未读消息,周意第二天才想起来没看。

是周兰发给她的语音。

这些年,周意前后差不多一共给周兰打了有四十万,她每次打钱过去都会和周兰说一声,周兰会回个"好"。

仅有的几次回家,她也没提前和周兰打招呼,匆匆过个年就走了。

这是第一次周兰给她发这么多这么长的消息。

语音里周兰的声音不如十年前那样有气势,反而带着被岁月磋磨后的心平气和哑涩。

她拜托周意的事情很简单,林淮如今要高三了,但是她已经管不了他了,怕林淮误入歧途,想让周意好好说一说林淮。

最后一条语音,周兰说:"这些年我也没求过你什么事情,现在只求你这一件,至少别让你弟弟真的耽误了自己。"

周意播放这条语音时在刷牙,薄荷的清凉感侵袭了口腔,她回忆着上次见林淮时他的状态。

刚离家时,林淮会时不时给她打电话,但是她很忙,总是接不到他的电话,后来小男孩长大了,变得内敛,电话渐渐少了,就算她主动去找他,话题也少了许多。

不过好在林淮小学和初中的成绩还算凑合,考入了南城一所偏中上的高中,就在现在的公司附近。

林淮上高中后,因为离家远,日常住宿,为了方便联系周意想给他买部手机,但是被周兰拒绝了,说影响学习,然后周兰给林淮买了部只能打电话的老年机。这是 2018 年过年时的事情,当时林淮什么都没说,拿了老年机就回了自己房间。

这也是她近年最后一次见林淮。

周意给周兰回了个"好"。

周意沉浸在林淮的事情里，而陈佳琪在边吃早餐边看周意昨晚和段焰的聊天记录，她对周意说："我就说他肯定单身，正好，你冲一冲，争取周日就把他拿下。"

说到段焰，周意问："你说我周日穿什么好？"

陈佳琪喝下最后一口牛奶，拎上小包包，急匆匆又不敷衍地说："你昨天穿的就很好看。安啦，你就算穿个白T恤都是绝美的。我先走了，要迟到了，要是我也能居家办公就好了，老天爷。"

周意点头，给陈佳琪开门，陈佳琪像风一样窜出去走了。

送走陈佳琪，周意回到卧室打开衣柜，对着一排风格相似的衣裙琢磨。

如果他们只是吃饭的话，穿裙子和高跟鞋没问题，如果他们吃完饭还要散步的话，可能休闲一点的衣服和舒适度高的鞋子比较合适。

他会想和她散步吗？

应该不会吧……

周意的手滑过一排衣架，最后停在一件法式风的碎花吊带连衣裙上。

她摸了摸裙角，脑海里自动幻想出周日那天和段焰见面的场景，是会在餐厅门口，还是他在餐厅里等她，或者是商场外面？

周日是什么天气，会有大风吗？

她要全妆还是简单提一下气色，抹口红的话吃饭的时候被他看到掉色会不会尴尬？

无数个细节设想在脑海里飘过。

卧室有一面是大落地窗，周意有个习惯，早上会开窗通风，哪怕是夏天，也喜欢开窗呼吸一下新鲜空气，眺望街景。

而现在，快九点半，气温攀升，融去了清晨的凉爽，明媚阳光一缕一缕洒进，空气中带着南城独有的夏天清新味道。

周意失神地想，原来这么多年过去，和他约会还是会这样忐忑不安，思来想去，精心打扮。

这种感觉像是荒芜草原的角落藏着的一抹春色，暗自欢喜，满心向往。

但又和那时候不同，那会儿她审美有限，哪怕翻出最好看的衣服，她也是不自信的。现在不会再有那样的心理了，面对他虽说做不到游刃有余，但至少不会再露怯。

周意对着镜子比试衣服，目光渐渐从裙子转移到自己身上。

这大概是这两年她第一次觉得现在真好。

而现在能再遇见段焰，也真好。

周六。

周意起了个早，简单收拾了点东西开车回七湖，她没和林淮说，但给周兰发了个微信说今天回来。

这些年南城变化很大，市中心架起了高架，主干马路翻修拓展，绿化普及，就连这条通往七湖的小公路都弄得十分体面。

只不过两侧的树木还是那几棵，常年绿常年看着人去人来。

周意每次回来都会开慢一些，留心观察这些熟悉的街道发生了什么变化。回想当时每天坐公交车上下学的心理，偶尔与25路公交车擦肩而过，她会多瞥一眼，想看看上面现在坐了哪些人。

也许像陈佳琪说的，她最近很念旧，或者说踏入社会后她开始变得异常念旧。

而现在，段焰的突然出现打破了她的平衡，那是难以形容的感觉，旧时光里最重要的人和现在麻木常规的生活碰撞，交织出一种奇妙的新鲜感。

车子拐进挨着河流的小路，大好天气，路过的人家有的晒被子，有的在准备午饭洗菜，有的在打牌。

开进林家，周意把车停在了院子里。

一年半没回来，这栋房子似乎又多了几分沧桑。

周兰自从那年失业后一直在做零工，这会儿正在里头粘娃娃眼睛，听到车子声出来看，和周意对视了一眼，两个人都没说话。

周意买了点水果和礼盒，还有一个她从桐城带回来的限量版篮球。

进了屋，周意把水果和礼盒放在一侧，对周兰说："我留下来吃午饭，麻烦你了。小淮在楼上？我上去和他说说话。"

周兰"嗯"了声，把娃娃收了收，拎起角落的一袋蔬菜开始清洗。

周意穿的高跟鞋，踩在楼梯上声音很清晰。

房间分配还是从前那样，她离开后她的房间没人动过，衣服书籍还是那样摆着，只不过周兰往里边堆了一些不碍事的杂物。

而林淮的房间在她对面。

门紧闭着，里头十分安静。

周意敲了敲门，没回应。她说："小淮，是我。"

她知道林淮肯定知道她回来了，她的车子声、高跟鞋声，都让人无法忽略，毕竟她和林淮是从小听大人的脚步声长大的。

周意在门口等着，过了会儿，里头传来林淮随性又冷淡的声音："进来吧。"

周意拧动门把，打开门，迎面扑来的是极低的冷气。

她看了眼躺在床上看漫画书的林淮，少年一到十七八岁就跟抽了条似的，身高猛蹿，四肢开始变得结实有力，男人的力量感呼之欲出。

一年半，林淮又变了许多。

周意拿走他的漫画书，那张与她有五六分相似的脸便露了出来。

他长得更像周兰一些，双眼皮不深不浅，眼尾并不锋利，琥珀色瞳仁，挺鼻薄唇，清俊立体。

周意看着他的眼睛知道他没变，少年双眸依旧清澈，虽然带着伪装的冷漠。

林淮倒是不太敢和周意对视，眼神躲闪，撑着床坐了起来，随手拿过教辅书翻。

周意在床沿坐下，轻声细语道："这是我之前去北京出差别人送的礼物，你不是喜欢打篮球吗？我不太懂篮球，但这是限量款的，想着你应该会喜欢。"

林淮瞥了一眼篮球，"哦"了声。

周意继续道："我之前和你说过了，我回来了。这几天出了一些事，我比较忙，来不及找你见见面。"

听到这个，林淮眼里的一点星火熄了，冷哼一声："我知道啊，你不是一直很忙吗？无所谓。"

周意知道这些年她忽略了林淮很多，但她为了还周兰钱，为了发展，为了生存，有好长一段时间每天只睡五小时，根本无心去处理人际关系。

但她不想和林淮说这些，而随着林淮长大，她也觉得林淮有了自己的生活空间，他不愿意说的她不想强行问。

她自以为维系得不错，但后来发现错了。

这也是她同意被调回南城的原因，今年不用周兰说，她也是预备把重心挪一半在林淮身上的。

周意说："高三还想住校吗？你学校就在我公司不远处，我想给你租个房子，你愿意吗？"

林淮翻页的手一顿："和你住？"

周意摇头:"我一个人习惯了,我想给你租我边上的公寓,这样我们能在一起,你和我也有完全独立的空间。"

"不用,我在宿舍住得挺好的。"

周意抿了抿唇:"那学习这块你有计划吗?"

林淮冷冰冰道:"计划是老师的事情,不是我的事情。"

"小淮。"

周意的声音里有了严肃的味道,这让林淮不得不正视她。他瞄了一眼又迅速挪开,也不知道为什么周意还是这么有压迫感。

他摆摆手:"随便。你们想怎么弄就怎么弄,我有说过'不'字吗?"

周意解释道:"我不是在操控你,我只是觉得你今年,至少今年需要逼一逼自己。"

"然后呢?考个好大学,找个好工作,每天拼死拼活却挣三四千?我挣什么钱啊,你给妈这么多钱,我随便花不就好了。"

周意知道这是他的气话,她说:"你还有半个月开学,我近期会为你找个家教,如果你想住学校,那周六回家,周日我接你去我那儿,补习半天。如果你想住我隔壁,那就周六上午补习,我再送你回来。"

"家教?你教不就好了?"

"过去太久了,我已经不会做高三的题了,你们课本也变了许多。"

"行吧,随便。但我住校。"

"好,补习时我会陪着你的。"

林淮轻轻扬了下眉,翻了页课本,没再说话。

周意知道这是他觉得还不错的小动作,她笑了笑,再想聊些日常时,她手机振动,弹出一条接一条的微信消息。

她解锁一看,都是段焰发来的。

那晚聊过之后,段焰没再找过她,而她忙着工作事务,时常到半夜才睡。

段焰的第一条消息是语音,后面是十来家不同的南城特色菜。

她点开语音,贴着耳朵听。

段焰说:"这些是我身边朋友觉得不错的,你看看想吃哪家,我提前订位子。"

他大概刚醒不久,低哑的声音带着浓浓的温柔。

周意没发觉自己笑了起来,对着手机屏幕酝酿着怎么回复时,她注意到林淮看她的眼神,带着一丝明了和七八分探究。

她把漫画书还给林淮,说:"我出去说点事,你看吧,等会儿下来吃饭。"

林淮"嗯"了声。

周意回到自己房间，关上房门，背靠着门，她划拉这些餐馆，打下几个字后又删了，改成发语音。

她说："你住哪儿？可以找一家离我们都不算远的，你身上有伤不适合走太远。"

说完，她把自己的声音听了一遍，气息声音一切都平稳正常，没有被心跳出卖。

在等他回复期间，周意把他的语音再次听了一遍。

听完，她低低浅笑着，抬眼，正好对上二三十年前婚嫁流行的带镜装饰柜，里面那面有些斑驳的镜子倒映出她的神态。

周意嘴角还是上扬的，她伸手摸了摸自己的脸颊，对着镜子轻轻呢喃道："怎么像个傻子。"

说完，她的笑容更深了。

段焰很快又发来一条语音，他说："我平常住的地方离你公司不远，但我明天不从那边走，我现在在外婆家，今天我外婆忌日，晚上住这边。你呢，你住哪儿？"

周意起初为这十几秒的语音感到开心，但听完她有点不知道该怎么回复了。

外婆，那是他最亲近的人了吧。

可人都躲不开生老病死。

周意打开房间通往阳台的门，顶着烈日走到西边的房间，这是从前爷爷的房间。

但她大学毕业那年爷爷突然脑溢血没救回来走了，她有很多遗憾，爱情的遗憾回想起来让人辗转反侧，亲情的遗憾回想起则是忍不住泪流满面。

周意看着空空如也的旧房间吸了吸鼻子，转过头，让自己不再去想太多。

她用文字回复了段焰。

LIN：我现在也在自己家里，但晚上会回公寓，公寓也离公司不远。

段焰发来语音："那就第三家吧，在你公司附近的一个商场里，也比较好停车。"

LIN：好，我都行的。

段焰："我要起床准备祭祀了，你在干什么？"

LIN：刚和弟弟说完话，可能等会儿想休息一下。

段焰："那你好好休息，就先这样？"

LIN：好，你忙吧。

结束了对话，周意摸了摸被太阳晒得发烫的皮肤，她回了屋，在一个教育机构软件上帮林淮找老师。

那头的段焰把周意的语音反复听了十来遍，还点了个收藏。

于烟敲他房门："哥，该起床了，这个时间差不多了。"

段焰三两下套好衣服打开门。于烟见他虽受伤了，但是模样十分神清气爽，笑着问道："最近有什么好事吗？"

段焰和她下楼，他没隐瞒，但说得比较隐晦："遇见了故人，和她说话总是觉得很开心。"

"是女人吗？"

"是。"

"是……"于烟还没说完话，手机就响了，是她工作的机构里的领导。

那头说有人请私教，把联系方式发给了她，约个时间需要面试。

于烟应声说好。

段焰知道她又要去做家教，便说："总是担心你做上门家教吃亏，别人面试你你也要面试他们，看看孩子家长的素养再做决定。不缺这点钱，哥哥养得起你。"

于烟似笑非笑地看着他："但是我看可能我马上要有嫂嫂了，哥哥大概养不起我了。"

段焰揉了揉她脑袋，笑着低声道："借你吉言吧。"

第二天周日，段焰中午把于烟送去机构，她今天在机构有课。

下车时，于烟抱着一沓书弯腰敲了敲车窗，段焰把车窗降下来，于烟笑眯眯地说："哥，约会的话穿帅一点啊。"

段焰低头看自己的衣服，白T恤和牛仔裤，他问于烟："我这样不行？"

"行是行，就是看起来简单了点。"

段焰笑："就这样吧，你哥哥我已经过了那个研究穿衣打扮的年纪了。"

于烟耸耸肩："你觉得OK就行啊，反正……这也不是你第一次相亲失败了。"

昨天，于烟问了几句，段焰说是以前喜欢的女孩子，聊着聊着他就全盘托出了。

这几年他和于烟见面次数少，网上聊天也少，偶尔会约着吃个饭，不会刻意问一些事情，虽然从小一起长大，但段焰总觉得在于烟面前说这些很没意思，他也以为他和周意没可能了。

说没可能的事情很没意思。

不只是于烟，孙毅坚经常在喝醉时会把这些久远的往事拿出来嘲笑他，他始终保持着清醒不去深入话题，对谁都是如此。

可一见到周意，他整个人都昏了头，精神总是处于一种亢奋状态。

和于烟说了他是怎么遇见周意的，为周意做了什么事情，说他想追她。

果然，说完后，于烟看他的眼神变了，憋着笑了很久。

他忍不住凶她："你这么笑，我很没面子。"

以至于现在，于烟又用昨晚的眼神看他。

段焰低低哼笑一声："以前那些算相亲？算了，你快进去吧，我走了。"

于烟"嗯"了声，说了句"拜拜"，又做了个加油的手势。

段焰勾了下唇，升起车窗，开车回了在市区的住所。

他租的房子在消防队边上，一个老小区，总共只有六层高，无电梯，两室一厅，面积大，但是屋内装修一般，不过对他来说已经可以了。

队里其他人不住宿舍的，要么成家了在市区有房，要么和他一样租的老房子。他对这些不在意，也没什么要求，就像对衣服一样。

但可能于烟不知道，他身上这套是衣柜里最新的夏装了。

他怎么可能真的不顾形象地去和周意约会。

只不过被于烟说得，段焰有点开始怀疑自己的审美了。

他进了屋，随手翻了翻衣柜，挑的时候想起从前，从前也有一天是这样，虽然那天周意后来没有来。

他记得那时候他在意了很久。

现在想起来已经没什么情绪和想法了，反而挺想笑的，笑那时候的单纯和遗憾。

不过可能还有点后遗症，合上衣柜，段焰摸出手机给周意发了消息，问周意要不要他去接她。

周意回复得很快，说不用，她自己过去。

确定她一定会赴约后，段焰的心安定了，转身拿上工具箱去修前几天坏掉的厨房水管。

3. 约会

本来周意没把这顿饭看成一次约会。对她来说，"约会"两个字很暧昧，可段焰问她要不要去接她，让她生出错觉，仿佛这就是一场有预谋的、暧昧的约会。

而冥冥中似乎也圆了多年前的幻想，曾几何时，在她心底，也有过一场属于她和他的隆重约会。

周意在去商场的路上莫名有些紧张，她握着方向盘的手出了汗，窗外晴日高挂，光影斑驳。

这样的心情曾出现在每一次她刻意出现在他面前时，后来再也没有了。

周意从后视镜里看了一眼自己，外貌变了许多，可因为心情的变化，眼睛里似乎有了从前的神态。

她缓缓笑了下，垂下眼，又抬起看向前方。

段焰订的餐厅在商场七楼。

周意快到时给段焰发了个消息，他没回。等快走到餐厅门口时，周意一眼就看见了他。

他穿着简单的白T恤牛仔裤，短发干净利落，远远看去像个大学生一样，气质出众。

他不知道在和谁打电话，眉眼带笑，有几分慵懒和痞气，可能正说到兴头上，微微扬着眉，神采奕奕。

也许是看见她了，眼神触碰到后，他很快掐断了电话。

周意朝段焰点了点头，段焰也点点头，大步朝她走来。

周围人来人往，都成了虚无的背景，只有眼前的人真实而立体，注视着她的眼神看起来坚定又温柔，周意呼吸停顿了半秒。

段焰显然也有点不自在，走得近了突然不敢看周意了，指指餐厅方向说："怕你找不到就出来等你了，里面灯光暗，你走慢点。"

周意说："嗯，谢谢。"

他低笑一声："还这么客气啊……"

周意左手搭着右手小臂，指甲刮过皮肤，她也不自在地侧过目光看向边上的橱窗，不知道该接什么话，只好以浅笑回应。

相比上次惊心动魄的相遇，这次的正式见面反而让人更措手不及，做再多次心理建设也抵不住他的一个眼神。

明明在微信上聊过，可偏偏就像网友奔现一样，一开始总是有点尴尬。

段焰一时也不知道该说什么,像个服务员似的,全程引着周意走,一会儿提醒小心台阶,一会儿说往左拐。

走在他们前头的服务员全程职业微笑,默默带路。

段焰订的座位是半开放类型的小包厢,挨着窗,外面是江景,能看见前几年刚完工的程江大桥,底下车水马龙,因为天气闷热,似乎还飘着一层雾状的热气,可这个点又恰逢夕阳西下,在短短几分钟内周意便感受到光线在变得柔和。

她和段焰面对面坐着,各自拿着手机点单。

一道珠帘隔绝了外面的声音,但又不是完全安静。

周意点了两个炒菜,她说:"我点好了,你看看你想吃什么吧。"

段焰看了下下单页面,笑道:"就吃两个菜?"

"点多了吃不完的。"

段焰加了个海带排骨汤和平菇炒鸡蛋,还有一份手工酸奶甜品,加芦荟果肉。

点完,他说:"好了,等会儿你要是还想吃什么就点,我请客,当我给你接风洗尘。"

此话一出,周意放松了一些,倒真像是和老朋友聚餐一样。

她点点头,拿起桌上的柠檬冰水喝了一口。

大概是有很多话想说,又没想好从哪儿开始说起,她只好把目光放在外面的江景上,尽量平静地闲聊道:"这桥我记得是2016年通的吧?"

段焰本来一直在看她,听到她这么说,转头瞥了一眼桥,回答道:"是2016年,三年前。那年你回来过?2016年应该是……你工作的第二年吧?"

"嗯,回来过,当时家里有人串门正好听人说起大桥。"

"上面可以走,可以看夜景。"

"设置了人行通道吗?"

"对,只不过这里,你也知道,没什么特色,来旅游的人很少,一般没什么人去大桥,假期可能人多一点。"段焰松散地靠着椅背,搁在桌底下的手百般无聊地转着手机。

见周意十分认真地凝望大桥,他把手机转正,停住,说:"吃完饭我带你去逛逛?"

周意终于把目光移到他身上,隔了好一会儿才点头说:"好啊。"

周意不动声色地看了眼自己的高跟鞋,略有些无奈地一笑。

早知道不穿高跟鞋了,可和多年前一样,哪有这么多早知道。

段焰把她的小动作悉数收入眼底。

他三点半就到餐厅了，等的时候无聊，点开周意的对话框好几次，但又觉得自己这样催会让人烦，于是找了孙毅坚打发时间。

大学毕业后，孙毅坚也回了南城，那几年正好兴起许多网络平台，孙毅坚虽然长得不够英俊，但胜在说话自带相声感，很会逗人开心，在一直播平台上直播游戏，没因为技术火，反倒因为幽默这个特色火了。

三点半这个点孙毅坚在直播，段焰连了餐厅的网进孙毅坚的直播间，刷了五个火箭后，孙毅坚直接在那头撸袖子说："明天不直播了，这火箭，明天陪榜一。"

他和孙毅坚因为工作原因见面次数也不多，不过一个月一次是有的。

看了会儿直播，段焰给孙毅坚发消息，说明天不需要他陪。可能是在直播的缘故，孙毅坚特别夸张地发语音说："我把你当兄弟，你刷火箭想当我榜一？"

段焰忍不住怼他，让他滚蛋。

然后，孙毅坚为了节目效果给他打了电话，还没说到他是和周意吃饭，周意就来了。

她化了妆，但很淡，穿着一身复古花色的连衣裙，头发还是像之前那样随意束在后面，清新温婉动人，脚上那双款式简单的高跟鞋又让她多了许多风情。

前几天第一眼仍会沦陷，现在再见他知道自己大概是这辈子都忘不掉周意了。

他也知道她穿了高跟鞋不方便散步，但是就当他自私吧，他今天不想局限于这顿饭，又想试试周意对他的感觉，如果她拒绝，可能后续大概率也追不到。

可既然她答应了，就说明他给她的印象应该还是不错的。

段焰端起冰水喝，目光灼灼地看了几眼周意，情难自禁地弯起嘴角，又克制住了，试探着问道："你今天很漂亮，特别是那双鞋……我记得我妹妹之前好像想买没买到，当时断码了，你穿几码的？"

周意还以为自己听错了。

这种只拐了个小弯的问题，这种桥段，在她经手的故事里出现过无数次。

可她还是怕自己会错意。

周意握着冰水，玻璃杯外溢出一层水珠，她的食指若有似无地沿着杯沿滑动了一下，自然地顺着他的问题，回答道："三十七。你妹妹也是吗?"

段焰点头:"嗯,和你一样。"

"可……"

段焰给她添水:"可什么?"

周意看着杯里那片柠檬,眼里浮着笑意,瞳仁明亮而清澈。

她说:"可这双鞋是我朋友送我的生日礼物,只有这一双。"

段焰慢慢收回倒水的手,左右看了一眼,略显尴尬地笑了声。

无声的寂静中,周意也缓缓笑了声。

打破这份尴尬气氛的是上菜的服务员,服务员先上了酸奶和平菇炒鸡蛋。放好菜品,服务员退出包厢,帘子晃动,珠帘相互碰撞,滴滴答答的清脆声从大到小,声音快要消失的时候,段焰说话了。

他把酸奶推到周意面前,说:"这是他们的招牌,把芦荟拌进去,甜,但不腻。"

周意按照他说的做,问他:"怎么只点了一份?你不吃吗?"

"我不太爱吃甜的。"

"这样啊,我还挺喜欢的。"

段焰嘴角挑了一下:"你尝尝,看这个你喜不喜欢。"

酸奶是纯手工的,醇厚细腻,配上芦荟的清香,很解夏天的暑气。

周意说:"是这个城市的味道,我在桐城和江城吃的酸奶和牛奶多数都是那边本地的品牌,这里的牌子在那边很难买到。"

段焰:"你喜欢的话等会儿再买一份打包走吧。"

周意笑着摇头:"不用,现在回来了,随时都能买。"

段焰点头说也是,他一手搭在桌上一手搁在桌底下,还在转手机。转到第五圈时,段焰说:"刚刚其实……是想问你穿几码的,等会儿给你买双平底鞋。"

周意并不意外,但是听到他这么直白地说出来,耳根还是会热。

她轻轻转动勺子,声音是一如既往的温和。

"我猜到了,没关系的,不用买,我高跟鞋穿惯了,散步也没事的。"

本来是致命的尴尬,可说开了反倒变得自然起来。

段焰开玩笑说:"我也是第一次做这种事,还不是太得心应手。不过是我太明显还是你们女孩子天生直觉很准?"

周意抓住了其中的关键字。

她也开玩笑地问:"第一次?"

段焰没听出她话里的打量,但顺着话说:"是啊,之前哪做过这种事情。你大概不知道,我们这行女孩子接触得少,身边都是男人,和他们打交道久了,习惯直来直往,我刚怕问得直接了你不自在。"

他的目光柔和,连说出的话也是。

夕阳西下,光线交替变化,光影落在他脸上,有一瞬间,周意觉得眼前的人和十多年前的那个少年完全重合。

光影散去,眼前的人有些许的变化,依旧有着少年心性的温柔和直白,只是少了些青涩。

可是真的是第一次吗?

虽然不知道他和赵嘉是什么时候分开的,但谈恋爱的话这些桥段不都是日常吗?

她在大学时总是在闲暇时间幻想他和赵嘉的生活,总想着他这么细致温柔的人,即使和赵嘉异地恋也能给人很多惊喜吧?比如突然请一天假飞奔去她的城市见她,然后在冬雪纷飞的夜晚紧紧握住她的手取暖,相视而笑。

她后来写故事,还会把这些想象的场景写进去,一边心酸一边又告诉自己,每个人的路不同,有些事情不能勉强,然后再假装大度地祝福他们以后越来越好。

周意盯着段焰几秒后,眼睛微微下垂,随即一笑。

她笑自己不知道在胡思乱想什么,又在怀疑什么,只不过是个很简单的问题,却被她想得这么复杂,还牵扯到那些久远往事上。

段焰不明所以,微挑了下眉毛以示询问。

周意不能直说心里的想法,也才刚坐下来吃饭,话题没那么深。

她摇摇头,顺着段焰刚说的,问道:"上次聊得匆忙,也没仔细问你,做消防的话很难接触女生吗?我看近几年在网络上消防员这个职业挺受女生欢迎的。"

过了买鞋那茬,段焰自在起来,把手机一放,拿过周意的碗,给她夹菜,边夹边回复说:"其实也不是职业的关系,毕业后,工作圈子把人锁住了,有时候又懒得去社交,工作上遇见的人真能发展的还是少数,这是大部分人的常态。像我们这个工作呢,感觉机会更少一些,我队里好几个结婚的都是靠相亲才成的。"

周意挺认同的,下意识地点头,接过段焰夹的菜时也下意识地说了声谢谢。

她模样温柔,无意间流露的神态又有些可爱。

这下轮到段焰笑了,他问周意:"那你呢?怎么还单着,没遇见过合心意的吗?家里人……嗯……没人催你吗?"

后半句问出口后,段焰的笑渐渐敛了。

这些年关于周意的点滴细节他都不曾忘记过,他记得那晚吹着江岸的冷风,感受着冬夜的寒雨,周意轻轻地和他诉说她家里的事情。

她有个疼爱她的爷爷,有个重男轻女的母亲,有个可爱调皮的弟弟,还有她对未来无尽的迷茫。

他不知道后来她家有没有好一点,如果她家里催她结婚,应该也是一件让她头疼的事情吧。

段焰打量着周意,试着挽回一些,说:"那天你不是说没男朋友吗?说实话我挺惊讶的,感觉你应该能遇见一些不错的男生的。"

周意没那么敏感,也没想那么多,轻声回答道:"陈佳琪给我介绍过一些,都挺好的,只是有时候这个看缘分。我不太想随便结婚,也还没想这么快结婚,你应该也是吧?"

段焰:"嗯,身边有挺多人为了结婚而结婚,人生就像一个模子里出来的,结婚生子,朋友圈晒娃。我不太喜欢这样的生活,也不是说他们那样的不好,只是自己总觉得哪里不对劲。"

周意也认同这个,又点了点头,顺带尝了块平菇,细嚼慢咽着。

段焰没怎么动筷,偶尔拿起柠檬水喝一口,他的注意力都在周意身上。

起初有些不敢直接看她,心里忐忑不安,但一旦话聊开了,昔日那种知己相投的感觉立刻跑了回来,让他滋生出一种错觉。

仿佛错过的不是九年,而是九天,他们只要抬头望一眼烈日,就能衔接上那年的夏天。

日落得很快,短短几句话的工夫包厢头顶的复古吊灯灯光已经成了主要光源,底下大桥亮起灯,江水粼粼,清凉的夏季夜幕正在悄悄覆盖,其他菜品也陆陆续续被端上来。

服务人员散去,周意想接着刚才的话题继续说点什么,毕竟她对段焰有许多的好奇,但一抬眼却对上段焰深深的目光,她的心猝不及防地漏了一拍,可到底不是十几岁的小姑娘了,她不动声色地拿起水杯,十分自然地喝了几口。

段焰扬了下嘴角,前倾身体,想给周意盛汤,被周意阻止了。

她问他:"你怎么不吃啊?"

段焰动作顿了顿,下一秒还是拿过了周意的小汤碗,盛了半碗汤加两个海带结和一小块排骨。

他说:"吃啊,我刚刚只是光顾着和你说话了,觉得蛮难得的,这么久没联系,还是聊得很投机。"

宁静的顶灯光柔和地落在周意脸上,衬得她双眸似水,听到他的话,她的目光更软了,泛着淡淡的笑意。

她的朋友从来都不多,能谈心的大概只有陈佳琪一个。她的想法观念早就和陈佳琪说过无数次,而如今能有个许久不见的老朋友浅谈一番,而且想法契合,确实让人觉得心情舒畅。

更何况,坐在眼前的人还是从前喜欢的少年。

热气腾腾的海带排骨汤被放在面前,香气袅袅,周意却鬼使神差地望了眼窗外的景色。底下车水马龙,行人渐多,就连包厢外面的人也逐渐多了起来,聊天说笑声不间断。

这是她高中毕业后第一次好好感受南城的傍晚,也是第一次心中有种异样的感觉。

城市的人间烟火气包围了她,仿佛工作上的孤独、深夜的压力、一些对人生的无力,都在这种腾腾热气和天南海北的聊天中被治愈。

段焰见她在发愣,低声问道:"在想什么?"

周意回过神,想着怎么和段焰形容这种莫名其妙的感想,她用勺子轻轻凉着汤,想了半天,到嘴边只有一句:"刚刚突然觉得,回来南城似乎挺好的。"

段焰没明白:"这里是挺好啊,虽然以前不太发达。"

周意解释道:"刚上大学的时候有一腔孤勇,觉得自己一个人在外面也没什么,反而很享受独来独往的自由。不过一过二十五岁,感觉有一些东西在慢慢改变,明明是个很年轻的年纪,却有些念旧了。我不知道你能不能明白……我觉得每个城市有它的味道,而南城的味道让我觉得很安心。"

即使因为周兰的关系,有诸多不愉快,但家乡就是家乡,它有着让人难以抗拒的吸引力。

段焰没有在外多年的经验,唯一能拿出来说的就是在海城读书的那几年,能理解周意,但没周意这么深刻的感觉。

他问道:"那大学毕业的时候怎么不选择回来?"

"因为家里的关系……"

段焰没想到又绕到这个事情上,不过周意说的时候神情没什么变化,似乎十七岁时苦恼的问题现在都已经过去了。

他顺着说:"嗯,确实,那会儿对于你来说离家应该是比较好的选择。"

周意短暂地愣了一下,随后反应过来:"你还记得那时候我和你说的啊?"

段焰:"记得啊。"

周意浅浅一笑:"都过去好久了,你居然都记得……"

段焰低头又抬头,也笑,目光浮动,追忆到那个雨夜。

他问道:"那你呢,还记得我当时说的吗?"

周意放下勺子,双手交叠,带着若有似无的笑意看着段焰,认真地说:"我也都记得。"

两个人此刻都很放松,没了起初的拘谨和无所适从,相视而笑。

段焰往后微仰,又开始转手机,语气开玩笑地说:"那你说说看,我当时说了什么。"

周意"嗯"了会儿,是真在思考。不到半分钟,她就缓缓道:"你说了很多你小时候的趣事,说小时候上了很多补习班,你说让我重新去选科,人生的选择权在自己手里,你说你要考消防指挥。"

你说,你唱歌很好听,有机会唱给我听。

只是好可惜,那首歌其实并不是唱给她听的吧。

也是因为他唱了 Beyond 的《真的爱你》,她大一的第一学期几乎一直在循环这首歌,远在他乡,每次听的时候周意都觉得好像一瞬间回到那天,在 KTV 里,汽水清凉,少年热血,上演着不属于她的剧情。

音乐让她的每一段青春记忆都变得更加深刻,有时候路过街边或看综艺时,偶尔弹出一些属于那段时光的歌曲,那些画面就会跃然于脑海。

后来再也没有什么深刻的记忆,也没有哪首歌能让她回到某个特定的时光。

想到这里,周意错开了和段焰的对视。

而那头的段焰还在回想周意的话,他不记得了,他不记得他说过那句话,也不记得是否在那晚和周意袒露过自己的志向,他记得的只有周意说过的话,还有在网吧小房间的一些回忆碰撞。

也许人就是这样,在长远的记忆里,人总是更倾向于记得对方说了什么做了什么。

他永远记得,在他一身狼狈时,心爱的姑娘忽然出现在眼前,举着伞,将他与那个凄风苦雨的世界隔开。

也是很久很久，他没有这样认真仔细地回忆那段年少时光。

眼前的周意眉目动人，干净温柔，眼神还是从前的清澈善意，和记忆里十七岁的周意隐隐能重叠。

他喜欢年少时周意简单青涩的样子，也喜欢现在的周意，净柔如白月光，举手投足间都充满了淡淡的女人味。

喜欢是个很难说清楚的东西，他总是想不明白当时为什么会喜欢上周意，也想不明白，为什么这份喜欢能维持这么多年，为什么再次见面，她依旧能令他心动不已。

段焰一动也不动地看着周意，目光是他不自知的温柔，还有藏在最深处的占有欲。

他缓缓笑着，说："还以为你都忘了，高中毕业后我们就没联系了，那会儿很多同学我都有点叫不上名字了。"

周意也有同样的感受，她说："应该大多数人都是这样的，陈佳琪也不记得那会儿的一些人了，有时候聊起读书时的事情，我和她的记忆也会有偏差，不过有些事情很难让人忘记……如果换成现在，我应该不会离家出走，也不会和男生大晚上去看雨。"

要是换作现在，应该没有勇气去做那样的事情。

现在很多令人身心俱疲的事情都可以不断地忍耐，混沌地回到家睡一觉，根本没有精力和勇气去做一些得不到回报的事情。

段焰一笑，抬手挠了一下眉尾，说："那会儿也是脑子一热，搁现在，肯定不会带姑娘去淋雨吹风。"

周意看向他，试探，又有些笑他，说："听起来……你好像经验挺丰富的。"

"没有，我不是这个意思，你不要误会。"

周意："那如果是现在，你会怎么做？"

段焰抬抬下巴："带人来吃饭或者去找个不冷不热的地方散散步，虽然我没去玩过，不过电视剧不经常那样，去电玩城放松解压。那会儿和现在也不能比，你应该没回过正仁吧？那边那条街变化也很大，整修过一次，店铺用了统一的招牌样式，开了一个小商场，遍地奶茶和小吃摊，我们那时候哪有这么多去处。"

说起正仁，周意的好奇心被勾了起来。

她不太回南城，更别说回正仁。

想象中她应该回去一次，如经手无数的故事情节那样，路过校园的栏杆，看里面的学生英姿飒爽，看望曾经的老师畅谈往事，再看一遍在里面奋斗了三年的教学楼。

但现实是,无论多怀念那会儿的时光,她都没有回去过一次,就连毕业后一直在南城的陈佳琪也是,不曾回去过。

段焰说的变化她能想象,南城这些年发展变化太大,更别说正仁本就处于南城的一条小商业街上。

在桐城时,有时候路过一些中学,看到里面的学生一起结伴去商场,她也会想他们真好,有那么多的去处,可以做很多有趣的事情。哪像他们那会儿,不是去江边散步就是去公园消磨时间,连个像样的平价小餐厅都没有。

但是每代人有每代人的专属记忆,她和段焰的那一晚是往后多少放肆都难以复刻的浪漫。

周意想象着段焰口中的正仁,问他:"你回去过?"

段焰点头:"回去过好几次,我记不清到底几次,应该一双手数不过来吧。"

他话说一半,周意顺着问道:"怎么一直回去?"

她记得,他和学校里的老师关系一般。

段焰转了两下手机,似在考虑要不要说,该怎么说。

周意毕业那年他回去,是想找她,后来有机会就会回去,还是想遇见她,他以为她可能会回母校探望老师,所以每一次去他还会找周意曾经的老师聊天,每一次得到的答案都是她没有来过。

但这要怎么说。

半响,段焰望了眼窗外后又看向周意,答道:"大学毕业之后就一直在南城,外婆去得早,工作其实很枯燥,周末闲着无聊就约孙毅坚吃吃饭,或者回正仁,就那个网吧,还记得吗?我回去找亮叔。"

周意明了了:"那家网吧还在呀!现在是不是换了装修了?"

"嗯,前几年装修过一次,弄得不错。"

"不知道为什么,听你这样说起,有种物是人非的感觉,时间好像过得很快,又好像过得很慢。"

周意说话总是轻声细语,语调淡缓宛如夏天雨后的凉风。

听着她这样感慨,段焰笑了出来。他说:"是啊,一眨眼我走出去小朋友都喊我叔叔了,还挺不习惯。"

周意也笑,眉眼弯起:"你变化不大,和你说话的感觉也是,和以前一样。"

"你不也是,不过比以前好看,特别是笑起来时。"

他和从前一样,喜欢看周意真心实意的笑容,仿佛春风下的黄昏一样,光芒千里,柔和舒适。

周意想起那时候,他似乎说过类似的话。

她当时被弄得面红耳赤,而现在,脸颊还是会微微发烫。

她下意识地去握水杯喝水,可这次,冰水也压不下这种热感。

夜色渐浓,玻璃窗倒映出两个人的影子,宁静又喧嚣的氛围中,周意看了一眼段焰,想着怎么回答时,段焰似乎意识到自己说了句很暧昧的话,有些不自然地放下手机,开始喝汤吃饭。

周意浅浅弯了下嘴角,端起凉得温度适宜的排骨汤喝。

走出餐厅时,两个人同时抬头看了眼夜空,在城市灯光下,星星都稀有得可怜,可是和喜欢的人站在同一片夜空下,已经足够浪漫。

虽然夏天有些热,但是晚上的凉风吹在人身上还算舒适。

两个人都有着酒足饭饱的慵懒感,望着眼前的车来车往,好一会儿都没人说话。

片刻,段焰轻轻拍周意的肩膀,指了指商场一楼的一家连锁精品店说:"那边可以买拖鞋,如果你想买帆布鞋、球鞋的话我们就去对面那个商场的二楼。"

周意低头看了眼自己的高跟鞋,摇头道:"我真的穿惯了,不用这么麻烦,而且你腿伤还没好吧,我们不走很远,就去桥头上看一下,吹吹风。"

"我没事,一个星期下来休息得差不多了,你看你想买哪种鞋子。"

周意很注重在他面前的打扮,今天出来约会也是精挑细选。按照常理她会想要一双正常的鞋子,但如果买正常的鞋子应该比较费时间,还不如一双拖鞋来得干脆。

她指了指精品店说:"拖鞋吧。"

段焰有点出乎意料,笑了下,挑眉说:"那我们一起去?"

"好啊。"

正是周末,这个商圈人本来就不少,这种日式风格的连锁精品店最吸引学生和小情侣,有人在挑水杯,有人在抱着玩偶撒娇让男朋友买。

周意在大学时和室友出去逛街经常看到这样的画面,她有些羡慕,但一想到段焰和赵嘉会这样又有些嫉妒。现在不会有那种酸涩的情绪了,所以当她并排和段焰挑选拖鞋时,她滋生出一种错觉。

好似他们也是这众多普通情侣中的一对,饭后逛街,打算买点日用品带回他们的小家。

而这种错觉,多年前也有过。

段焰挑了半天,试着拖鞋的柔软性和防滑性说:"这双吧,比较轻,应该不会磨脚,防滑也不错。"

周意相信他的判断,说:"那就这双吧。"

"要米色的还是粉色的?我记得你好像喜欢紫色,不过这个款没有紫色。"

"你连这个也记得?"

周意仰头看向身边的他,眉目流转,清澈的瞳仁带着一丝不可置信。

段焰拿了双米色的,笑笑说:"记得啊,你那时候QQ头像不是一条紫色的小鱼嘛,后来聊天你也说喜欢紫色。你现在还喜欢吗?"

周意看着他,双眸敛了敛,压下心中的悸动,答道:"嗯,最喜欢的颜色还是紫色。"

段焰:"那这个款拿米色?我觉得这个米色比粉色更搭你。"

周意见他一本正经地做颜色比较,没忍住,轻轻笑出声。

她说:"听你的。"

话落,段焰还从边上的架子拿了双同款灰色的,42码。

周意愣了一下:"你要买一双带回去吗?"

段焰:"不是,我陪你一起穿。"

周意再次愣住。

段焰拉她去结账,解释道:"我没想到你会选择拖鞋,怕你等会儿穿着被人看尴尬,不如我们一起穿,而且我平常在小区里散步也都穿拖鞋,蛮自在的。"

也许年少时会保持着自己的骄傲,因为一点小事就尴尬,比如因为书包拉链没拉上走了一路而懊恼脸红,比如因为在众人面前打喷嚏而无地自容,比如因为嘴快念错句子和词语而尴尬紧张。但长大后会让人不在乎很多事情,可能是已经放弃自己,也可能是有绝对的自信。

周意不在乎到底是穿拖鞋还是帆布鞋。

但她被段焰的心思折服,他真的还是他,还是那个温柔细心的少年,时刻考虑着她的感受。

结完账,两人在店门口换上拖鞋,引来旁人的注视,但两个人对视了一眼,莫名地齐齐笑出来。

段焰把周意的高跟鞋和自己的球鞋装在袋子里拎着,说:"走吧,今天也带你吹吹江风,不过不用淋雨了。"

黑夜里，璀璨的霓虹灯下，他背着光，轮廓硬朗，面容英俊，身上那种张扬痞气依旧在，只是笑起来却是与之相悖的阳光温柔。

十七岁时和他看雨听风是第一次疯狂，二十七岁和他像两个说不听的孩子，穿着拖鞋要去吹风看景。

也是第一次，二十七岁的第一次。

她的心还会跳，还会疯狂，还会再有义无反顾的勇气。

从商场到大桥要穿过一座开放式公园，地灯明亮，推着小推车卖小花束的摊贩三五步就能遇见，偶尔有几个滑板少年飞驰而过，摇曳在微风中的白茅柔软宁静。

两个人并排走着，段焰给周意介绍这里的种种，还有近几年的变化。

周意说回来真好，他便忍不住像个导游似的，说这儿说那儿，想帮她把缺失的几年都找回。

周意认真听着，虽然她对这块儿不算熟悉，可小时候跟着周兰来过，有一些印象。

段焰说，右手边的美食街曾是一座小型卫生所。

段焰说，斜前方的儿童乐园曾立着一个大时钟。

段焰说，他小时候补习的一个老师就住那个方向的小区里。

说到这儿，周意才反应过来，他对这里这么熟悉是因为，这是他小时候生活的地方。

她对他小时候的事情了解得并不多，只知道他和家里不和，那现在生活在这里，他和他父亲的关系是有所好转了吗？

会像她一样，随着时间流逝，慢慢模糊掉周兰曾经的行为，维持着表面的客套吗？

周意想问，但不知怎么开口，最后想了想，到底是他的家事，目前还是不多问比较好。

不知不觉间，走到了大桥人行道的入口。

是暑期又是周末，人不少，但也不算多，三三两两的人靠着栏杆拍照说笑，也有情侣手拉着手漫步穿过大桥。

抬头望去，巍峨的大桥顶端似乎直插夜空，而在餐厅里看起来狭窄温和的江面，此刻近距离一看，原来是那么波涛汹涌，风拂过，水面荡漾，倒映着城市的璀璨灯火。

段焰却说："你回头看。"

周意看了他一眼，随后慢慢转身向后看。他们来的路，走过的地方像是一幅画，长条形高低起伏的公园，公园背后亮着灯且鳞次栉比的高楼大厦，辉煌壮阔。

周意记不起来上一次这样放松地看夜景是什么时候了。

周意视线划过这一幕幕，轻声道："像动漫里的夜景。"

段焰看了几眼这景色，低笑问道："你还看动漫啊？"

"嗯，看过一些，工作需要。你看吗？"

"小时候喜欢看漫画书，当时追着看的动漫你应该也都看过，《数码宝贝》这种。后来就没怎么看了，不过工作之后反而比读书时空闲时间多了点，没什么事情做时会看一些。不只是动漫，也会看看电视剧，最近重温了一些老电视剧，隔了好多年看，发现还挺有意思的。"

周意回头，和他继续往前走，影子交织在一起，晚风吹过，两个人的聊天声音里带着安然的味道。

周意问他："除了这些你平常还做什么？我听他们说你们这行都很忙，好似喘气的工夫都没有。"

段焰笑了笑："分情况也分岗位吧，消防不只有防火处，还有后勤部、政治部、司令部。像新闻播放的那种摘马蜂窝、剪戒指，多数是基层站出警的。像我，我有正常周末的，也不住队里，就是平日里和那些不省心的工厂老板打打交道。"

周意对这些不了解，也是第一次听人这样说起，和她想象的似乎有些出入。

"为什么要和工厂老板打交道？"

"做防火检查，工厂很容易有消防隐患，一旦出事就是重大事故。就像那天我和你说的，前段时间有个工厂出事了，死了七八个人，伤了二十多个。"

"这样啊……确实是，这些年这样的新闻似乎挺多的。"

"是啊。"

两个人走进了大桥的人行道，风变得更凉更热烈，吹起周意束在后面的长发，裙摆如天上翻滚的烟云，若有似无地蹭到段焰的小腿。

他低头看了眼，喉结微滚，慢慢地，视线从她的裙摆移到她的侧脸，映着忽暗忽明的光线，周意整个人有种夜色寂静中破碎柔软的美感。

周意望着远处的景色，没注意到段焰的灼灼视线，顺着刚才的话题问他："你还没回答我呢，你平常还做什么啊？"

段焰："偶尔陪孙毅坚打打游戏，自己花点时间做个饭，收拾下屋子，也会约朋友去打球之类的。没有什么特别的一定要去做的事情，虽然周末看起来有两天,但是一睁眼一闭眼就过去了,能放松地吃个饭看会儿电视就挺惬意了。"

周意笑笑,她抬眼看了眼段焰。

原来,步入社会后大家的生活都差不多。

可是又不一样,她总觉得她自己少了一些东西,比如年少蓬勃的志气,而段焰似乎永远不会被生活消磨,他眼里的光芒依旧让人向往,是他在享受生活,而不是生活在享受他。

段焰:"你还记得孙毅坚吗?"

周意:"记得,那个胖胖的男生,似乎是个很幽默的人。"

"是他,他现在做主播。"

"主播?听起来似乎到处都是,但是我身边还真没有,什么类型的主播?"

"打游戏的娱乐主播,所以有时候陪他打一打。"段焰轻笑着,"也没想到,你连他都记得。"

那会儿,孙毅坚,还有赵嘉的哥哥总是和他同进同出。喜欢一个人,除了那个人本身的所有,就连他身边的人也会不自觉留意起来,又怎么会轻易忘记。

周意说:"印象深刻,所以没有忘记。"

段焰勾了下嘴角,转了话锋,问她:"那你呢?你平常做什么?"

周意想了想,答道:"我工作比较忙,有时候不分时间,空下来时我一般会补觉,休息好的话会去打理一下头发,添置一些东西,一个人逛逛超市,也会像你一样,找些老的电影电视剧看。"

段焰却好像抓住了一个关键点,问道:"你在桐城那么多年一直是一个人?"

"嗯。"

"那大学的时候呢?刚刚吃饭的时候问起,我以为是你近期没遇到合适的,原来一直都没有吗?"

说到情感问题,周意脚步放慢了,她试图在段焰的声音和眼神中找到一些能证明她猜想的东西。

他看起来很惊讶,又有一些出乎意料的暗喜。

渐渐地,周意停下脚步,她仰头看段焰,如实道:"我没有谈过恋爱,大学没有,工作后也没有。你呢?"

你为什么和赵嘉分手,后来有再遇到过喜欢的女孩吗?

段焰也停了下来。

两个人正好停在大桥的中央，两头城市的灯光如天上繁星，沦为他们的背景板，脚边的灯带呈暖黄色，从下至上，让人看不清人的神色。

段焰低眸，正要回答时，后面的行人要穿过他们，让他们让让，段焰轻轻握住周意的胳膊把人往里带。

两个人贴着栏杆，面朝江水，给身后的人让路。

段焰双手搁在栏杆上，声音轻松，说："我也没有。你为什么没有找男朋友，大学到工作都没有遇到喜欢的吗？"

周意被他的一句"我也没有"扰乱了思绪，自动忽略了他的问题。

短短几秒，她脑海里像放电影一样。

她曾经看见的、听到的，还有赵嘉的官宣，怎么会是没有？

他骗她吗？骗她的理由是什么？

段焰不是这样的人。

时间会改变人，在今天没有这顿饭之前，她也想过，也许他早就变得不再是从前的少年，可是这样谈天说地，聊往事聊未来聊感想，他明明还是他。

段焰见周意不回答，以为是哪句话说到她的禁区了，试图略过这个话题时，周意却开口了。

她温柔地、小心地问道："你大学和工作后都没有谈过恋爱吗？"

段焰很乐意回答这个问题，他微微挑眉道："对啊。"

周意以为自己哪个记忆环节出错了，可是她真的看到过赵嘉发的图和说的话，那个账号也确实是赵嘉的。

她收回目光，搭在栏杆上的右手食指没有规律地一下又一下敲击着。

段焰以为她是吃惊，他觉得这个反应是正常的，就像他知道她从来没有恋爱过一样。不只是他和她，他们两个的情况拎出去说给别人听，能相信的有几个？

这个时代，什么都是快餐式的，欲望可以放纵，感情可以将就，有什么事是值得恒久不变的呢？

可偏偏他要在这变幻莫测的洪流中紧紧握住一个人的手。

在这短暂的人生里享受一座城市的变迁历史，享受感情的温柔与忠贞。

他这次一定会握住周意的手。

段焰说："你不问问我不谈恋爱的原因？"

周意还没梳理好前后关系，听到他说话，她懵懵懂懂地"嗯"了声，目光询问地看着他。

半晌,她再次确认道:"你真的没有谈过恋爱吗?"

这会儿,段焰有些听不明白了。他不禁笑了起来,反问周意:"我给你的感觉那么不靠谱吗?我真的没有谈过,身边的朋友都知道的。"

"不是……我不是这个意思。"

凉风拂面,吹得周意睫毛颤动,如扑闪的蝴蝶,她垂眼又抬眼,视线从远处的夜景转到身侧的人身上。

她问道:"你和赵嘉……不是在一起过吗?"

话落,段焰的笑慢慢僵住,像是想起了什么久远又冗长的往事,眼睛下垂,挡去远处想要融进他眼里的光。

他低头看着黝黑的江水,风灌进他的喉咙,一阵干涩。

周意注意着他的情绪变化,直觉告诉她,赵嘉似乎是他的禁区。

也是,初恋对男生而言也是同样刻骨铭心吧。

周意见他眉头锁起,心也跟着皱起来,多年未有的一丝涩意像羽毛似的划过心尖。

她对他们的事情没什么感觉了,但是她在意眼前的人分手了却还是那么在乎过去,她也以为这次约会是有别种含义的。

虽然口上和陈佳琪说只是老朋友见面吃饭,但直觉告诉她,他们也许能再往下发展一点。

所以她喜欢他帮她添菜,帮她引路,和她一起穿拖鞋逛街,喜欢听他说他还记得她的喜好。

但这一刻,周意分辨不清,她是不是又一次自作多情了。

沉默了会儿,周意扯开话题说:"今天好似不算热,这风吹得挺舒服的,不过南城的高温天还没来吧?"

段焰回答的却是:"我没有和她在一起过……"

周意一怔。

段焰接着说:"那段时间……她不太正常。你听谁说我们在一起了?"

周意没听懂,但那颗心却"怦怦怦"快速跳起来。

她轻声道:"你们……你们高中的时候不是很要好吗?"

段焰好似从那种陌生的压抑情绪里回过神了,这会儿眼神恢复了往日的神采,他偏过双眸,也是满腹问号。

"高中?高中的时候还行吧,因为她是赵纪的妹妹,又坐得近,有时候会说说话,聊聊天。"

"可是……"

"可是什么？你从哪儿听说的？"

周意注视着他许久许久，那些种种再次闪过脑海，就算所有都是假的，可赵嘉曾经官宣过啊……

官宣……

单方面吗？

周意忽然联想到刚刚段焰说的赵嘉那段时间不太正常。

可那个时候谁会故意发东西骗人呢，又有谁会拿感情乱说呢？

风撩起周意的长发，她白净的面孔在微风和光影变化下显得尤为紧张。

她说："我曾经无意间见到过赵嘉发过你们的照片，别人问起，她说你们在一起了。"

这下段焰怔住了。

他拼命在脑海内搜索这段往事，但实在记不起来还有这茬。

不过他问周意："是什么时候的事？"

"嗯，我高考完看见的。"

"嗯……"

周意等着他继续说下去，段焰却轻微地叹气。

周意此刻回忆混乱，只觉得心脏要突破胸腔，身体的每一个细胞都在催她，这次你要问清楚，不管过去如何。

"那不是真的吗？"她问。

段焰摇摇头，淡笑了一下："我没骗你，我真的没谈过恋爱，没和别人在一起过。赵嘉她……"

"她喜欢你。"

段焰默认。

周意说："所以是她那段时间状态不太好，乱发的？"

段焰内心挣扎了一番，最终松口，沉缓道："那年赵纪走了，所以她……今年是赵纪走的第八年，时间真的挺快的。"

刚刚，周意设想过许多种赵嘉状态不好的原因，但没想到是赵纪……去世。

周意一动也不动地看着段焰，震惊得发不出一丝声音。

段焰站直身体，抬头呼吸了一口新鲜空气，瞳仁里涌动着复杂的情绪。

有这么多年对过去的释怀，有这么多年过去都过不去的遗憾。

他浅笑着，风将他的声音包裹得低沉而迷人，如往事随风。

他说："大学第一学期的那个寒假，赵纪室友作弊被抓要被处分，人想不开，赵纪为了救他把自己搭进去了。

"你可能不知道赵嘉家里的情况，高二升高三那年，他们爸妈出车祸走了，所以老师特意把她安排进了我们班，想让赵纪多照顾一下她。女孩子，总是更脆弱些。听赵纪说，赵嘉白天在学校还算正常，但晚上回去了会一直哭，比较容易失控。说看到父母留下的东西，看着家里的样子情绪总是涌上来。但那个时候赵纪也才多大，不过是个高中生而已，承受能力只不过比赵嘉好一点点而已，我和孙毅坚帮不上什么忙，只能在学校帮赵纪多照顾一点赵嘉的情绪。"

周意不知道还有这样一件事。

她听到的赵嘉，单纯可爱，是别人追捧的校花，是会拍很多照片的女孩，是穿衣打扮都很潮流的女孩，是许多女生羡慕的对象。

周意问他："那后来呢？"

段焰说："赵纪走了后她状态就更不好了，我当时一般只有寒暑假才回南城，她比较……依赖我，学校不去了，来海城找我。说实话，她那样子看了实在让人于心不忍，但我实在没那么多工夫照顾她，就让孙毅坚两个城市来回跑，先给她租了房子，又带着她看了医生。差不多是你高考那段时间，过去半年了，她稍微好了点，也和她说好了，我和孙毅坚就送她去学校了。后来也会问她情况，她其实看着不太好，但是好在后面自己找到了方向，出国读书了。这几年没怎么联系，不过看她朋友圈，似乎过得挺开心的。"

周意点点头，大约了解了。

那个说说，那张照片，就是在这个时间里发生的吧。

赵嘉依赖他，也喜欢着他，肯定希望能和他在一起吧。

有点自我欺骗又有点小女生心思。

她思考了会儿说："她和你表白过吧？"

段焰扬了扬半边眉，回忆道："嗯，很早之前了，赵纪还在的时候就说过。"

"你拒绝了？"

他笑了下："不然呢？"

周意意识到问了个多余的问题，也笑了下。她重新看向江水，任由风穿过自己，在一片宁静中消化着这些事情。

片刻，周意说："总觉得有些事不会发生在自己身边，总觉得那千万之一的概率自己不会遇见，所以当这些摆在眼前时，一时不知道该说什么。"

她和赵纪、赵嘉没什么交情,做不到朋友的感同身受,但他们也是曾距离她很近的人,听着总是心里头有点遗憾,很想问一句为什么会这样。

为什么年轻美好的生命要以这么可惜的方式结束,又为什么会有一个误会能长达九年之久。

他没有和赵嘉在一起过,这些年她的幻想和辛酸不知道为什么,回想起来让人无奈得只能发笑。

像个傻子,一个人尝尽了各种情绪折磨。

但时过境迁,又得到了意料之外的答案,竟然觉得傻了九年也值得。

因为就算没有赵嘉,她那时候和他表白了,他也未必会答应吧。

他喜欢什么样的女生,有没有喜欢过她,周意都不知道。

在那段记忆里,她认为,段焰是不曾对她动心过的,有的只是十七岁情窦初开的她的自我脑补和过度解读。

解读他的行为,解读他和赵嘉。

就像在一个夏秋混着的天气,因为都选择穿了短袖校服而感到开心,都会解读成这是属于他们的情侣装和默契。

除此之外,她还有着道不明的不自信,总觉得暗恋的人怎么会喜欢自己呢?可下一秒,因为他的一句话一个眼神又觉得自己或许是特别的。

不自信和错觉形成闭环,书写成多数人的暗恋手册。

也许青春它就是这样充满了只能尘封的遗憾和一生只有一次的懵懂暧昧。

她忽然觉得她还算幸运。

周意望着远方微微笑着,柔和地问道:"那时候,好多人都喜欢赵嘉,她长得好看性格也好,你为什么不喜欢?"

她还记得那次在KTV,他追出去了,他其实应该挺在意赵嘉的。

虽然不知道那次到底发生了什么。

段焰探究着周意的眼神,见她问得风轻云淡,心里头不由得失落,但还是温柔低沉道:"我那时候和女生打交道不多,也就她,还有她那个同桌,叫张……张什么来着,和她们两个会说说话。高中的时候没想谈恋爱,赵嘉她也不是我喜欢的类型。"

周意笑:"记得那时候我们聊起喜欢的类型,你说你不知道喜欢什么类型,看眼缘。你都没有遇到过有眼缘的吗?"

他没和其他女生有过多接触,却曾经和她走得那么近。

他不喜欢赵嘉,那曾经有一点点喜欢过她吗?

这次意外相逢，现在难道真的只是好友闲谈吗？

周意一想到他还记得她的喜好细节，她就没有办法不去深入思考。

而段焰分不清周意是单纯地问问，还是在给他机会。

她对谁似乎都这样，友好善意，温柔体贴，直到无声无息消失才让对方明白，她只是对谁都这样而已。

段焰笑着没回答，反而问她："你那时候说喜欢阳光开朗的，现在还喜欢这种吗？"

周意说："喜欢，我没有变过。"

因为今夜她能确定，二十八岁的段焰仍让她心动。

第二章　想成为他的小朋友

1. 和小时候一样

今夜,段焰似乎也能确定,他有机会。

如果周意不曾在意过他,为什么能猜出赵嘉喜欢过他,为什么会记得这么多以前的事情,又为什么会在今天和他聊这么多?

只是有时候他很难分辨周意的心思,就像那时候,他以为他离她很近了,可随后她会悄悄地推开他。

可她不也和他一样从来没有接受过别人吗?她不是喜欢的类型没有变过吗?

有没有一种可能,他在她心里一直是特殊的存在,有着一席之地?

但如果是别人呢?比如那个萧宇?

段焰胡思乱想了一通,不由得哼笑一声,微微抬起下巴感受了一会儿江风。

周意看着他有点奇怪的样子,问道:"你笑什么?"

段焰笑意更甚,答道:"没什么,只是听你这么一说,不禁更好奇了,这些年,你真的没有遇到什么喜欢的人吗?"

周意用他的话还给他:"我给你的感觉这么不靠谱吗?"

段焰短暂地愣了一下,随即失笑。

周意迎着风也笑了一下,缓缓解释说:"大学的时候在忙着读书,忙着赚点外快,可能中途遇到过一些关心我的男生,不过那时候没有精力去谈情说爱。后来毕业了,工作了,就像你说的圈子小,认识的人不多,自己又不愿意为了谈恋爱而谈恋爱。一眨眼,今年都二十七岁了。"

周意说起这些,温柔的面孔上难得染了几分醉意,琥珀色的瞳仁里浮过对年华易逝的缥缈感慨。

段焰很享受这样和她聊往事聊感想的感觉,所以就这么不经意地瞥一眼周意,也能让他看得沉醉。

他说:"二十七岁挺好的啊。"

周意说:"我没觉得二十七岁不好,只是和理想中的二十七岁有一些差别。"她顿了顿问,"你读书的时候幻想过十年后的生活吗?"

"想过。"

"你想象中的十年后是什么样子的?"

段焰没有立刻回答,似在组织语言。

许久,他说:"有一阵觉得以后的生活大概面貌就是现在这样,后来有一阵想要的稍微多了点。你呢?"

周意笑他,说他说了和没说一样。笑完后,她慢腾腾地回答说:"我那会儿想要自由,想要不被人管、自己做主的生活,现在也确实得到了。不过得到了后又总是贪心地不满足,两点一线、生活琐事、工作压力,让我觉得自己不如十年前有活力。"

工作性质不一样,体验不一样,看待生活的角度也不一样。

段焰从周意的角度想了一下,问道:"是不是一个人在桐城太孤单了?"

周意微微点头。

她很难在一个晚上将这几年的感受都说给段焰听,但是今晚似乎成了她的栖息时间,她忍不住和他说了很多,忍不住询问他的生活和感受。

她也意外地发现,他好像都能懂。

段焰问她:"那你现在回来了,还会回去吗?"

"不回去了。这次回来,一方面是工作调动,另一方面……我要抓一下我弟弟学习,他马上要高三了。"

"高三?这么快……"

段焰印象里,周意弟弟还是个幼儿园刚毕业没多久的毛豆子,怎么快到一转眼,她弟弟都要高三了。

段焰:"你弟弟学习下滑了?"

"也不算下滑,他能念好的,就是这个年龄段,叛逆期。"周意偏过脸,意味深长又带着几分打趣说,"和你那时候一样。"

提起那段"中二"往事,段焰干咳了两声。

段焰:"别说那会儿了……对了,你弟弟在哪个学校?"

周意:"星辉。"

"还行,属于中上的高中了,高三拼一拼还来得及。"

"希望吧。"

"你要自己教?"

"现在哪教得了,你难道还记得高三的题目吗?"

"还能记得一些。有一回,我接我妹妹下班,她在教育机构上班,听她讲了十来分钟课,感觉自己还能听懂。"说到于烟,段焰像是忽然想起什么似的,说,"你要给你弟请老师吗?我表妹教得还不错。"

周意对段焰的表妹也有印象,他当时随口一提,说他表妹喜欢写作文,要参加一些作文比赛,她就恨不得整理一份完美无缺的作文手册给他。

他还说过,他每周日晚上会送妹妹去学校。

周意说:"我已经预约了一个机构的老师面试,如果不行我再找你妹妹吧,行吗?"

段焰笑道:"我不是在给我妹妹拉生意,只是忽然觉得两边需求正好对上了。看你,你觉得哪个老师好就给你弟弟请哪个。"

"嗯,我先面试那边看看。"

说起教育学习问题,段焰笑着,忍不住感慨道:"现在的孩子压力还挺大的,上次我妹妹机构里有个学生没考好,父母什么都没说呢,那孩子直接烦得把头发都剪了,是个女孩子。"

时代变迁,压力只增不减。

周意记得他们那时候,虽然也会补课也会熬夜读书,但是确实不像现在,现在的父母文化程度都高,对孩子的期望能够用语言具体化表达,并且周围的环境无形中也会让人焦虑升级。

只不过,林淮好像没有这些烦恼。

周兰对他一直是顺着哄着,虽然也望子成龙。

其实这样也不错,林淮没有在溺爱中形成不好的性格,也没有像她当初那样,因为种种压力自我怀疑。

他只是有一点点叛逆罢了。

想到这儿,周意轻启薄唇,道:"我弟弟还好,也不想给他这些压力,只是我和父母给他铺不了很好的路,至少在这一年他需要为自己奋斗一下,以免以后后悔。"

段焰:"那你那会儿呢,后来改选了科目后悔过吗?"

周意摇头:"没有后悔过。如果当时一直将就着读下去,最后也不知道能不能考上理想的大学。"

夜晚的风又凉了一些，白日里的暑气随着夜空中流动的乌色纱云渐渐远去。

段焰滚了滚喉结，转了个身，背靠着栏杆，正对路过的行人，而周意没动，依旧望着遥遥江水。

段焰低眉侧看她，说："我还是听我的冤家说起，才知道你考上了江城大学，那时候想和你说声恭喜都找不到人。"

段焰缓了缓，又问道："你那个号怎么不用了，当时连手机号都换了吗？"

周意的心情此起彼伏，好不容易从赵嘉的事情中微微抽身，听到他说这个，又一下子把她拉回到道不尽的遗憾中。

她记得当时手机被摔后，她匆匆和段焰说了句高三不用手机后就再也找不回那个号了。

那个时候难以启齿的事情放到现在，周意觉得没什么不能说的。

但她脱口而出的第一句话是："你找过我？"

段焰说："是啊，想问问你考得怎么样，暑假准备去哪儿玩，想和你聊聊天……"

想问问你，有没有看到写在《志愿填报指南》后面的话。

一个男孩，别扭、难以说出口又渴望被心爱的女孩知道的话。

如果看到了，那就当面再说一次。

如果没看到，能不能马上翻书去看，然后让他当面再说一次。

段焰注视着她，忍不住重复地低声问道："你为什么把号都换了？"

周意望着段焰的眼睛，心跳不自觉地快起来。

她以前偶尔会想，他会不会主动找过她，又想，号码都找不回来了，想再多也没什么意义。

如今听到他这么问这么说，才明白，她一直都渴望他有回来找过她，也渴望他在意这件事。

就像当初她故意不去网吧，渴望他发现她没有去一样。

所有的举动都只想证明一件事——他在乎她。

不管是不是爱情，只要有一点点在乎就行。

周意微微抿唇，不太自然地收回目光，让风散尽她耳下的热意。她低声解释道："那时候其实是手机不小心被我妈发现了，后来就没用了，毕业之后再用，企鹅号和手机号找不回来了。你知道的，那个时候什么都不是实名制的,也没有强制绑定号码之类的措施。"

段焰好半天没说话,似是不相信。

良久,他觉得荒唐,笑了出来,夜色将他的声音压低,顺着风儿,酥酥麻麻地往周意耳朵里灌。

他说:"原来是这样,我还以为你故意的呢。以为你……"

"我不是。"

"我知道……我以为你毕业了换号码,不太在乎我这个朋友,所以都没告诉我。"

"不是……"

还有其他原因,但是周意不知道如何往下说。

段焰说:"这叫什么事儿,怎么当时有这么多的误会。我真以为我对你来说可有可无呢,毕竟毕业之后很多人真的就不会联系了,到现在,有些以前玩得不错的同学我连联系方式都没有。"

周意:"你在意我没联系你?"

"在意啊,我当时真的有很重要的事想和你说的。"

他说得漫不经心,嗓音带着笑意,比风醉人。

周意用探究的目光看他。

段焰却笑容加深,弯腰凑近她,低低道:"有点记不清了,等想起来了和你说。"

夜渐深,城市回归寂静时,两个人顺着来时的路往回走。

风声也弱了许多,飞扬的发丝垂在后侧,裙角不再摆动,灯下浅浅的两道影子交织在一起,被拉得无限长。

周意走得很慢,她听着段焰说他工作上的趣事,偶尔配合地问几个问题,偶尔笑笑。

她心不在焉地想当时到底是什么重要的事情。

她再问,段焰始终不肯说了,只是一直笑,英气黑亮的眉眼在夜色下显得格外蛊惑人心。

她问不出来就没问了。

而此刻她就想这段路再走慢一点,再长一点。

和从前一样。

走回商场地下停车场,封闭的空间和刚刚外面宽阔的风景成了对比,也让人的一腔热情慢慢冷静下来。

段焰陪着周意找到她的车。

解锁后，周意拉开车门，她站在原地看着段焰，两个人都在想应该说什么来结束这一天。

段焰说："你开车回去多久？"

"半小时不到，你呢？"

"和你差不多。"

周意点点头，随即心中燃起一丝莫名的期望："你……住哪个小区啊？我们不会住得很近吧？"

段焰被她问得也心中一动。

他说："我住的是个老小区，虎园路那边的佳林苑。"

周意一笑："我住天石街的悦景海庭。"

这两条路是相反的方向。

段焰也笑，他就知道，哪儿来的这么多巧合。

他说："你那个小区还不错，我之前去过，物业安保都做得挺好的。你现在是一个人住对吧？"

"嗯。"

"一个人要多注意点，晚上记得反锁门，装个好点的防盗窗，最好家里再装个摄像头。邻里也不用过多接触，现在在租房的人多，小区再好人也是杂的，不要和陌生人透露太多信息。"

段焰说的时候很自然，有几分消防救援人员叮嘱老百姓的腔调。

周意忍俊不禁，笑他："你这是职业病？"

段焰挠了下眉尾："算是吧，因为见多了。"

周意知道。

他刚刚一路说了太多例子。

可她一个人在桐城生活了那么多年，连大学在江城也是一个人，她早就习惯了一个人的滋味，也知道怎么保护自己。

也许从今往后，她再也不用自己去操心那些了。

周意说："嗯，我听你的，我回去后会再弄一下的。我刚搬过来没多久，连收拾都是上次陈佳琪帮我一起的，等我稍微空一点吧。"

"你工作很忙？"

"刚成立了一个部门，目前有很多事情要做，又碰上这次意外，进度会耽误很多。"

"那之前呢，在桐城时也这么忙？"

"比现在好一点点，不过空下来的话也不知道应该做什么，现在习惯了，也还好。"

段焰凝视她许久，低声问道："这些年，在外面累不累？"

周意骤然一愣，但很快，她弯起嘴角，温柔清澈的双眸里倒映着段焰的面孔。她也放低了声音说："应该是累的，但是听你这样问起的话，忽然觉得其实没有很累。"

周意停顿了几秒，柔软温和的声音回荡在停车场里。

她又说："谁会不累，你这些年，难道没有疲惫过吗？不过一定有一些人，有几个情景，会让你觉得这样也是值得的。"

段焰低低一笑："我对你来说，是这样的人吗？"

周意说："是吧，因为听到你这么问我，我就想回答你不累。"

不知怎的，望着周意的眼睛，段焰忽地背脊一热，有那么一瞬间，思绪都空了。

等回过神来，周意已经要走了。

她说："你车停哪儿？腿还没好透吧，开车慢点。"

他点头："就停那边，那……你等会儿到家了给我发个消息。"

"好。嗯……我的鞋。"周意指了指他手中的袋子。

段焰低头看了眼两个人脚上的拖鞋，再次失笑："忘了，你现在换？"

"嗯。"

"你穿高跟鞋开车？"

段焰把她的鞋拎出来，高跟鞋款式简单，但女人的纤细味道十足，在他手中看起来很突兀，却又有着不一样的柔情。

段焰问这句话时那种腔调又上来了，仿佛是专门查她驾驶的交警。

周意脸微热，有些哭笑不得地解释道："我之前车里一直备着一双鞋，但是从桐城回来，那双鞋穿坏了，家里的鞋子也因为搬家扔了很多，只剩了一些矮跟的或者高跟的。这周又因为居家办公用不上车，所以我还没来得及买……"

段焰看她慌乱的样子嘴角微勾，把高跟鞋递给她："我只是这么一问，毕竟不安全。"

"嗯……下不为例，行吗？"

他笑得不行。

他实在不懂，为什么周意能这么可爱。

周意换好鞋，他还在笑，周意不知道他在笑什么，不过眼前的人笑起来时眉眼飞扬，仍旧勾人心弦。

她忍不住问他："你笑什么啊？"

段焰手握拳抵着嘴边干咳了一声："没，不笑了。"

周意把拖鞋收好,说:"那我先走了?"

"嗯,到家记得给我发消息。"

"好,如果你先到你也记得给我发一条。"

"好啊。"

周意坐进去时,段焰伸手护住了她的头,等人关上车门,系上安全带,他才缓缓往后退给车让路。

周意的车消失在停车场之后,段焰仰头深吸了一口气,看着这空旷的周遭,没忍住轻笑出声。

他拎着袋子穿着灰色拖鞋,慢悠悠地找到自己的车。

回到车上,换好鞋,他拿出手机看。

吃饭和散步时手机就一直振动个不停,他一个都没回。他点开手机一看,有队友的消息、有于烟的消息,最多的就是孙毅坚的。

这人怕是一辈子的话痨,不管是网上还是现实生活中,讲话跟轰炮似的。

孙毅坚给他发了八条语音、十三条文字消息。

段焰接上蓝牙,一条条播放,同时发动车子,车轮擦过地面,很快顺着路融入夜色中。

孙毅坚第一条语音:"我是你招之即来挥之即去的备胎吗?你开心了刷个榜一,不开心了几天不搭理我。"

孙毅坚第二条语音:"无事献殷勤,非奸即盗。说吧,有什么事情求你爸爸。"

孙毅坚第三条语音:"你人呢?你不会又去掏马蜂窝了吧?"

孙毅坚第四条语音:"不对啊,你刚刚说在吃饭,你和谁吃饭呢?你妹吗?是你妹的话,我也来。"

段焰直接忽略了他后面的文字消息,发了个语音消息过去,简洁明了。

那头的孙毅坚还在游戏直播中,看到段焰发来消息,他对着镜头骄傲一笑,说:"来了,你们榜一大哥回我消息了,让我听听他说了什么。"

"和周意吃饭。"

他的声音和段焰的语音前后脚出来。

孙毅坚:"听到了吗,和周意吃饭呢!就一老朋友,他干什么还不是得乖乖给我报备,不对,我去……我去!"

等孙毅坚反应过来,游戏里的他莫名被高空飞来的一个平底锅砸成了盒,而听到周意的名字,他大脑一炸,双重刺激之下,手机直接滑了出去。

他想补救,扭了半天,手机像鱼一样,花样滑飘,最后"哐当"一声飞进了垃圾桶里。

弹幕:行为艺术家。

孙毅坚没心思做娱乐效果了,匆匆捞出手机又听了一遍段焰的语音,然后挠着脑袋,给他发文字消息。

孙毅坚:是同名同姓的人,还是真周意?

段焰看到他的话,反问他:"什么叫真周意,还有别的周意吗?"

孙毅坚听到他拽拽的语气,没好气地发语音笑骂道:"看把你牛的,你具体展开说说。"

已经晚上九点多了,他本来每天晚上播到十二点,但这会儿好奇心像蚂蚁钻了一身,哪儿哪儿不得劲。

孙毅坚放下手机,对着观众敬了个礼,说道:"下播下播,陪榜一去了。"

那头的段焰绕道去了一家大排档,点了些烧烤和啤酒,打算去孙毅坚家找他。

下播的孙毅坚疯狂轰炸他手机,他在等烧烤时对着手机无语地笑了,最后接了孙毅坚的电话,问他:"你不是在直播吗?打我这么多电话干什么?你先播着,我买了吃的一会儿来找你。"

"你现在一个人?那周意呢?"

"她回去了。"

"真的假的?"

"真的。"段焰顿了顿,"老孙,我真的又见到她了。"

孙毅坚在那边静默几秒,然后大骂一声:"去你的,声音干吗突然这么肉麻,你别来了,我感觉我今晚要被你肉麻死。"

夜色宁静,大排档香气袅袅,挂在上方的灯串静静照着底下的人,烟火气十足。

段焰抬头看了一眼,笑着说:"还有更肉麻的呢,老孙,才刚分开,我这就有点想她了,你说,怎么办?"

孙毅坚恶寒了一整个晚上,直到啤酒下肚,醉了五六分,他才勉强接受马上只有他自己是单身狗的事实。

他和段焰这个夏天就见了一面,上回见面还是在段焰那个破得总是漏水的小屋里，狠狠吃了两大盆小龙虾。本来小龙虾配啤酒是夏天最舒爽的事情，但段焰那个人轴得很，从来都是滴酒不沾。

大学的时候不喝是因为见面机会少，也没什么烦心事，工作了不喝是因为段焰怕哪天有事故，喝酒误事。

他经常笑段焰，你这是上班呢还是献身啊，至于吗？

段焰会反过来笑他，笑他不懂男儿志向。

他才不喜欢听这种，能回应的只有一句："去你的。"

段焰也不会主动和他说周意，每次瞎聊，说到高中、说到周意，段焰就在那边笑笑，一个字都不愿意脱口。

他能回应的只有："去你的，装什么深沉。"

事到如今，孙毅坚拍了拍圆滚滚的啤酒肚，整个身体大刺刺地靠着椅子，十分复杂地看着段焰，说："你咋回事儿啊，啊？挺没原则的，就因为快有女朋友了，所以又喝酒又谈心的？故意来刺激我，是吧？"

晕乎乎的孙毅坚想，这人绝对是故意的，方圆十八里都知道，他，孙毅坚，前些天被相亲对象给拉黑了。

段焰酒量比孙毅坚好，几罐啤酒下肚，神色未变，只是双眸透着股懒怠的醉意。

他一手握着啤酒罐，一手滑动和周意的微信聊天页面。

一个多小时前，周意和他说到家了，很巧的是，他也正好到孙毅坚家，简单聊了几句，周意说要去洗澡。

他还没回复，怕话题到这里就结束了，又想着周意洗澡大约要多久，洗完她是不是还要洗衣服、护肤，那他应该隔多久回复她才比较好呢？

但今天也已经很晚了，她明天还要上班，不应该打扰她太多。

可是……他真的，真的想她。

孙毅坚见段焰心不在焉，又对着手机傻笑，忍无可忍，在桌底下踢了他一脚："你有没有在听我说话？你跑过来，灌醉了我，对着我说了一通你这么多年对周意的感情，前些天又怎么碰见周意的，今天和她吃了什么菜，聊了什么天，就完了？你也对我上点心吧！"

孙毅坚说完拍拍自己的胸口，差点把自己拍吐了。

段焰想了想，还是退出了聊天页面，把手机往桌上一扣，仰头喝完了最后一口啤酒，双手搭在桌上，身体前倾，好整以暇地看着孙毅坚。

他挑挑眉道："那你说，现在换我听你说。"

"我？我有什么好说的，我都不知道原因就被拉黑了……我啊……我高中的时候怎么没有喜欢的女孩？你说，当时身边美女这么多，我怎么就没有格外喜欢的，赵嘉倒是挺喜欢的，可惜她是赵纪的妹儿，也可惜她喜欢你，没意思。"

孙毅坚脸颊通红，说话都带着一股酒味。

段焰笑他："你酒量真是差，这么差，还总喜欢找我喝酒。"

孙毅坚："和你谈心呢，你扯什么酒量。"

"行，你继续说。"

孙毅坚被这一打岔儿，也忘记自己要说什么了，瞪着眼睛回想了老半天，一拍脑门说："哦，对了。你说你，你光顾着说你自己怎么喜欢她，她怎么怎么可爱好看，那她呢，她对你有意思吗？"

"有那么点意思的吧，因为今天聊得还挺开心的。"

"你悠着点吧，你以前也这么说的，哈哈哈。"

孙毅坚记得，那会儿，就那年毕业的暑假，他们在 KTV 唱着歌呢，段焰把周意带来了，把他们弄得那叫一个措手不及。

中途，段焰出去了一下。

没一会儿，周意走了，然后段焰回来了，段焰问他们周意人呢？得知走了后段焰还出去找了一圈。

他再回来时是一个人，他们就问他，周意呢？

闷热的夏天，在外面随便走一走就满头大汗，段焰再回来时 T 恤都湿了半边，一瓶冰水下肚后对他们说："估计回家了吧，没事，我给她发个信息就好了。"

他们又问："那赵嘉呢？怎么也没影了？"

段焰沉默了。

也是不久后，他们各奔东西到不同的城市上大学，临别前聚餐，赵嘉喝醉了哭着问段焰，为什么不能试着喜欢一下她？他和赵纪才知道，原来拒绝赵嘉告白的人是段焰。

当时可把他们两个局外人震惊得连下巴都要掉了。

段焰再一次拒绝后，回去的路上和他说起，去 KTV 的前些天赵嘉和他告白过一次，他拒绝了，听到时也是同样的震惊，还以为赵嘉是开玩笑呢。他们也算朝夕相处，他愣是一点都没察觉出来。

去 KTV 那天，他就是想把周意带到他们面前，带到赵嘉面前，告诉他们，他喜欢周意，想等周意高考完追她。但他没想到平日里好说话的赵嘉会有那么情绪失控的时候，哭着跑出去，让大家都不痛快和尴尬。

一切都是因他而起，他追出去后又认真地和赵嘉说了一遍，他就喜欢周意，没什么理由，让她别这样，等去了大学，她长这么好看肯定会有很多男生追求的。

可赵嘉说："你都不能喜欢我，我又怎么能一下子喜欢别人。就像，她怎么可能一下子喜欢你。"

说完，有点不欢而散，赵嘉独自先回家了。

段焰当时觉得不是那样的，周意对他……还是有点不一样的。

当他和孙毅坚说想等周意毕业后追求她时，孙毅坚问他："你确定周意对你不一样？确定她对你有那方面的意思？"

年少懵懂，坠入爱海，自信想当然。

段焰回答说："你懂什么，我们经常聊天，聊得也挺开心的，那她肯定对我是有点意思的。"

后来找不到周意后，孙毅坚见他脸色难看，也不敢拿这事开玩笑了。

孙毅坚后来再和段焰聊起周意，也是过了很久很久，久到让人都觉得往事如烟，任何人和事都是可以轻轻提起，再轻轻放下，所有的遗憾和幻想都只会在他们想说的那个夜晚里停住，第二天一睁眼，都只能往前看，也不得不往前看。

他问段焰，还惦记着周意呢？段焰笑笑不回答。

他问段焰，你到底喜欢她什么啊？段焰依旧笑着不回答。

他又问段焰，你打算一辈子打光棍啊？段焰这倒是回答了，仿佛还是十几岁的样子，漫不经心地说："啊，对啊，我这辈子都不谈恋爱。"

他没忍住，爆了粗口。

这人就会唬人，见到周意，恨不得立刻掏出户口本拉人去结婚，还一辈子不谈恋爱。

男人真虚伪。

想到这里，孙毅坚变本加厉地嘲讽道："你确定当年周意只是找不到账号了吗？难道不是这会儿骗你的话术？"

段焰想起当年的种种，一时也被孙毅坚说得心里又没底了，但是当年是当年，现在是现在。

而且周意才不会骗他。

他哼笑一声说："被骗我也乐意。"

孙毅坚打了个饱嗝，指了指段焰，被气笑："以前怎么没看出来你是个'恋爱脑'。周意要是奸一点，铁定能骗你个倾家荡产。"

"我有家产吗？能骗什么，最多骗心骗身罢了。"

"你……哈哈哈，你老实说，来，你跟哥老实说，是不是单身了二十八年,现在快按捺不住了?"

段焰拿着筷子挑小黄鱼的肉吃,冷笑一声:"别开这种玩笑,听到了没?"

"好好好,我只是就事论事。欸,说真的,憋不憋啊?"

孙毅坚脸上那两坨红色在这种话题的映衬下显得格外憨。

段焰的筷子轻碰着外卖锡纸盒的边缘,轻描淡写地说:"你喝那么多,不上厕所,不憋吗?"

孙毅坚喝蒙了,他摇头晃脑地试图让自己清醒一点,但始终看不清段焰的脸,最后摆摆手说:"对对对,我去放个水,排干净了我再和你决战到黎明。"

孙毅坚一走,段焰装不下去了,他呼了一口气,冰凉的啤酒一口接一口地往下灌。

可有些东西越往下压它就越是嚣张。

他不可控地想起这两次见周意,她穿裙子的样子。

他记得,他第一次见周意,她也是穿的裙子,带着花朵图案的裙子。那会儿她穿裙子看起来像春日清晨含苞待放的小花朵,而现在举手投足间都给人一种漫步在月光林间,整个人纤细曼妙的感觉。

她的腰那么细……她的手那么白,裙摆下的脚踝性感与骨感并存,就连那双脚,看起来都是那么勾人。

段焰抿了下唇,双眸垂着,盯着手中的啤酒罐儿,没来由地被自己气笑——怎么了,竟想这种乱七八糟的东西?

那头,周意也面临着和段焰差不多的处境。

在停车场和段焰分别不久,陈佳琪也给她发了好多微信,文字消息密密麻麻,仿佛写了一本《十万个为什么》。

在他们还在吃饭散步时,陈佳琪的消息也是时不时地进来,热切地关心她和段焰的进展。

一进家门,陈佳琪的电话就拨了过来,周意只好边和她打电话边换鞋换衣服。想起段焰的叮嘱,她又在百忙之中给他发了个消息报平安,然后认真地锁好门,检查门窗和床底柜子是不是完好,有没有藏人。

陈佳琪问她:"你窸窸窣窣的干什么呢?"

周意解释了一下。

陈佳琪听完乐得大笑,她说:"他还真是职业病啊,不过我倒是觉得这点挺好的,算他的优点吧,我给他加一分。"

这年头独居女性出事的新闻太多了。

在读大学时，陈佳琪和周意就时常提醒对方要注意安全，黑车不坐，晚上不独自出门，也尽量不和周围的同学朋友发生矛盾。工作后，陈佳琪回了南城，身边有家人相伴，周意只身一人在桐城，陈佳琪会让周意每天睡觉前给她发个消息。

虽然发生意外的概率很小，但一想到朋友身在远方就不免忧心。

陈佳琪还幻想了一下假如周意和段焰在一起的话，她好像就不用再担心周意了。

虽说段焰不是警察，但他们经常训练，又自带一身正气，肯定能很好地保护周意吧。

这么想着，陈佳琪说："职业加一分，还有呢，今天还有什么心动细节吗？你一晚上都没回我消息，是不是处得很开心？"

周意打开空调后，对着吹，凉气环身，她整个人才稍稍冷静下来。

回想这个晚上，周意有很多想说的，但是又不知该从何说起。

陈佳琪问她："你对他还有心动的感觉吗？"

周意说："有。"

陈佳琪说："那你觉得现在的他是你喜欢的吗？你有分清这种心动是因为眼前的人还是圆梦的紧张悸动吗？"

周意说："都有。"

陈佳琪又说："那赵嘉呢？你不介意他和赵嘉在一起过吗？"

后来，周意在泡澡的四十分钟里和陈佳琪说完了来龙去脉。

今天发生了太多事，唯独这件让人想起来难以形容。

陈佳琪哑了很久，然后震惊三连问："不会吧？怎么可能？真的假的？"

她们和赵纪都不熟，有的只是一点惋惜、一点震惊。

陈佳琪说："那赵嘉也太惨了吧……我本来想说，她那个行为好有心机，肯定是故意对外宣示主权，不过如果是因为这个……唉，我也不知道怎么评价了。她应该现在还好吧？"

周意说："听段焰说她现在挺好的。"

"那就好。哎，这事儿我也不知道咋说。对了，那他们没有在一起的话，你当时的所见所闻都是假的？"

总有一些记忆会特别深刻，比如他跳高比赛时让赵嘉帮忙拿水拿衣服，比如他心心念念记挂着赵嘉喜欢吃的汉堡，比如他和赵嘉是前后桌时举止的亲密……

但周意不愿意把段焰想成玩弄暧昧的高手,他说他没有喜欢过赵嘉,她相信他。

所以周意回答说:"可能是我自己过度在意了吧,这些……以后有机会我会问他的。"

那头的陈佳琪笑:"听你这语气,你有把握拿下他?"

周意大半个身体沉在浴缸里,细腻密集的泡沫随着她手的轻轻晃动漂向远处又再不动声色地漂回来,周意抚摸着这层泡沫,声音轻而柔。

她说:"我们都记得以前很多事情,聊起现在的感受也出奇的一致,只不过他好像永远比我更坚定一些。而且,佳琪,我们喜欢吃的东西好像都差不多。"

"吃的?"

"是啊,海带排骨汤、平菇炒鸡蛋、酸奶,我最喜欢吃这些了,他好像也很喜欢。"

"照这么说,你们从生活到观念都是契合的?"

"嗯,我是这么觉得的。"

陈佳琪:"那还行,在和你的适配度上我再给他加一分。"

周意忍不住笑:"多少分算合格?"

"满分一百,一百分算合格。"

周意笑得停不下来。

笑够了,陈佳琪问了个关键的问题:"周意,你确定他这次和你见面是有那方面意思的吗?"

虽然她就是觉得段焰对周意有意思,但万一不是呢?她不太想再看见周意黯然神伤的模样。

周意认真地思考了这个问题,半晌,她回答说:"我不能百分百确定,但我想,可以再接触看看,也许他也是这么想的。"

"如果他是抱着喜欢你的原因来接近你的,我勉强给他加到九十分。"

周意又笑起来:"那还有十分呢,怎么才能到满分?"

陈佳琪忽地一改平常大大咧咧的性子,极其认真地说:"宝儿,你那么喜欢他,我肯定希望他也喜欢你,然后你们欢喜地在一起。我一直觉得两情相悦很重要,如果只是将就着结婚什么的,和不喜欢的人还不如一辈子单身,我之前也无脑地鼓励你勇敢去追,不过现在我觉得不是这样的……我们已经不是十七岁了,哪能因为只是喜欢这个人就和他在一起呢?要考虑很多方面,比如他的家庭、他的工作、他的生活习惯……"

陈佳琪想了想继续道:"我现在不清楚他家里的情况,你可以找机会了解一些他和他父亲那边的情况,你也要了解一下他的职业情况。消防员啊,这个和平年代最危险的职业之一。你敢相信,看着繁华和平的都市会突然有一场爆炸,这还是极小的概率。你再看看近几年的新闻,有的消防员因为没救下受灾民众而得了创伤后应激障碍,有的消防员因为山火而葬身火海……你能接受他这个职业带来的意外吗?就像我们所有人都没有预料到赵纪会因为救人去世一样。"

这番话让周意沉默了一瞬。

她浅笑了下对陈佳琪说:"没想到你考虑得这么深入。"

陈佳琪:"我也不知道,我突然就想到这些……因为我有预感,你们会在一起。一想到你们在一起,我就往后想了很多。欸,好奇怪,搞得像我要找男朋友结婚一样,想七想八的。"

周意想到那天段焰救援后受伤的样子。

流了那么多血,个把星期怎么可能好。他今天握筷的时候似乎会牵扯到伤口,一疼他就蹙眉,但不待人看清他就又恢复成原来的样子。

这些年,他受过的伤、经历过的事故应该是她无法想象的吧。

陈佳琪说:"你在听吗?你怎么不说话?"

周意看着被泡得发皱的手指,回答道:"在听,只是在想关于他的一些事情,我觉得你说的话都在理。不过,我现在考虑不了这些,你就当我是'恋爱脑'吧。"

她喜欢他,想和他在一起,考虑到他职业的特殊性,她只想成为那个能够支撑起他的人。

他受过的伤、走过的路,总要有个人去心疼,她想成为那个人。

陈佳琪抿着唇长笑一声:"随你啦,我只是不想让你以后又痛哭流涕。"

"我什么时候痛哭流涕了?"

"这是你自己提起来的啊,你那时候知道他和赵嘉在一起后对着萧宇哭就算了,还对着我哭,公交车上哭了一路,纸巾都不够你用的。"陈佳琪压低声音问道,"现在知道他没有和赵嘉在一起,有没有觉得当时很丢脸啊?"

周意想起那天的眼泪确实感到一阵尴尬,她起身,随手拿了条浴巾裹住身体。

她让陈佳琪别再提那一天了。

陈佳琪仰天长笑,说:"看在他还守身如玉的份上,我再给他加一分吧,不过……他……不会那方面有问题吧？男人不行的话其他都免谈。"

周意看着镜子里的自己，不知道是泡澡太久脸红了，还是听了陈佳琪的话脸红了。

她哭笑不得："你在胡说什么啊……"

"哈哈哈。"陈佳琪笑岔气，"那你们下次什么时候约会？"

"还没约。"

话音刚落，周意手机振动，段焰的消息提示跳出来。

周意点开一看。

Y：我在孙毅坚这边吃饭，正好聊起一部不错的电影，要不要一起看？

周意快速回复：嗯，好啊。

Y：洗完澡了？要睡了吗？

LIN：刚洗完，在和朋友打电话，等一会儿就睡了。你呢？

Y：孙毅坚喝醉了，刚扶他上床，我也躺着，打算睡了，但睡不着。

周意手指快速敲击着，全然忘了还在和陈佳琪打电话。陈佳琪感受到恋爱中的女人重色轻友，哼哼两声说："那我挂了，你们聊吧。"

周意说："晚安。"

陈佳琪："晚安晚安！"

而那边的段焰躺在床上翻来覆去，始终难以入眠。

他大概是疯了，疯了一样地想周意。

孙毅坚在边上呼噜震天响，他看着实在觉得搞笑，但看了会儿，他忍不住地想，如果现在躺在身边的是周意就好了。

这样一想，他更觉得自己是真疯了。

周意问他为什么睡不着。

他如实地回：疯了。

约的电影是《烈火英雄》，其实已经上映一段时间了，但口碑很好，电影院一直在排档。

段焰和周意约的是周六晚上。

周意一个人生活时不喜欢去人太多的地方，她也没有闲情逸致看一场电影，有时候她会刻意回避一些高口碑的电影电视剧。如果空下来，她宁愿找一些从前看过的电影电视剧看看，知道剧情知道下一句台词的感觉让她觉得安心。

在这个快速的时代，工作的特殊性让他们不得不保持敏锐的嗅觉，得看最新的电影电视剧做分析、看爆款故事提炼元素，有时很难区分工作和娱乐。

这部电影周意早就听身边的人提起过，每次有好口碑的电影，同事们都会讨论。

听说很感人，听说会看得很难受。

周意受不了太催泪的故事，年轻时看小说她就不看太过悲剧的。

如果到时候看哭了会很尴尬吧？

周意一边忙着工作一边想象着那天，在一种热切的期盼中等待周六的到来。

也是很久，很久没有过这样热烈地等待一天的到来了。

像小时候期盼着去春游，像读书时期待着寒暑假，像暗恋他时数着日子等待每个星期三下午的那节体育课。

是从什么时候开始的呢？人的生活变得没有什么值得期待的事情，一年到头后被问起有什么记忆深刻的事情，想想后只能摇头，每一天每一个月都很平淡，就算工作上和别人有冲突，也可以很快忘记。关于自己，关于生活，还有什么值得被铭记的呢？

周意和陈佳琪说起这种感受时，她笑自己遇见段焰后，好像什么都变得鲜活起来，还像个怀春少女。

陈佳琪说："女人至死是少女。"

周三，公司人事接到大厦物业的电话，那边已经整修好窗户，也检查过安全问题，办公区域可以正常使用了。周意接到人事通知后，心里没什么波澜，第二天照常上班。

但底下的人就不这么想了，周意在茶水间听到两个小姑娘说笑。

一个说："要是能再居家办公一段时间就好了，真不想每天早起上班。"

另一个说："谁不想啊，我们总编看起来也不是很凶的人，不干活也不催，无所谓啦，我还是想想晚上和我男朋友吃什么吧。"

周意在墙边站了会儿，拎着未洗的杯子返回了办公室。

这次如果不是因为林淮，她本来不太想回南城的，她还是怕和周兰有冲突，虽然回来的那一刻她还是被家乡熟悉的氛围触动到。

在调人去南城分部监管相关工作事宜上，总部那边的人选有好几个，个个都比周意资历老，个个都比周意有手段。

周意在《彩虹》工作三四年，一心扑在内容上，受天空影响，她始终相信好的内容大过一切。她不太和同事交心，也不和他们过多接触，交情普通,只想做好自己的事情,好好赚钱,尽快把钱还给周兰。

因为业务上的来往,周意还是结交了一些不错的朋友,比如副业做女鞋设计的某大佬编剧,比如做珠宝设计的某制片人妻子,也许是出于客气和维持情谊,会互相赠礼。

也许是因为周意刚进《彩虹》一年便做出了行业爆款,后面几年年年也都有不同凡响的业绩。

只不过周意一直没什么领导能力。

天空总说她面相太温柔,明明生得一双小说里经常被描写得勾人心魄的桃花眼,却一点攻击力都没有。

这么说着,天空却把她推荐给了副总,周意想着林淮,没有过多拒绝,答应了回来。

临别时,天空还笑着对她说:"LIN,下次见面大概是总部的年会了,你不在我身边我还有点不习惯呢。"

她还说:"一转眼你都二十七岁了,比刚来时气质成熟了些,但是你的眼睛好像一直没怎么变,用故事里的词语来形容就是,清澈柔和,希望你能一直保持初心。"

初心。

这个词语让周意想了很多。

从桐城一路到南城。

她想,她的初心是为了保留住自己十七岁时拥有的感觉。

自由、热烈、哭笑交织、永远会坚定地朝着一个方向走。

但渐渐地,繁复的工作却让人的初心变质。不像校园时代,读完初中有高中可以向往,读完高中有大学可以向往,读完大学有工作可以向往。

繁复的工作已经不能给你的人生带来期盼,它会让你怀疑自己在这个世界上存在的价值。唯一的好处是它能带来经济自由,但这种自由根本不能和学生时代的精神自由相比。

周意装作没听到那两个姑娘的对话,也没去问话。

她觉得,至少她们还没被生活磨平棱角,还没学会职场上的虚与委蛇。

但她不禁反思起自己,她确实是个不合格的领导。

居家办公的十来天,她忙着和技术部门处理 App 的漏洞和调整功能,也忙着对接各路渠道,忽略了询问底下人的工作进度。

周意坐在办公室里下意识地打开和天空的微信对话框,但是刚敲下一个字她就删除了。

取经不是没取过，实践起来总是有点难，也不能每次都麻烦别人。

想到身上的担子，想到年底的考核，周意轻轻叹了口气。

思绪刚落下，手边的手机振动，是个陌生来电。

教育机构打电话告诉她，已经安排好了老师，问她这周是否方便去机构面谈。

周意翻了翻安排，和机构的人定了周六下午两点。

她想，两点到五点和老师洽谈，然后简单吃个饭去影院，晚上七点十分的电影正好。

挂了电话，电脑右下方的微信头像又跳动个不停，是林淮的消息。

他的头像是全黑的纯色图片，配上他的文字消息显得拽拽的。

他很少上微信，那个手机也没这功能，估计是拿周兰手机上的。

周意不由得一笑。她想起了段焰，那会儿段焰的头像是一枚黑色的月亮，也给人一种遗世独立的感觉，但又莫名多了一抹温柔。

林淮：这个周末回来？

LIN：周末约了人，也约了你的家教老师面谈。下周应该能回来，或者你在家无聊的话可以坐车来找我。

林淮：不了，你去约会吧。

周意盯着"约会"两个字，直觉告诉她，林淮似乎知道她在做什么。

她回了个"嗯"。

原以为对话就此结束了，但没想林淮又发来消息。

林淮：你要结婚了？

周意愣了好一会儿，回复道：为什么这么问？

林淮：不是谈恋爱了吗？

LIN：没有。

林淮：如果你要谈恋爱结婚，很忙的话就不用管我，我也不需要你管。

LIN：你在和我闹情绪？小淮，我没有准备结婚，只是正常接触一下。

林淮：哦。

周意分析着林淮说的话，想了片刻，回复道：我这次回来有你的原因，不要和姐姐闹脾气，也不要想太多，好吗？已经八月中旬了，还有半个月就要开学了，用剩余的时间好好休息，做一做想做的事情吧。

那头的林淮隔了很久才回复。

林淮：知道了。

外加一个鬼脸表情包。

周意轻轻一笑，想着，到底还是少年心性，莫名还有点小可爱。

和小时候一样。

2. 他喜欢她吗？

周六，迎来了八月最热的一天，地表温度高达55℃，肉眼可见的，热流卷着空气滚动，马路上的人寥寥可数。

周意花了两天定制了一些公司制度，也顺带让人事去落实一下，她想用工作软件规范工作流程和进度。

周五虽然熬了夜，但一想到周六晚上要和段焰看电影，周意翻来覆去更睡不着了，心里比上次多了几缕少女怀春的幻想和期待。

出门时，她又翻箱倒柜找了很久的衣服，明明有一整柜，但硬是翻不出一件满意的。

周意怕看完电影后还要像上次那样散散步，最终选择了一身偏休闲的衣服，简单的白衬衫和牛仔短裤，搭上新买的球鞋，镜子里的她看起来有几分大学生的味道。

如果他还像上次那样穿的话……他们走在一起会不会比较像情侣？

周意想象着，缓缓一笑，不再看镜子里的自己，拿上包出门。

那家教育机构就在这块城区里，开车过去二十分钟，离他们约的电影院也不远。

这一年，各路教育机构还未被调整，有只会做门面功夫的，有真招揽名师培育学生的。

周意挑选了很久，最后才选择信任一下这家。在她的固有观念里，这类机构徒有虚名的比较多。

待客室里，周意在等老师时，接待人员给了周意一份老师的简历。

招待人员说："由于是暑期，几乎大部分老师的时间都安排满了，这位虽然年轻了点，但她是名校毕业，性格很好，对学生耐心十足，这位老师有自己的一套教学方法，她教过的学生都提高得很快。"

周意一行行看过去。

于烟……

二十六岁……

星辉中学毕业，南城大学毕业……

最后，周意定格在于烟的二寸照片上，她看着这张照片，莫名觉得有点眼熟。

"咚咚"敲门声响起。

周意抬头看去，于烟站在门口微微一笑，说了声"您好"，笑容清甜，眼神温和。

不知怎的，周意对于烟的第一印象很好，她觉得或许这样的老师很适合林淮。

简单的谈话后，周意和机构的人员签了补习合同，付了定金。

临走前，周意加了于烟的微信。

一转眼已经临近下午五点，周意算着时间，打算去吃晚餐，没想到刚走到电梯口，身后便传来于烟的声音。

"您好，请等一下……"

那姑娘气喘吁吁地追来，眼神明亮，带着一丝小欣喜，小心翼翼又不敢置信地问："不好意思，我刚刚看了你的朋友圈，发现你是'彩虹'的工作人员，是那个《彩虹》杂志吗？"

周意笑了一下，回答说是。

她知道，她们年龄不相上下，于烟读书时应该也是这类青春杂志的书迷。

于烟的眼睛更亮了："我高中的时候很喜欢这个杂志，每期都会买，没想到有这种缘分。前些天路过一个报亭看到还有卖，就买了……我不知道怎么表达我的开心。"

周意知道这不是客套话，她能体会于烟的欣喜。

她说："如果你喜欢的话，下次来我家帮我弟弟补习时，可以拿一些回去。"

于烟抿了抿唇，很乖地点点头，不停地道谢。

周意在附近的饭馆简单地吃了晚饭。

大学时吃饭总是急匆匆，她将自己的生活安排得严丝合缝，刚入社会那会儿也是拼命工作。而人的毅力到达一种数值就会停滞，当她开始怀疑自己生活的节奏和目标时，身边的一切都开始慢了下来，包括吃饭。

渐渐地，简单的吃饭成了生活中最放松的时刻，好像是现代人的标配，吃饭一定要找个喜欢的视频搭配。

她也是如此，那些老电视剧就是边吃饭边看的。

偶尔出去应酬，或者和同事们吃饭，很多时候也都是手机不离手。

像上次和段焰，两个人都把手机放一边，认真地聊一聊彼此过去的生活，说一说这几年的感受，大概是都市生活里独一份的难得。

他让她愿意去重新认识生活。

回到从前那个信息不发达的年代，吃饭聊天能认真地看着对方眼睛；撇去自身的矜持，不在乎他人的眼光，肆意地去做一件事，享受明月，享受清风，用眼睛直观地欣赏天地夜色。

到达电影院地下车库时是傍晚六点半，温度依旧骇人，车库闷热的空气混着点湿意，让人浑身不适。

周意走到电梯那儿就出了层薄汗，她一出汗脸就会有点红。

电梯里装了长镜，四下无人，周意对着镜子照了会儿，凑近点，她能看到泛红后起的一点点小疙瘩。

她没有对什么过敏，看起来像是天气太热导致的。

不过整体不算糟糕，也好在她今天没化妆。

当初刚踏入大学，她因为羡慕赵嘉的好看，在室友的指点下开始学习化妆，花时间去学搭配，打扮久了有一段时间不敢以素颜见人。

但工作就是能磨掉人的一些坚持，慢慢地，她不太愿意在早上浪费时间精心化妆，久而久之，她的审美也开始变化，她觉得自己看起来干净、气色好就好了。

电梯到达五楼，周意环视了一圈，找到靠左方的电影院。

段焰一刻钟前说到了，但是周意在电影院的休息区找了一圈都没找到人，正要发消息给他时，周意右手边忽然出现一桶爆米花。

还有男人骨节分明又有力的手。

她转身朝右看去，段焰站在她侧后方笑着看她。

他和上次穿的差不多，只不过T恤外面套了件短袖衬衫，看起来有几分文质彬彬，不过他只要勾一勾唇，身上那种不羁的气质又会跑出来。

周意看着超大桶的爆米花轻轻一笑，问他："我们两个吃吗？"

段焰把爆米花塞她怀里："是啊。帮忙拿一下，我还没取票。你在这儿等我一会儿，我去机子上取一下。"

爆米花还是热的，奶油香气扑鼻而来。

周意站在原地等他，看着他的背影笑了一下，没经受住爆米花的香气，拿起一颗浅尝了一下。

入口即化，香甜浓郁。

也是奇怪，爆米花在零食里不算起眼，但在电影院里吃总是别有一番风味。

段焰取完票回来，想接过爆米花桶时，借着灯光，他看到周意微红的脸颊，他弯腰盯着她脸看。

他靠太近，周意心一热，下意识往后退了一步。

"怎么了？"她问。

段焰轻笑一声:"脸是过敏了?"

周意这才反应过来:"应该是天气太热了,一会儿就好了。"

"只知道你怕冷,没想到还怕热。真没事吗?要不要我去买点冰块之类的东西敷一下?"

"没事,看完电影再说吧,如果是真过敏,我明天去医院就可以了。"话落,周意顿了顿,欲言又止,最后还是没说什么。

她没想到他记得那么多东西,还记得她怕冷。

她自己都记不清在什么情况下和他说起过这些了。

段焰继续盯着她看了会儿,说:"那行,如果等会儿不舒服和我说,我送你去。不过……你这样看起来好像个小朋友。"

说完,段焰没忍住,低低笑出声,如八月热风,滚烫地卷过周意的耳朵。

女生的心动总是很难说,有时可能是因为对方一个不经意的笑,有时可能是因为对方突然地靠近,有时可能只是因为"小朋友"三个字。

情侣之间总是用腻歪的称呼称呼彼此,以此彰显对对方的疼爱。

这种称呼在从前,她和段焰从来没有过,网上聊天时他们不会叫对方的名字,会自动省略称呼。在现实中因为接触太少,偶尔才会叫一声对方的名字。

每叫一次,心脏就会剧烈跳动。

小朋友。

从来没人这么形容过她。

周兰告诉她,她是姐姐,是大人,是要肩负起家庭责任的人。

朋友说她理性温柔,似乎是个能让人依靠的人。

周意的脸不可控制地热起来,她竟然一时不知道该怎么回段焰。

他不会知道,她会为这三个字心动至此。

好像……她也会有人疼有人爱。

片刻,周意淡淡一笑,低声转话锋道:"我真的没事,我们座位是几排几座啊?"

段焰忍着刮一刮她鼻子的冲动,把电影票递给她看。

他说:"还有半小时才检票。找个地方坐一下吧,我刚看到那边有游戏机,玩不玩?"

还说她像小朋友,明明他才更像。

现在的电影院不比从前,设施分厅都做得细致,就连影院门口的场地也做了很多功能,比如,这个扫码支付就能玩童年游戏的双人游戏机。

段焰微信扫了一下,付了钱,问周意:"你喜欢玩哪个?"

游戏机很小,两个位置挨得很近,手臂蹭着手臂,他身上是那么烫。

周意侧眸看去,眼前的段焰双眸发亮,若有似无的笑意中带着几分年少轻狂。

可能男孩子都有过这样的童年和青春吧,热爱游戏的刺激,享受游戏的快感。

但是周意小时候哪里玩过游戏机,她小时候只有洋娃娃和电视剧。

周意看看一排排眼花缭乱的游戏,为了不扫他的兴,挑了个听过名的。

她说:"《雪人兄弟》?"

"行啊,我玩这个可厉害了,我记得小时候第一次玩这个,半天就能打通关。"

周意双手覆盖在左右键上,问道:"我以前没听你说你玩过这个,这里的游戏你小时候都玩过吗?"

段焰回忆了一番,记忆中,他和周意说过一些童年趣事,不过确实没说过游戏。

他没说过的事情太多了。

不过……从今以后,他会慢慢说给她听,只要她想知道。

段焰回答说:"小时候家境不是还可以嘛,该有的东西我其实都有,寒暑假我爸妈不管我,我就和同学玩。那时候这种是插卡的,绿色的卡,我有一大袋,差不多都玩了个遍。但初中就不玩了,似乎也不流行了,再加上有了电脑,上网比这个有趣。"

听他说的时候,周意的雪人命已经用光了,还借了段焰的一条才勉强通关。

段焰笑道:"你斗地主挺厉害的,还以为你玩其他的也厉害呢,原来只会斗地主啊。"

周意其实是很有胜负欲的一个人,听到段焰这样说,她抿了抿唇,投入进去。

段焰低眸看她一眼,见她认真的样子又笑了笑。

但渐渐地,他的双眸深下来,漆黑的瞳仁里浮动几丝藏不住的爱意。

今天的周意又长在了他的审美上,素面朝天的样子像清水芙蓉,脸上的一些红晕不显得奇怪,反而让她看起来更真实。

还有她的白衬衫,丝绸质地,奶油般的柔软,松松垮垮却能恰到好处地勾勒身材,像清纯的女大学生,又夹杂着女人的性感。

不过,无论怎么变换形容词,他永远觉得周意是可爱的,她过敏的样子可爱,她玩游戏的样子可爱,她背着他偷偷尝爆米花的样子也可爱。

那天他就是这么和孙毅坚说的,他觉得周意太可爱了,让人忍不住想摸摸她的头。

孙毅坚估计是第一次听他说这么肉麻的话,直接去卫生间吐了。

后来,聊到周意到底对他有没有意思时,他觉得有,孙毅坚觉得没有,于是他们打了个赌。

如果他约周意,周意同意出来,就是他赢,如果周意不同意那就是孙毅坚赢。

不过他没立刻问,因为被孙毅坚说得他心里没把握,等孙毅坚睡了他才微微冷静下来,给周意发去消息。

她说好啊。

于是那晚,他觉得自己疯了。

他还没单独和女孩看过电影,而看电影这种桥段,在小说、影视剧里出现过无数次。

漆黑幽暗的环境,情侣可以牵手,可以贴耳说悄悄话,甚至有的还会旁若无人地亲吻,他想着他会和周意发生点什么,但是名不正言不顺的又能发生什么呢?

想到这儿,段焰敛了目光,干咳了一声,假模假样地靠过去,伸手环过周意,双手轻轻覆盖在她手上,用极其轻松自然的口吻说:"我来教你,你先不要把雪球推下去,存一点,等会儿都堆好了,一起推有奖励,这样……先堆着……你看。"

男人自带灼热气息,他一环过来,周意的呼吸停滞了一瞬。

他说话的气息洒到她耳朵上,像羽毛滑过一样,挠着人的心扉。

他一定不记得,曾经有一个时刻,他们有过相似的场景。

但她记得,并且记忆深刻。

所以这一瞬间,周意有了错觉。

她的心跳、她的悸动、她的紧张随着回忆的加持达到了顶峰。

她以为她再也不会有当初的感觉了。

不过这一次她没有蜷缩起自己,她微微颤着手,佯装平静地说:"这样?"

段焰说:"嗯,对,你再往前走。"

他搭着她的手,呈半握状,掌心的温度逐渐升高,手指交叠,像暧昧的藤蔓。

晚上七点，电影开始检票。

没一会儿，检票口就排了长队，段焰和周意还浑然不觉。

周意上手很快，段焰和她讲了技巧和规则一教，两三把下来她就能熟练掌握。两个人配合默契，半小时而已，已经打了十几关。

段焰和她聊了才知道，虽然周意小时候没玩过，但长大后有机会接触，比如大学时，虽然那时这个东西已经不流行了。

他问周意玩不玩其他游戏，周意摇头。

这符合段焰对她这几年生活的想象。

她本就是个简单的女生，上大学后肯定也在好好读书，毕业了就好好工作，女孩子对游戏的狂热也总是比不上男生。

不过这几年手游大热，他空闲时都会打几把"王者"和"吃鸡"，方便快捷，会玩的女生不在少数。

他想找点和周意的共同爱好，但是周意的生活真的太简单了。

他说这些的时候，周意能明白他为什么这么问，所以她反问他："你平常玩什么？"

段焰回答后，周意说："身边的人很多在玩，我以前也不是没试过，但是'吃鸡'的话绕来绕去有点头晕，'王者'的话我实在水平不高，而且现在的人戾气有点重，嗯……被骂的感受不太好。"

"被骂？"段焰反应过来，"别人嫌你打游戏菜？"

周意想起仅有的几次游戏体验，想起那些人的污言秽语，她还是有点抵触，说："是啊，有时候生活很不愉快了，就不太想在游戏里再遭受不愉快了。"

段焰打游戏打了十几年，以前和孙毅坚打"英雄联盟"，大家都是互喷，遇到喷子，谁也不含糊，该有的脏话一句不落地还回去。

如果把他说过的脏话翻出来给周意看，估计她会重新看待他。

这时，检票员拿着扩音器喊道："8号厅还有没有，电影马上要开始了，8号厅。"

段焰看了眼手机时间又看了眼票，拍拍周意："电影要开始了，人都进去了，估计只有我们两个还在这儿打游戏。"

闻言，周意抬头朝检票口看去，她太投入，都忘了他们是来看电影的。

两个人匆匆忙忙拿起爆米花和随身物品检票进场。

段焰订票时间算早，后排当时都空着，他思来想去，择了两张靠角落的位置。

传说中的情侣专属位。

那天早上，他和孙毅坚说约了周意看电影，把订好的位置给孙毅坚看时，孙毅坚用一种"看穿你了"的眼神看着他，要笑不笑地说："你小子，心术不正，搞这么角落的位置。"

他承认他有点，但他和周意还没在一起，能做什么？

他嘲笑孙毅坚思想龌龊。

但此时此刻，灯光一暗，两个人并排坐着，仿佛是刻在骨子里的基因，他想去牵周意的手。

荧幕亮起，借着变化的光影，段焰余光捕捉到周意的手。

他靠过去，把爆米花递给她："吃吗？我刚想买可乐的，但是当时一个人拿不下，刚刚打游戏打得太入迷给忘了，我现在去买两杯，要吗？"

未开场的影厅声音嘈杂，周意要和他说话的话不得不也靠近他，贴着耳朵。

段焰很乐意和她挨得再近点，周意凑过来时他不禁又靠过去了点。

周意一顿，他的脸……差点撞到她的唇上，只有一厘米的距离。

极近的距离，她闻到段焰身上的味道，他也许出门前洗过澡洗过头，身上有股淡淡的薄荷香气，让人心跳都停了一瞬。

周意往后挪了点，靠在他耳畔道："不用买了，如果口渴再去买吧，像这个爆米花我们肯定吃不完。"

她刚说完，段焰蓦地转过头，四目相对，呼吸缠绕，他微微勾了下唇，侧过脸贴着周意的耳朵说："那你有什么需求和我说，不要客气，好吗？"

周意喉咙一紧，轻轻"嗯"了声。

许是脸对脸，他为了说话又歪头贴着她耳朵，光线影影绰绰，看不真切，又能大约看到个轮廓，坐在他们前排的小女孩跪在椅子上，双手扒在椅背上，睁着双眼一动不动地看着他们，忽地对她妈妈说："妈妈，有人在亲嘴。"

是个扎着双马尾的小女孩，眼睛又圆又大，跟葡萄似的，满眼童真。

女孩的妈妈听到后下意识地回头看了眼，又气又笑地对她说："关你什么事，快坐好，好好看电影，不要讲话不要乱动。"

小女孩听话地坐好。

但黑暗里周意的面孔早已热得不行，像极了今天的温度。

曾经幻想过的暧昧情节没想到有一天会真的实现。

她以为如今的她能应对自如，真的对得起这些年自己的阅历，能像个二十七岁的大人，但原来在段焰面前，她还是会轻易地脸红。

她和段焰拉开距离，接过他的爆米花后拾了几颗入口，又轻轻别开眼看了一圈右边，右边是墙，没什么能看的。

还好，电影开头的广告播放完了，正片开始，底下的人也逐渐噤了声。

在3D的音效和安静的氛围中，身边的笑声显得格格不入。

段焰弯着嘴角，轻笑着，也就短促的几声。

那女孩大概很好奇后面的人还有没有在亲嘴，坐了不到三分钟，扒着椅子悄悄地回头看。

对于前排，后面的人能很直观地看到他们在做什么。

段焰看到女孩转头看他们，目光在他和周意身上来回打量，他朝她挑了个眉，眼神询问她：看什么呢？

小女孩捂嘴笑了一下，转回去，乖乖开始专心看电影。

而周意捧着爆米花已经沉入了电影的世界。

大概是老毛病犯了，周意忍不住在心底分析人物的设定、故事的切入点，以及预想着故事的高潮点。

不过因为题材是消防，周意看了会后侧眸看向身边的段焰。

十八岁的他阴错阳差剃了个极短极短的头发，看起来有一股精瘦少年气。二十八岁的他虽然头发也很短，干净利落，但他的棱角已经有了男人韵味，挺鼻深目，下颚线分明，在光影下散发着独特的魅力。

让人很想……很想摸一摸。

周意做过许多故事，里面的男主角各有不同，有的是冷面霸总，有的是禁欲学长，还有的是阳光奶狗，但无论是哪个类型，她总是能抓住一个对她而言有吸引力的点。

男人手背凸起的青筋和凹凸的喉结。

她最喜欢这两样。

而段焰都有。

她看了好一会儿，段焰不注意到都难。

不过他哪里猜得到周意在想什么，以为她是口渴了。

他问："怎么了？要喝水吗？"

周意恍然回过神，微微摇头，把爆米花桶朝他挪去："你吃吗？"

"吃，你不用管我，我要吃会自己拿。"说着，段焰象征性地拿了点。

他靠着椅子，有一搭没一搭地往嘴里放爆米花，吃得很慢，看起来随性不羁。

周意把爆米花桶放在靠近他那边的腿上，连着人也微微朝他靠近了点，随着香甜的奶油味道在舌尖融化，她重新投入电影中。

电影的情节和周意预料的差不多，用了陈佳琪提过的创伤后应激障碍，还有有原型的爆炸大火。

演员演技好，场景真实，很难让人不代入进去。

这几年，因为网络的发达和普及，很多特殊的职业和背后的辛酸被传播，所以能有这样一部电影向人们展现消防员的不易，周意觉得其意义其实大于一切。

周意看得内心隐隐触动鼻尖酸涩时，身旁段焰的手机铃声忽然响起。

段焰看了眼来电后接起，他声音压得很低，想尽快结束通话，但是那头似乎不肯。

周意本来没在意，直到他对着电话那头问了句："一定要现在？"

简单的五个字，周意猜到大概接下来要发生什么。

过了会儿，段焰对着电话说："行，那我立刻过来。"

果然。

段焰挂了电话，眉宇间也有些不悦和无奈，想和周意解释，但没想到周意率先他一步说："有工作上的事情要你去处理吗？不用管我，你去吧。"

他打量着她，确定周意是真没不开心后，他说："刚刚是队里政委给我打电话，说是有急事找我商量，我让他电话里说，把他气着了。这边离队不远，要是能很快解决，我就再过来，行吗？"

周意点头，双眸温柔："我真的没关系，如果你还来的话给我发个消息就好。"

"嗯，那你继续看？"

"嗯。"

段焰起身，走了两步，总觉得心里不得劲，又折回身来。

他俯身，想摸摸周意的脑袋，但是这个行为太过亲昵，手伸一半，改成拍了两下周意肩膀，小声说："如果你决定回去了，或者看完了要回家，记得和我说一声，安全第一，到家了也要和我说。"

周意低头，看着他搭在自己肩上的手，他甚至握着她的肩膀用力抓了两下。

像战友似的感觉。

她笑了下，认真地点头说知道了。

段焰这才神色放松下来，也笑了下，走了。

周意目送着他离开播放厅。

虽然嘴上说着没关系，但人真的一走，周意心里莫名空落落的。

段焰赶到队里，盛夏高温，夜晚也不见多清凉，而他的热不单单是因为天气。

他心里想着周意，算着电影还剩多少分钟，越想越心急，闷热的空气钻入鼻腔时，他忍不住想，最好老曹说的是重要事情。

队里这个点，其余人正结束夜间锻炼，练得一身的汗，队伍整齐地往宿舍跑，带队的班长见到段焰后规矩地打了个招呼，段焰点头示意。

二楼政委办公室的灯还亮着，段焰站在楼底下望了一眼，迅速上楼。

象征性地敲了两下门，推门而入，他朝曹政委敬个礼，开门见山地问道："您找我到底什么事儿？"

曹政委年过半百，两鬓微白却看起来精神头十足，眉目带笑，威严不失慈祥。

他从头到脚打量了一番段焰，点点头，有点自言自语地说："确实你外形比较好，怪不得老林第一个就推荐的你。"

段焰以为曹政委又要给他介绍姑娘，顿时头都大了，身上那股正经气也一下子散了下来。

他往边上沙发上一坐，吊儿郎当道："您可别再给我搞什么相亲了，拒绝姑娘的理由我都用了个遍，实在拿不出什么新花样了，比当年高考写作文还难。话得说得委婉，又要顾及您的面子，要不失体面，还要精准地表达出我的意思，太难了。"

曹政委笑笑："你就敷衍吧，老大不小了，女朋友都不交一个，像什么样子，别人怎么想你。"

"欸，您这话就错了，我们这一代人啊就是崇尚个人自由，结婚什么的全看自己意愿，管别人想什么呢。"

"你少来这套，别人是别人，你是你，你是队长，带着这么多的兵，要学会树立榜样。"

时间紧迫，段焰不想再在这个问题上浪费时间。

他喝了口水，道："您说吧，到底什么事，非得我过来一趟。"

曹政委打开电脑上一个文档，浏览了一遍说："七月初的时候市里不是决定开展新型消防知识普及活动吗？现在上头决定了，要创建一个南城消防的短视频号。一是抽调两三个人专门负责账号的活跃和内容展示；二是定期直播，在线为观众普及消防知识；三是预计在九月会开展一次大型地震消防救援演习，也会用直播的方式呈现给群众。"

段焰知道这事，七月初的时候这事惹得队里的小伙子揣测个不停，私下都觉得自己最帅，拍视频一定点赞爆棚。

他问道:"然后呢?"

曹政委:"林队说你外形最好,打算让你负责这个事情。直播的话我们目前初步决定,分几个板块慢慢进行,时间的话暂时定为工作日的下午两点到五点,为期一个月,一个月后再进行下一步计划。"

段焰一口水差点呛到,说:"我?你们是觉得我太闲还是怎么着?老曹,这事你们真别找我,我上回因为那个工厂隐患检测不到位,现在心里头还憋着股压力,当时……死了那么多人。我不想做别的,就想年底前把南城大大小小的工厂都检查个仔细,那些老板也总不把这当回事,表面应付我呢。"

"一码归一码,为什么找你,你应该比我更清楚。你们年轻人上网多,应该知道现在那些年轻人喜欢什么,用句潮点的话来说,我们要抓住流量密码。"

段焰笑了出来:"您讲这话怪可爱的。"

曹政委瞪他一眼:"你把你这话留在肚子里,以后谈了女朋友去和女朋友说。"

段焰想到周意。

是,这话,以后他一定要亲口和周意说。

回到正事,段焰再三拒绝道:"队里其他小伙子都挺好的,个个个子高、体形匀称,再给他们点时间,别说八块腹肌了,十六块也是迟早的事情。我看刘铭涛就不错,青涩干净,一身正气。"

曹政委:"你别再推了,老林那边都定好了。下周开始你把其他工作安排一下,先配合着他们拍几个短视频,然后下午开始准点直播,效果起来了,你要是累了,再换别人。这个时代,这点还是好的,能够以简单的方式和广大群众沟通,普及知识,如果做得好,能减少许多安全隐患和事故。"

段焰看他这样子就知道自己拒绝不了了,轻叹一声,硬着头皮道:"行,那我试试,不过说好了,后头得换人。"

"一言为定。"

"那我走了,正忙着呢。"段焰看了眼时间,现在赶过去,大概能看个电影尾巴,也不错。

"哎,等会儿。"

曹政委叫住段焰,一改刚刚谈正事的严肃神色,摘下眼镜边擦边笑眯眯地道:"刚刚说的相亲,我这边……我老婆她闺蜜的女儿,今年刚大学毕业,目前在一家小说公司工作,人漂亮又活泼,对你一见钟情,让我搭个线儿。"

段焰听到小说公司顿时预感不好,他哽了一下:"老曹,我真不需要相亲,我今天其实是和——"

不等他说完,曹政委又说:"我虽然不知道你这些年为什么不找对象,但是我知道你是很优秀的,是个根正苗红的好孩子。我老婆闺蜜那边呢,因为太亲近了不好推,那女孩对着我一口一个叔叔,我是真难办。这样吧,你和她就互相加个微信,瞎聊聊,不成你就当认识了个朋友,行吗?而且那姑娘你知道是怎么喜欢上你的吗?就那天,大风大雨里救援高空作业的工人,她说见到你就被迷住了。哈哈哈,现在的姑娘也真是直接。"

那天,他只记得周意,不需要其他姑娘对他一见钟情。

段焰被气笑般地说:"您哪次不是这么说,这次真不行。我正在追一个姑娘呢,要是被她知道了,她得怎么想我?"

曹政委一听这话,眼睛睁大:"哟,有心上人了?"

"对。我觉得呢,您老婆闺蜜的女儿再好也比不上她,没人能比得上她。所以您啊,以后别再为我的终身大事操心了,指不定年底我能请您喝个喜酒呢。"

"你小子……哈哈,这么有信心?"

"本来没有,但是今天约她看电影,她出来了,说明她是对我有点那方面的意思的吧,可能还需要再接触接触。说到这个,我刚刚正在和她看着呢,半路被你叫来,不知道她有没有不开心。"

曹政委:"她要是真喜欢你,怎么会因为你工作上的事情就和你计较,我们这个职业不就是随叫随到的嘛,作为家属只能受点委屈,她要是不理解,你好好和她解释一下。不过……最后卖我一个面子,和那姑娘加个微信就行,你再寻个话头委婉点拒绝就行了。"

段焰:"加微信也不行,那姑娘和我喜欢的人一个公司,我加了,后面就等着跪榴梿吧。"

"一个公司?这么巧?看来那家公司旺你桃花啊。还有……你家那位,管这么严?"

不知为什么,"你家那位"这个称呼,让他觉得挺窝心的。段焰想到周意好脾气的样子,笑容深了点,答道:"她是个很温柔的人,正因为她是那样的人,我不能让她没有安全感。"

曹政委摆摆手:"行吧,你去吧,我想想怎么和我老婆交代。"

段焰拿上车钥匙,快步走了出去。

仅仅是一小时左右的工夫，天气有了些变化，随着闷热到达一种极点，高空慢慢落下几滴雨。

等段焰发动车子，驶入道路，雨滴慢慢变大，砸在玻璃窗上，似透明的烟火。

段焰在路上给周意发了条微信语音，说他谈完事情了，正要回电影院，问她是否还在。

那头的周意回得很快，她说：刚散场。

段焰直接拨了电话过去，周意接得也很快。

明明他说过刚谈完事情，周意接起电话后还是问道："处理好了？"

段焰看着导航的路线"嗯"了声："你回去了？"

周意："我刚开出电影院，打算回家。"

段焰降了行驶速度，找了个小路边把车停下，雨刮器规律地滑动，他望了一眼漆黑的天，低声问道："电影好看吗？"

"挺好看的，是个质量不错的电影。你……你之前也救援过类似的事故吗？"

"不方便细说，但没到这种级别。"

"看的时候想起上次你救人的样子，伤口还没彻底好吧？"

"还没好透，就是皮外伤，没什么。"

段焰听出周意话里的伤感味道，他逗她："看哭了？代入进去了？"

周意意识到自己的情绪太明显，笑了下："好的电影总是让人一时走不出来。"

"那回去好好休息？今天事出突然，我也没料到……下次有好电影我再请你看？"

"好啊，我请你看也行的。"

"周意……"

"嗯？"

他突然叫她的名字，让她心跳又开始加快。

段焰低沉道："下雨了，开车小心。"

周意轻轻笑着："嗯，你也是。"

段焰靠着座椅，微微仰头，喉结滚动。

他本来想说的是，要不别回去，时间尚早，他们可以去做点别的事。

但是有时候话到嘴边，莫名其妙就变成了别的。

段焰抬手，摸了摸后脖颈，对周意说："你先开车吧，到家了给我发消息，晚点聊。"

夏日焰火 2

周意说："好。"

那边的周意挂了电话后，开车掉了个头。

她本来已经要回家了，接到段焰电话后她隐隐觉得段焰可能会去电影院，于是掉头又回影院，但是现在……

陈佳琪关心着他们的约会成果，微信跳动个不停，问她今天怎么样。

周意回复：意犹未尽。

周意和陈佳琪打了一路的电话，到小区时，陈佳琪问她："半路被叫走，以后这样的情况肯定不会只有一次，你做好心理准备了吗？"

夜色如墨，雨水倾泻而下，小区里的栀子花盛开满园，淡雅的气味混着雨水的清新味道，让人头脑清醒，就连注视着黑夜的眼睛都变得透亮清明。

周意停好车，撑起放在车里备用的伞，投身雨中。

雨打伞面，噼里啪啦似珠玉落盘，在这种嘈杂的背景下，周意的声音却显得格外清晰。

她说："喜欢一个人哪里需要做什么心理准备，就算他需要长期身在边远地区，我也还是会和他在一起的吧。"

这世上没有比遗憾更让人耿耿于怀的了。

她不惋惜当年对段焰的误会，也不后悔年少的最好时光没有和他相爱一场，那时候的他们太过稚气，也许还没有爱一个人的能力，也不懂如何去爱。

但是如果这一次，她错过他、误会他，她会后悔。

她也不想因为外在的因素错过这段感情。

这个世界上有那么多人，可如果能有一个人懂你、体贴你，与你成为恋人、成为朋友，那么这已经是这一场生命里的难能可贵了。

陈佳琪不知道周意心里看似文艺且理想化的想法，她也没打算反驳周意什么，只是单纯地想问周意一句"你真的准备好了吗"。

她们已经认识十多年了，见证了彼此从女孩到女人的转变，她明白周意独自在外的孤单和艰难，所以希望周意选择的那个人能成为周意坚实的后盾。

段焰他……勉强合格吧。

她回周意说："你自己决定好了就好，只要他也是真的喜欢你。"

他喜欢她吗？有多喜欢？

周意心里也没数。

但她知道，他绝对不会欺骗她。

挂了电话，周意踩着雨水进了公寓。

一进门，室内闷热的空气扑面而来，混着身上湿漉漉的感觉，整个人说不出的难受，周意放下东西后给段焰发了个微信报平安，然后直接去了浴室，以至于后面没接到段焰的电话。

夜晚，那头的段焰一个人在车里坐了很久，百般无聊地拨弄着车上的一个装饰玩偶，亲眼看着雨一点点变大。

清冷的路灯下，柏油马路被雨水冲刷得像起了一层白烟。

他思考着等会儿要去干什么。

他从来没有一个周末晚上觉得这么无聊。

以前在家打打游戏、看看电视都不觉得有什么问题，实在很闲还能叫几个朋友出来吃饭。

吃饭吗？现在？

上周和周意约完会以后会迫不及待地和孙毅坚分享喜事，还有吃饭的心情，但现在心里不知怎的，不太想找朋友打发时间。

再去找孙毅坚的话能说什么？

想了会儿，段焰把手里的小玩偶放回吸盘上，打开手机习惯性地进入微信，划拉到下面看到几条还未回复的消息。

是于烟的。

她说今天面试过了，对方是个很温柔大方的人。

于烟还卖了个关子，说：哥哥，你绝对想不到她是谁。

段焰看了眼于烟给他发消息的时间，晚上七点半，那会儿他在和周意看电影。

他盯着手机笑了声，想着能是谁，难不成还能正好是周意？难不成是什么明星网红？

他给于烟拨过去电话，把手机架在手机架上，戴上了蓝牙耳机。

好久没人接电话，他刚想挂时，于烟接了。

于烟声音有点委屈，带着明显的心烦。

段焰问她："怎么了？谁欺负你了？"

于烟听到这话哭笑不得。

于烟解释道："晚上回家被追尾了，车送去修了，一个星期不知道能不能修好。"

"人没事吧？"

"没事。"

"你没事就好。"

"没有车好不方便啊,我住得远,南城早高峰打车也不好打,而且下周日我就要开始上门辅导了。"

段焰关了车的雨刮器,问道:"下周?下周就要八月底了啊,也差不多,还没来得及问你,那家人什么情况啊?"

于烟说:"一个高三男学生,我看了他的成绩,其实还可以,也看了资料照片,看着挺乖的一个学生。他姐姐也是,说话让人感觉很舒服。而且……哥哥……"

段焰听着这描述心不由得快跳了一下,他的那种预感又来了。

他心不在焉,于烟又叫了他一声哥哥,他回神道:"嗯?"

"哥哥,你一定想不到那个男学生的姐姐是谁。"

段焰滚了下喉结:"谁啊?"

"是我小时候最喜欢看的言情杂志的工作人员!我第一次近距离接触欸,也没想到原来这个杂志在南城啊,我一直以为是在桐城。"

"……"

电光石火之间,一些东西在段焰脑海中闪过。

《彩虹》文学,《彩虹》杂志,桐城……

段焰试探性地问道:"《彩虹》?"

于烟:"是啊,你居然还记得。"

段焰瞬间说不出话来。

周意?

找于烟补习的是周意?

上次他还给周意介绍于烟来着,居然这么凑巧。

段焰无声地笑着。

心里头有种命运在眷顾他的感觉。

于烟摸不着头脑,叫了几声哥哥。

段焰说:"下周日开始补习是吧,那边的人把地址给你了吗?"

于烟:"给了。"

"哪儿啊?我下周日送你过去。"

"我看看啊……我记得好像离你那边不远,找到了,是悦景海庭。从我这边过去的话要五十分钟……"

段焰:"没事,那你周一上班怎么办?要不要我送你?"

"不用啦,机构比补习的地方要近,我打车吧,不能耽误你,你的事情比我的重要多了。"

"乱说什么呢，周一早上我送你。"

于烟笑："那谢谢哥哥。不过送我的话……要记得和未来嫂子报备哦，省得她以为你去送其他女孩子了，不要有误会哦。"

未来嫂子，这个称呼也戳他的心。

段焰只笑不答。

这样反而把于烟的好奇心勾起来了。

于烟问他："今天约会顺利吗？"

段焰："还行。"

"还行是什么啊？哥哥，你要主动一点，但也不能太主动。"

"那到底是主动还是不主动？"他笑。

"我的意思是你要主动地去约她，为她做一些事情，然后不要太主动太心急地做一些不该做的事情，比如像情侣那样靠太近。那个女生从你的描述来看，给我的感觉是比较矜持内敛的，这样性格的女孩子你要慢点来，不要让人觉得你轻浮。"

段焰想起在电影院的几个画面。

他轻浮吗？

教她打游戏碰到她的手，和她靠得很近地说话，会让周意不舒服吗？

但她似乎没有推开他。

段焰问于烟："如果她不抗拒呢？"

于烟："那可能是因为她也喜欢你。不过一定要慢点呀，别把人吓到了。"

段焰轻笑一声："你哥哥我看起来是那么不知轻重的人吗？"

于烟也笑："也不是，就是看着你好不容易想谈恋爱了，怕你把我未来嫂嫂吓跑了。"

"跑不掉。"

夜色浓重，雨声喧嚣，段焰心情好了点，想了想，和于烟开玩笑道："用你们女生喜欢看的那个小说里的台词就是，她逃到天边我也能把她抓回来。"

于烟愣了一下，随即忍不住笑了："哥哥，你怎么也看起这些了？"

"以后你就知道了。"

段焰抬眼看了下这盛夏的暴雨，一转话锋道："我觉得你刚刚说得挺对，我应该主动点。"

于烟还沉浸在段焰的霸总台词里，段焰说："我去给她送点东西，挂了，周一早上我送你。"

夏日焰火 2

挂断电话，段焰发动车子，导航到悦景海庭，顺带找了家沿路的药店。

恰好，周意小区边上就有家二十四小时药店。

他和医师形容了一通周意脸部的症状，医师开了点基础的涂抹式药物，他拿上药后继续往周意小区去。

他在小区开车逛了一圈，公寓楼下、道路侧边都停得满满当当，最后他又把车开出去了，在附近能停车的街边停了车。

他车里没伞，思考了会儿，把药袋子往怀里一藏，跑向小区。

他站在大门廊檐下给周意打电话，但是一连三个都没人接。

明明之前说她到家了，难不成在忙？

门卫背着手站在一侧，打量着他，见他迟迟不走，盘问了几句。

这时候，段焰手机响了，是周意。

她声音有点急切，问道："有什么事吗？怎么打我这么多电话？"

段焰听到她的声音弯了下嘴角，反问她："你刚刚在干吗呢？"

"刚泡澡去了，没带手机。"

"怪不得……脸还好吗？"

那头的周意还在浴室，听到这话，条件反射般朝镜子看去。

伸手抹去雾气，镜子里的脸被照出来，还有些泛红。

她如实回答了段焰。

段焰握紧手中的药袋，酝酿着接下来要说的话。

他压着心跳，压着这份大晚上的唐突心情，故作轻松道："我在你小区门口，给你买了点过敏药，你要不要下来拿？"

3. 像温柔乡，也像避风港

不到两分钟，段焰远远看见有个身影快步朝他走来。

周意穿着简单的T恤短裤，长腿匀称纤细，在黑夜里白得似乎能发光，撑着把墨绿色的伞，步伐紧凑，凉鞋踩在雨水里激起了微微的水花。

等她走近了扑面而来一股淡淡的香味，他分不清是她洗发水的味道还是沐浴露的味道，和从前的味道有点不一样，但闻起来依旧很舒服。

她头发半干半湿，为了下来接他，一定还没来得及好好打理，只用了个鲨鱼夹大概绾起来夹住，侧边有几缕没夹住的发丝，柔软地垂着，颇具美感。

还没等周意走到他跟前，段焰就迎着雨冲进了她伞下，她下意识地把伞撑高一些。

一个低头一个抬头，四目相对，笑意蔓延。

段焰晃了晃手中的药袋,说:"不知道你的脸能不能用这个,医师说是很基础的脸部过敏药,你要是实在不舒服就试试,要是能忍,明天上午去医院瞧瞧。"

说着,段焰弯了点腰,仔细地看周意的脸。

夜色浓重,小区灯光隐隐约约,湿漉漉的地面泛着粼粼光泽,刚洗漱完的周意身上清香环绕,面孔干净,又有几分居家的温暖感。

段焰的视线渐渐从她的脸移到她的双眸,他呼吸停了一顿,笑着说:"看起来比晚上那会儿好一点。"

周意接过药袋,低头看着,手指一点点攥紧。

风灌进胸腔,不知道是因为刚刚一路走得太急,还是听到他说来了小区后感到太意外,那颗心跳动个不停,风也安抚不了,反而将她的脑袋吹得发昏。

周意低声道了句"谢谢"。

段焰说:"没事儿,只是路过。"

都晚上九点多了,说晚也不晚,说早也不早,他们住的还是相反方向,怎么会是路过。

周意心知肚明。

药送到了,人也见到了,段焰心中那股烦闷消失了。

他抿了抿唇,说:"那……我回去了?"

周意看着药袋若有所思,在段焰跨出步伐要走时,她一把轻轻拉住他,微凉的指腹搭在他小臂上,一冷一热,彼此都一顿。

段焰看向她的手,又看向她,微微挑眉,低声问她:"怎么了?还需要什么吗?"

周意笑着摇头,她收回手,尽量不暧昧地说:"你身上都湿了,来都来了,要不要去我那边坐一会儿。你晚上应该没别的事情吧?"

"没……"

段焰滚了滚喉咙,不太敢相信地问:"那我上去喝杯水?"

这老套的对话台词让周意嘴角弯了下,她"嗯"了声,给段焰撑好伞,指了指自己所在楼栋的方向,说:"走吧,那边。"

段焰接过她的伞,说:"我来,你站我左边。"

大雨滂沱,路边的栀子花抵挡不住反复的冲击,雪白的花瓣飘零在雨水上,香气越来越浓郁。

长灯倒映出两个人的影子,淡淡的,却又无比清晰。

周意双手拿着袋子,想说点什么却又不知道说什么,只剩心跳在作怪。

她以为这个夜晚就到那场电影为止了,洗澡的时候想,要不要等会儿主动给段焰打个微信电话,哪怕聊聊天也好。

平常工作日他和她也会聊几句,但是彼此都很忙,她上午发给他的消息,他可能下午才回,几乎没有什么有效沟通。

陈佳琪说:"你们俩这么聊天,干脆发邮件好了。"

他能来找她,真好。

他能来找她,是因为他真的想和她发展下去的吧。

年轻时不敢多想,成年后也许是经历了许多,一点小动作就能大约判断出对方的心思。

他应该也都懂。

他来送药,她请他上去坐坐。

这一路明明很短,却在心照不宣的情况下显得格外长。

为了不那么尴尬,段焰找了点话题。

他打量着小区说:"绿化做得挺好的,刚刚在门口等你,保安也确实尽责。只是似乎车位很难找,你下班回来车好停吗?"

周意:"不太好找。你呢,你车停哪儿了?"

"外面一条街的边上。"

"那你冒雨跑来的?"

"对啊,不然怎么会淋湿。不过还好,夏天,淋点雨也没什么。"

周意抬头看了他一眼,短硬的头发早就湿透了,雨水顺着额角淌下,身上的衬衫外套和T恤也湿了一大片。

每次说起这些,他总会说没事,没关系。

是不是因为他也像她一样,一个人时间太久了,这种"没事"成了习惯。

周意说:"身上湿了不觉得黏黏的很难受吗?等会儿我给你找个干毛巾擦一擦吧。"

段焰说好。

没一会儿,两个人进了公寓里头,电梯很快到达周意所居住的楼层,楼道干净整洁,物业还在每个长廊口放了一盆绿植。

段焰跟着周意,收在手里的伞滴着水,流淌了一路。

周意输入密码,推开门让段焰先进去。

初看了一眼屋内,灯光是明亮的暖黄色,迎面的冷气让人顿时通体舒畅。

段焰站在门口没进去,因为手里的伞太湿了,他问周意:"要脱鞋吗？"

周意想说不用，但是下雨天不比晴天，脚底很容易带泥，她顿了下说："等一下。"

她记得之前在桐城为防止朋友同事来家里，买了一些一次性拖鞋，搬家的时候也带过来了。

周意蹲在玄关的鞋柜前翻找了会儿，终于找到了。

她拆开包装，拎出拖鞋，摆放在段焰跟前。

她说："你怎么不进来？你先看看能不能穿，这个没有尺码的，当时随便买了一些。"

段焰笑了下，晃晃手中的伞，说："你先看看伞放哪儿？我怕进来了把你屋子里搞得都是水。"

"没关系的。"周意接过伞，把伞撑去了阳台。

段焰边换鞋边打量起这个房子。

和他那边比起来，这儿精致不少，虽然周意刚回来不久，但好像收拾得差不多了，有些地方也有着属于女生的小心思。

茶几上摆放的郁金香插花，沙发上傻乎乎的小熊玩偶，洁白柔软的不规则地毯，还有一面照片墙……

周意从阳台回来就看到段焰正聚精会神地看照片墙。

那些照片有的是拍立得拍的，有的是普通相机，有的是手机拍摄后她洗出来的，都是大学时拍的。

段焰一张张看过去，最后目光定格在周意背靠悉尼歌剧院的照片上，照片右下方有时间。

2012年1月23日。

2012年……

他去江城大学找周意的那一年。

她不在江城在澳大利亚？

明明事实就是这样，但是段焰不知出于什么心理，指着这张照片问道："你大二的时候去了国外？"

周意擦干手上的水，走过来看了一眼，那也是很久的事情了。

她说："嗯，申请做了一年的交换生。怎么了？"

"我……"段焰看着照片上周意的样子笑了又笑，"没什么，只是觉得真巧，那一年我去过江城，想找你来着……"

周意好不容易平息的心跳因为他看起来轻飘飘的一句话又加快了

几分。

"找我？"

段焰从那一年的遗憾里回过神，侧过脸看周意，目光深沉，但有些话现在还不能如实地说。

他扬了个笑容，瞎解释道："去玩，知道你在那边，想着和你碰碰面，不过你也知道，联系不到你。"

即使有一半的谎话，但周意得到的信息是，断联两年，他也没有忘记过她，来到她在的城市会想起她。

现在，他们有九年未见，他记得从前的点点滴滴，也没有任何理由地径直向她靠近着。

有没有一种可能，他心里一直有她，也许以前喜欢过，但是当时没发觉，也许没有喜欢过，但如今再见面，她成了他喜欢的模样。

段焰瞧着周意失神的模样，没忍住，抬手轻轻敲了下她额头："想什么呢，这么出神。"

一个简单的小动作，却敲得周意呼吸一滞。

她抬手摸了摸被敲的地方，心下的悸动如雨落湖面，波纹荡漾而开。

她有种错觉，段焰在把她当小孩，而在他面前，她可以做个小孩。

段焰打量着她："没敲疼吧？我没用力……"

周意笑了下，双眸弯起似勾月说："没有，我去帮你拿毛巾，你等我一下。"

走了几步，周意回头又问道："你想喝什么可以自己拿，冰箱里有橙汁和矿泉水。"

"好。"

看周意进了卧室，段焰掏出手机，像做贼似的，对着照片墙一顿拍。

大学时期的周意和现在又有点不一样，照片上的她笑得很开心，眼里有光，但随着时间的流逝，她的笑越来越点到为止。

难道做大人就必须得含蓄吗？

段焰轻笑着，对着照片上的周意也弹脑门，自言自语道："总是把自己困住的小笨蛋。"

不过……真是越来越好看的小笨蛋。

还好她也没谈过恋爱，不然他一定会想揍那个人一顿。

指不定以后他真和周意在一起了，还会像个怨妇一样说些酸言酸语。

想着自己可能会做的事情，段焰渐渐感到无语。

他怎么还和十八岁时一样，像个毛头小子似的。

偷拍好照片，段焰折身去了厨房。

开放式的厨房一览无余，任何锅碗瓢盆都崭新无比，冰箱里除开一些常规饮料，就只有几瓶未开封的酱料。

周意不太做饭。

常吃外卖吗？

不健康。

周意正好从房间里出来，只见段焰拿了瓶矿泉水，喝完缓缓拧上盖子，他问道："你平常吃饭怎么解决啊？"

周意说点外卖。

和他预想的一样。

段焰："平常真的很忙吗？其实可以自己做些简单的菜的。"

周意把毛巾给他，抬手摸了摸后脖颈，轻声解释道："我其实不是没有时间，我……不太会做……"

"嗯？"

"我不会做饭，学过，但是……"

段焰懂了。

他靠着料理台，似笑非笑地看着周意，明亮的灯光在他眼里微微晃动，显得深情又宠溺。

他逗她："终于找到一个你不擅长的东西了。"

不过没关系，他会，南城口味的菜他几乎都会。

周意对他说："我不会的很多，我看起来像什么都会？"

段焰倒不是恭维她，只是在他心里，周意很聪明，给人的感觉就是学什么都一点即通，她又比较执着，做什么都不会轻易放弃。

他倾斜了点身子靠过去，若有若无地笑着，说："是啊，你看起来什么都会，斗地主厉害，玩《雪人兄弟》也一点即通，我在你面前有点丧失自信。不过终于有一样能比得过你了，我做饭还可以。"

周意惊讶段焰会做饭，双眸微亮："你特意学的吗？"

他边擦头边含蓄又高调地说："是啊，我虽然在南城有点朋友，但和你一样，本质上是自己独居。有段时间觉得做饭很有意思，自己做好了有成就感，又能打发时间。而且这几年不是很流行美食探索或者教做菜的视频吗？跟着别人学，也挺有意思的。"

周意也靠着料理台，看着他把头发擦得乱糟糟，又看他不拘小节地随便抹脖子，嘴角不禁微微扬起。

她问他："那你平常都自己做饭吃？"

"工作日一般在队里吃,周末会做,不过不会再尝试一些花里胡哨的菜,就简单的家常菜。"

周意想起上次段焰点的南城菜,她说:"好像从来没听你说过你有什么特别喜欢的菜,你有吗?"

段焰没立刻回答,他放下毛巾,指了指周意边上的厨房水池:"我能用这个洗把脸吗?"

"可以啊,我再给你拿条毛巾擦脸吧。"

说着,周意又要进卧室,段焰拉住了她的手,只几秒,他放开她的手说:"不用,我没那么讲究。"

他简单洗了把脸,又把毛巾拧干,抹了几下脸后,眼神都跟着清明起来。

段焰洗干净毛巾问周意:"挂哪儿?"

周意接过:"我来吧。"

她朝阳台走去,段焰拎上矿泉水跟着她也朝阳台走去。

偌大的落地窗,底下是车水马龙的街道,夜景璀璨,远处的灯火星星点点。

段焰遥望了一会儿评价道:"这里位置不错,心情不好的话站在这里看看景倒是蛮好的。"

周意挂好毛巾,听到他的话,看了一眼夜景。

她住在这里也有大半个月了,但没有一次好好欣赏过。

段焰继续之前的话题,回答周意说:"我也没什么特别喜欢的菜,我不挑食,基本都能吃,如果非说很喜欢的话,我比较喜欢吃鱼,海鱼最好。"

"鱼?"周意没多想,直接问道,"那上次吃饭你怎么不点,我记得他家有鱼头汤。"

上次。

他点的都是她喜欢的。

段焰笑意深深,但说得含糊。

他说:"可能那天不想吃吧,如果你也喜欢,我知道有一家做鱼做得很好吃的,有机会带你去吃。"

周意:"总感觉你对南城了解得很通透。"

像个导游似的,无论说到什么话题,他都能给她介绍一二。

段焰说:"一直在这儿待着,总归是了解的。要是不了解,这会儿怎么带你去吃喝玩乐？"

这句话像是在告诉她，他很乐意带她吃喝玩乐，他们也还有很长的时间去做这些事。

周意望着窗外的雨，顺从又柔和地"嗯"了声。

段焰也注意到了越来越大的雨，忍不住感慨道："真大，下一夜的话明天肯定有很多地方会严重积水。"

"积水也归你们管？"

段焰一笑："能管，也可以不管，看情况。"

周意没再多问。

两个人看了会儿雨，颇有默契地一起往客厅走去。

四目相对，两个人组织着措辞，最后只能笑笑。

水喝了，身上的雨水也擦干了，是不是他应该要走了？

不走的话还能做点什么？

周意一时想不到，而段焰也不想为自己找留下的理由。

本来周意只是请他上来整理一下，喝杯水，非要留下会不会让周意用有色眼镜看他？

各自的心思在胸腔里翻滚。

在长久的安静氛围下，之前一起回公寓时的尴尬悄无声息地回来了。

风雨交加的夏天夜晚，门窗都紧紧关着，头顶温暖的灯光将他们包裹在这个小小的世界里，明明公寓不算小，也没有走一步就会碰到对方，但安静的时候，对方的呼吸声都是清晰的，不管隔多远，都像近在咫尺。

周意从来没有单独和男人在自己的家里相处过，更别提是在本就充满诱惑的黑夜。

段焰正要开口之时，周意却抢先他一步说："外面雨挺大的，等会儿稍微小一点点再走？我等会儿送你去取车。对了……你要不要吃点东西？"

段焰舔了下干渴的唇，点头说："好啊，那等会儿麻烦你了。那我现在……吃点？"

周意被他这语气弄得有点想笑。

她回头看了眼开放式厨房，回想了一圈，突然意识到她的厨房很空。

零食的话……她平常不吃零食，这里连一块饼干都没有。

越发尴尬之际，周意忽然想到自己包里有条糖。

但是请人吃糖算什么？

段焰似乎看出了她的为难，自己在沙发上坐下，指了指电视机说："我看会儿电视吧，等雨小。"

"可以啊。"

周意从电视柜的小抽屉里翻出几个遥控器，拿在手里看了一遍后实在是搞不懂应该怎么操作。

她上次看电视都是高中的时候了。

这几年电视越来越复杂，三四个遥控器让人分不清先后操作顺序。

这电视是房东配的，周意没有使用过。

周意先后试了一通，电视毫无反应。

段焰一开始也有点无所适从，他也没有过这样的经历，大晚上的，和女生单独待在一个空间。

而且还是和喜欢的女生。

他在追求她，想靠近她，有时候他的心会不可控地蠢蠢欲动起来，但很快就被他的理性压下去。

天知道周意邀请他上去坐坐时他有多震惊。

即使再蠢蠢欲动，在电影院有再多的小心思，但如于烟所说，要有个度，太过主动会冒犯周意，但不够主动也不能抓住一个女孩子的心。

都是成年人了，他知道，周意开口让他去她家意味着什么。

他想，周意心底是接受和他往男女朋友方向发展的，只是他们中间隔了太多年，错过彼此太多的心路历程，他们还需要点时间了解对方。

如果没有什么意外，也许不久，他们就能水到渠成地在一起。

一想到周意打心底把他纳入了预备男友人选，在这种尴尬时刻心跳就止不住地加快，没经验也让他的应对局促了起来。

但看着周意更局促地用雨大的理由留他再坐一会儿，又笨拙地试着电视的遥控器时，他渐渐放松了下来。

面前的周意半跪在地毯上，一会儿试试这个遥控器，一会儿试试那个，还从电视柜里摸出了《电视使用说明书》，看的时候她顺势坐在了地毯上。

她低头琢磨，看得认真，绾起的长发依旧没干，湿漉漉的，有种别样的风情，后脖颈在光下像一段雪白的藕节。

身上的T恤是淡紫色的，很宽松，但周意很瘦，瘦的人穿什么都显得骨感。

但她又不是单薄的那种瘦。

露出的胳膊、长腿，骨肉匀称，带着女性的纤细之美，从侧面看……

109

身材十分凹凸有致……

段焰滚了滚喉结,后背有点发热。

他拧开矿泉水瓶,猛喝了半瓶。

凉水入喉,勉勉强强压下了他不正经的思想。

但压不住他其他的幻想。

如果现在是在他们的家就好了,有着周意喜欢的家具装饰,他们可以是刚刚从超市购物回来,突然碰上大雨,两个人淋着雨回家,匆匆忙忙冲了个澡。洗完澡的周意就如现在的模样,穿着简单的居家衣服,坐在地毯上研究她喜欢的东西,而他呢,看一场足球赛或者给她做一顿家常饭。

上次周意问他有没有在读书的时候想过十年后。

他想过,这样的生活,就是他喜欢上周意后,幻想的十年后。

没有遇见她之前,他真没有打算谈恋爱结婚,就想一个人自由自在地生活,别人的看法,也不过世俗套给多数人的人生。

正如这几年,但是这几年的生活里不能完全当作周意没来过。

遇上周意,他变得渴望过一个俗套的人生。

他想揽着喜欢的姑娘依偎在沙发上,看一个综艺,看一场球赛;想每天清晨醒来有个软软的人可以让他抱一抱;想晚上入睡时可以和知心人聊几句真心话;想和她一日三餐,经历这世上所有美好的事。

那头的周意研究了半天,实在没办法了,内心建设再三,回头看着段焰说:"好像有点问题,要不我给你联网你用手机看?"

她说话总是轻声细语的,一双桃花眼清澈柔软,又藏着若有似无的坚韧。

像温柔乡,也像避风港。

段焰拨了拨后脑勺的头发,无声地笑着,慢慢起身走到周意身边,蹲下,接过她手里的遥控器,说:"我试试。你之前用过吗?"

"没有,这是第一次。"

话落,段焰一顿,瞧了周意一眼。

段焰没忍住,低低笑起来,连肩膀都在抖。

尴尬的微妙氛围瞬间淡了下去。

周意看着他,眼里也漾起淡淡的笑意。

她极轻地说:"你别笑我了……"

像撒娇似的,听得段焰的心软得一塌糊涂。

他语气带着几分哄人的味道,说:"不笑了不笑了,我试试。"

但他轮番试了一下，电视机一点反应都没有。

段焰："这电视不会是坏的吧？"

周意："不会，房东当时都给我试过一遍的，这边的家电都是好的。"

段焰放下遥控器，走到电视那边，对着挂壁电视一顿琢磨，然后缓缓抽出一条和插座口松开了的线。

周意："……松了？"

"嗯。"

两个人你看看我，我看看你，破天荒地，都没忍住，笑声一声接一声，低而柔地交织在一起。

开了电视，段焰握着遥控器，在界面上调着节目，一时不知道看哪个。

他也好几年没用电视了，现在的电视都是联网的，看什么都要另开会员，真想看点什么用手机、平板电脑都比它方便。

电视唯一的作用大概就是平常做饭、打扫卫生时做个背景音，让独居的人显得没那么孤单。

这会儿，看什么也不重要。

段焰挑不到想看的，随手点了一部不要会员的国外电影。

周意收拾着翻出来的说明书，很简单的事情，她却做得很慢，电影都开场了，她才整理好塞回了电视柜的抽屉里。

段焰见她还是有点小尴尬，扯了个话题道："要不要一起看？你平常这时候都做什么？"

偌大的皮质沙发，段焰坐在中间，周意在心里权衡了几秒，在他身边坐了下来，中间稍微隔了点距离。

身边微微塌陷，伴随而来的还有周意身上淡淡的香味。

段焰给周意递了个抱枕，说："靠着会舒服点。"

周意把抱枕抱在怀里，捏了捏抱枕的角，回答段焰刚刚的问题，也想聊点什么不要让气氛安静下来。

因为一安静，难免还是有点无所适从。

她说："平常的话，玩玩手机吧，或者处理一些工作。"

"刷短视频？"

"嗯，有时候会刷，一刷就上瘾。"

"我也偶尔会这样，而且大数据时代，他们总能精准找到你的喜好。"

也是个没什么隐私的时代。

周意想了想，淡淡一笑，互联网行业不都这样吗？就如他们公司现在开发的软件,也是采用大数据向用户精准推送内容。

周意开玩笑说:"不会一打开你的软件,推荐的都是好看的女孩儿吧?"

段焰放松着身体,懒散地靠着沙发,听到周意这话,轻轻哼笑一声,很直接地掏出手机打开软件,递给周意说:"我不解释,你自己看吧,嗯?"

本来就是开玩笑,因为最近短视频流行这个梗,但他这么一递,好像是大晚上女朋友要查岗似的。

周意没接,解释道:"开玩笑的。"

段焰知道,但是他不想放过每一个在周意面前表现的机会。

女孩都没安全感,周意再坚韧,说到底还是个普通的女生,他想让她有安全感,让她放心。

如果她选择他,往后余生,情感上可以信赖他,生活上可以依赖他,她再也不用独自承担一切。

她可以在他这里做个长不大的小孩。

段焰往周意身边挪了点,勾着唇说:"打赌吗?如果十个视频内都没有出现那种网红美女跳舞之类的,就算我赢,如果出现了就算你赢。"

他一靠近,男人的热量就将她包裹,周意没有后移,心跳短暂地漏了一拍,随即升起了人的胜负欲。

周意说:"那赌注呢?"

"嗯……"段焰想了会儿,"我赢了下次你请我吃饭,你赢了下次我请你吃饭,怎么样?"

"可以。"

段焰坐直身体,又往周意那边靠了点。

手机卡在中间,两个人聚精会神地盯着手机屏幕。

他划过软件预加载的广告,第一个视频跳出来,是"王者"游戏解说,段焰笑了下,滑下第二个,是"吃鸡"段子视频。

后面接连几个不是游戏就是美食,还有消防的相关视频。

周意已经在心里认输了。

其实她知道段焰不是那类贪恋美色的人,不过刷一些美女帅哥的视频也没什么,就连她偶尔看到年轻朝气的男孩子也会忍不住点个赞。

他怎么反倒清心寡欲得跟个和尚一样,明明长了一张很会招蜂引蝶的脸。

第十个视频,是好友——孙毅坚推荐的视频。

周意一开始只当陌生人，想说她输了，但视频的内容留住了她的目光，也让她一时忘记了要说的话。

视频里有十几张合照，一张一张缓慢地闪过，搭配着歌曲《我的好兄弟》。

配字文案：这就是你们要的榜一大哥。

每一张照片里都有段焰。

第一张是她曾经见过的，是段焰饭卡上青涩的证件照；第二张是孙毅坚偷拍的，段焰趴在课桌上睡觉；第三张是截图，段焰和孙毅坚视频，像素模糊。

段焰也不知道为什么会跳出孙毅坚的视频，看到内容后无语了一阵，想关，但周意不让关。

他看她看得开心就妥协了。

周意弯月似的双眸笑意渐深，看得投入，时不时笑一下，琥珀色的瞳仁里是照片的倒影，有盛夏微风的味道。

不知道是视频重复的第几遍，她的一缕发从耳后垂下，蹭过段焰的手背。

段焰一直盯着周意的侧脸看，也许是那缕头发勾得他心痒，他情不自禁地伸手，缓缓将周意的那一缕头发给她别回耳后。

细微的触感让周意一下子从视频中回过神，她下意识地抬眼看段焰。

但忘了两个人面对面，距离靠得有多近。

一抬眼，一抬头，呼吸都缠绕在了一起。

天花板上暖色的小顶灯静静地倾泻光芒，正好落在两人之间。

周意能清楚地看到段焰的睫毛、皮肤上细软的绒毛，还有……近在咫尺的唇。

她的喉咙渐渐干涸，任凭空调打得再低，身体里还是涌上一股热感，并且短短几秒就控制了她所有的感官。

一个晚上，有两次这样的近距离。

像意外，但又像成年人的心照不宣和故意为之。

她看见段焰眼里的笑意越来越浓，又温柔得像个陷阱。

保持着这样的距离，他轻搭在她耳边的手上抬，五指缓缓插入她的头发里，试探了下头发的干湿程度，低声道："要不要先去把头发吹一下，这样湿着会不会头疼？"

灼热的气息洒在周意脸上，她屏着呼吸，就连心跳，她都怕它太不安分而出卖她。

年少喜欢一个人时，总会有许多的幻想。

很多很多个夜晚，她入睡前总会去幻想段焰，想着那样一个男生会怎么和女朋友相处，如果她是他女朋友，她又希望他怎么对待她。

她甚至幻想过段焰亲吻她的场景。

但亲吻到底是什么感觉，周意并不了解。

后来的几年她独自生活，以为他有了赵嘉，就再也没有那样幻想过，也逐渐认为她可能对这方面不太感兴趣。

但是在这样暧昧的空间里，听着喜欢的人低语，看着他张合的薄唇，年少时渴望的感觉又回来了。

周意享受着他手指的轻轻触摸，耳根通红，也是如此低声柔软地回答说："好啊，我等会儿去吹一下。"

段焰见她不抗拒，微滚喉结，做了一直想做的事情。

他揉了揉周意的脑袋，声音带笑，笑里带着无尽的宠溺。

他问她："这个视频还要看吗？"

说回这个，周意垂下眼，身体也跟着稍稍放松下来。

她看着一张张十年前的照片，不禁感到有点好笑和想念。

好笑的是孙毅坚拍得实在不怎么样，想念的是照片中的那个感觉。

她问道："你们从前拍了很多照片吗？"

段焰放下手，不动声色地撑在周意腰后，像把人搂着似的。

他见她感兴趣，便点开了孙毅坚的空间相册，有个相册名为"朋友一生一起走"，里面有几百张照片。

他说："我不太拍，孙毅坚喜欢拍，什么人都拍，水平又不怎样。你想看的话就看看吧。"

一眼望去，模糊的照片已经表明了年代的久远。

周意边看边说："我记得你那时候篮球打得很好，我们体育老师还夸过你。班里的男同学也崇拜你。"

"真的？"

"对啊，那个……萧宇不就经常和你打篮球吗？"

萧宇，段焰一直没忘记他，但是打篮球什么的不记得了，只记得他骑自行车载周意的画面。

他后来难道没和周意告过白吗？

想到这儿，段焰试探地问道："啊，萧宇啊，当时确实一起打来着。他当时……你们班打篮球不是还要为你投篮吗？我感觉他应该喜欢你吧，他现在结婚了吗？"

夏日焰火 2

周意划拉着照片的手一顿。

萧宇喜欢她，很明显吗？连段焰都看得出来，都记得？

段焰看周意的反应大约猜到了，告过白的，但是估摸着被周意拒绝了。

那就是说她没有喜欢过萧宇，那她有过喜欢的人吗？

喜欢过他吗？

段焰不知道，也不想在意以前。

他要的是现在，是未来。

周意说："毕业后没怎么联系了，不太清楚，有一年同学聚会他没来，听其他同学说他好像挺忙的。"

段焰"嗯"了声，心情很好地和周意一起看起照片，有记得的，会解释几句。

比如这张是高二时的午休，大家都在睡觉，孙毅坚觉得场面壮观就拍了，而他依旧是老位置，最后一排的角落。

比如那张是高三时拍的，他靠着栏杆晒太阳。

周意笑着问他："短袖欸，夏天拍的吧，你夏天晒太阳啊？"

段焰也笑："你猜猜我为什么晒太阳？"

周意没多想，以为是他又在逗她玩，玩这种猜不猜的游戏。

浏览了上百张照片，段焰手机突然跳出充电提示，打断了周意，她忽然意识到她拿着段焰的手机看了很久，好像忘了什么其他的事情。

周意起身去给他找充电器时突然想起来了。

她转过身对段焰说："对了，刚刚那个赌约我输了，我下次请你吃饭啊。不过下周不行了，我弟弟补习的事情谈妥了，下周日我要接他过来进行第一次补习。而且我回来后也没有带他好好出去玩一下，等他开学后我再约你吧。"

要是换作之前段焰可能会有点遗憾，但知道于烟就是周意弟弟的补习老师后，他不在乎下次吃饭是什么时候。

反正下周末他还能见到她。

晚上十一点多，雨渐停，那部电影也接近尾声。

周意的脸涂了药好了许多，吹干了的头发被她重新盘起，柔和的灯光下，长发柔顺光泽度高。

段焰靠着沙发姿势惬意，不像周意坐得端正。

他偶尔看看电影，偶尔从斜后方偷瞥一眼周意。

他想起以前，周意也是长头发，又直又亮，高高的马尾一扎显得特别青春，而现在周意似乎喜欢随意地绾头发，如果她现在扎起来会和以前不一样吗？

七想八想的时候一道闹铃响起，是周意定的闹钟，晚上十一点半，提示她应该洗漱睡觉了。

她总怕自己有时候忙得顾不上时间，又不想让自己熬夜，就定了个形同虚设的闹钟。

刺耳的铃声让两个人如梦初醒，下意识对视了一眼，又不约而同地拿起手机看时间，再一齐望向窗外。

段焰动了动身，站起来，滚着喉结说："雨停了，也不早了，我回去了。"

周意点头，跟着他起身。

两个人又对视了一眼。

眼里有道不明的情绪。

大概是雨应该下一整晚，大概是电影应该不散场。

周意勾了勾耳边松散的头发，快步走向阳台，她拿起之前的那把伞，顺带开窗伸手感受了下外面的天气。

小雨三两滴。

周意说："我送你去取车。"

段焰喝完矿泉水瓶里最后几口水，笑着说："大晚上的，不用送，不然我还得担心你有没有安全到家。"

"外面是商铺，都有人，灯火通明的，没事的。"

他把瓶子扔在垃圾桶里，仍拒绝道："不行，别送我。你好好休息吧，我走了。"

"我走了"三个字他压得很低，带着深夜缱绻的暧昧。

周意握着伞，轻声道："那我送你到小区门口。"

段焰说："好啊。"

下过雨的深夜清凉舒爽，走出公寓，迎面而来的是阵阵舒适的风。

地上的积水徐徐流向下水道，路面不再那么湿，积水也没那么深，小雨落在伞上，无声无息的。

两个人没有了之前的尴尬，一场电影过去，偶尔掺杂着过往小事，说笑几句，已经适应了彼此在身边的感觉。

所以眼下要分开反倒有些不舍。

两个人都故意走得很慢，只恨不得再找个借口留下。

但留下的话，段焰觉得自己真成流氓了。

他低头看看两个人交织在一起的身影,没一会儿,抬头看了一眼身侧的周意,挂在嘴角的笑就没止住过。

他说:"那时候也差不多是这样的天气,被偷了雨衣,淋了一路回去。我有时候总是在想,到底是谁偷的,那么晚了,真是闲得慌。"

周意嘴角微弯:"也许当时和我们一样,闲得慌的人。"

段焰轻轻哼笑。

不知不觉到了小区门口,保安还站在那儿,眼睛眨也不眨地盯着他们看。

段焰指指右边说:"我车停那边,你回去吧,我到家了和你说。"

"嗯,雨天路滑,开慢一点。"

"会的。"段焰把伞递给周意说,"我不用,就这点雨走过去头发都不会湿,你撑着回去吧。"

周意看了眼天:"可能等会儿还会下,等会儿你到小区的时候下大了怎么办,我家里还有伞,这把先放你那边吧。"

段焰握着伞的手紧了紧,说:"行,那你回去吧。"

说着,他又叫住她:"周意。"

"嗯?"

段焰勾了下唇,伸手轻揉了几下周意的脑袋:"走了。"

周意看着他的身影慢慢在夜色中渐行渐远,但他留在脑袋上的温热触感久久不消,越回想越清晰,越回想越……心跳加速。

等回过神来,视线范围之内已经没了段焰的身影,她抬手在他刚刚揉过的地方摸了摸,不自觉地一笑,转身往公寓走去。

全程目睹了这一幕的保安看着周意的背影抿嘴笑笑,来换班的同事问他发什么愣。

他说:"看小年轻谈恋爱呢。"

周意回家后关上门,靠着门环顾了一圈房子,沙发上空荡荡的,电影被按了暂停。

她脑海里闪过刚刚段焰在这里的画面。

一开始的他有点拘谨,正儿八经地坐着,等放松下来了,他就像在自己家似的,懒散地靠着沙发。

她看着电视机里他的倒影,电影只看了个大概。

周意靠着门站了会儿,然后慢慢走到沙发边,坐回了之前自己坐的位置,又看了眼身旁空着的位置。

他只不过在这里待了两小时左右,但一走竟然让她产生了孤独的感觉。

这是周意这几年最不喜欢的感觉。

她不喜欢大学时宿舍里室友都不在只有她一个人的感觉；不喜欢工作后朋友来家里做客，热闹一番后离去，留下她一个人的感觉。

所以后来她宁愿自己一个人，只要一直一个人就不会有强烈的对比。

可这短短的两小时竟然比以往任何一次的感觉都来得强烈。

周意靠着沙发垫子，屈起右膝，双手环抱着，盯着暂停的电影画面发呆。

他走了几分钟了？

十分钟有吗？

十分钟他开到哪里了？

她现在给他发消息会不会有点奇怪？

周意发现，她有点想他。

如果以后是这样的生活就好了。

他们吃完晚饭一起看一部电影，用一些水果点心，听着外面的下雨声，夜深后互相道晚安。

幻想起这些画面，周意不禁想到自己少女时期的幻想。

那个年纪，没有被社会磨平棱角，不懂得生活琐事的烦恼，天塌下来也不过是考试没考好，但一次考不好还有下次，就算高考失利人生也还有无限可能。对她而言，唯一压着她的大石头就是周兰那些伤人的话和不爱她的心。

可那还是一个心思简单，有着无数次重来决心的年纪。

所以喜欢一个人，会幻想和他暧昧亲密的场景，会将两个人代入各种故事情节，就连所谓的以后，也能坚定不移地暗自发誓，爱意会永远如最初的模样。

但现在，除了小女生的心思，她忍不住往更长远更现实的规划上想。

她想，两个人住一起的话，房子得两室两厅打底吧，她这些年除开给周兰的钱外自己还存了一笔。在南城，稍微离市中心远一点的地段差不多两万一平方米，她和段焰应该能出得起首付，月供也不成问题。

如果他们生孩子的话，是不是在三十岁之前最好？

孩子……

周意无声地笑了一下。

她都想哪儿去了。

他们才到哪一步，万一最后没走到一起呢？

万一他没那么喜欢她呢……

可是他的眼神，他做的事情，都让她有种错觉。

他仿佛从见到她的第一面开始就决定要靠近她。

是他要留个联系方式，是他约她吃饭，是他告诉她他记得从前很多事情，是他又约她看电影，是他因为她小小的过敏给她送药，也是他今天在电影院握了她的手，还是他两次三番摸她的脑袋。

他在意当初她被盗号没给他留下新的联系方式，他一直记得她，那年在江城还想找她。

他和她一样没有轻易开启和他人的感情，他和她一样对感情保持宁缺毋滥的态度。

他没有喜欢过赵嘉，当初的种种都是她的误会和猜测。

周意回想着再遇段焰后的种种，之前心中的揣测又冒了出来。

这次撇去其他可能性，她只想知道，有没有一种可能，他曾经是喜欢过她的，所以他和她一样，见到对方后很想竭力试一试。

周意想着想着，轻浅地吸了一口气，扭头看了一眼黑漆漆的窗外。

思绪一瞬间回到最开始。

这会儿他到哪里了？

她走到阳台上，推开窗，雨如断了线的珠子，笔直垂下，有返回大雨的趋势。

她呼吸了一口新鲜空气。

阳台方向正对小区正门，还能顺带看到段焰说的朝右的停车方位。

深夜的街道，路灯昏黄，雨水汩汩，路边停满了私家车。

周意放空着自己，但是总忍不住去想段焰。

她和段焰的回忆并不多，很多重要的片段她都记得，记忆里他的眼神、脸庞、身姿一直清晰无比，但还是会有些画面慢慢变得模糊。

而现在的段焰，比脑海里的记忆更立体更近距离。

所以她好像又变成了当初那个周意，想他想得睡不着的周意。

吹了会儿风，周意回到客厅，拿起手机打开和段焰的微信对话框。

除了今天的对话，再往前翻，虽然是你一言我一语，但如陈佳琪所说，跟发邮件似的。

现在多好，想要保存和一个人的聊天记录只要拷贝下来就可以了。

翻着翻着，周意不知怎的，注意力突然被段焰的头像吸引。

她点开他头像大图，越看越觉得熟悉。

像极了刚刚他们撑伞在路灯下走路倒映出的影子图案。但是他这个又不全是，只是那种路面雨水，夜晚路灯灯光的感觉是不会错的。

周意边回想边随手拿起遥控器想关电视，心不在焉的，按到了后退键，等停下来，里面的台词缓缓流出。

——我爱你，从未爱过别人，永远不会，这是真的，永远不会。

是电影《魂断蓝桥》。

第三章
浪漫告白与复盘往事

1. 想给你个惊喜

八月的最后一周，暑气微散，蝉鸣声稀疏许多，盛开的花欲有凋零之势，就连空气中都带了一种夏天要结束的味道。

周六早晨，周意起了个早，开车回乡下，她预备今天带林淮出去玩一下。

过了今天他也应该收心了。

开车回去的路上，主管工作群里发来内容库的对接内容，周意点开大致浏览了一遍，没立刻同意说好。

事情还得从上周说起。

南城的文学产业做得一般，都是些小平台驻扎在这儿，不似桐城，所以当初招人，都放宽了要求，组员里还有好几个应届生。

将心比心，周意愿意给他们机会，也相信如果在这方面有点天赋，再认真一些的话，不出半年他们就能步入正轨。

但是她让人事制定了一套规章制度以及完善工作流程后，底下的人有点不满。

嫌流程麻烦，嫌她瞎折腾人。

周意也能理解，但是她也有她的压力，一个公司如果氛围太懒散随意，又怎么能做出好内容。

他们这个项目，也才刚刚起步一个月，工作压力和重心都堆在几个主管身上，底下的人都做着些基础的工作——测 App、其他平台内容库的项目筛选、对外招揽写手。

  周意觉得这些工作并不难，唯一有点难度的大概就是对外招揽写手，但是《彩虹》杂志做了十几年，早就名声在外，借着这个名头，不会太难。

  但抛开这个不说，他们连最基础的其他两个工作都没做好。

  周一时把初版 App 发给副总看，主管全体挨批，周意把这归结于自己的过失，是她没把控好。

  可是内容库的筛选，很多书都需要编辑一一过目分级，简单来说就是人工看文，工作量巨大。

  她前天看了递上来的筛选名单，看了前五十来本书的开头，发现底下的人和她的审美完全背道而驰。

  有一瞬间，周意怀疑是自己的问题。

  毕竟她擅长的是实体类的短篇故事，这种大长篇的风格她也是第一次做。

  她让组长过目了一遍，最后确认是组员的审美有偏差。

  她当时不知道该说什么，只觉得既浪费时间又浪费精力。

  心底还有点责怪公司为什么要把分部开在南城，为什么不顺势开在桐城或者其他文娱产业做得好点的城市，这样招员工还能招一些有资历的，也不至于一开始在小事上就磕磕绊绊。

  现在群里发的内容库，周意没办法立刻核对，一旦确认，钱打出去，就收不回来了。

  她又想到吃饭时意外听见的嘀咕。

  虽然是职场，但那几个小姑娘很快打成一片，也是心大了点，什么话都敢在公开场合说。

  她们抱怨她制定的流程，又说："每天都做打杂的工作毫无成就感，也找不到什么靠谱的作者，那些作者一个个脾气还大得很。"

  "公司刚起步吧，也不知道之后做不做得起来。"

  "我看难哦，感觉经费有限，名气打不出去，也就这样，混着吧，混着倒是挺舒服的。"

  "是啊，我今天玩了一上午的蜘蛛纸牌。"

  当时她坐在她们斜后方，听到这些话后抬头看了她们一眼，几个小姑娘毫无察觉。

  怎么说呢？

  她既不是公司股东，也不是什么合伙人，只是被派来开展这个项目的负责人，说到底，谁不是来打工的。

但是公司的福利不差，任何奖金分红都写得很清楚，对待新人也不苛刻。

公司氛围好是好事，但是哪儿能真的养闲人，至少要把本职工作做好。

周意也是普通人，能理解她们，但她是负责人，怎么能眼看着员工不务正业，况且还把工作做成这样。

所以周五她想了个对策，培训新人，提高业务能力，同时委婉地敲打一下。

都说职场上要喜怒不形于色，可他们倒好，在会议上，把心思都写在了脸上。

周意感到一阵心累。

现在，还在工作群里艾特她，问她今天能不能确定好，合作平台在催。

周意回了个语音说："我在开车，中午给答复。"

她又给人事私发了语音说："准备招聘吧，这次简历都要过我的手，面试也由我来。"

那头的人事蒙了一下："现在还要招？"

"嗯，先招着，看能不能招到一些有经验的。其他人还在实习期，我会酌情考虑要不要留人。"

人事回了个"好"。

一眨眼，周意到了家，家里大门紧闭，周兰应该出去了，二楼外侧的空调机箱在运作，林淮大概又闷在房间里。

这一块的同龄人没几个，大家都不愿意留在乡下，慢慢地，邻里街坊变少了。

林淮想打篮球都找不到人，闷一整个假期是他的常态。

周意敲响林淮的房门，刚想推门而入，房门却先一步从里面被林淮打开。

少年到底是少年，最简单的白T恤和运动中裤都能穿得很好看。

周意现在看他，都要仰头了。

周意说："行李整理好了吗，就这一个吗？"

她接他过去，顺便过几天送他去学校报名。

林淮说："嗯，就一个。"

"她给你准备了新的床单被套吗？有没有带？"

"带了。"

周意握着行李箱的把手把箱子从拥挤的小房间里推出来，林淮看她细胳膊细腿的，抿了抿唇，硬邦邦地道："我自己提。"说着，一把抢了过去。

周意笑笑，指了指他桌上的篮球："球要带吗？"

"不吧。你不是说让我收收心吗？反正又没人陪我打。"

"我指的收心不是不让你锻炼身体，开学了也还是有体育课，有同学陪你打啊。"

"算了吧，体育课！体育老师大概要病一年。"

周意又笑，觉得这真是十几年不变的潜规则。

最后，周意还是给他带上了篮球。

林淮见周意一直在笑，心情很好的样子，下楼时佯装随口一问，说："你和那个男的定了？"

话题来得猝不及防。

周意顿了顿才明白"那个男的"指的是段焰。

等林淮把行李装进后备箱，上了副驾驶座后，她发动车子，回答道："还没有。"

林淮望着窗外飘过的景色没说话。

周意问他："你怎么知道，因为上次我和你说约了别人？"

林淮："上次给你发微信的是他吧，我听到了。我很久……没见你这么开心了，也不是，我一年到头才见你几次。"

说完，他低低冷笑了一下，但不刺耳，因为带着几分少年的傲娇，更像是赌气。

他的心思周意都知道。

只是她好像也变成了一个别扭的大人，她从来没有和林淮说过一句对不起，只是拼命用物质弥补对他的亏欠。

为什么长大后，说一句对不起会变得那么难。

想到这儿，周意薄唇微动，试图趁着这个机会好好和林淮道歉，说点心里话，正要开口时，林淮却戴上了耳机，闭眼睡觉。

周意把话吞回了肚子里，把冷气调弱了些。

其实林淮一路都没睡着，所以等周意开进小区后，他很自然地醒了，心里默默地打量着小区的环境。

接着，他一路沉默地跟着周意上楼，行李箱轮子摩擦在地面发出接连不断的声音，比安静的氛围更让人不舒服。

进了公寓，林淮看着没有半点人气的屋子问道："你平常都住公司吗？"

周意不明所以。

林淮又问:"你不吃饭的吗?"

周意想到段焰,他也问过类似的问题。

周意和林淮解释了一通。

林淮"哦"了声,把行李箱拖到角落,一件件拿出自己的日用品。

箱子很大,里面却没几样东西。

周意笑他:"你还说我呢,你就带了几件衣服、被套和书?"

"我是男的,和你不一样。"

周意没说什么,回房间开电脑,要把刚才的工作处理一下。

林淮听到房门轻合的声音后,站起来,随手捞了瓶水喝,细细打量起周意的生活。

她一看就常吃外卖,水也都是矿泉水,岛台上还放着两盒胃药。

林淮想不明白,她的时间都用在哪儿了,什么破工作让她这样劳心劳力。

凉水入喉,他突然想到自己。

在学校的话,学校食堂变着花样给学生研究好吃的菜,在家的话,周兰好吃好喝供着。

他烦躁地抓了抓头发,深吸一口气敲了下周意的房门说:"我想出去逛逛。"

周意扭头看他,不知何时,她鼻梁上架了一副金色细边眼镜。

林淮一愣:"你什么时候近视的?"

"挺早以前了,一点点近视。"周意说,"这边附近有篮球场的,不过现在要中午了,天气热,你晚上去比较好。你要是无聊的话,可以看看电视,我那个纸箱子里还有游戏机,等我忙完这个,我带你出去逛街,好吗?"

"随便。"

林淮为她关上门,视线搜寻周意说的纸箱子。

在电视柜边上。

他三两步走过去,打开,翻找着,但是里头都是周意公司的杂志,翻到底下才找到游戏机。

他随手把杂志摞在电视柜上,躺在沙发上开始玩游戏。

第二天上午,周意又起了个早,她周末不吃早饭,但林淮在这儿,就另当别说。

翻了翻家里的存粮,周意最后叫了外卖,好在林淮不挑食,不管是粥还是包子他都吃。

只是……他有起床气,一放假不睡到大中午不起床。

八点半的时候,周意觉得差不多了,摆好早餐喊林淮起床。

她租的是一室一厅的公寓,没有第二个房间给林淮睡,林淮直接在客厅打的地铺。

周意喊他,他顶着两个眼袋,一脸不爽地爬起来刷牙洗脸,不过没对周意说一句重话。

周意对他说:"也应该调下生物钟了,不然过几天上学了早上没精神。补习那边我约的都是早上九点到十一点半,上午人相对清醒,记忆力好。今天等会儿你先试试,如果那位老师有哪里让你觉得不舒服,等人走了你和我说。"

林淮在卫生间里刷牙,满嘴的泡沫,听着周意的叮嘱,含糊地"哦"了声。

他其实对补课什么的无感。小时候周兰他们不太抓他学习,后来等到要中考的时候,周兰他们跟风,拼命给他找老师补课。那时候周意恰逢大学毕业和刚工作的时间段,一个月才给他打一个电话,每次都是急匆匆的,说来说去也就是那两句话。

现在不过又是一次跟风罢了,请人一对一补课又怎么样,学不学还不是他自己的事情。

他就是不懂,周意怎么也学会了大人的那一套。

难道他考个好大学就能摆脱命运了吗?

她摆脱了吗?

现在还不是不开心。

林淮看着镜子里的自己,双眸淡淡的,态度有些消极。

城市另一边的马路上。

梧桐树高耸挺拔,阔叶参差交叠,微风涌动,地上的大片光影随之晃动。

段焰跟着导航走,但看起来似乎也不太需要导航。

坐在副驾驶座的于烟莫名觉得她哥哥对这片挺熟悉的,也没多想,因为段焰的职业就是到处跑。

她唯一好奇的是后座那束郁金香鲜花,花不多,五六朵,小小的一束,淡紫色的包装,有种夏日里的葡萄奶油糖的味道。

她刚只顾着吹空调散热,和段焰说了车维修的进度,等人清凉下来,拿出今天的补习流程再三确认后，无意间抬眼，便从后视镜里看到了那束亮眼的花。

注意到于烟频频往后看，段焰问她："看什么呢？"

于烟说："那花，送我的吗？"

她不记得段焰今天有提过要去约会，难道是等会儿送完她再去约会？

段焰笑了声："你也想要？"

"也？"

于烟懂了，不是给她的。

她弯着眼睛问道："给未来嫂嫂买的啊？"

"嗯，就是不知道她喜不喜欢。"

"你连她喜欢什么花都不知道啊？"

"……又不是人人都喜欢花。"

"那你还买了。"

段焰："……不知道该送什么。"

于烟打量着段焰，看他这副青涩的样子笑了又笑，她哪见过段焰这副神情。

她印象里的段焰，和外婆说话总是游刃有余又温柔体贴，工作之后她曾去消防队里探望过，工作中的段焰则气势逼人，严肃得不行，烈日炎炎下，浑身被汗湿透也冷着一张脸。

现在，当真是铁汉柔情。

段焰问她笑什么。

于烟摇摇头说："在想，自己以后的男朋友会不会给我送花。"

段焰侧眸看了她一眼。

在他眼里，于烟似乎总是那个没长大的小女孩，她说到男朋友，让他有种不切实际的感觉，他的妹妹竟然也到了可以大大方方谈恋爱的年纪了。

不过谁配得上她？

谁也配不上。

他给周意买这束花还是归功于孙毅坚。

虽然孙毅坚一次正儿八经的恋爱都没谈过，相亲也总是被甩，但是说起追女孩的手段那是一套又一套的。

孙毅坚把这份秘籍命名为：《90后追爱秘籍2.0》。

第一条：浪漫小事随手做，保证暖她一辈子。

第二条：早晚问候带笑容，温柔体贴"小奶狗"。

第三条：伺机而入牵手手，月黑风高亲嘴嘴。

看起来就不靠谱。

但是这次和以前不一样，该有的追求过程他都想给周意。

他知道她的很多小习惯，唯独不知道她喜欢什么样子的浪漫细节。买花时，不好直接问她喜欢什么花，不然和凉鞋一样，一眼就能被她看破。没了惊喜就不够浪漫了。

她家里的柜子上摆着郁金香假花，他想着，她对这个花至少不讨厌吧？

段焰想着等会儿她见到他的样子，嘴角轻翘，心情越来越好。

于烟没有再多问什么，也为他开心。

等到了目的地，于烟看着段焰拿起花要和她一起进小区时，她蒙了。

段焰和她边走边简单解释了一下。

于烟头一回觉得自己脑子转不过弯来。

半晌，她才厘清其中的关系。

原来段焰喜欢的女生是她这次补课对象的姐姐，这个姐姐曾是段焰学校的，是他的学妹，而这个姐姐现在还在她最喜欢的杂志社工作。

于烟感慨一番，又说："哥哥，原来你不是真心实意要送我啊，是拿我当契机呢！也不早说，早点告诉我的话，我今天好好打扮一下，给嫂嫂留个好印象啊。"

段焰不理解女生的脑回路："要打扮也是我打扮，你瞎折腾什么。"

到了楼层，出了电梯，段焰又解释道："没有拿你当契机，不已经送了你一个星期了？这次是凑巧。主要是她这周忙着弟弟补习的事情，我约不到她，但我想见她。"

"懂啦。"

于烟按响门铃时，段焰习惯性揉了几下于烟的脑袋。

周意开门就见到这一幕。

第一秒吃惊于他怎么来了，第二秒视线落在他的手上，揣测着眼前两个人的关系，第三秒在心里为段焰解释，应该不是她想的那样。

有了这层关系，于烟忍不住细细打量了下周意。

她记得第一次见面时周意穿得挺学生味的，这次就多了些女人味，同样是衬衫，这次是焦糖色的雪纺衬衫，下身是黑色包臀短裙，衬衫的一边塞在了裙子里，细微的垂荡感勾勒出纤细的腰线。

短裙下的一双腿直而细，皮肤白如雪。

一双眸子，内勾外翘，清澈动人，瞳仁是难得见到的琥珀色，晶莹剔透，像盛满了夏天所有的星光。

她还戴了一副金色细边眼镜，莫名有点"纯欲感"。

于烟想，怪不得哥哥被迷得神魂颠倒。

这样的女生应该很多人追，好在哥哥不差，不然哪里追得到。

也怪不得，哥哥惦记了那么多年，估计她的未来嫂嫂是很多人心里的白月光。

周意看着友善的于烟，让他们先进来，一一给他们拿了拖鞋。

不是上回临时翻出来的一次性酒店拖鞋，是正儿八经的拖鞋。

她脚上穿的是那天段焰给她买的。

她递给于烟的是一双蓝紫色的，图案是白雪公主，衣服上有个可爱的红色蝴蝶结。

她递给段焰的是一双灰色拖鞋。

是她昨天和林淮逛街时买的。

段焰是知道她这里没这么多拖鞋的，换鞋的时候问道："你特意买的？"

周意"嗯"了声，看了一眼于烟再看看他，问道："你怎么来了？你们……"

于烟得知这是周意专门为他们准备的后，笑得又甜又软，主动说道："我是他表妹，车坏了，哥哥特意送我来的，顺便他想……"

后面的话不言而喻。

段焰干咳了一声，拍拍于烟的后脑勺："都九点零五分了，快去上课。"

说到上课，周意从惊愕里回神，带于烟往房间走去，把坐在那边等待"宰割"的林淮叫起来，互相介绍了一下。

她说："我弟弟，林淮。小淮，这是你的老师，于老师。"

于烟走过去，边翻出补课资料边软声道："我叫于烟，烟火的烟。"

林淮站在于烟身边，个头比她高许多。

他就这么看着她，耳根一点点变红。

周意轻轻地给他们带上了房门，一转身差点撞上段焰，他不知道何时站到了她身后，悄无声息地。

他一把握住她胳膊，将人扶稳，盯着她鼻梁上的眼镜，低笑道："什么时候近视的？"

和林淮问的一模一样。

周意解释了一下。

段焰说:"挺好看的。"

"我刚刚准备忙点事情,所以戴了……"

"工作?"

"嗯。"

"今天很忙?"

"也没有,就一点小事。"其实不是,但是这一刻,有什么比他更重要?

两个人往客厅走着,周意过去合上了放在餐桌上的笔记本电脑,问段焰:"之前怎么没听你提过你妹妹这事,昨天你也不说。"

她这周一直都很想他,昨晚有时间,想和他打个电话聊聊天,但最后没打出去,只在微信上聊了会儿,他却对今天的事情只字不提。

现在想来,他有点故意。

他故意说他要早点睡,明天要早起,有事情。

于是昨晚的聊天很快就结束了。

段焰走到她身边,靠着桌边,低头凑近,伸手刮了下她的耳垂,说话的声音磁性悦耳,热气若有似无地传来。

他说:"想给你个惊喜。你呢……现在见到我,开心吗?"

周意一顿,纤长的睫毛轻轻颤抖,抬起眼看了眼段焰,微微笑了一下,轻声道:"嗯,开心。"

段焰紧追不舍地问道:"多开心?"

周意看了他一眼,眼里的意味似娇似笑,没回答,她绕开他去倒水喝。

段焰跟上她,讨了杯水喝。

这次轻车熟路,他征得周意同意后直接打开冰箱拿水,同时看到冰箱里多了两个咸鸭蛋和一碗粥。

他问周意:"你们早上吃的这个?"

周意闻言,张望了一眼答道:"刚刚吃剩下的,小淮说扔了浪费,就放那儿了。"

"你弟弟倒是挺节约的。"

周意笑笑。

她猜是早上的林淮没什么胃口,又怕自己等会儿饿了,粥能热一下垫肚子。

周意冲洗完杯子,想去整理一下林淮的地铺时视线拐到玄关柜子上的花束。

还没等她开口问,段焰先一步注意到她的视线,拿过那束花递到周意眼前。

他不太自然地问:"这个,你要不找个瓶子插起来?"

他这辈子没买过花,也没送过女生花,拿在手上总觉得与自己格格不入。

周意知道他这是送给自己的,但是也不知道自己怎么了,边接过边问道:"这是你妹妹买的见面礼?还是……"

段焰无声一笑:"见面礼?像她买的吗?"

周意点头:"那我找个瓶子吧。谢谢你,很好看,是我喜欢的紫色。"

"郁金香……是你喜欢的花吗?"

"喜欢。"

"最喜欢的花?"

周意拨了拨娇嫩的花骨朵儿,目光柔软:"我最喜欢红玫瑰。"

有点出乎段焰意料,居然是红玫瑰。

周意解释说:"你觉得红玫瑰俗气?我身边好多人都觉得红玫瑰俗气。不过我一直觉得它很好看,有种说不出的风情。"

段焰想了想:"嗯,有点儿,不过你这么一说,我觉得确实挺好看的,也像你。"

"像我?"

段焰的视线上下扫着她的脸庞,认真又眼眸带笑地说:"好看,别有风情,又清高坚韧。"

周意被他看得有点热,不知道怎么回复这话,干脆找起瓶子来。

找了一圈,她忽然想起,她没有把花瓶带过来。

当时搬家许多易碎物品她直接扔了。

段焰看她半跪在柜子前发呆,问她:"怎么了?"

周意说没瓶子。

段焰失笑:"那等会儿买一个。"

也是。

周意起身,准备去收拾林淮的被褥,段焰放下水过去帮忙。

他问道:"你弟弟晚上睡客厅?"

"嗯。"

"他住多久啊?"

"到开学。"

"那没几天了,开学后呢?住校?"

"对,周五放学他回乡下,周六休息一天,周日补习。"

段焰算了一下时间:"可是不是每周日上午九点吗?这样接送早上

起太早会不会很累？"

周意："周六晚上接他过来。"

"他同意了？"

"嗯，说好了的。小淮他……很听话。"

"他叫什么来着，林淮？"

刚刚周意介绍时，他大概听了一嘴。

周意说："树林的林，淮南的淮。"

周意拍了几下枕头的工夫，段焰就叠好了被子，标准的豆腐块。

段焰问周意放哪儿，周意指了指沙发。

段焰顺带帮她把垫子收拾好，踌躇了一阵问道："弟弟怎么姓林？你们不是亲姐弟吗？"

从前周意和他说过一些家里的事，但是她很多都一笔带过，其中细节没怎么说过，但他记得很清楚，他们是亲姐弟。

周意轻轻一笑，眼里没什么多余的情绪。

她说："我爸爸姓林，我妈妈姓周，我们各自跟一个姓。"

为什么弟弟是林，姐姐是周，段焰不用问也能猜到。

他也淡笑了声，耸耸肩，转话锋道："你弟弟和你长得挺像的，个子也高，估计班里不少女生喜欢他吧？"

"会吗？我从来没问过他这个，他看起来……"

总觉得他是小孩，总觉得他对什么都不太感兴趣，在感情这方面他能开窍？

段焰晃了晃手说："我洗个手。"

周意指指左手边，她也跟着过去洗手。

水流声不断流淌交叠，段焰挤了两泵洗手液，快速搓洗，镜子里倒映出周意若有所思的模样，他弯了弯嘴角，拉过周意的手放在水龙头下。

他又挤了一泵洗手液，像给小朋友洗手似的，洗得认真。

微凉的水，香味清新的洗手液，灼热的掌心温度，交织在一起，让周意喉咙发紧。

周意："我……我自己来吧。"

她欲抽开手，段焰却抓得很紧，忽略她说的话，问道："刚刚在想什么，想你弟弟有没有早恋？如果早恋了你要去棒打鸳鸯吗？"

"不是，我只是在想，他也到了你那时候的年纪，时间真快。这个年纪有喜欢的人不是很正常吗？只是能走到最后的有几对？我认识的人里没有。"

段焰给她冲泡沫："我认识的有。"

"嗯？"

"想听？"

大概是做故事做习惯了，周意对这些都习惯性地感兴趣了。

冲洗完泡沫，周意缓缓抽出手，拿过擦手巾擦手，段焰则直接甩了两下。

他低缓道："我队里有个队友和他老婆就是同学，去年结的婚，求婚还是在队里求的，我们给他布置的。他们看着很好，只不过像你说的，能走到最后的是少数而已。我觉得能找到一个心意相通的就很好了。"

周意看着自己的手，刚刚他揉搓的感觉还停留在皮肤表面。

她忍不住弯了下嘴角。

是啊，能找到一个心意相通的就很好了。

段焰轻轻敲了敲她脑袋，问她："我们在这里说话会不会影响到他们补习？房间隔音吗？"

周意说："还行。"

不过保险起见，还是把声音压低比较好。

两个人走回客厅，对视了一眼。

周意今天本来是打算在林淮补习时处理工作的，但是段焰来了，她应该要做点什么，再找个电影和他看吗？

她要问的时候，段焰左右环顾了一圈说："要不我们出去逛逛？给他们腾地方？"

"你想去哪儿？如果太远的话不行，十一点多补习结束我还要问问你妹妹情况的。"

"不走远，去附近的超市，买个花瓶，顺便买点菜。"

"你要买菜带回去吗？"

段焰摸了下鼻子，有点心虚，试探性地问道："我中午给你们做点饭吧？你少吃外卖，也让你弟弟少吃点。那个粥看着浓稠味道不错，但是现在外卖用料不好，卫生也是问题。"

听到他说要出门，周意在找车钥匙和手机，听到他说要做饭，周意不太敢相信地转头看向他。

段焰被她看得不好意思，扭过头，摸了摸后脖颈，干巴巴地问："你想吃吗？"

周意拿上钥匙，钥匙串在手里叮叮当当的。

她的声音如夏夜的风，清爽温和，柔情似水。

她说:"好啊,那我们去买菜。"

段焰跟上她,舔了下唇,心里头的石头落地。

他怕周意不愿意,毕竟今天的一切要以她弟弟补习为重,他又怕他这个想法让她觉得进展太快,但是刚刚他握她的手时她也没有太抗拒。

她也说今天见到他很开心。

她心里有他。

房间里,于烟拿了一份高二数学期末试卷给林淮做,一是想用这个作为补习的开端,知识点都在范围内;二是想看看他一个假期过去能考多少分,估测一下他未来学习能提高的量。

不过时间比较紧,她这次只让林淮做前半张。

林淮做卷子的时候她自己在做后半张的题目。

两个人在同一张书桌上握着笔齐刷刷地写。

前半张的填空和选择题林淮做得很快,写完一道题,他就会瞥一眼于烟。

像她是学生,而他是老师似的。

她比他还投入。

几岁来着?比他姐小一岁,那就是二十六岁?

比他大八岁。

但她明明看起来比他还小。

说她是十八岁别人也会信吧。

七想八想的同时,林淮做完了,他把卷子移给于烟,示意她批改。

于烟惊讶于他的速度,笑着说道:"你做得好快啊,看来很有把握?"

林淮看着她的笑心口有点热,面无表情地移开眼睛,说:"我出去喝口水。"

他走到门口,再次面无表情地说:"你要喝吗?"

于烟点点头:"好啊,谢谢你。"

林淮走了出去。

家里没人,他叫了几声姐,还是没应答。

刚刚是还有个男人也来了吧?

是周意在交往的那个吗?

他们出去约会了?

想到这儿,林淮一口气喝完了一瓶水。

脑海中忍不住冒出个念头——什么为了他,什么高三抓他学习,只是一切恰好而已。

但紧接着又有个念头冒出来——她也有权利幸福不是吗?你没看到她过的是什么生活吗?他们都不爱她,有个人爱她不好吗?

林淮想不明白,烦躁地"啧"了声,扔了瓶子后回了房间。

小区附近的大型超市人满为患,超市门口的推车都被推走了。

这是周末的常态。

段焰在周围寻了一圈还是没找到推车,问周意:"要不就这样吧?等会儿我提着就好了。"

周意看他跑得额头微微出汗,犹豫着伸出手,轻抚去他的几滴汗,轻声道:"那边好像有人出来了,应该有推车,我去拿,你等我一下。"

女人的手柔若无骨,她小心翼翼又羞涩的模样让段焰愣在原地。

等反应过来时,周意已经推了一辆购物车过来。

段焰艰难地滚了下喉结,一手接过推车,说:"我来。"而空着的另一只手垂在身侧,跃跃欲试。

两个人并排走进超市,段焰左看看右看看,心思不在商品上,而周意很认真地看着超市入口处的促销商品,右手边还有一些色彩鲜艳的小玩意,仔细一看,是七夕节的装饰品。

七夕节……

周意忽然想起来,好像是这个月的7号,已经过去好久了。

不过超市的喜鹊提灯做得很精致。

周意很感兴趣,朝那排货架走了过去。段焰垂在身侧的手握了个空。

他看着周意的背影笑了一下,抬手蹭了下鼻子,推上车紧跟其后。

那些装饰品花里胡哨的,乍一看还行,真拿起来打量每一个都不值标签上的价格。

但周意看得很认真。

段焰拿起个面具,翻过来翻过去地瞧了几眼,瞧完放回原地,笑着问周意:"你喜欢?"

"不喜欢。"

"那你看这么认真?"

闻言,弯着腰的周意慢慢站直。她垂眸看了眼手中的假蓝色玫瑰花,抿唇一笑,没具体回答,只说:"来都来了,想看看。你不想看的话,那我们直接去蔬菜肉类区?"

"没,不是不想看,只是问问你,以为你喜欢这些,喜欢的话就买,摆家里应该挺好看的。"

"不买……没有特别喜欢的。"

"嗯，如果有喜欢的就买。"段焰走到她身侧后，伸手戳了戳假花，"下次给你买真花，红玫瑰，好不好？"

他靠得很近，低沉的嗓音在闹哄哄的超市里格格不入，像划过夜空的流星。

周意想起他以前也是这么说的。

说有机会唱歌给她听。

比情话更动人。

现在和当时倒有异曲同工之处。

异曲同工……

周意的心突然快跳了一下。

段焰没发觉周意的神游，说："七夕都过了好久了，那时候你好像还没回来，你是不知道，那天马路上到处是情侣，走哪儿都能闻到玫瑰花的香气。我还问孙毅坚，怎么女孩子都喜欢花？你知道他怎么说的吗？"

周意回过神："嗯？"

"他说，你以为男人不喜欢？男人收到花一样很开心。"

周意轻笑，肩膀抖了两下。她看段焰玩这假花玩得挺开心的，抬头看了他一眼说："那你喜欢吗？"

"喜欢啊。"

"你喜欢什么花？"

段焰的手指顿住，慢腾腾地把手收了回来，两手臂交叉，靠在推车把手上，微微弯了点腰凑近周意，似笑非笑地说："玫瑰，红玫瑰。"

周意喉咙发干，被他那双灼热的眸子看得心跳加速。

但她没有躲开，忍着心脏的快速跳动，她忽然抬起手，像摸狗狗一样，摸了摸段焰的头发，笑着说："好啊，那我下次也给你买。"

段焰嘴角的笑就这么一点点地僵住。

周意的心跳越来越快，男人的短发硬而刺，蹭得她掌心酥酥麻麻的。她忽然后悔做这样的动作了，因为段焰现在的眼神，用小说里常用的描写就是，像要把她吃了似的。

她踌躇着收回手，但刚离开他的脑袋，手腕忽地被抓住。

段焰掌心的温度一直是烫的，每次他主动触碰到她的皮肤，周意都能很直观地感受到男人的灼热体温，这种温度在夏天像能把人融化似的，可又非常地让人有安全感。

段焰慢慢站直身体，带着周意的手往下垂，而握着她手腕的手缓缓下移。

男人骨节分明颇有力量感的手指挤进她的五指间，十指紧扣，密不可分。

明明超市的冷气打得很足，但是手这么牵着，不到半分钟就热得不行。

不只是手，周意觉得自己哪儿哪儿都热。

她没有像洗手时因为不好意思而想抽离，她反而轻轻反握住他的手。

她在告诉他，她愿意。

段焰看着周意绯红的耳朵，笑从喉咙里溢出，感受到周意的主动时，他又不禁一愣，低头看向两个人紧握的手。

他就知道。

他就知道周意对他也很有感觉。

心照不宣地，两个人都没说什么。

适应了好一会儿，段焰的大拇指蹭了蹭周意的皮肤，低声道："走吧，看看别的。"

"嗯。"

绕开这片小装饰区，前头是电器区和日用品区。

段焰的声音里有着难以隐藏的兴奋，问周意："你还需要添什么家电吗？碗筷有吗？你弟弟喝水的杯子你买了吗？"

"买了，昨天把他的东西都买齐了。不过等会儿中午吃饭的碗筷没有，要买一次性的吗？"

段焰紧握着她的手，把人往身边重重一拉，压低声音问道："你就想吃一次吗？"

周意摇摇头。

不知道为什么，她不敢看他的眼睛，她的嘴角上扬着，头却低着。

两个人走进碗筷区，前面有一对情侣，和他们一样牵着手，但是女生会主动靠着男生，一手被牵着，一手时不时环过去抱住男生的胳膊，亲密得不行。

周意低眸看了眼两个人紧紧牵在一起的手，第一次不羡慕超市里的情侣。

以前她为缓解压力，会周末出来逛超市采购解压，不过每每看到依靠在一起的情侣都会很羡慕。

日常的生活就是这么普通平凡，但是有另外一个人能和自己分享一日三餐，普通也成了幸福的近义词。

所以她刚刚想,就算不是情侣,能这样和段焰慢慢地逛一逛超市也很好。

段焰晃了晃她的手,问道:"喜欢这个吗?小黄鸭碗,还是喜欢这个简约款?"

"你喜欢哪个?"

"我都行,看你。"

"那小黄鸭的吧。"

"行,拿几个,四个?"

"好啊。你要做几个菜?要不要买点盘子?"

"四个人的话,三菜一汤?"

周意:"嗯,那再买一个汤碗。"

大汤碗在最底层,牵着手不好拿,但谁都不想松开。

两个人颇有默契地一起蹲了下来,最后左挑右选,拿了个带手柄的汤碗,周意说这样的不烫手。

一楼逛完时,推车里已经堆了一小半。

周意觉得他们哪里是来买菜的,像是刚搬完家来买东西以添置新屋的。

段焰说她只有一个平底锅,还需要买个电饭锅,她要是不会做菜,可以自己煲汤,于是又买了个煲汤的锅。他又说她家的洗手液好像快用完了,买一瓶新的吧,碰上促销,于是买了四瓶。看到衣架,他顺手拿了一把加厚衣架,说这种晾床单被套比较好。

自始至终,他们的手都没有松开过,即使掌心已经出了汗。

周意不想松,也不敢松,她怕松手后等会儿没有勇气主动牵他的手,也怕他不会再主动牵回来。

她不知道,段焰和她想的一样。

去二楼坐自动扶梯时,段焰在说要买什么菜,问她有没有特别想吃的。

周意说她想吃油淋油麦菜,她喜欢蔬菜。

段焰一手扶着推车,另一手抬了起来,连带着周意的手也被往上带。他屈起食指刮了下周意的鼻尖,笑她:"你怎么像兔子,这么爱吃素。"

周意总是被他这些小动作弄得面红耳赤,明明上次和他一起吃饭时她还可以做到不动声色,明明她已经是个大人了啊。

怎么接触越多她越来越像个少女?

不过……做一个被捧在掌心的人原来是这么开心的感觉。

想到这儿,周意微微向段焰再靠近了点,空着的手环过去,轻轻抱住他的胳膊。

段焰感受到身边人的靠近,心热得不行,喉咙也莫名很渴。

他觉得自己快疯了。

两个人的身后站着两个女生,其中一个女生掏出手机对着他们的背影拍了一张,发到她们组内群里。

女生直呼:救命,我逛超市遇到总监了,还有她男朋友。

群里的人纷纷冒头。

A:正面照有吗?

B:看背影好帅!

C:还以为她是单身来着,原来有男朋友啊,我哥没希望了。

D:快去拍正面照啊,看看。

女生受到鼓舞,自己心里也好奇,总觉得那个背影出奇的眼熟。

她压低自己的帽檐,戴上墨镜,快步走过去,走出扶梯,来到前面的折扣区,假装看到好货朝朋友招手。

但扬起手后,她愣在了原地。

这个男人,不就是那天来救援的副队长吗?不就是她妈妈闺蜜的老公单位里的那个吗?不就是说有喜欢的人死活都不肯给她微信的那个吗?

喜欢的人是总监?

女生跟泄了气的皮球似的,一下子什么兴趣都没了。

她知道他有喜欢的人后也没放弃,而且妈妈的闺蜜说会组织个饭局,让他们见一次,到时候见了再说。

但如果他喜欢的是总监的话,她自认为,她好像比不过。

2. 我乖着呢,真的

公寓里,林淮和于烟坐在客厅,电视里放着《小猪佩奇》,立体的猪叫声听得林淮头疼。

已经临近十二点,周意还没回来,是她说补习完后要和家教老师聊一下的,结果不知道去哪儿了。

林淮喝下第三杯水,再次给周意打去电话,依旧是无人接听。

挂断电话,林淮瞄了眼身旁的于烟。

她看起来挺自在的,抱着抱枕看《小猪佩奇》,而且看得津津有味。

整个就一个小孩啊,小孩。

于烟感受到他的注视,微微侧过眼,问道:"怎么了吗?"

林淮喉咙一紧，结巴解释道："没……没什么，我姐不接我电话，你要不再等会儿？"

于烟后知后觉地反应过来，笑道："应该是和我哥出去了吧，可能一会儿就回来了。"

"噢……"林淮点着头忽然一愣，"你哥？"

于烟："刚刚有个男人和我一起来的，是我表哥，他和你姐姐认识的。"

林淮糊涂了。

于烟看他这反应就知道他应该不清楚周意和段焰的事情，不过也正常，还是个学生，周意可能不会把感情的事情和弟弟说。

具体的于烟也不清楚，只知道自己的哥哥啊，喜欢惨了这位姐姐。

她组织了下语言，对林淮说："他们俩以前都是正仁的，我哥哥比你姐姐大一届。我车坏了，今天我哥送我来的，所以他们可能怕影响你补习就出去了吧。"

林淮："……"

有一些快被时光掩埋的片段在于烟说完后，倏地冲了出来。

他记得周意有个日记本，上面密密麻麻都是少女的心事。

当时年幼的他还看不懂，第一次看到那个本子是有一天晚上周意帮他补习，她上厕所去了，他无意间看到压在她枕头底下，露出一角的明亮的黄色。他以为是什么好玩的东西，抽出来一看才发现是个本子。

他翻开第一页，最抓眼球的一句话是：2009年9月8日，我确定我喜欢上了一个人。

通篇没有一个正儿八经的人名，出现最多的是两个字母——DY，还有"他"。

那天，周意说去学校上课，他知道不是，她是出去见人了，可能见的就是她喜欢的男生。因为她很少这么精心打扮，而且她说谎的本事真的是太烂了，差点就被周兰发现了。

他当时才多大，根本无所谓姐姐有没有男朋友、有没有喜欢的人，他只知道姐姐做的决定一定是正确的，她开心就好。

但后来她似乎越来越不开心了。

她慢慢地变了，高三毕业，她终于能展开翅膀去想去的地方，可他也看见，她在那个暑假一遍又一遍地翻着日记回看，经常听歌到深夜。

有几回起夜，他还看到她在阳台上吹风，像极了曾经有段时间的状态。

那个人是周意曾经喜欢的男生吗？

林淮心里涌上一阵莫名的烦躁。

他不太理解周意,曾经让自己那么难过的人为什么现在还要接触,指不定这些年那个男人在外面谈过很多女朋友了,现在就是看她单纯又好看故意骗她。

而且他们发展太快了吧,周意才回南城多久,已经到了知道他鞋子码数的地步了吗?

昨天逛街,路过精品店,周意很突然地说进去买鞋子,买了一堆,除开他的男式拖鞋外,她还买了一双。

是给那个男的吧?

是知道他今天会过来?

还是为了方便他以后过来?

他一看就是情场高手,不然怎么这么快就把周意哄成这样。

但林淮看着眼前的于烟,不禁想,于烟人挺好的,她表哥……应该不会太垃圾吧?

也不对,她表哥是她表哥,她是她。

越想越不爽的时候,大门的密码锁响了,"咔嚓"一声,涌进来一股热风,伴随着两个人的说笑声。

林淮和于烟几乎是不约而同地站起来看向他们。

只不过,一个眼神冷漠,满脸写着不爽;一个眼神甜软,试图从周意和段焰身上看出点火花。

周意关上门后蹲下把拖鞋摆到段焰面前,又伸手去接他手中的购物袋。

两个人买了四大袋的东西,里头装着锅碗瓢盆,重得不行,但他从头到尾都没让她碰一下。

当时他们刚从超市回到车库,牵了一路的手,在收银时都没松开,但因为要把东西搬到车上,不得不松开。

一松开,涌过来的风很快吹干了掌心的汗,也吹走了心里的热意,整个人都变得空荡荡的。

她想帮忙搬东西,他却握住她的胳膊,手向下移,捏了捏她的手说:"这么软的手,我怎么舍得让你搬,你先上车吧,天热。"

到了小区,他又说:"细胳膊细腿的,你哪拎得动。"

说着,他一个人拎着满满当当的东西跟她回了家,在电梯里时,周意看到他手臂上微微凸起的青筋。

莫名有股诱惑力。

此刻的段焰看看周意贴心地帮他摆鞋，心里头雀跃得不行，但一抬头和客厅里的两个人对上视线后，一秒冷静了下来。

"补习完了？"他问。

于烟点头。

周意帮着把东西暂时放在岛台上，看了眼林淮，解释道："小淮，这位是我以前的朋友，也是你老师的哥哥，挺巧的，所以等会儿一起吃个饭。"

不诚实。

林淮冷哼一声，硬邦邦地问："你做饭？"

周意："他做。"

林淮："……"

搞得像同居似的，搞得他才是外人一样。

他把杯子里剩余的水喝完，不悦道："随便，我去房间睡一会儿。"

"啪"的一声，房门被关上，不轻不重，但让周意和段焰都察觉到了不对劲，两个人对视了一眼。

段焰拍拍周意后腰，低声道："是不是学习上出了点问题？你去和我妹妹聊聊？这里我来就好了。"

于烟倒不觉得林淮有什么。

她见到林淮的第一眼就知道这个男生有点小情绪在心里，不过应该是个很好的孩子。而且这个年纪的男生多多少少都有点叛逆，况且他长得这么好看，走叛逆冷酷路线还挺有魅力的。

周意把于烟请到阳台附近，外面阳光滚烫刺眼，周意拉上了点窗帘。

隔着微暗似纱帐笼罩的光线，于烟看着周意，嘴角忍不住上扬。

她的未来嫂嫂真的太好看了。

周意摘下眼镜，揉了揉鼻梁，睁开眼时睫毛扑闪，自然微翘，纤长浓密的睫毛下是一双清澈柔亮的琥珀色瞳仁。

当真是眼含秋水。

周意轻声问道："我弟弟的学习情况怎么样？"

说回正事，于烟说："他基础还行的，认真做题的速度也很快，只不过遇到有难度的题他似乎就不太愿意去研究。今天让他做了一些题，题目不算难，但是我看他做最后一道选择题时算了会儿，没算出来就乱选了一个答案。"

"专注力和耐心不够？"

"嗯，不过我觉得他开学后把心态调整下，提升空间很大。"

"这样啊……"

于烟："他其实很好。"

周意笑了下。

她知道林淮很好，从小他就是个细致贴心的人，学习上虽然小时候成绩不好，但后来好好抓着他学，他自己投入进去，进步很快。

是她，是她上大学后没有好好关心过他。

周意又向于烟了解了一点情况后问道："上午没有什么其他事情吧？"

"没有啊，他很懂事，给我倒水什么的招待我。"

"嗯。"

结束对话，周意想回去帮段焰打下手，于烟却叫住她："那个……"

周意投去询问的眼神。

于烟指指电视柜边上的纸箱子，说："我刚看到上面堆了一些杂志，林淮说是你工作的东西，我想看看可以吗？"

说起这茬，周意想起那天对于烟的承诺。

她走到纸箱子那边，随手翻了翻，这些都是她入职《彩虹》后参与的每一本杂志，每一期都会留一本做纪念。

她从箱子里拿出来七八本，说："你随便看，有喜欢的可以带回去。不过……你现在还看杂志啊？"

于烟："不看了，只是你恰好是做这个的，这个杂志又是我高中时最喜欢的，有点儿……怎么说，有点儿怀念那时候，想翻着看看，看看是不是还是那时候的感觉。"

说起以前，周意说："段焰说你以前喜欢写作，你怎么不自己尝试着写写故事，你的文笔应该不差。"

于烟翻着杂志，被说得一愣："我哥说我喜欢写作？"

"嗯，那时候我记得，他说你要参加作文比赛，问了我很多。"

于烟举起杂志遮住脸，眼睛瞟向在那边忙碌的段焰，立刻明白，原来这不是她哥哥第一次拿她当契机，十来年前她哥哥就做过这种事情了。

她哪里喜欢写作，她当时考到了星辉中学就是因为中考语文作文没写好，还好数学稳住了。

于烟笑着，没拆穿段焰当年的谎言。

房间里头，贴着门偷听的林淮，内心一阵冷笑。

段焰，DY，果然是他。

对于烟的事情周意知道得并不多，印象里，段焰只提起过寥寥几句，但是她能感觉得到,段焰很疼于烟。

百闻不如一见。

眼前的姑娘面容亲和甜美,说话声音温柔无比,连她面对着她都忍不住放低声音,更别提在那边忙活的段师傅了。

又是什么缘分,她给林淮找的老师正好是他的妹妹。

在去超市的路上,她问过段焰是什么时候知道的,瞒得这么好。

他说一个星期前,又说他妹妹性格好,业务能力一流,她弟弟交给于烟他也放心,因为这样能让她少操点心。

现在看来,因为关系的亲近,她确实没有了很多后顾之忧,还能敞开地聊林淮的成绩。

于烟挑了几本早年的杂志,有的包装膜都没拆,她问周意:"这个我拆了?"

周意:"嗯,你随便看。"

于烟闻着独特的纸香味,视线掠过颇具青春气息的封面,小声感慨道:"读书的时候,每个月都会在路边的书报亭买,现在路边的书报亭都没几了。周意姐姐,你……你是怎么进这家公司的啊?一毕业就去了吗?可我记得这家公司的地址在桐城。"

周意被这一声"周意姐姐"叫得心里发软,好似她和他们很亲近了一样,有种别样的感觉在里头。

她简单解释了一下来龙去脉,于烟点点头。

于烟想起那天段焰说的,他说喜欢的姑娘后来一直在别的城市工作,直到最近她回来才意外遇上。

于烟看了眼不远处的段焰,又看了眼周意,弯了嘴角,不禁想,原来,相爱的人真的会再相逢。

只是两个人现在是什么进度?

明明相互喜欢着。

她好想告诉周意,她哥哥真的很喜欢周意,但是不能,这是他们两个人的事情。

于烟转了话题,她问周意:"哪些故事是你做的啊?"

周意翻到她手里那本杂志的目录页,手指下滑,最终停在一个青春故事上,说:"这个,这个是我做的。"

于烟顺着看去,最先吸引她目光的不是偌大的书名,而是排在后面的小小的编辑名——林意。

林意……

她总觉得这个名字万分熟悉，但是一时之间想不起来。

周意一直关注着岛台那边段焰的动作，买了一堆东西他根本忙不过来，一会儿要清洗新的锅，一会儿要烧水备用，一会儿要拆油盐酱醋的包装。

周意说："你慢慢看，我去帮帮你哥。"

于烟笑着说好，拿上几本杂志回到沙发那儿，余光打量了一会儿那两人。

他们站在开放式厨房里，画面像某个美食节目，并肩的两个人就连做饭也给人天生般配的感觉。

段焰说过，周意当时的成绩常年稳居年级第一，可以和重点高中的学生齐名，甚至在一些地方更为优秀，也是正仁为数不多能上重点大学的学生。

果然呀，学霸还是喜欢学霸。

于烟拿出手机偷偷给他们拍了一张，但没调静音，"咔嚓"一声，回荡在屋子里。

周意和段焰同时抬头看了过去。

于烟顿时涨红了脸，见她尴尬，周意和段焰又同时装作没听到一样低头继续忙碌起来。

可脸红的不只是于烟，还有周意，看起来波澜不惊，但总是容易泛红的耳朵出卖了她。

段焰侧眸看了她一眼，伸手阻止了她下一步的动作。

她说要帮忙，锅碗瓢盆什么的他都洗得差不多了，菜倒是有一堆，但是鱼肉腥，他不太想让周意搞这个，便把她最爱的一把青菜给她，让她洗。

眼下，她心不在焉的，别说菜根上的泥土了，菜根都快被她搓烂了。

他手上沾着水，没了之前的热感，碰上周意的手，微凉湿润，伴随着他落在耳畔的低笑声，周意骤然回神。

段焰说："你是在洗菜还是在做腌菜？"

周意觉得他明知故问，回道："洗菜。"

段焰："那你跟这菜有仇？"

"哪有……"

段焰抬起湿漉漉的手，刮了下她的耳朵，说："等会儿我让我妹把照片删了。"

周意不知道他从哪儿读出来她在意于烟拍他们这个信息，她只是有点不好意思，他们的关系于烟一定知道，于烟也似乎挺喜欢她的，所以才会偷拍他们吧。

一想到连他的家人都这么快就接受了她，她就有点不好意思。

他们才到哪儿……

就连今天牵了很久的手都不是名正言顺的，朋友以上，恋人未满，但很奇怪，她挺享受这种感觉的。

她知道这个男人最终一定会走向她，所以连暧昧都变得异常甜蜜。

不像以前，因为不确定对方的心意，所以每一次暧昧心中都甜且涩。

周意说："不用删，没关系，别让她尴尬了。"

"行。"段焰说，"其实我也不太想让她删，回头我看看她拍得怎么样，指不定我们很上镜呢。"

说完，他轻轻戳了下周意的脸，留下一点点水。

周意发现，靠得越近他骨子里的少年气就越明显，像极了学生时代，那些男生爱做的小动作。

他在牵手的时候会时不时用力揉揉她的手，还喜欢摸她的头，做一些诸如此类的小动作。

周意拿手肘轻轻顶开他："别闹了。"

越说越来劲，段焰接了点水往她脸上抹："给你画个猫胡子。"

周意被沁凉的水弄得哭笑不得，一边笑一边往旁边躲。

"段焰……"

"你又没化妆，一会儿水就干了。来，还有另外一边。"

段焰搂住她的腰不让她乱动，强制给她另外一边脸也画了三道透明胡须。

画完后，他看着周意的脸笑起来，轻轻点了下她的鼻子，留下一滴小水珠。

他说："挺可爱的。"

他有点词穷，除了可爱也不知道怎么夸了。

周意被禁锢得动不了，只好拿拳头砸他胸膛，跟棉花似的拳头，却打得段焰心痒。

他的目光逐渐暗下来，里头盛满的笑意也变得别有意味，像蛰伏在丛林深处的猎豹。

段焰钳制住周意的手腕，搂着周意腰的手慢慢用力。

贴得那么近，两颗心脏的跳动声此起彼伏。

周意无处可躲，不知道看哪儿，最后视线似乎只能留在他的唇上。

她第一次发现,男人的嘴唇也可以这么性感。

段焰的喉结滚了又滚,心里像有团火似的,贴着周意后腰的掌心温度不断上升。

他不敢乱动,又被本能驱使着,手不断用力,想把人揉进怀里。

这也是他第一次知道,女人的腰可以这么细,好像他一用力就能掐断。

"段焰……"周意叫他的名字,声音跟蚊子似的。

"嗯?"

周意看他眼神迷茫,弯了弯嘴角,原来,谈恋爱不只女人会变成傻瓜,男人也会。

她轻声提醒道:"你妹妹还在那边。"

一句话让他顿时清醒,但心里的燥热怎么都压不下去。

像还在叛逆似的,他没松开周意,反而搂得更紧了些,周意被带着往他身上倒,脚往前跟跄了一步。

他注视着她,有点孩子气地说:"她在怎么了?嗯?"

周意的心快跳起来,浑身酥酥麻麻的,听到他这么说,内心有一处地方软得一塌糊涂,却又不禁笑起来。

她一直觉得他像条大狗,可今天才发现是只狼狗。

周意抵在他胸前但没被控制的手缓缓向上移,勾住他的脖子,安抚似的摸了摸段焰的后脖颈。

他低着头,周意能摸到他后面凸起的一块骨头,望着他深情的眼睛,她觉得他身上的每一处都性感得不行。

她语气舒缓地说:"真别闹了,十二点多了,做完饭得几点啊。"边说边一下又一下地摸着。

段焰舔了下干燥的唇,掐了一把周意的腰,果断松开了她。

他趁周意还没反应过来,弹了弹她额头说:"知道了,逗你玩的,你先洗,我去趟洗手间。"

错开周意的瞬间,他浅浅吸了口气,快步进了洗手间。

那头的于烟看小说看得入迷,没有注意到两个人的动静。

段焰炒了两个素菜,还有一盘可乐鸡翅和油爆大虾,都是能快速做完的菜。

周意摆完碗筷去敲卧室的门,没敲两下门就开了,林淮没说什么,直接入座。

周意和林淮一起坐,段焰和于烟一起坐,两两相对。

饭桌上透着一股若有似无的尴尬。

周意率先打破这种气氛，对林淮说："我们特意绕道去了附近的一家水产店买了虾，我记得你很喜欢吃虾，你尝尝？"

眼前的大虾香味阵阵，林淮不得不承认，菜确实做得不错。

但是他们什么时候已经变成"我们"了？

他明目张胆地打量着段焰。

长得还行，厨艺还行，个子还行，看起来脾气也还行。

但一定有什么隐藏缺点，不然如果喜欢周意的话，为什么前几年不追，现在才追？

段焰看得明明白白，他未来的小舅子对他似乎不太满意。

但这是他们第一次碰面，他也没做什么吧？

段焰又看了眼一直给林淮夹菜的周意，有点不爽地想，怎么他追个女朋友这么难，这小子以后不会给他使绊子吧？

林淮是第一个吃完的，放下筷子不咸不淡地说了句"我出去逛逛"后就走了，顺带还捎上了周意送给他的篮球。

哪里是去逛逛，是去打篮球吧，但是谁在夏天大中午打篮球。林淮走得快，周意都来不及叮嘱两句。

周意放下筷子起身去找手机，回来后忙这忙那，她都没碰过手机，找了好一会儿才从岛台上的塑料袋底下找到。

一开手机，她发现有好几个林淮的未接电话，显示是一个多小时之前打的。

她调了静音，一路上都没碰手机，和段焰在一起心情高涨，只想和他说说话，哪怕是坐着安静地看沿路风景心情也很好。

周意打开短信，给林淮发了几条消息。

LIN：这边附近有个中学，你想打篮球的话去看看暑期学校是否开放操场。

LIN：今天天热，等到了傍晚再打吧，如果走远了回来前告诉我，我来接你。

LIN：之前手机静音了没听到。

段焰喝着冰水打量着周意的神色，心里头总觉得哪儿有点奇怪。

他对林淮知道得不多，以前听周意提起，可能是他也有妹妹，只觉得那个小萝卜头挺可爱的，他们姐弟关系也不错，照理来说现在不应该这么差吧？

但又谈不上差。

而且林淮对他的态度莫名其妙,要有情绪那也是陌生人来家里做客的尴尬吧,怎么会是生气呢?

一开始他以为是自己多虑了,直到吃到一半,周意问林淮,觉得菜合胃口吗?那小子阴阳怪气地说:"也就这样。"

正常孩子再不喜欢,也会客套地说句"还行吧"。

真不知道是个性太强烈还是哪儿惹到他了。

段焰看了眼身侧的于烟,心情稍微好了点,笑道:"吃慢点,又不着急。"

于烟剥虾剥得手上都是油,像个吃货,有几分憨态。她耸耸肩软声道:"最后吃一个,不能再吃了,要长胖。"

说完,于烟给段焰使眼色,眨巴眨巴的。

段焰没看懂,犹豫着问:"你想吃但是不好意思了?让我给你夹?"

于烟呆住,瞅了一眼周意后,小声道:"剥虾……剥呀,喏,你别只顾自己呀。"

她努嘴瞥向周意,段焰懂了。

段焰当着于烟的面,把刚刚剥的一碗虾仁端到了周意面前。

瓷碗和岩板桌面碰撞,不轻不重,但是让两个姑娘都微微一愣。

周意收了手机,指指自己:"给我的?"

段焰边擦手边说:"你不是说嫌麻烦吗?吃吧,吃虾不会胖。你们女生啊,有时候瞎节食。"

于烟见气氛升温,曝了下手指,起身道:"我吃饱啦,你们慢慢吃,等会儿我收拾,我……我去洗手看书。"

周意留她:"你都没吃几口,不会饿吗?"

"不了,再吃会胖的。"

于烟一走,饭桌顿时空了,周意夹了一只虾,虾肉鲜嫩紧致,一点都不柴,调料也是恰到好处的鲜,堪比酒店大厨的手艺。

周意的眼里漾着淡淡的笑意,有几分满足的味道。

确实没有什么比美食更治愈的了。

还是他做的。

段焰:"喜欢吗?"

周意点头:"味道很好。"

"那我再给你剥点?"

"不用了,我够了,再多也吃不下,我想……多吃点青菜。"

周意用筷尖指了下同样美味的炒菜。

段焰第一次碰到这么爱吃青菜的人，身边人似乎都很挑食，于烟也是。

他轻笑一声，淡淡的笑从胸腔里溢出："是从小就爱吃青菜吗？"

周意："嗯，特别是上海青，情有独钟。你不喜欢吗？"

"一般般吧，队里食堂饭菜营养比较全面，青菜必不可少。"

又聊了几句吃饭的喜好，段焰见沙发上的于烟看杂志看得入迷，低声问周意："你弟弟……怎么了？你们吵架了？"

提到林淮，周意被美食治愈的那点好心情没了。

她也说不上来今天林淮的不对劲，是因为早上打扰了他睡觉还是于烟让他不满意。

难道因为她一直没有和他好好谈过一次？

周意三言两语很难和段焰道清，只说："高中毕业后冷落了他一点，他比较依赖我，又是这个年纪，心里难免有情绪。"

段焰想起上次和孙毅坚打游戏时，在他直播间新学到的词语——"妹控"。当时孙毅坚又想通过他约于烟，被他骂了回去，于是直播间就有人刷这个词语。

同理可得，应该还有"姐控"这个词语。

周意在林淮心里的分量一定很重，如果不是，他也不会听话来补习，更不会因为周意身边有新人出现而充满敌意。

曾经总以为十七八岁风华正茂，天地间没有什么事能难倒自己，以为自己是主宰人生的王，到了现在这个年纪回头去看，其实那时候就是一个"中二"幼稚的小屁孩而已。

少年总是为赋新词强说愁。

林淮他也不过是个想被重视、被理解的小孩。

吃完饭，收拾桌子的时候段焰没让于烟和周意来，他让两个人去休息，顺带问周意："你弟弟平常喜欢干什么？"

周意没理解他的用意，但还是回答道："打篮球吧，或者看看漫画书？"

经由段焰一问，周意发现其实她不是很了解林淮。

"除了打篮球他还会干什么？"

周意余光瞥到游戏机，她说："会打游戏。"

"行。"段焰一手握着四个碗，一手端起叠起的盘子，说，"下回找他一起打游戏。"

"你和他？"

"对啊。男生嘛，打几把游戏就亲近了。你也别烦了，你弟一看就是只纸老虎,有些话找到个恰当的时机说了,心里的坎就会过去了。"

周意看了眼手机,上头林淮只回复她一个"好"字。

但愿如段焰所说,找个机会和林淮把话说开了就好。

她心不在焉的,腾手去整理桌子时,段焰按住她肩膀把人推到了沙发那儿。

于烟拍拍沙发,说:"嫂……姐姐,快坐吧,让我哥哥弄就好了,他专业的。"

周意:"专业?"

"嗯……算吧,他一个人平常就是这么生活的。"

周意笑了两声,为了打发时间,她也随手拿起一本杂志翻看,不过平常看多了密密麻麻的字,现在翻两页就没了兴趣。

她看着在厨房忙碌的段焰,似乎看到了以后的光景。

在外铁骨铮铮的硬汉,在家柔情似水的厨师,她的目光一寸寸划过段焰的五官,最终停留在他深邃的眉眼处。

他有着她从小就很羡慕的双眼皮,不算很宽,配上漆黑的瞳仁,整张脸显得清俊阳光,稍微用点情绪就显得深情款款,像狗狗似的,还透着一点乖。

于烟看周意一动不动,忍不住笑出来,慢慢靠近周意,轻轻碰了下她的手臂。

周意回头。

于烟柔软道:"我哥哥做的饭你喜欢吗?"

"嗯,喜欢。"

"他还会做其他的,也很好吃,以后有机会再一起聚聚?"

"好啊。"

于烟其实想问"我哥哥你喜欢吗",但是刚刚看周意的神色,是喜欢的吧,都是女生,眼神很容易读懂。

周意记得段焰说过,他当初和外婆、妹妹一起住。

她心里头有点好奇,也有点不知道该问什么,便随口问道:"他以前就会做饭吗?"

"以前?嗯……有吧,但也不是他做,外婆做,他和你说过外婆吧?他有时候会帮外婆一把。"

"他很孝顺?"

"是啊,我哥哥他啊,其实就是外冷内热。"

周意轻轻扬眉:"外冷内热?"

她怎么从来没觉得他冷过，印象里他对谁都很好，和谁都聊得来，他身上总是莫名有种属于少年的热血感。

于烟说："现在还好点吧，以前初中还是高中的时候，差不多那个时期，他对不喜欢的人连看都懒得看一眼，骂人可凶了。但是我知道，我哥哥是个很温柔很体贴的人，但他的温柔和体贴都只给喜欢的人。"

往事忽地一幕幕在周意的脑海中闪过。

有吗？他对她有冷淡的时候吗？

周意想不到。

她能想到的，不管是从前还是现在，只有他的温柔和体贴。

他会帮她调网吧座位，会给她发软件安装包，会给她送伞，会注意到她没有如约赴约，会愿意倾听她的烦恼，会把早餐先给她选，会陪她玩一晚上的游戏……

会在高考结束后打电话告诉她。

告诉她——明年这个时候我等你。

周意的心跳快了起来。

细数起来，他们曾经多暧昧。

似乎每一件事都在说明他曾也喜欢她。

下午三点不到，酒足饭饱，也休息得差不多了，段焰拎上于烟的包对周意说要送她回去，于烟晚点还有培训课要上。

于烟捧上四五本杂志，多次向周意道谢。

趁着段焰在厨房扎垃圾袋的工夫，于烟对周意说："我给林淮讲解他卷子上的错题的时候都给了详细的步骤和学生易错的思路，我觉得你可以看看他的卷子，也许你看了能更直观地了解他的状态。还有……如果后续还需要其他课程补习也可以找我，不过我文科不太行。"

周意微微点头，送他们的时候顺手拿了两瓶水给他们，说天热，回去时间长，路上渴了可以喝。

是冰水。

段焰接过后抬手拿瓶子轻轻贴了下周意的脸，故意逗她，看到她因为冰凉触感蹙眉后勾了勾嘴角，说："走了。"

周意想说点什么，但看了看于烟，千言万语都止住了，只说："好，开车小心。"

于烟看这两人在暗送秋波，一个不想走一个不想关门的样子，拎过段焰手里的包和垃圾说："我先去按电梯。"

人一走，楼道里的感应灯很快暗了下来，屋里的光勾勒出他的轮廓，四目相对，情绪涌动，周意的呼吸都变得很慢。
　　段焰轻轻笑了声，回头看了眼于烟的方向，见瞥不到人，掂量了几下手中的瓶子，最后将视线重新放在周意身上。
　　她的眼睛、嘴唇、锁骨，还有盈盈一握的腰。
　　他刮了下周意的鼻子，手指没有离开，停顿在一侧，又转向她的脸颊，指腹点了两下，像逗猫似的。
　　"这段时间比之前更忙点，队里搞了直播，上周测试了一下，效果还行，下周估计要花更多时间在这上面了，不过后续也会交由其他人做。你呢？工作日晚上还会那么忙？公司那边稳定下来了吗？"
　　周意说："项目刚起步，事情比较多，但也不是那么忙。"
　　"那……这两天如果有空我来找你？"
　　"来这里？"
　　"不行吗？"
　　周意："我弟弟下周日报名，这里不太方便。"
　　段焰点头："那在外面？我带你去逛夜市。"
　　"嗯，好啊。"
　　"那我走了。"
　　"好，路上小心。"
　　周意看着他离开，没想到段焰走了几步又折回来，揉着周意的脑袋说："好好吃饭，南城的外卖小作坊很多，点的时候要看看店面图片。"
　　周意抬起双手，缓缓握住他的手，似水般柔软道："我知道的。"
　　段焰看着周意两手一起握他手的样子，像个乖巧的小朋友，嘴角止不住地上扬，反手紧握了一下。
　　他说："我真走了，你乖点。"
　　周意揉了揉他的大拇指和手背，瞳仁里满是笑意，她说："那，你也乖点。"
　　段焰愣了一下，他没想到周意会这么回答。
　　是撒娇吧？
　　可不管是不是，他是真受不了周意这样，又纯又媚，简直要人命。
　　段焰后背发热，心猛地一动，反应过来时他已经连手带人把周意拉到了跟前。
　　半暗半明的光线里，两道身影快要融为一体。
　　他缓缓俯身，凑近周意，嘴唇快要碰到她嘴唇时他侧过头，贴向她的耳畔，低沉的嗓音混着男人的呼吸声，让周意的心滚烫。

他说："我乖着呢，真的。"

温热的呼吸像轻柔的纱若有似无地拂过，激起百般涟漪，而且他像个大男孩一样，声音里尽是初次恋爱的虔诚。

周意薄唇微张，想说话，但还没来得及说一个字，她的耳垂和脸颊交接处猛地一热，只有短短一两秒的触碰，亲吻的吸吮声细微不可闻，可她听见了。

段焰的喉结滚了又滚，心脏极速跳动着，像要从嗓子眼蹦出来似的。

他不懂，周意身上怎么会那么香，那香味像丝丝缕缕的云雾，带着致命的诱惑，拼命往他鼻间钻。

和他想念的味道有点不同，但仔细闻，还是能闻到那股淡淡的奶香味。

他的自制力在她面前一点点消失，他心里最卑劣的那个人在欢声起舞，敲击着他每根神经，在每一个靠近她的瞬间喊道："你想碰她，你想拥有她。"

现在，那个小人说："她也喜欢你，对你有感觉。"

他们白天都牵手了，牵了一个多小时，他还抱过她，这一切她都给了他回应，她的眼神告诉他，她抗拒不了他。

可他怎么这么紧张，这辈子都没这么紧张过。

呼吸一寸寸变重。

段焰慢慢拉开距离，看向周意，鼻尖对着鼻尖，呼吸缠绕，两颗年轻的心脏在同一个频率上跳动。

走廊里闷热的风和室内的冷气碰撞，一热一冷，让人只觉得哪儿都不对劲，哪儿都是乱的。

"周意。"他叫她的名字。

"嗯……嗯。"她磕磕巴巴地应着。

她脸颊微红，眼眸里闪着同为第一次的紧张窘迫，段焰忽然就不紧张了，取而代之的是遮不住的笑意。

他的宝贝，真是哪儿哪儿都可爱。

幸好那天出警的是他们支队，幸好他们看见了彼此，也幸好，他们都空着感情，仿佛冥冥之中，上天在给他机会弥补他们错过九年的遗憾。

让他略去少年的锋利，抹去心中的叛逆，看清自己最想要的生活，然后给他这个机会，让他懂得怎么更好地去爱一个人。

让他喜欢的姑娘也喜欢上了他。

到底要花多少运气才能拥有现在的一切？

段焰亲昵地用鼻尖蹭了蹭周意的，从干渴的喉咙里挤出声音，温柔无比又带着少年郎的得意。

他说："真走了。"

说完，他牵起周意的手亲了一下，眼梢微扬，快步离去，走到拐角时回头看了一眼，手挥了挥，示意周意进屋。

站在门口的周意心如擂鼓，像个懵懂少女一样，大脑一片空白，她低头看看被段焰亲过的手背，又摸了摸脸颊。

他的吻，炽热轻柔，犹如月光下燎原的火，难以抵挡，烧得每根神经都疯狂跳动，等火势退去，只留下久久不息的带有火星的灰烬，回味无穷。

电梯那头的于烟卡了老半天电梯，左等右等终于等到了段焰，还是一个笑得春风得意的段焰。

于烟想不出短短几分钟能发生什么事情让他这么开心。

她随口问道："你在开心什么呀？是嫂嫂和你说了什么吗？"

段焰舔了下嘴唇，回味着周意皮肤的触感，像果冻似的。

他接过于烟手里的垃圾，漫不经心地道："也没什么，她让我乖点。"

"啊？"

"她让我乖点。"段焰重复道。

于烟抿着唇，探究地看着段焰，好半晌才说："嫂嫂为什么这么说？"

段焰："因为我让她乖点。"

"啊？"

"我说——"

"我知道，你让她乖点……"

"对，就是这样。"

电梯里有镜子，于烟看着镜子里的段焰，说："哥哥，你知道你现在像什么吗？"

"什么？"

"像开屏的孔雀，又像沾沾自喜的小学生。"

段焰哼笑一声："还说你文科不好，我看你挺会用比喻的。"

等上了车，见段焰还沉浸在某种不知名的兴奋中，于烟提醒道："哥，你开车得专心点，暂时别想嫂嫂了。"

"这我哪能控制。"段焰调了导航，发动车子，"别瞎担心。"

开了一段路，见他确实很稳，于烟放松下来，有意无意地翻着手中的杂志。

下午三点多的夏天，太阳烈如火，炙烤了一中午的热气都在这会儿爆发了，但就这么一会儿的工夫，日光开始慢慢变得柔和。

道路两侧的梧桐被晒得蔫了吧唧的，投下的大片阴影却依旧密集，快要覆盖整个路面。

于烟回忆着今天，真是魔幻的一天。

她哥哥马上要脱单了，嫂子在她年少最喜欢的杂志社工作，他们好像就是有成为一家人的缘分。

想到周意，于烟侧过脸，朝段焰问道："哥哥，你们现在看起来挺好的，是在一起了吗？"

如果不算，在人家家里做饭又吃饭算什么呢？

段焰单手扶着方向盘，另一只手靠着车窗边缘，手指有意无意地敲点着，他也在琢磨他和周意的关系。

有些事，不用明说，他们算是在一起了，但又不能算。

他还没有向周意正式告白。

他不单纯是遇见了她，喜欢上了她。他喜欢了十年，和她分别了九年，他有太多想说的话，他想让她知道。

让她知道他爱一个人的决心，让她知道他对她的忠贞，让她……相信，这世界上有这样一个人会至死不渝地爱她，她可以是他的唯一。

告白……

又是个难题。

要老土地搞九百九十九朵玫瑰，再买点蜡烛围个圈吗？不安全，万一烧到了衣服怎么办？

最近有什么浪漫的节日吗？

七夕早过了，最近的是中秋节、国庆节，似乎又拖太久了。

段焰问于烟："你们女生喜欢怎样的告白方式？"

于烟一脸蒙，她毫无经验，能回答的只有"不知道"三个字。

她答完后问段焰："哥哥你要告白了吗？"

"嗯，总得正式点。"

唉，原来哥哥是"恋爱脑"呢。

于烟没有再说话了，把手里的杂志收好打算放到后车座上。收拾的时候，她意外翻到一个故事，编辑也是林意。

她顿了顿，合上杂志，都放到后座。

但刚转回身，电光石火间，她突然想起，她曾喜欢的一个故事的作者就是林意,也是在《彩虹》杂志上看到的。

于烟以为是巧合,笑道:"哥哥,你知道嫂嫂的编辑名吗?叫林意,还挺巧的,刚刚我突然想起来,和我高中喜欢的那个作者是一样的名字呢。"

"知道啊,你高中喜欢的作者会不会就是她啊?她之前和我说过她以前给杂志投过……"

段焰越说语速越慢。

因为一些模糊的字眼慢慢浮现在脑海——《夏日焰火》,林。

那头的周意像被调了缓慢倍速,段焰走后,她在门口发了好一会儿的呆,四下寂静,只有她的心跳声像过年的烟火,一束接着一束,在心口盛开。直到有电梯上来接着传来细微的脚步声,周意才从这两个蜻蜓点水的吻中找回自己,但下一秒,她又差点神游。

就这么迟缓地握住门把一点点地关上了门,"咔嚓"一声,房间和走廊隔成两个世界。

周意靠着门不禁又发起了呆。

公寓采光还行,但是她在家还是喜欢开全灯,她面朝着顶上的客厅吊灯,款式简约又颇有设计感,光晕一圈圈地散开,让人觉得天旋地转。

周意摸了一遍又一遍自己的脸颊,脑海中一遍又一遍地回想起段焰贴在她耳旁,亲上来的瞬间。

也不知道哪里来的第三视角,回想里,他的眼眸亮而深,呼吸急促,薄唇温热,惴惴不安地亲了一下她。

但没多久,男人第一次的紧张很快被心满意足取代,有着势在必得的得意和面对心爱的姑娘的温柔赤诚。

还有点可爱。

周意笑着,不自觉地笑着。

这是她从未有过的感觉。

没有年少暗恋一个人低到尘埃的卑微,没有辗转反侧的猜想,只有两情相悦的怦然心动。

这个世上有那么多的无可奈何和不得已,有那么多的悲欢离合,就连她也快要被这世俗吞没,可每一次,每到这种时候他就会出现。

是他让她体验了少女的情窦初开,虽涩但甜;是他让她明白生活有千万种姿态,但如果去学着享受,任何一种天气都可以是最好的天气;是他让她时隔多年,找到了人生下个阶段的目标和意义。

十七岁的周意相信未来的她会是熠熠生辉的，二十七岁的周意绕了一圈，终于再次找到信仰，简单的一日三餐，春看花开秋看花落，人到迟暮爱意也不会腐朽。

　　周意靠着门浅浅呼吸了一口气，又轻轻摇头，示意自己不能一直沉浸在刚刚那一幕里。

　　她还有一堆工作要解决。

　　可刚把电脑搬回桌上，视线就被那束郁金香吸引。

　　瓶子是他挑的，花是她修剪插摆的，也不知道自己在珍惜什么，紫色的包装纸她都没舍得扔，又怕段焰无意扔掉或者问起。她插完花后绕开他，悄悄把包装纸叠好压在了杂物下。

　　她留下的又何止是包装纸！

　　想起那些陈年旧物，周意的目光投向了迟迟没有整理的几箱东西上。

　　除开收藏的杂志外，还有个小箱子是她高中的东西，箱子早就被开了，日记本还被陈佳琪读过。

　　那天陈佳琪走后，她重新把日记本放了回去，没有翻没有看，本想重新封起来的，后来一直忘了。

　　周意走到纸箱边上，打开那箱子，拿起最上面的日记本，拨了拨里面其他的东西。

　　一把蓝色格子伞，一支黑色水笔，一枚装在小方盒里的硬币，一本《志愿填报指南》。

　　九年了，它们看上去还如昨日买的一般新，丝毫没有年岁的痕迹。

　　她的手缓缓抚摸过它们，最终停在那本《志愿填报指南》上，这是真正属于他的东西。

　　曾经想还，但断了联系，又不想去联系，最终没有还。

　　其实本质应该是她不想还。

　　不知道是不是因为前些天下了好些雨，南城回潮，书的边页有点发霉的迹象。

　　这边到底不如桐城干燥。

　　周意蹭了蹭页角，发现蹭不掉，干脆抖抖书，打算拿去阳台上晒一晒。

　　这么想着，周意把其余的一些书都搬了出来，在阳台铺了一地。她依着小毯子席地而坐，把其余书随手一摊，唯独这本《志愿填报指南》，她翻到了段焰曾经所在的海城指挥学院，看着上面自己标注的千米数。

　　她看了会儿，傻笑出来，心情很好地再往后翻，翻自己的学校，却不小心手滑，直接滑到了最后一页。

阳光下，被修正带涂抹过的地方无处可藏。

周意停顿了一瞬，以为自己看错了。

她举起书对着太阳照，光线穿透书页，蓝色圆珠笔留下的字迹清晰无比，笔锋锋利潇洒有力——周意，我喜欢你。做我女朋友吧。

金灿灿的光芒照得周意快要睁不开眼，纤长的睫毛缓慢地轻颤，空气中尽是那年夏天的闷热窒息。

原来，他真的喜欢她。

原来，曾经的所有都不是她自作多情。

周意微微抿着唇，视线逐渐变模糊，却忍不住上扬嘴角。她放下书，找了个工具小心翼翼地刮开了修正带。

九年，有些东西能保持崭新，有些东西却一碰就碎。

抹去修正带后，完整的、色彩鲜艳的字呈现在眼前。

周意想起刚刚于烟说的话，想起之前自己的揣测。

她的感性告诉她，他以前一定是喜欢过她的，因为他们从再遇到现在，一切是这么顺利，她对他是念念不忘，所以心甘情愿地走向他。那他呢？

他这样对感情挑剔又追求灵魂的人，怎么可能在短短小一个月内就这样喜欢上她。

在他没有喜欢过赵嘉的前提下，以前的一切都可以重新被解说。

但她的理智又告诉她，就算他曾经喜欢她，中间隔了这么多年，他也像她一样念念不忘吗？他喜欢她的话，又喜欢她什么？

高中的时候她样貌不算出挑，也打扮不出那种流行的风格。他却穿衣打扮干净又帅气，有着天生的光环。

她顶多就是成绩好一点，可他不知道甩她几条街，他们年级里也有成绩优异的女生。

她那会儿，还有其他特色吗？

没有吧。

话少、压力重、体育细胞不好，钢琴跳舞唱歌都不会。

她刚入公司时，在第一年年会上喝了点酒，和同事们聊起青春，他们的都精彩无比。有人调皮捣蛋却在别人欺负自己班女生时挺身而出，带领班里男生去摇旗大闹；有人爱情至上，谈过十来个男朋友，感情经历丰富多彩；有人组了个小女团，参加了各种市里举办的歌唱比赛，留下一段又一段影像。

周意说到自己，静了很久才答道："喜欢过一个人，做了一些小事。"

除开漫天的卷子和密密麻麻的题目，她短暂的青春里最值得说的就是，她曾喜欢过这样一个人。

因为喜欢他，她记住了一首又一首情歌；因为喜欢他，她悲春伤秋又喜看蓝天白云；因为喜欢他，她不断地努力成为更好的自己。

她实在没有什么特色，有的只是藏在心底的一首首情诗，段焰看不到。

她想不出一个他会喜欢她的理由，又找不到一个直接的证据告诉她，他真的喜欢过她。

她想在一起后问他的，她可以坦诚地和他说自己所有的内心经历，只求他帮她解答过往。

可是原来他早就把答案写在了纸上。

她那时候……真的隐瞒得太好了吧，如果她稍微不矜持一点，稍微大胆一点，像现在这样，直接地给他信号，他是不是就有可能直接向她告白？

周意想起那个日记本上的诗——山月不知心里事，水风空落眼前花。

原来，山月也有他自己的心里事。

是她，是她不够勇敢，所以错过了这么多年。

周意合上这本《志愿填报指南》，快速起身，赤脚走在客厅里，找手机。

解锁后打开微信，点开早就被她置顶的和段焰的对话框，她想问他到哪儿了，刚发出去，她再次注意到段焰的头像，那种熟悉的感觉又涌了上来。

人影、双人、湿漉漉的地面、黄昏的街灯灯光。

雨天……

两个人……

周意脑海里忽地闪过一个画面。

那天，她坐在他后面，紧张得不知道该怎么办，雨又那么大，她只好尽量低头避雨，低头看到的影子就是这样。

可是……

他什么时候拍的。

为什么还做了头像，一直都是这个头像吗？一直都存着这张照片吗？

周意喉咙里涌上来一阵轻微的酸涩。

原来，那一天留下纪念照的不只是她。

他的喜欢从来都不比她少。

段焰消息回得很快，说还有二十分钟到于烟家。

周意控制着自己的情绪，但过往的回忆犹如走马灯一般不断浮现，她试图抽丝剥茧地找出他曾经为她做过的事情，还有什么是她不知道的？

还有什么？

见她迟迟不回消息，段焰再次发了消息过来。

Y：怎么了吗？

周意边收拾情绪边回复道：没事，我想着你要是晚上没事的话，我们一起去散散步吧。

Y：一个半小时，一个半小时后我来找你。

城市另一头，段焰双手握着方向盘，抑制着心跳，问于烟："发过去了吗？"

于烟按照段焰的吩咐，给周意回着消息，回答道："说了，嫂嫂说好，她等你。"

于烟把手机还给段焰，问道："哥哥，你……怎么了？"

段焰皱了皱眉，忽地笑了声，他说："我想不明白，我那时候在等什么，也不想明白刚刚又在等什么。"

规划什么浪漫日子，要什么烦琐准备，他让她等了那么多年。

现在他要去找她，向她表白，今天就是最浪漫的一天。

3. 做我女朋友好吗？

一个半小时，足够周意翻完日记本。

她粗略地看过去，从第一次决定写下心事的忐忑和祈愿，到后面阴晴圆缺有他的每一天。

如于烟所说，他对喜欢的人总是温柔以待。

可他什么时候喜欢上她的，因为什么，时隔多年，现在的她也让他一眼就喜欢吗？

心里有着若隐若现的答案，但她想听他说。

周意手轻轻抖着，看着日记本第一页前面几句话。

——十七岁的周意的日记，十七岁的周意希望二十七岁的她能如愿以偿。

——2009年9月8日，我确定我喜欢上了一个人。

原来，她早就给自己的梦想划好了日期。

美梦成真，如愿以偿，而她日记最后一页的问题也有了答案。

但这本日记越看到后面越觉得自己傻，她幻想了一堆段焰和赵嘉的相处场景，一个人在那边感伤难受，殊不知远在千里之外的段焰在找她。

他来江城找过她。

如果没有误会，没有十七八岁的内敛，也许他们一毕业就在一起了，也许两年后他来江城找她，是如她幻想中的那样，找她约会，他们会在漫天的大雪中相拥。

可四年异地，熬不熬得过去都难说。

现在一切刚刚好。

她做到了曾经对自己要求的一切，有时间、金钱、毅力，好好和他谈一场风花雪月。

周意合上日记本，看了时间和微信，他说还有二十分钟，她拿上钥匙手机随换了双鞋下楼去等他。

盛夏在收尾，下午四五点的黄昏没了往日的灼热，只是空气依旧闷热，闻着还让人鼻子发堵。

周意穿过小区绿化小路，迎着金煌煌的阳光朝大门走去，夕阳璀璨，绵延千里，让人无法直视，周遭有行人陆陆续续归来。有一家三口提着大包小包从商场而归，有情侣撑伞依偎，有长辈牵着孙子孙女的手念叨着回家做什么吃。

不是那条每天早晚路过的巷子路，不是十七岁时周围的人，却是差不多的夕阳，烫得人心里沸腾，卷着早桂的淡香，梦回十年前。

短短一段路，周意走得面红耳赤，额头出了细密的汗，但她浑然不知，能感受到的只有和当初一般的心跳声。

她时不时看一眼微信，他没有发来最新消息，还停留在他之前说二十分钟的时候。

还有十二分钟。

他等会儿车停小区西边还是东边，她往哪儿走才能快一点见到他？

周意站在小区门口的路边，迎着微风，望着来往的车辆，希望下一秒视野里就能出现段焰那辆黑色的车。

"周意——"

突然，耳边传来一声熟悉的声音，短促而有力，带着细微的喘息声。

是段焰。

周意抬眼，顺着声音的方向看去。

他站在夕阳下，背着光，轮廓清晰，随着一步步靠近，周意看到他脸上难掩的笑意，眼眸里流动着某种深意。

明明才一会儿没见，但周意总觉得这一眼隔了十年。

她走向他，光线将她所有细微的情愫都照得无处躲藏。

曾经，有这么一刻，她只敢看着他的背影暗自欢喜，她的脸红心跳只有刮过的风知道，而现在，她敢直视他，敢朝他走去。

风吹过路边的香樟树，翠绿茂密的枝叶簌簌涌动，风云涌变，夕阳西沉。

周意张了张嘴，声音有些干涸许久的哑：“不是说还有一会儿吗，你开快了？”

段焰看着她被晒得通红的脸忍不住蹙眉，抬手摸了摸她的脸，拂去一层汗，把细碎的头发都给她往后别。

“于烟知道我要回来找你，还剩一段路时，她干脆自己打车回去了，我本来想给你个惊喜的，谁知道你怎么下来等了。多热啊，也不打把伞。上次脸刚好，别等会儿又要过敏了。傻不傻，你们女孩子不是最怕黑的吗？都晒红了。”

周意摇头：“刚下来，也没等多久，我就是……”

"就是什么？"

周意说：“就是想快点见到你。”

她看着他，说得轻而坚定。

说完，周意往前走了一步，动作有点僵硬，但还是鼓足勇气，双手环过去，轻轻抱住了他。

两个人都很热，他身上的棉质T恤吸收了热量，冒着热气，体验感并不好，但周意闻到他身上淡淡的薄荷香，以及他本身的味道，再热也觉得这样抱着他好舒心。

她难以形容段焰身上的味道。

据说，面对喜欢的人，他身上就会有一种自己很喜欢的味道，人本质还是动物，会对这个味道迷恋不已。

周意抱得紧了点，紧闭的双眼下隐隐有眼泪溢出来。

这一切都是真的，不是黄粱一梦，也不是镜花水月。

段焰的手还僵在半空中，他咽了咽喉咙，身体所有的感官都在提醒他，是真的，周意真的主动抱了他。

才分开这么一会儿就这么想他了吗？

没走多久就约他晚上散步，一定是等了这么多年，很想很想他吧。

他放下手，落在周意的后脑勺处，一下又一下安抚着。

两个人紧贴着的温度不断升高，让人口发渴唇发干，心跳紊乱，身体里涌上一股难以形容的灼热。

段焰低头，俯在她耳边调笑道：“别人都看我们呢，回去再抱？嗯？”

周意被说得脸更热了，收了情绪，笑着缓缓松开他。

她低着眉眼，主动牵起他的手。

女人的手和男人的手形成鲜明对比,一个娇小柔嫩,一个手掌宽大、骨节分明。她学着今天在超市里时段焰那样,五指穿过他的手,慢慢十指紧扣。

"我们回去吧。"她说。

段焰心头一动,这一幕和他曾经幻想的多相似,而周意终于马上是他的了。

刚刚一路上,他把过往复盘了一遍又一遍。

他从来没奢望过周意会喜欢过他,只是想有一个公平的追求她的机会。虽然他偶尔也会胡思乱想,指不定她可能就是对他有一点点好感呢?

他实在不懂女孩子,不知道原来曾经的每一分每一秒都是她喜欢他的证明。

那个故事,于烟说发表在2009年秋冬,那时候他们认识有一段时间了,于烟又说当时她特别喜欢就是觉得故事地点很像南城。

故事里的男主比女主大一届,有着两个搞笑朋友,喜欢不守规矩,篮球打得很好,而且还在外面打工……

把细节扒到最后,于烟都意识到了问题所在。

如果周意不喜欢他,为什么要写这样一个故事,如果她不喜欢他,又为什么能记住他这么多细节。

如果她现在还不喜欢他,为什么那次吃饭她能像他一样,对过去的种种信手拈来,又为什么知道并记住了赵嘉胡乱发的东西。

是他之前太粗心大意,只想着抓住未来,忽视了他们的曾经。

他也终于明白,他为什么会追得这么顺利,甚至都还没真的做什么。

这段时间她又是怎么想的,听到他说没喜欢过赵嘉的时候是不是很开心,会不会很遗憾?

没有那个误会,他们是不是早就在一起了?

可是那个时候年轻气盛的自己,能照顾好她吗?

他想不明白,只知道那时候不应该等她毕业,这样后面也不会有这么多事情,最后分开也好,一起携手走到现在也好,都不负热恋一场。

所以现在不必等,下个十年要两个人。

他现在就想拥有她,光明正大的。

周意也不知道他要说什么,是她先给他发消息说想约他晚上散步的,他这么匆匆赶来,是想说正式和她在一起吗?应该是的,他们都到这个份上了。

沉默了一路,直到电梯门打开,走廊里感应灯明灭,周意在开门进入后的一刹那，轻声开口道："你要说什么——"

话还没说完，剩余的尾音都被他的吻吞入腹中。

"咔嚓"一声，门被大力关上。

周意刚转头，就被他强劲有力的手搂住，还没反应过来，他已经欺身而下，扣着她的脑袋，沉甸甸的吻如风雨一般压下来。

周意一时失去重心站不稳，而他是主宰者，稳着她，吻着她。

唇压着唇，牙齿碰着牙齿，没有章法没有循序渐进，像不懂事的急切少年，凭着一腔热血，想把心爱的姑娘拆骨入腹。

周意双手攀在他肩上，屏着呼吸，身体微微颤抖着，呼吸一下比一下急促，眼眸半开半合着，眼前是段焰模糊的容颜，唇齿间是他滚烫湿滑的爱意，她的心和人蓦地就软了。

他的手掌贴着她后腰，有意无意掐着，抚摸着，没了中午在岛台时的克制。

掐着她腰的手力道时重时轻，每重一下，他的吻便深一次。

周意经手那么多故事，看过无数吻戏，但这一刻才知道什么叫纸上谈兵。

快要窒息时，段焰终于微微松了一些。

额头抵着额头，他像吃饱喝足的猎豹，意犹未尽地含吻着她的上唇，一下又一下，带着若有似无的声音。

是嘴唇发麻，还是心发麻，周意分不清了。

"阿焰……"

急促的呼吸缠绕间，周意艰难地从喉咙挤出他的名字，带着她不自知的妩媚。

段焰一顿，迷离着双眼，压着喘息问道："叫我什么？再叫一次。"

周意缓缓勾住他的脖子，重复了一遍。

下一秒，男人重新低头吻去。周意下意识地一抖，却也没有任何抗拒的意思。

宽大的手掌有意无意掐着，揉着，摸够了手又往上走，贴着她的后背缓慢游走，拼命把她往怀里按。

周意被亲得缺氧，大脑浑浑噩噩的，也不知道自己应该做什么，任由他进攻掠夺。

偶尔牙齿磕到，还有点疼。

刚回来，屋里的灯还没来得及开，璀璨的余晖从窗外流进，淌了一地，将他们的身影拓成剪影倒映在白墙上。

空气中浮动的颗粒肉眼清晰可见,窗外偶有飞鸟展翅划过,有动有静,时间缓慢得像一幅画一样。

多久了?

周意有些支撑不住了,她很热,感觉身上都是汗,嘴唇微张着,头仰着,发酸发胀。

她推了推段焰的肩膀,示意他停一下,可他像不懂似的,依旧只顾着攻略城池。

这是周意第一次感受到女人与男人力量的差别,更何况他是经常受训练的男人,好像一使劲就能揉碎她。

良久,亲得口干舌燥到顶点了,段焰依依不舍地最后用力亲了她几下。大概是太用力,周意吃痛得一缩,细眉微蹙,连连捶了好几下他的肩膀。

他像恶作剧得逞似的,轻轻一笑,放开了她。

被反复揉虐过的双唇饱满嫣红,像熟透了的梅子,诱人品尝。

段焰平复着呼吸,缓过来后又想继续,但周意不禁往后躲了躲,虽然被他禁锢着,无处可躲。

段焰看着她的眼睛,眼含秋波,楚楚动人,漾着情动后的柔软媚意,双颊和耳朵更是红到滴血。

他强制地又亲了亲她,蜻蜓点水的一吻,嗓音低哑却宠溺到极致。

"你怎么这么可爱……"

气息未平,炙热的喘息洒在周意脸上,让她有点不知所措。

从来没有人说过她可爱。

周意低下头,想逃避他的目光,她还没消化好这个吻,她没想明白他怎么突然这么如狼似虎,明明之前还算克制的。

但也没什么,他怎么做她都是愿意的。

她摸了摸麻得快要没知觉的嘴唇,短暂且轻笑了一下。

原来,和他接吻是这个感觉。

段焰抱着她,脸贴过去,蹭了蹭她,逗她:"傻笑什么,被我亲很开心?"

"没有。"周意下意识地反驳。

段焰没拆穿她,像个小孩子一样靠在她肩上,又扭头顺着她的脖颈闻,鼻尖蹭过肌肤,嘴唇若有似无地滑过,最终停在她的耳畔。

他亲了亲她的耳垂,低声道:"但我很开心,想亲你很久了。"

周意的心酥了,她没他那么会说情话,一时不知道该说什么。

段焰知道她害羞，没想让她说什么，他只想在今天把自己想说的话说尽。

他沿着周意的侧脸一路亲，耳朵、脸颊、嘴唇、鼻尖、眉眼，最后是额头，贴了好几秒。

他握住周意的一只手搭在自己心口，另一只手环着她的腰，酝酿着想说的话，明明有那么多想说的话，但真到这一刻，却不知道该从哪儿说起。

段焰揉着她的手，忍不住问道："你是……什么时候喜欢上我的？那个故事是秋冬发表的，我们是刚开学认识的，就是开学那段时间吗？"

周意缺氧的大脑这会儿稍稍缓过来了，听到他提起那个故事，她的眼睛微微睁大，回忆着他怎么会突然知道，但就这么一瞬间，她反应过来，可能是于烟提起的。

所以他刚刚说有话想说，原来，是知道了她的秘密。

周意红着脸淡笑了下，她笑今天的巧合，也笑爱捉弄人的命运。

她凝视着段焰，轻巧地挣脱开段焰的手，双手穿过他的腰，环抱住他，脑袋贴着他的胸口。

她注视着不远处，正是那片夕阳，美轮美奂。

"你听于烟说的吗？"

段焰反抱住她，闻着她身上好闻的味道，"嗯"了声。

周意说："你一定不记得。"

良久，周意组织好措辞，语气极其轻缓地说道："我第一次见你，是很平常的一天，我迟到了赶着去交作业，下楼的时候正好遇到你被刘宣平训话。"

"确实不记得了，但又好像有点印象。"

"为了见你，我去网吧，为了见你，我算着你上学的时间、吃饭的时间、放学的时间，甚至是你可能下楼去买水的时间。"

往事一幕幕如云烟飘过，摸不到却清晰无比。

听着她说话，段焰很难不想起那个夏天，他也是这样，等着周意上线，洗澡都带着手机怕错过她的消息，故意早去上学只为了能多见她几眼。

他贪恋地吸了吸周意发间的香味，声音跟着心一起软下来，呢喃般地询问道："那你知道吗？我也很喜欢你啊，我真的很喜欢你。"

周意微微一僵，她闭了闭眼离开他的怀抱，指了指茶几上的那本《志愿报考指南》："我今天才看到最后一页，我今天才看到……我之前一直以为你和赵嘉……所以我找你，我想告诉你……"

话不用说全，也无须再多说。

段焰重新拉回她，捧着她的脸吻了下去。

只吻了几秒，刚刚熟悉的感觉就悉数回来了，嘴唇的酥麻感折磨着人，呼吸一急促，加上他灼热的手掌，周意有些呼吸不过来。

她推了下段焰，好在他比刚才温柔，感受到她的抗拒，立刻停下来了，起伏着呼吸问她怎么了。

在他欲想重新吻上来时，周意抵住他说："我热……我去开个冷气。"

说完，她推开他，快步走到茶几那边找空调遥控器，刚找到按下开关键，后腰就被人抱住，用力一搂。

两个人跌坐在后面的沙发上。

周意被他揽在怀里，背对着他，稳稳当当坐在他身上。

还没反应过来，他环住她大腿将人一转换了个方向，又轻轻抚着她侧脸往下压，凑过去，紧贴上周意的唇。

不似之前那么疾风烈雨，这回他动作轻柔缓慢，极具耐心地亲吻着。

周意心乱了，心跳也快停了，鼻息间都是他的薄荷香，还有唇舌相交的味道。

她情不自禁地环住他脖子，让发软的身体依靠他。

段焰抚摸她脸颊的手慢慢往下放，揉过她的肩膀，滑过她的腰间，最后落在周意光滑细腻的大腿上。

吻着，他睁开眼看了眼周意，浓密纤长的睫毛如蝴蝶振翅颤抖着，白皙的脸颊这会儿涨得通红，任凭他的手怎么流连她也不反抗。

一想到喜欢的姑娘这样，他的心就越来越膨胀，身体里有一股力量快要冲出来。

他滚了滚喉咙，压住这份冲动，将那只游离在她身上的手放到她腰上。

感受不到女人细腻如羊脂玉的皮肤，他才稍微好过一些。

可下一秒，他蓦地一僵，那股冲动不受控制地彻底爆发。

周意颤着心尖，主动去吻他，回应他。

因为，她也真的很喜欢他啊。

她也幻想过亲吻他，拥抱他。

她抬起手顺着男人的后脖颈往上，纤纤五指插入男人短硬的发间，指甲蹭过头皮，酥酥痒痒的，段焰的呼吸重了好几分，连带着手上的劲道都加大了。

第三章／浪漫告白与复盘往事

空调没调角度,直接吹在两个人身上,但是他们身上的汗却没散过,吐露出的气息滚烫无比。他轻轻地啄着她的唇亲吻,浓重的喘息声听得人面红耳赤。

周意闭上眼,大脑一片空白。这时,大门那边传来门锁密码的输入声,六位数,按得很快。

电光石火之间,一个意识直冲周意大脑——林淮回来了。

心动的心跳变成了惊吓的心跳,什么暧昧什么情动,在这一刻顿时烟消云散。

她没多想,几乎是条件反射地一把推开了段焰,猛地坐起来,慌张地整理衣着。

段焰也不知道她哪里来这么大的力气,推得他猝不及防,一个翻身滚下沙发,后背撞到茶几,"哐当"好大一声,一下子倒在了地毯上。

林淮开门后就看到沙发那边,一个仰躺在地毯上,双手后撑着,皱眉咬牙;一个一本正经地坐在沙发上,手里拿着个本子,封面的字还是颠倒的。

都快下午六点了,这人居然还没走。

他看了门口的鞋子,再次确定,只有段焰没走。

还没等他开口,周意解释道:"我们刚刚在看书……"

哪里不对。

周意改口道:"我们有点事要谈,现在差不多了。嗯……我发你的消息你看了吗?你下午去打篮球了吗?"

周意放下刚刚惊慌失措时随手拿的日记本,起身朝林淮走去。

林淮把滚了灰尘的篮球放在鞋柜上,扔了书包去洗手,说:"嗯,打了会儿篮球,累了,我要洗澡睡一会儿。"

周意走到洗手池边上,压着错乱的呼吸说:"他这就走了,我送送他。你先睡,睡醒了再看看你想吃什么,你的卷子晚上我要和你说一说。"

林淮洗完甩了两下手,他看着镜子里的周意,心里头不由得更烦了。

他们怎么发展这么快。

他又不是三岁小孩,周意的嘴都快肿了。

林淮想说些什么,但是这种事说破了多尴尬。

想到这儿,林淮回门口拿书包时剐了段焰一眼,轻描淡写地对周意道:"你朋友好像骨折了。"

说完,他回了房间,利落地关上门,却一秒卸下伪装,咬着牙贴门偷听。

那头的周意经林淮一提醒,后知后觉想起她刚刚推得太狠了。

夏日焰火 2

段焰揉着后背，慢悠悠靠着沙发坐好。

周意回到他身边，帮他揉着背，小声道："没事吧？我……"

段焰哼笑一声，盯着她嫣红的唇低声道："谋杀亲夫呢。"

"对不起啊……哪儿疼，我看看。"

听她道歉，段焰心里不舒服。

他抓住她的手："没事，不要总把对不起挂嘴上。"

周意抽出手，看了眼房间的方向。段焰秒懂，却恶作剧似的故意朝周意压过去，逗她："这样不是更刺激？我还没亲够呢……"

周意知道他不会来真的，就这么定定地看着他。

段焰点了点她脸颊，失笑，揉了揉自己头发后，说："走吧，让你弟弟睡觉吧，我也该走了。不过你送送我。"

"好。"

周意再次整理自己的衣服和头发，狂跳的心这会儿稍微平静了些。她咬住皮筋双手梳理头发时，却看见段焰拿上随身物品时还顺带拿上了那个日记本，她的心跳又快起来。

她三两下扎好头发，伸手阻止道："你、你拿这个干什么？"

段焰理所当然地说："复盘一下。"

"复盘？"

"对啊，刚刚你和你弟弟说话我随手翻了几页，一翻才发现是我女朋友对我的暗恋史。"

"……不行，这个不行。"

"为什么不行？不是写的我吗？"

周意羞耻极了，去抢却抢不到。

段焰怕真把人惹生气了，一把抱住周意哄骗道："我就看看，我又不会笑你，我还有好多事情没和你说。"

"不行……不行。"

周意可以回答他的任何问题，坦诚地告诉他任何事，但是日记他看了的话她感觉这辈子都抬不起头。

陈佳琪看了一笑了之就算了，他看了……总觉得哪里不对劲。

段焰退一步说："那我就看一点点？你说哪一页不能看我就不看，这样行不行？"

周意看着他举得老高的手，也退一步，点头说："你说话算话。"

段焰一笑，揽过人往外走："我什么时候骗过你！"

房间里的林淮听得一清二楚。

第三章／浪漫告白与复盘往事

这好像是他第一次见到周意柔弱可爱的样子，她在段焰面前像个小孩又像个甜蜜的小女孩。

而他见到的周意从来都是从容淡定，眼里似乎总是有着无尽的疲惫和烦恼，像困在牢笼里的囚鸟。

是爱情这个东西让人变了呢？还是那个男人？

林淮想不透。

他倒在床上盯着天花板发呆。

日记本一直被段焰攥在手里，周意中途试图夺取，但都没成功。

出了公寓电梯，他怕她抢，突然跑了起来，拉开了距离边小跑边回身让周意来追。

周意又气又觉得好笑。

他才是小孩呀，骨子里的顽劣，怪不得陈佳琪小时候叫他"皮猴子"。

周意没上当，就是不追，慢慢走着。他等不到人又小跑回了她身边，搂着她肩膀问道："生气了？"

"没有，但是我们说好了，你不能自己乱看。"

"我没看啊，是你刚刚在电梯里不守承诺，想抢。"

"本来就是我的东西啊。"

"我看了就还给你。"

段焰亲了口她脸颊，低声道："看完了就还你，真的。我舍不得你生气，好不容易追到手了，我听你话。"

出了小区，周意问段焰去哪儿。

段焰瞧了眼附近，没有什么清静又凉快的地。他说："去我车上，别把你热坏了，等会儿你回来也方便。"

他的车停在不远处的一个巷子口边上，巷口有一株参天的梧桐树，挡住了夕阳最后一丝余晖，晚风一吹，偶尔有阔叶飘落。

巷子里进去是一片老小区，来往的人也不多，地上是有些年头的砖石，生着青苔，和周意那边的公寓仿若两个世界。

两个人坐进了车里，里面热气凝结，闷热得不行，但没一会儿冷气就充斥了整个内部。

周意坐在副驾驶座上打量着车的内部。

这是她第一次坐段焰的车，今天去超市买菜开的是她的车。

他的车里没什么多余的东西，或者说新得就像是刚买的一样，唯一熟悉且突兀的就是他摆在车前的小玩偶，那个多年前她不敢送的生日礼物。

周意伸手拿了过来,段焰心里却一个紧张:"你小心点,别碰坏了。"

话刚说出口,他笑了起来。

他紧张什么,就算坏了,现在他女朋友能给他送一千个一万个。

周意看他这么爱惜,笑笑,把玩偶放了回去:"你还留着啊。"

"你不也留着,那本《志愿报考指南》。"

周意轻声道:"不舍得扔。"

段焰嘴角弯起:"我知道的。你如果舍得,我们现在哪能成。来,你现在说,我能看第几页?"

他晃了晃那日记本。

周意咬着唇,捂了捂脸,视死如归说:"第一页。"

"啊?这个我刚刚看完了。"

"什么?"

"我……刚刚确实看完了,你说你对我一见钟情,说我又高又帅,还觉得我是得不到的人。"

"你……我没有,我没写这么露骨。"

"你写了,不信你看。"

周意狐疑地看过去,段焰翻开指着一行字。

周意:"这、这是第三页!"

段焰:"不都差不多?"

周意第一次这么气恼,她握拳去打他,没用力,但想教训教训他,才刚在一起呢,就捉弄她。

陈佳琪说得对,是她以前对他滤镜太深了,接触深了,他就是惹人烦。

段焰把日记本往后座一扔,纸页呼啦啦响着,最后"啪"的一声不知道落到哪里去了,他拽住周意的手,把人拉了过来。

手忙脚乱间,周意再回神,已经正对着他坐在了他身上,身后抵着方向盘。

看着他不轨的眼神,周意知道他要做什么,但是她的嘴唇真的很麻。

她轻轻推着他胸膛,低声道:"下次好不好,我……唔唔……"

段焰不由分说地亲了上去,过了好一会儿才松开周意,哄她:"是我不好,不逗你了,不看日记了。"

狭小的空间,近在咫尺的脸,让人心软身酥的吻,周意心里头什么气都没了,只剩下一阵又一阵的心跳声。

他像是离不开她似的,又凑了上来,蜻蜓点水地亲着,却说:"那你要不要听听我的？"

周意看着他，没听明白。

段焰轻轻笑着，亲了一下她的下巴，说："我想说，我也不知道什么时候喜欢上你的，反应过来时已经觉得你做什么都可爱了。"

他转而又亲了下她的嘴唇说："身边的朋友都知道我喜欢你，我自己都隐藏不了。但你怎么就不知道呢？"

接着，他亲她的脸颊。

他说："你们班那个萧宇，我比他打篮球打得好多了，你都没看到过。"

他看了一眼周意，最后轻轻吻上她的眼睛说："我最喜欢和你一起看雨的那天，我从来没有这么开心过，你穿过的衣服都有香味，我找了好久都不知道那是哪个牌子的香水或者哪个牌子的洗衣液。"

他说："当时怎么就这么傻呢，你看不出来我的喜欢，我也不知道你的。"

周意被亲得人又开始变得迷迷糊糊。

她不由得想，是啊，当时怎么就那么傻呢。

但那时候的她怎么有勇气相信喜欢的人恰好也会喜欢自己，他们不是同班同学，不是自小相识，也没有什么特殊关系，萍水相逢，三两接触，要怎么去相信。

更何况还有赵嘉，他不喜欢赵嘉，但是赵嘉喜欢他啊。

赵嘉的眼神、举止明眼人都能看得出来，他们又走那么近……

想到赵嘉，周意心里隐隐约约泛起一股不舒服，不是对赵嘉，而是对段焰。

她轻轻咬了下段焰，缓缓睁开眼，压着气息问道："你要我怎么看出来？你那时候……和赵嘉那么亲近，你会记得她吃不吃辣、会给她买饭、会和她说笑，运动会时你还让她拿衣服，那么多人都看着。她又喜欢你，你要我怎么想？"

周意尽量把语气放得很平，即使这样，段焰还是瞧出了她藏着的醋意和迟来的兴师问罪。

他不记得那些事了，听她细数，心里不是滋味，但又觉得真值得，能让她这么惦记，这九年也值得了。

他收了这个断断续续的吻，低柔答道："我不记得我为她做过的事情了，我只知道认识你以后大多数私下的事情都是和你有关的。因为你去校外吃饭所以我也改了时间去，因为朋友好奇你，所以故意怂恿我去你那边排队买东西吃,我还等过你早上坐的公交车,只因为想每天多看你一会儿。运动会……我记得,你跑了1500米。"

他轻轻地笑了声,继续道:"把自己都跑伤了,你还是坐着萧宇的自行车出校门的,我都看见了。高中自己班的同学我都记不清几个名字,却记得这个萧宇,现在说起来,哼,我也介意他。"

周意看着他吃醋的小表情忍不住笑,她双手勾着他的脖子,腾出一只手摸了摸他耳朵。

她问道:"我和他没什么的,你介意什么?"

"你们朝夕相处的,我怕你喜欢他,有一段时间我总以为你们毕业在一起了。说实话,他……也不差,对吧?"

周意从这个"对吧"里听出了一种试探。

她敛了敛眼眸,故意顺着说:"嗯,他挺好的,个子高,也阳光英俊,对同学很热情,应该内里也是个很温柔的人,嗯……在我这里分类型的话,应该属于那种纯情奶狗男生。"

段焰没听出周意是拿工作的特殊性在分析,只觉得周意在故意激他,不过他愿意上这个当。

他掐着周意的腰问:"那我呢?在你那里是什么类型?"

周意摸着他的脸,琥珀色的晶莹瞳仁里晃动着他的倒影,她的视线一寸寸划过他的额头、眼睛、鼻子、嘴唇。

淡薄的夕阳余晖渐渐消散在微风中,风卷过街道,万物的影子都跟着轻摇摆动,落在车里的剪影像沾了水的蜻蜓,一晃扯出千百层涟漪。

周意低头亲了他一下,答道:"是我喜欢的类型。"

万能答案,但是说到他心坎里去了。

段焰哼笑着,得了便宜还卖乖,继续问道:"我……是你第一个喜欢的男人吗?"

"嗯。"

"小学初中就没喜欢过人?"

"小学初中?那会儿不是很小吗,怎么会……你以前有过喜欢的?你这么早熟啊?"

周意轻声细语的,惊讶的样子在他眼里都是可爱的。

段焰没直接回答,说:"你猜。"

周意还真猜起来了。

她想起陈佳琪说的他,是差不多那个年龄吧,被一群女孩包围着,总有个喜欢的吧。像林淮,小学的时候似乎对他同桌就特别关照,有一

175

种人与生俱来的超出普通友谊的幼稚感情,干净且纯粹。

周意猜着女孩的外貌性格,猜着他喜欢的理由。

段焰一开始听得直笑,到后面他都有点佩服周意了。

这哪是在猜,是在写小说吧,她越说还越兴奋,嗑自家男人和别的女人CP(人物配对)呢。

段焰打断她的第五个故事,好奇地问:"不是吃赵嘉的醋吗?怎么搁别的女生就行了?还说上瘾了。"

周意笑了下,垂下眼:"可能是她真真实实让我介意过,因为她我第一次哭得那么难过,因为她我大学时有时候做梦也是你们两个,醒来后怅然若失,因为我总觉得那个年纪的感情已经不是可以随便忘记和过去的了。"

说到她,周意又问道:"上次你说她和你表白过,什么时候?你……怎么拒绝的?"

段焰回想了一下:"高三毕业那会儿?我还能怎么拒绝,就是不喜欢她喜欢你啊,我当时还很惊讶来着,因为我身边的人都知道我喜欢你,她也知道。以为就那么说过了就好了,也没什么,不过后来我发现我一点都不了解她,她其实是挺偏执一姑娘。"

"她知道你喜欢我?"

"对啊,那会儿好像孙毅坚他们都不太确定,但她一眼就看出来了,我觉得她是挺靠谱的人,和她承认了。就运动会那会儿,她见到了你,她还说你可能也喜欢我呢。"段焰想到后来的种种,淡笑一声,"也不知道后面是怎么了。"

周意故事做多了,擅长代入他人去想。

赵嘉对她来说,并不难理解,很多事情反而现在让她想得更明白。

赵嘉的喜欢可能不比她的少,甚至比她还勇敢,争取过努力过。不过她不想从赵嘉的角度思考了,此时此刻,她只想站在自己的角度去理解。

如果没有赵嘉的那条"说说",她也早就努力了一次,不是吗?

如果没有后面的阴错阳差,段焰也会来找她的吧?

周意想起还躺在家里的那本《志愿报考指南》,问道:"那本《志愿报考指南》,你怎么写了还涂掉了?"

段焰:"想表白,又觉得不合适,你不是还要读书。本来想撕了那页的,但书是要借给你的,不能让它看起来太垃圾,我那会儿都没修正带这种东西,还是问于烟借的。不写那句话会后悔,写了也后悔,涂了后悔,不涂也会后悔。我那时候要是不考虑那么多,比如,那天在

KTV 我就对你告白,你会和我在一起吗?"

周意几乎没有迟疑地说会。

段焰很满意,掐着周意的腰把人微微提起,他自己坐正了些,重心朝周意靠过去。

逼仄的空间本来就让人拳脚施展不开,被他一调整姿势,周意更是不舒服。

要怪就怪她今天穿的裙子,没有弹性又窄,双腿跨坐在他身上,边缘绷紧,大腿很快被勒出一条红痕。

段焰也觉得哪儿不对劲,低头一看才反应过来。

他看了周意一眼,手贴着裙子边缘问周意:"是不是裙子太紧了不舒服?"

"嗯,你、你放我下来吧,外面也有人,被人看见了不好。"

"都这样了你才和我说有没有人,况且,哪有人?这边都没人走动。"段焰的手卡着裙子边,慢慢往上推,问道:"这样,还勒吗?"

推到一个点,周意按住他的手:"就……就这样吧。"

眼前的周意,头发微乱,衬衫领口歪向一侧,露出的锁骨凹凸性感,而身下的黑裙本就带着别样的诱惑,更别提这会儿皱成一团。

掌下女人的皮肤细腻清凉,让人离不开。

段焰也不知道自己怎么了,周意的嘴唇被亲得发红微肿,但还想亲。

知道才刚在一起很多事不能做,但就是忍不住,偷偷摸摸做点小动作。

偏偏周意没一次拒绝他,就算是拒绝也都透露着几分欲拒还迎的味道。

他一时忘了刚刚要和周意说什么,张口变成了:"你……没穿打底裤啊?"

周意立刻捂住他的眼睛。

眼前的漆黑让他感官的知觉更集中,好像都能听到周意的心跳声,脑海里都是周意雪白的大腿。

他滚了下喉结嘴角微微扬起:"我什么都没看见……"

"那你别说啊……"

"我是你男朋友,还不能说这个?"

"我们才刚在一起。"

"我们情况和别人不一样。你刚不是说如果我那会儿和你告白你会和我在一起吗?就算没告白我们也一直心里有对方,这样一算,我们也算是在一起十年了。十年,说点私密事不过分吧?"

周意不知道该说什么了。

哪里来的歪理。

段焰心里发痒,没羞没臊地说:"我想再亲亲你。"

周意盯着他的嘴唇看,唇形好,又因为之前亲了很久有点发红,莫名性感。

捂住了他的眼睛,看他的时候视线总不自觉往下半部分集中,除开嘴唇之外还有他的喉结,他每滚动一下就让她心软一分。

周意按捺住心里的波动,快速亲了他一下,说:"我得回去了,林淮那边我需要和他好好谈一下。你也早点回去,你不是说明天——"

段焰打断她:"你弟弟睡觉呢,你这么早回去干什么?"

说完,他拉下她的手,顺道把人的双手反扣在腰后,用一只手扣住。

周意挣脱不开,因为姿势问题不得不挺着腰。

段焰另外一只手扣着她后脑勺把人往下压,纵着欲望吻了上去,还像个渣男似的哄骗道:"再亲一会儿我就让你回家,好不好?"

这一刻周意发现一件事,她似乎骨子里是吃这套的。

段焰亲了会儿,转战到别的地方,顺着下巴脖颈一路向下,牙齿轻轻磕着她的锁骨。

不知道为什么,外面街道的熙熙攘攘声突然变得特别清晰。

周意真怕有人看见,提醒他。

他却说:"防窥的玻璃,你别乱动,别人就不会知道这里有人。"

他来回在她锁骨和脖颈处亲吻。

周意觉得自己这个姿势像待人宰割的羔羊,动弹不得,出于本能,她不得不微微仰起下巴。

锁骨那块还好,脖颈处吻得轻的话她就钻心地痒,连身体都忍不住跟着轻轻颤抖,带着一种若有似无的排斥。

但这个信号落在段焰那里就是别样的意思。

女孩子骄矜害羞起来总是能莫名激起人的征服欲。

段焰重新吻回她的耳朵,咬了咬她的耳朵轮廓,热气喷洒,周意没来由地一缩。

段焰低声问了句话。

周意几乎是没有思索就明白了他话里的意思,她本就绯红的脸颊这会儿更是红得能滴血,她骨子里的矜持让她反驳段焰,话出口却底气不足。

段焰自动忽略她微弱的反驳,转战到另一侧,嘴唇贴上时周意又颤抖了一下。

夏日焰火 2

178

像羽毛刮着,痒得心口都呼吸不过来,憋了会儿气再放松时,呼吸变成了小口的喘气。

周意快忍不了时,喃喃道:"阿焰……别这样……等会儿真有人。"

她不知道她的声音有多媚,听得段焰浑身肌肉瞬间绷紧。

周意听见他的呼吸越来越重,透着一丝危险的味道。

她其实很喜欢他亲吻她,还有拥抱。

周意想,是因为刚在一起才这样吧,不管不顾的眼里只有对方,恨不得时时刻刻都在一起。

段焰轻咬着她的嘴唇。

余光下,她胸口的钻石项链吊坠在夕阳下泛着光,吊坠冰凉的质感似乎很能解渴。

他低下头,亲了亲坠子。

衬衫的第二颗扣子在他眼下摇摇欲坠。

段焰低着头有点吃力,便松开了周意的手,握住她的腰把人往上提了点。

周意双手刚攀附上他的肩膀就感觉前面一凉,低头一看,第二粒扣子被他咬解开了。

她的手抠紧了些,但没有阻止。她睁着湿润的眼睛,顿时心跳加快。

这是她从没见过的段焰,危险且性感。

她干脆把头靠在了他肩上。

段焰闻着她身上的香味心里小鹿乱撞。

哪儿哪儿都不安分。

结束时,天已经全黑。

周意喘着气,她觉得从前跑八百米都没今天这么累,她的嘴唇已经麻得快没感觉了。

段焰抱着周意依依不舍,看着她细细打量着,问道:"明天也想见你。"

周意脸又红了,她推他,动着身子要回到副驾驶座,但段焰还是不肯撒手。

段焰低声道:"你亲我一下,最后亲一下。"

见周意迟迟不动,段焰拍了拍她的腰,哑哑地"嗯"了声,示意她快点亲他。

像只等人疼爱的狗狗。

"你之前真没交过女朋友吗?"

谈起恋爱来怎么像老手一样。

这个问题很值得深思，因为周意眼里透露着一种对他的考量，直觉告诉他，一不小心没答好的话大概率短时间内没得亲了。

不过他真没谈过。

段焰举手发誓："真没有，今天什么都是我的第一次，都给你了。"

周意被逗笑，笑他说得好像是她欺负他一样，什么都给了她，她难道不是吗？

段焰抱着她，正视着，脸上的笑敛了一些，神色温柔却郑重。

他握住她的手，五指穿插而过，交叉成十指紧扣。

夜色浓郁，路灯昏黄，晚风平地起，黑夜让他的声音和眼神变得更醉人。

周意听到他低声道："是真的第一次，我感情里所有的第一次都是和你有关。宝宝……"

亲昵肉麻的称呼始料未及，周意却很受用，她装作一切都很自然，"嗯"了声。

段焰笑了下，亲了亲她的手背。

他说："我喜欢你，做我女朋友好吗？"

周意的心被烫了一下，她的眼神越发温柔，低头吻了一下他。

她的声音混在风中，轻而坚定。

第四章 人生的另一个阶段

1. 她的男朋友

周意回到公寓时已经很晚，薄纱似的烟云滚过夜空，星子点点，和以往的夜晚没什么不同，但周意抬头看着夜空却觉得晚风撩人，星光耀眼，让她步伐变软脑袋发晕。

她回来后一直坐在客厅发呆，连灯都没开。林淮迷迷糊糊间听到有人回来的动静，挣扎着从梦中醒来，出房门就看到在餐桌边坐着的人影。

"姐。"他低低叫了声。

周意如梦初醒，敛起脸上控制不住的笑，边去开灯边问林淮："睡醒了？饿不饿？想吃点什么？"

她的声音一如既往地平静，只是林淮也不知道是不是自己的心理作用，他觉得周意嗓音有点哑，那种带着女人味的哑。

睡前想不明白的问题这会儿又一股脑儿地钻进脑子里，林淮烦得很，没有多思地直接出口说道："你和他在一起了。"

是肯定的语气。

周意按下一排灯的开关，屋子瞬间明亮起来，让人的情绪无处可躲。

周意转身看向林淮，嘴角扬起弧度，承认道："嗯。"

林淮皱眉："你喜欢他什么？"

这一刻，周意忽然觉得林淮真不是那个什么都不懂的小孩了。他面容俊俏，个子比她高一个多头，身姿挺拔如白杨，就如段焰说的那样，他在学校肯定很招女孩子喜欢。他应该都懂，所以才会这么问。

喜欢段焰什么呢？

好像有很多可以说的，但又好像一切的起源是没有原因的。

林淮见周意不回答，一股脑儿地说：“我知道他，他是你以前读书的时候喜欢的那个，但是那是多久以前的事情了，你才回来多久，你知道他现在是怎样的人吗？才多久……你就让他来你住的地方，你还说什么回来为了我，呵，根本就不是。"

周意惊讶于他知道她以前喜欢段焰，又沉默于他最后的话。

她好像终于找到了一个口子，一个能让林淮愿意对她敞开心扉的口子。

周意轻声道：“回来是因为你，也不全是因为你，只是一切都刚刚好。我和他也是因为意外遇到，把当年的误会说清了才决定在一起。他是怎样的人，你以后会慢慢了解的。小淮，你这些年在埋怨我不够关心你，你在意这个是不是？"

被戳破心事，加上刚睡醒，林淮绷不住了。他低下头，闷声道：“你都知道为什么还要问我，你回来见过我几次，给我打过几次电话，你和妈再怎么不对付都行，但是为什么要骗我？"

"我没有骗过你。"

"你有！算了，反正你也不会记得，大人不就是这样吗？轻易地许下诺言，轻易地忘记，再一笑了之。"

林淮声音有点发颤，在刺眼的光中不争气地吸了吸鼻子，越想收住却越收不住。

空气安静了几秒。

他忽然软了下来，僵硬地蹦出一句话：“对不起……姐，对不起。"

一声"对不起"让周意一愣。

林淮双手捂住脸，像无助的孩子，哭道：“我知道妈偏心，都怪我，如果我没有被生下来就好了……"

他埋怨周意和周兰撕破脸，去了外地不常回家，连带着对他都冷落。他自私地希望家里能回到从前，但事实总是告诉他，这一切的根源是因为父母的不公平，周意根本没有做错什么，她只是想做她自己而已。

但是他真的好怀念那时候，一家人好好的。

可每次一怀念，一切就像陷入循环一样，因为自私才怀念，他根本没有从周意的角度好好思考过。

只有他自己知道，在深深的埋怨下是对周意的愧疚。

如果他不存在，那么即使父母再重男轻女，也会对唯一的孩子好点吧，她至少是家里唯一的珍宝。

如果他不存在,周意真能和这个家断了,不必藕断丝连负担这么多。

他每次听到周兰说周意又打了多少钱回来,他就想扇自己两个巴掌,他好像成了电视里让无数人唾骂的吸血虫,他们一家人都在吸周意的血。

她呢,一个人在外面该有多难熬。

这些都是他上了高中慢慢体会到的。高中开始住宿后,自己洗衣服自己算好生活费,有什么事还有室友可以帮一帮。但周意呢,她在外面有人可以帮她吗?

他从来没听周意说过什么不开心的事情,仿佛她的生活只有安稳。

而他不能因为周意的痛苦就对父母发脾气,他们对他很好,好到让他觉得这一切都是自己的错。

如果他不存在就好了。

周意知道他都懂。

大人总以为小孩什么都不懂,其实他们什么都懂。

周意拿起纸走到林淮面前,把他的手掰下来。林淮觉得这样哭丢脸极了,死活都不肯拿下来。

他上次哭还是周意和周兰吵架时。

本来有点煽情的气氛因为他的固执莫名变得喜感起来。

周意笑了声,安抚道:"你什么样儿我没见过,谁在十八岁没哭过,这个年纪不就是用来哭和笑的吗?"

林淮哽咽道:"我是男人。"

"男人?男人还不是在和姐姐逛街时看到辣条走不动道!"

林淮破涕为笑,慢慢放下手。

少年红了眼眶也颇为帅气。

周意把纸递给他。

她打量着十八岁的林淮,笑道:"我和家里的事情都过去很久了,冰释前嫌很难,但像以前那样大吵大闹也不会,也没有什么不该生下来这种话,这世界上又不止我一个是这样,我们这种家庭多了去了,唯一幸运的是,我的弟弟不管是从前还是现在,都是心地善良的人。"

林淮攥着纸巾,被周意说得脸红。

有些话说开了反而不好意思起来。他挣扎着,犹犹豫豫地问周意:"姐,这些年,你在外面开心吗?"

每次他和周意打电话或者见到她,心里都憋着气,关心的话漫到喉咙口了,却硬是说不出来。

周意被问得鼻尖一酸。

她说:"他也问过我这个问题。"

"谁?"林淮一时没反应过来。

"段焰,我男朋友叫段焰。"

说到这个人,林淮眼神冷了些,他撇撇嘴。

周意想起段焰总是想笑,她的双眸不自觉地柔和下来,说:"在外面,有开心的也有不开心的,那些都不重要了,重要的是我现在知道人生接下来的目标是什么。"

"你真那么喜欢他?"

"你可能还不能体会,十七八岁的时候真的太美好了,就算不是他,我也会怀念那个时候。我对他有初恋情结,但是他现在的样子我也很喜欢,没有一个人让我觉得生活的小事都是甜的。"

林淮莫名想起于烟的脸,但转瞬即逝,他扭头去卫生间洗脸,混着水流声说:"我觉得你把握不了他,他长得就不是很可靠。"

周意好奇林淮怎么知道她以前喜欢段焰,又好奇林淮怎么对段焰这么大的敌意。

她问了问。

林淮理所应当地说:"你日记本上不都写了,他还和别人搞暧昧呢。"

周意愣住。

怎么谁都看过她的日记本。

日记本……

周意猛地想起,她的日记本还在段焰车上。

林淮洗完脸,看着跪在客厅地毯那儿疯狂打电话的周意不明所以。

不过把话说开了心里就是轻松,他翘着嘴角笑,捧起门口那颗篮球,擦了擦,想了会儿对周意说:"姐,我再去打会儿球,晚点回来吃夜宵,我想吃烧烤。"

那头的周意心急如焚,朝林淮点点头后继续等待段焰接电话。

打了十个电话后,周意放弃了,她捏了捏眉心,给段焰发去微信消息说明天她找他拿日记本,他不许偷看。

发完,她再次点开段焰的头像,笑了下。

他们后来在车里温存时,她把心中想问的都挨个问了遍,他也很有耐心地回忆着给她解答。

他说头像是偷拍的,他说那首歌就是唱给她听的,是少年在暗戳戳的表白。

他说他不太喜欢吃海带什么的，但是知道她喜欢吃。

他说他后来每次回正仁都是为了想遇见她，去江城也是特意找她，他注册过各种社交账号，却发现她根本不玩那些。

他还说……他梦里都是她，第一次梦到她是确定自己喜欢她以后。

不正经。

周意想到他荒唐的话和神情就止不住笑。

她摸了摸嘴唇和脖子，他反复流连的吻的感觉似乎还在。

回想起在车里的放肆，周意的脸一点点回红。

最让人脸红心跳的是她很喜欢这样，被他用力抱着、亲吻着，顽劣地不放她走，混着那双温柔的眸子，她觉得自己是如此在被爱着。

周意闭了闭眼，从中抽身，解锁手机屏幕，段焰还没回复她。她随意滑动的时候，看到底下和陈佳琪的对话框，便点进去，忍不住和陈佳琪分享这一天。

她给陈佳琪发了信息：我和段焰在一起了。

那头陈佳琪几乎秒回：？？？

下一秒，陈佳琪拨来电话。

周意煲了个很长的电话粥，讲了来龙去脉。

陈佳琪听得昏头，感慨道："你们怎么不抓紧点在这一天顺便把结婚证也扯了呢？比扯结婚证更扯的居然是他这么纯情地喜欢你这么多年？"

周意还没说什么，陈佳琪继续说："我就说他当时怎么跟花蝴蝶一样，原来是盯上你了啊。"

说着说着，陈佳琪压低声道："那什么，他那方面没问题吧？"

周意想起他在车里抱着她亲时自然而然的反应，尴尬地说："应该没问题。"

段焰半夜才看到周意的未接电话还有微信，他猜她睡着了，就没有回电话，回了个微信解释了一下为什么这么久没回信息，又说周二他把日记本还她。

刚才回家路上，队里来消息有个紧急会议要开，下周开始要对南城各个大厦、工厂、商场进行新一轮的消防检查，他们管的辖区内正好有周意公司所在的大厦，时间排在周二。

他把车停在小区楼下，坐了会儿。

半夜的风温柔沁凉，吹不散车里周意留下的香味。

他盯着和周意的微信对话框等了会儿，见她不回就知道肯定睡着了，百般无聊地滑动着两个人的聊天对话框，很快就能滑到顶，说得最多的就是"早安""晚安"。

最后，段焰点开周意的备注，把她的备注改成了"宝宝"。

改完后，他觉得真肉麻，也不知道自己那会儿怎么叫出口的，但又觉得周意很适合这样的称呼。

她这么可爱，可不就跟宝宝似的。

段焰笑了又笑。

回想这一天，像在做梦一样。他好想现在能抱一抱周意，可惜不能时时刻刻在一起。

心里头的雀跃没地方说，段焰点开朋友圈，想发点什么，但是他玩微信后就没发过几条朋友圈，上次发还是帮队里宣传消防知识。

他选了上次偷拍的照片墙上的照片，配文：想和你一起吃早餐。

发完后，他立刻后悔了，这是什么文艺矫情朋友圈，果断删除，然后把头像换成了这个照片。

果然，在书后面写告白话这种事情只有在那个年纪才做得出来。

不过也可能是他没有和周意好好地合照过，下回找个机会拍一张，自然而然地秀比较好。

就那么几秒的朋友圈还被孙毅坚截图了，他发给段焰，表示震惊。

段焰正愁没地方炫耀呢，颇有耐心地回了孙毅坚一大段话。

那头，孙毅坚正躺在病床上挂点滴，虚弱地数着段焰的字，好家伙，有三十一个字，这是认识以来段焰给他发过的最长的句子。

孙毅坚没力气打电话给段焰，发了语音说："行了，知道你脱单了，八里庄的萝卜——心里美。你都一个多星期没和我打游戏了，有了老婆忘了兄弟，由我大晚上一个人在医院自生自灭吧。"

段焰心情好，关心了他几句。

问了才知道，孙毅坚连续播太久把人伤到了，发烧了。

孙毅坚哭喊道："你什么时候发财啊，什么时候能养我？"

段焰像被忽然点醒了一样，下车往家里走，客厅灯都没开，直奔卧室，从抽屉里翻出租房合同，又点开网上银行查账户余额。

确定完毕后，他回复孙毅坚：养不了你，我要养老婆。

孙毅坚：你要和她结婚？

段焰：不然和你结？

孙毅坚：这些年看开了，我愿意。

第四章 人生的另一个阶段

187

段焰：滚吧。

段焰摸黑在客厅沙发上躺下，心里一个念头源源不断地冒出来。

他要和周意结婚。

他本来也挺传统的，印象中，总觉得至少得正常恋爱个一两年，然后一起规划结婚所需的东西，再去征得父母长辈同意，最后是正式的婚礼。

可他和周意，他有信心他们已经不需要漫长的恋爱过程，她也一定愿意和他组建家庭。

外婆早就去世了，这些年他和段宏文那边没什么联系，结不结婚的全看个人意愿。

早点一起生活的话……不是就能每天抱她了吗？

这边房租九月底到期，按照以往，他会一年一年地续租，但这会儿没什么必要了。

没记错的话，周意她弟弟下周开学后就回宿舍了，她那边离队里也是近的。

他卡里有五十万元存款，再凑点首付也够了，好在南城的房价没那么离谱，不然还真悬。

想着想着，段焰打开计算器，边算边上网看钻戒价格，还有酒席、婚纱照、装修费，如果在一年内他们要生宝宝，之后还需要多少钱。

算完，他也想问自己一句，什么时候能发财？

黑暗中，手机振动了一下，跳出微信消息，是周意的语音。

凌晨一点零五分。

他猜周意是睡醒看手机，看到了他消息给他回的。

点开语音一听，果然，周意声音很哑，又有点奶，说："那你周二来找我吧，不许看啊……"

他回了个"好"字，周意没声了，估计又睡过去了。

但是经周意这么一提醒，他忽然想起来他骗来的日记还没看。

这一晚段焰没睡，硬是把日记翻来覆去看到了天亮。

站在周意的视角，他有很多都记不得了。

她说她精心打扮故意去网吧偶遇他，弄丢了作文好丢脸。

她说意外得到了他的联系方式，他听的是陈慧琳的歌。

她说天蝎和双鱼很配。

她还记录了曾经的聊天记录。

天亮时，柔和的光线洒进来，段焰却觉得刺眼，他揉了揉鼻梁，心里不是滋味。

都说女孩子心思细腻，他不懂也不理解，但看了周意的心事他才明白，同样的一份喜欢，她夹杂的心酸和难过比他多百倍。

他没想到当时他随意的一句话、一个字都能让她思来想去许久。

闹钟响起，段焰掐断铃声，合上日记本，瞥见封面的诗句，短促地轻笑了声，笑完对着日记本喃喃自语道："小笨蛋。"

下午例行直播，段焰坐在镜头前精神一般，弹幕里都是关切的话，刷太快他看不清，直到他和队友给大家进行灭火示范，回到座位时瞥了眼弹幕，清一色的"老公"。

他不解地皱眉，问身边的刘铭涛："你老婆看你直播？"

刘铭涛："副队，你开玩笑呢，我什么时候结婚了？"

"那老公是叫谁？"

边上整理器具的人员都没忍住笑了出来。

弹幕更是全变成了：叫你。

刘铭涛拿手套挡脸小声道："她们喊你。"

段焰语塞了一下。

下播后，刘铭涛和他解释："虽然是刚开始做直播科普，但效果很好，加上市里支持，名气传开了，关键是你长得帅，姑娘们爱看，就这么喊了。"

段焰平常刷的短视频都是些游戏搞笑新闻，上回周意也验证过了，根本不会有美女之类的推送，他压根儿不知道现在的年轻女孩子流行这种。

那周意呢，她刷短视频也喊别人老公？

刘铭涛笑道："政委眼光真的不错的，换了别人，效果肯定没有现在好。我周末在家还刷到有人单独截了你的视频，点赞都有七八万。"

段焰总觉得这种事很奇怪，周意都没喊他老公呢，别人先喊了，怪不舒服的。

晚上，他打了个电话给周意，先是各自聊了聊一天干了什么。

发现双方生活都很规律无趣后笑了会儿，他在电话里听到其他声音，试探性地问了句："你弟呢？"

那边周意白天开了半天会，下午面试了五个人，加班到晚上九点才回去，这会儿刚洗完澡躺下。

她肚子有点不舒服，算着日子差不多了，例假要来了。

周意抱了个玩偶抵在肚子那儿回答说："打夜场篮球去了。"

"他这么喜欢打篮球？"

"游戏也打,白天拿我电脑打了一天。随便他吧,没几天就要开学了,之前在家里也憋坏了。"

段焰听着她虚弱疲惫的声音问道:"累了?"

"例假要来了。"

"啊……是,差不多,月底了。"

周意笑了声:"说得你好像知道一样。"

段焰也笑:"我当然知道。"

周意不信:"你又骗我。"

"我对你记得的可多了。我们宝宝那会儿一米六,坐教室最后一排,喜欢吃芦荟果粒的酸奶,有个棕色皮质的手表戴了很久,发圈喜欢买带点花样的,不在学校那边买早餐所以我猜是在家里吃完了再来的。"

周意咬着唇,手指不自觉地抠了下枕头套。

她说:"你……没看我日记本吧?"

段焰脸不红心不跳地说:"没有。"

答完,他立刻转话锋说:"肚子疼吗?"

"一点点。"

"每次都会疼?"

"以前还好,高中的时候状态不好,人会格外疲惫,但不会轻易疼。工作后可能冰咖啡喝太多,会很疼。"

段焰知道女生来例假会各种不舒服,但是他一直是单身汉一个,从没好好关注过这方面的知识,这会儿轮到自己女朋友身上,他有点重视起来了。

他说:"听说揉一揉会舒服。"

周意不是那种痛得死去活来的类型,觉得这没什么,答道:"嗯,我到时候贴个暖宝宝就好了。"

段焰:"……那什么,我房租快到期了。"

周意一时没领会其中意思:"嗯?"

段焰干咳了声,果断道:"我和你一起住吧。"

电话那头只剩周意浅浅的呼吸声,好一会儿他才听到她说:"好啊,那你搬过来?"

段焰低声道:"那以后我帮你揉肚子。"

周意闭了闭眼,拽住被子盖住了半张脸,她"嗯"了声。

段焰听着她轻细的声音,想到昨晚缠绵的亲吻,顿时有点心猿意马起来。

他问她:"想不想我啊?"

周意说:"想。"

他说:"多想?"

周意形容不出来。

他压低声说:"明天正好去你大厦出任务,我来见你。"

周二早上,周意脸上一直挂着笑,换衣服时特意挑了件白衬衫,面料柔软贴肤,像水中捞不起的月亮,搭简单的黑色长裤看起来干净利落又透着若有似无的温柔。

周意到公司后在大厦食堂吃了个早饭,顺便发段焰消息问他几点来,他一直没回。

之前不算正式在一起,知道他忙,两个人三言两语聊着,她觉得没什么,但是在一起后他消息回太慢她总觉得心里不踏实。

就像前天晚上,她等到好晚还是没等到他回复,睡着了但心里还是记挂着,迷迷糊糊醒来看到他的微信消息才安心。

明知道应该不会出什么事情,知道他可能只是有急事,但克制不住地瞎担心。

周意看着他新换的头像傻笑。

都不知道他什么时候偷拍的。

笑完了,她用指甲戳了戳段焰的头像,想着他如果不是这个职业可能她也不会这么担心。

吃完早饭上楼时,她正好遇到也用完餐要上去的人事,两个人顺其自然地一起走,闲聊了会儿家长里短。

走到光线明亮的地方,人事看向周意正要继续说点什么,忽然脸红了一下,挤了挤周意胳膊,小声道:"你……男朋友弄的?"

周意立刻反应过来,低头一看,早上扣得严丝合缝的纽扣不知何时松了一颗,衣领歪向一侧,露出一截锁骨,而上面三三两两都是段焰留下的痕迹。

这是那晚洗澡时她才发现的,她就说,为什么在车里整理衣服时他帮她扣到了最上面,也还好这样,不然回去就会被林淮看见。

周意被人事看得脸也红了,遮掩着系扣子。

人事又挤她:"都懂的啦。"

她们都是因为新部门的成立而工作到一起,私下没什么往来,不过都是老职场人了,能快速交谈起来。人事知道周意之前是没对象的,也听别人说起好像有撞见周意和一帅哥逛街。

她没多想,问周意:"听说你男朋友很帅。"

"听说"这个词很微妙。

周意反问她:"听谁说的啊?"

人事:"有同事不知道什么时候看见过你们一起逛超市,说你们站在一起很养眼。"

周意大约知道了,笑笑说:"还好啦。"

她捂着锁骨,对人事叮嘱道:"这个……你别往外说啊。"

"懂啦。热恋时都这样,我老公那会儿也这样呢,现在晚上亲一口噩梦好几宿。"

"你们结婚多久了?"

"四年了。"

"四年就没新鲜感了吗?"

人事:"也不是,肯定比不上热恋期了,不过可能是我老公比较闷吧,书呆子一个。"

周意点点头。

跨进办公室前,周意想到正事,和人事说:"昨天面试的里面有两个人的分析报告写得我挺满意的,你联系一下,让他们1号来上班,再安排一下工位。"

人事看了眼位置:"一个还行,两个的话,没位置了。"

周意也朝组员那边瞥了眼。

大早上的,大家还没投入进去,女生们不知道在聊什么,笑声不断。

周意抿抿唇低声道:"我今天会辞退两个。"

人事说:"好,那我去安排。"

关了办公室的门,周意习惯性地想点一杯冰咖啡,但昨晚正好和段焰说起过这个。

他当时说的时候语气懒散又带着点霸道的温柔。

他说:"你们坐办公室的总喜欢上午喝咖啡提神下午喝奶茶续命,晚上又翻来覆去睡不着,说自己失眠。你啊,你还定闹钟强制提醒自己早睡,少喝点晚上就能睡着了。以后别喝那么多了,被我发现的话打得你屁股开花。"

周意咬着唇,捂了捂脸,想笑又告诉自己不能笑。

不知道他这人怎么回事,在一起后像解了封印,说话一点都没顾忌,每次她想起那些字眼都有点羞耻。

她摇头，让自己不去想他，准备投入工作前最后看了眼微信，他还是没有回复她。

上午十一点半，周意忙得忘了这回事。

她站在落地窗前和别家合作方谈事儿。

上头想让她压价格，对方不肯，断断续续谈了有个把星期了，周意左右为难，客客气气表明诚意，那边客客气气婉拒。

那边的负责人是个颇有资历的中年男人，对周意早有所耳闻，曾经还托人挖过，这会儿听着周意的软声细语只能连连叹气，最后一拍腿："美女，我真的不能给你们要的价格，你们老总我也认识，他是想剥我的皮啊。我们那批书质量都是很好的，现在，我给你抹个零头，二十万，再少真不行了。"

周意望着晴朗的天，底下的手指快把绿植的长叶卷成麻花了。

上头说十五万，那边说最低二十万。

周意无奈笑着，说："刘经理，这样吧，这周正好要和副总他们去北城出差，您看，要不我们吃个饭？"

那边思考了会儿，说："吃饭当然行，你们来，我招待你们。"

刚挂断电话外面就有人敲门，周意以为是员工，说了声"请进"，而她自个儿还站在窗前思索到时候该怎么谈。

她刚抬眼，就看见玻璃窗上倒映出段焰的影子，下一秒，她被后面的人抱了个满怀。

他身上带着外面的热气，还有淡淡的小苍兰清香。

段焰埋在她脖颈间深吸了一口气，问她："一直在打电话？我发你的消息没看见吗？"

他一来，周意觉得那些烦心事儿一点都不烦了，只是……

她象征性地挣脱了一下，余光往门口那边瞥，说："刚刚忙一个事，你、你这样进来没事吗？门关紧了吗？被别人看到不好……"

段焰对着她脸颊亲了一口，然后松开人，大步走向门口，捏住反锁键，"啪嗒"一声，把门反锁住了。

他说："这样行了吗？"

周意看着他，没有缘由地不好意思起来，假模假样地整理办公桌上凌乱的书籍。

段焰浑然不觉，走到周意身边，步步紧逼，把人抵着。周意无路可退，双手往后撑在办公桌上，侧过脸不去看他，但下巴被他捏住，不得不和他对视。

第四章 人生的另一个阶段

这会儿，段焰倒是有点察觉了，似笑非笑地看着她说道："怎么害羞起来了？"

周意反驳说："没有。"

段焰摸了摸她发烫的耳郭，低声笑道："是不是我来得太突然了？"

周意推他："你就一个人吗？你们不是来出任务的吗？"

"现在是休息时间。"

周意没忍住，弯了下嘴角。

她说："那你检查完就走吧。对了，我的日记本。"

段焰指指桌子，刚一进来他就放上面了。

周意再次问道："你没看吧？"

段焰眨眨眼："没啊。"

说着，他就要低头亲她，被周意躲开。

她说："影响不好，这里是公司。"

段焰低下腰，凑近她。他说："三分钟，我就在这里待三分钟，等会儿就要走，下次见你大概又要周末了……"

这周末大概是见不到了，她要出差。

周意看着他可怜兮兮的样子，配合地缓缓勾住他脖子，睫毛扑闪，视线在他的眼睛和嘴唇之间上下移动，慢慢地，两个人吻在了一起。

比那天的任何一次都要激烈，几乎没给周意一点换气的机会。

她涂了口红，是水蜜桃味的。

穿的是他没见过的衬衫，故意的，他猜。

掐着时间，段焰依依不舍地松开周意，瞧着周意水灵灵清澈的眼睛，心里头的爱意止不住地涌出来。他温柔地看着她，抬手捏了捏她鼻尖，用一种哄小孩的口吻说："我们宝宝今天是水蜜桃味的。"

虽然肉麻，但是周意心里很开心。

她垂着眼，不好意思看他。

段焰看了眼时间，还能温存会儿。他问周意："你说我叫你什么好，就叫宝宝吗？还是你喜欢别的，比如，你的小名或者老婆？"

这些字眼被这样直白地说出来，周意快扛不住。

她笑着问道："你怎么还在意起称呼了？"

段焰摸了摸鼻子："这叫仪式感，你呢，就叫我……阿焰吗？你上哪儿知道我小名的？"

上回叫得他骨头都酥了。

周意说:"以前听你朋友这么叫过你。"

"那那天呢,怎么脱口而出?"

周意觉得这人又开始讨厌了,非要把这些放到明面上说,她不回答,反而赶他走,说:"三分钟到了。"

段焰哼笑一声:"我是负责人,我可以多休息会。"

"你……"周意知道他是开玩笑,但是听到他这么说,有点哭笑不得。

段焰勾着唇,低声说道:"我喜欢你这么叫我。"

都说女人撒娇要人命,可现在周意觉得男人撒娇也让人同样把持不住。

她的男朋友,真的,很可爱。

她忽然想逗一下他。

周意亲了他一下,弯着眉眼轻声道:"知道了,不过真的时间到了,别耽误正事。宝宝。"

最后的称呼她说得特别特别轻,羞涩中夹杂着浓浓的爱意。

哪有人这么叫过他。破天荒地,被周意这么一喊,段焰瞬间觉得自己真像个宝宝。

他弯下腰把头埋进周意脖颈间,低低道:"再抱一会儿。"

周意摸着他脑袋,短硬的头发有点扎手。见他真的有点撒娇的意味,周意心里的那点羞耻顿时消失,不禁笑起来。

年少时总是在夜里幻想他喜欢一个人会怎样,她怎么都没想到他会变成一个幼稚鬼。

而她,以为自己再也不会有年少时的春心萌动,以为自己被年龄和阅历腐化,面对什么都能淡然处之,却也是同样没想到,她能做回小孩,能再找到当时的热烈和心动。

周意掐算着时间,提醒他:"真的差不多了。"

段焰恋恋不舍地松开她,问道:"这个周末我来找你?你弟弟还好吧?"

上回打电话她说和林淮聊了心事,到底是孩子,有些东西说开了就好了。不过他总觉得哪里不对劲,因为问起林淮对他的印象,周意支支吾吾说不出个所以然,只是敷衍地说还行。

还行个鬼。

都是男人,一个眼神他就知道对方在想什么,明显这林淮对他不太友善。

说到这个,周意想了想:"我周五晚上要出差飞北城,估计得周日晚上才能到家了，周日小淮学校报名，虽然他一个人也行，不过他有行李，你要是有空能不能帮我送送他？"

"行啊。"

段焰一口答应，笑道："正好，我会会未来小舅子。"

周意知道他要说什么，解释道："他……可能是觉得我因为你有点忽略他，和你也没有什么深入接触，等稍微熟一点就好了。你别逗他玩，青春期性格敏感，别把他惹烦了。"

"我是这种人吗？我就想问问他，到底哪里看我不顺眼。"

"没有看你不顺眼。"

"你就帮他吧，我比不过他。"

"他是我亲弟弟，有什么可比性啊！"

段焰捏住周意的脸扯了扯："我不管，只要是男的，在你心里位置都得排在我后面，以后我们儿子也得排我后面。"

周意按住他的手，琥珀色的瞳仁里盛满细碎的光，温柔明亮如晨曦。她轻声道："幼稚鬼。"

"对，我就是幼稚鬼。"

说着，段焰捧着她脸颊低头狠狠亲了一口："走了，对了，周五晚上我送你，顺便能问问你老板吗？就说你新婚燕尔的，能不能不出差。"

周意现在有点习惯他的幽默了，她弯了下嘴角，点头应道："好，我一定问问他。"

段焰喜欢这样的周意，喜欢这样真心开心的周意。

他拍拍她肩膀："真走了。"

"嗯。"

他步履生风，快步朝门口走去，拧开锁，拉开门时还回头看了眼周意。周意朝他做了个再见的手势，两个人相视一笑。

办公室门关上的一刹那，周意突然想起来一件事，笑容戛然而止。

等她追出去，只见大门外有一群等着段焰的消防员，他们看着段焰一个个都在憋笑，其中一个人，周意记得，是上次最后扶段焰回去的那个队员。

他挠着后脑勺，尴尬又不失礼貌地说："副队，你……你口红色号不错。"

周意看见段焰的背影一怔，像是有感应一般，他回头看过来。

顺着他的视线，那些消防员也都探头看过来，个个目光明亮，感觉下一秒就要起哄起来，但因为正在工作也都收敛着些。

周意被看得心跳加快，朝段焰浅笑了一下，指指他的嘴唇后果断回了办公室。关上门，她贴着门，悄然松了口气，然后抿着唇止不住地笑。

她的男朋友很可爱，就连身边的队友看起来也很可爱。

公司门外的走廊里，段焰望着周意办公室的方向勾唇一笑，回头的同时抬手抹嘴唇，大拇指蹭过嘴角，沾上一抹水蜜桃香的嫣红。

边上的消防员明知故问道："一定是副队最近太累了，学着女孩子涂口红涨气色呢，是吧，副队？"

还没等段焰回答，立刻有别的队员抢话道："不可能，我觉得一定是副队嘴唇受伤了，涂的红药水。"

刘铭涛也忍不住揶揄道："都别瞎说。副队说过的，他这辈子都不会谈恋爱的，金口玉言，别给副队搞绯闻。"

段焰擦了好一会儿都没擦干净，还是边上有个路过的姑娘顺手递给他一张纸巾，这才把口红擦干净。

他对姑娘说了声谢谢后，一把勾过刘铭涛往前走。

段焰："现在一个个都学会拿我开玩笑了是吧？怎么，你们在家里就没被女朋友亲过？"

"在家亲是亲过，就是没在办公室亲过。"

"我也是。"

"我没女朋友，不太懂……"

一帮人低声说笑着离开。

给段焰递纸巾的女生站在门口目送他们离开，不由得叹口气。

"江沁？你在这里啊？总监正要找你呢，进去吧。"人事手里捧着一堆合同站在不远处提醒道。

江沁回过神来，眼睛睁得大大的："啊？找我？什么事啊？"

人事摇头："不知道啊，可能是有工作吧，你进去就知道了。"

"好奇怪啊，总监之前从来没单独叫过人……"江沁嘀咕着，心里有点心虚。

哪怕平常真厚着脸皮消极怠工，但是被上司单独找，第一反应就是完了，要被发现了。

忐忑地敲响办公室的门，得到允许后，江沁低着脑袋恭敬地走进去。

周意让她坐。

江沁在一旁的会客沙发坐下，双手搭在腿上，模样乖巧。

周意把手头上的资料放在桌上，余光看了眼江沁，淡淡一笑问道："觉得最近工作状态怎么样？"

第四章 / 人生的另一个阶段

197

江沁的心跳漏了一拍，暗想，果然是叫她来敲打的。

她尽量面不改色地说："还在适应中。"

周意点点头，"南城这块文娱产业少，所以相对应的，人才聚集得也少，当时部门成立，你们这批简历也都不是过我手的，是现在带你们的组长招聘的，我和她在桐城共事过一年，她是个认真细心的人，我知道她肯定尽最大努力了。你们呢，大多数都是刚毕业的应届生，我们这行入行门槛不高，谁还没看过几年小说，但真上手时会发现看和做是两回事。"

江沁默不作声。

周意语气温柔，却带着淡淡的疏离。

她继续说道："部门刚起步，我需要大家投入进去，这一个月，大家做得怎么样我心里都有数，每个人的能力多多少少都反映在每次会议和提交的内容上。我觉得你状态不是很好。"

最后一句话已经表明了这次谈话的意图。

江沁磕磕巴巴解释："我……我还在适应中，我觉得我可以做好的。"

周意笑道："你没有准备好。你们大多数应该都是独生子女，可能家里条件还不错，说实话，这份工作工资不算高，在南城有上限，不过好在不是那种需要二十四小时投入的企业，当作普通文职简单工作是很舒服。可这是一个没有热爱就进行不下去的工作。你投我们公司当初的初心是什么？"

"我当时就想试试……"江沁见周意没有说一些冠冕堂皇的话，憋着的一股忐忑突然放松了点，她小声反问道，"工作真的能被热爱吗？"

周意思考了下，答道："工作和学习一样，都是让人疲惫的，不过最终还是看你怎么想，学习是为了什么，工作又是为了什么。你如果只是把工作当消遣，又在其他地方找不到目标，久而久之人会越来越消极。"

这也是回到南城后，周意忽然明白的道理。

当初初入职场，她一腔热血，一心扑在工作上，想做出成绩，想拿奖金想赚钱，当成绩有了，钱有了，并且周兰那边也还得差不多时她整个人的状态开始走下坡路。

或许她本身并没有太大野心，已经没什么更高的目标让她去铆足劲争取。

她依旧热爱这个工作，热爱每个精彩绝伦的故事，但是当这些年复一年、日复一日的需要不断涌进时，她有点儿厌烦这重复性的生活。

所以她羡慕朋友圈里其他人多姿多彩的生活，有的人喜欢摄影，给自己拍符合潮流的精致照片,有的人喜欢收集名牌包,有的人玩摩托车骑跨两个城市。

但她像被腐蚀了一样,很难遇到一件真的能让自己有兴趣的事情,想着空闲去报个瑜伽班,或者去拍套写真,但永远都是想。

回到南城,升职加薪都不是她本意,她被推着走,说到工作,只有"无奈"两个字。

但现在,她觉得这份工作很好,升职加薪也很好。

她有了新的目标,也正视人生另一个阶段的开始。

在这个世界生存很现实,逃不过生存设下的圈套,躲不掉传统的束缚,有些东西刻在骨子里,当人想要一个家时,便会强烈地想要一个属于自己的住所。

周意明白很多洒脱的道理,但真的落实时,她没办法忽略以后带来的不确定性。

所以,她现在心甘情愿地成为众人中的一个。

也许这就是生活的意义。

这个世界并不好,但总有一两风,能填心中十万八千梦。

周五下午,周意提前两小时下班回去收拾行李,意外发现林淮在看家里的杂志。林淮看到她回来顿时手忙脚乱起来,把言情杂志往茶几上一放,结结巴巴问周意怎么突然回来了。

周意说要去出差,林淮这才想起来,前几天周意和他说过的。

周意边收拾东西边问他:"怎么看杂志了?"

她记得以前当林淮得知她的工作,她问他要不要看,可以给他寄一些回去时,十三四岁的林淮很是不屑,说女孩子才爱看那些。

林淮顾左右而言他,含糊了几句敷衍过去,扯开话题道:"周日晚上几点回来?"

周意:"订的晚上九点的机票,估计到家得周一早晨了。"

周意简单收拾了几件换洗的衣服和日用品,拉上小行李箱的拉链后,回头看了眼林淮,说道:"你周日报名,拿着行李不方便,我让段焰送你去。还有要交的学费,在那个信封里,记得放好。"

林淮愣了:"他……送我?不用吧,我自己能去。"

"周日下大雨。"

林淮不说话。

周意看着他闷闷不乐的样子笑了下,问道:"真那么不喜欢他?"

林淮"嗯"了声:"他看起来不靠谱。"

"那你希望我找个什么样的人?"

"强大点的,能照顾你的,忠诚的。"

"这三点他哪点不符合呢,就因为他以前让我伤心过?"

林淮梗了下脖子:"对,我知道那时候你哭是因为他,我不太理解你们女生,但是这种让自己伤心过的人真的没必要再去选择。"

周意微微颔首:"你说得没错,但是以前的事情不是你知道的那样,我们都说清楚了,有很多误会,他……一直喜欢的是我,我也一直很喜欢他,所以我们现在很快在一起了。小淮,你相信姐姐的眼光。"

林淮被周意的最后一句话打动。

他从小就是周意的跟屁虫,总觉得周意做什么事情都很稳,非常有安全感,他从来没有怀疑过周意的选择,哪怕是那时候她决定和父母分裂。

林淮舔了下唇,硬邦邦道:"行,周日让他送吧。"

说完,林淮装作不经意地问道:"那补课呢?这周不上了吗?"

周意:"我和于烟打过招呼了,上午你先去报名,下午我让段焰带你去她那边补习。"

"她家?"

"对啊。"

林淮垂在身侧的手微微握紧,好一会儿低声说好。

下午五点半,段焰到了小区车库,在周意的车边等她。周意接到电话后又叮嘱了林淮几句,林淮点着头,第一次像个大人似的反过来叮嘱周意说:"你到了北城要给我发信息,你们路上开车慢点。"

周意正在门口换鞋,听到林淮的话,浅声说好。

车库那头的段焰远远就看见周意面带微笑朝他走来,看起来心情很好。

行李箱的轮子滚动声由远及近,段焰的视线慢慢从周意的脸移到她的穿着上,不禁皱了下眉。

贴身紧致的白色短袖,宽松直垂的灰色长裤,养眼好看,但是为什么肚脐眼是露着的?

周意还沉浸在林淮关心的语言里,没察觉到段焰对她的打量。放完行李上车后,她刚想和段焰分享林淮的变化,只见他迟迟不发动车子,睨着眼看她,十足的幼稚鬼神情。

"怎么了?"周意问。

段焰盯着她:"肚子还疼吗?"

"不怎么疼了。"

"你穿这个……不怕着凉吗?"

"啊?"周意低头看了眼,后知后觉反应过来,她的男朋友在这方面似乎是保守派的。

她起了逗他的心思,同时完全掩盖不住想笑的神情。

周意轻声解释道:"这件衣服就是这样的,我想着穿裤子出行比较方便,就搭了这个T恤。你不喜欢?"

段焰噎住了。

不是不喜欢,是不想被别人看。

他也不知道自己哪来的大男子主义心思,一想到别的男人会盯着她的腰看就很不爽,他都是第一次看呢。

他发动车子,闷声道:"没,你穿吧。"

挺幼稚的,但也好可爱。

周意看着他棱角分明又英俊的侧脸,抿着唇笑,她伸手搭在他大腿上轻轻晃了一下,试探地问道:"那下次不穿了?"

段焰侧头看了眼周意,她朝他微微侧着身,贴身的T恤将她身材勾勒得一览无余,引人遐想。

比大男子主义更奇怪的心思是,自从在一起后,他睁眼闭眼脑子里都是周意。

特别是这几个晚上打电话时,她用了耳机,声音贴着耳麦,声线被放软压低,像是靠着耳边说话一样。

夜深人静,又是热恋期,他一遍又一遍问周意想不想他,一遍又一遍地让她说想他,然后躺在床上只有一个念头,他想抱她,紧紧地抱着她。

周意见他不回答,又问了一遍。

段焰哼笑一声,抓住她的手放在掌心揉捏,孩子气地说:"你穿什么都可以,以后见我就穿这种。"

周意反握住他的手,笑盈盈地看着他。

段焰牵起她的手,亲了下她手背,两个人对视了一眼,他笑了下,笑自己的幼稚。

过了会儿,他说:"今天心情很好?"

周意顺势和他说了林淮。

段焰听完说:"是该长大了,都高三了。"

周意看着两个人十指紧扣的手:"回来后,好像一切都在变得更好,我最近觉得,这是我人生另外一个阶段的开始。"

段焰十分认同:"确实有这种感觉。"

正说着,周意微信消息提醒格格不入地插了进来,连响了十下。

她松开段焰的手,翻包去拿手机。

段焰以为是她工作的事情,随口问道:"这么忙?"

周意看着消息说:"不是,是陈佳琪。"

"她怎么了,给你一口气发这么多消息。欸,对了,她知道我们在一起了吧?"

"知道的。"

"她怎么说?"

陈佳琪给周意发了几张短视频的截图,图片里的段焰穿着蓝色的短袖消防队服,评论里清一色在喊老公,陈佳琪说:你老公火了。

周意对这些没什么感觉,反而被陈佳琪的"老公"二字搞得心猛地快跳了一下。

周意边回复陈佳琪边回答段焰说:"她说我们速度挺快的。"

段焰笑了声:"她没说我什么坏话吧?"

"没有啊,就是你们童年那点儿事,她还没忘记。"

段焰手指轻敲着方向盘,思索着说:"看来下次得给她赔罪,不然以后我们有矛盾了,她一定劝分不劝和。"

周意没想过会有那一天:"我们会有矛盾吗?"

问着,周意想起人事说的新鲜感,印象里似乎周边人的感情最后都会慢慢趋于平淡。

他们以后也会因为鸡毛蒜皮的事情吵架吗?也会对对方失去耐心吗?

段焰本来是随口瞎说,被周意一问,认真地思量了下,肯定地回答说:"不会,我们不会有矛盾。"

"那你会变吗?"

"变心?"

"差不多,新鲜感这种。"

正好碰到一个路口红灯,段焰停了车,扭头看向周意,抬手轻弹了下她额头,温柔地道:"我有信心不会变。"

情话谁不会说,甜言蜜语谁又不会讲,可他说的总是让周意很相信。

周意笑了笑,"嗯"了声。

段焰捏她脸,笑着,余光瞥到周意的手机屏幕,里面的画面太熟悉,不到三秒他就想起来,这不是他直播时的画面吗?

"你在刷视频?这不是我……"

"陈佳琪发我的,是你最近做的那个直播吧?"

"你别看评论,别看。"

周意不明所以:"评论怎么了?"

段焰:"别人乱喊的,你别介意。"

绿灯亮起,周意提醒他,同时弯了眉眼,说:"没什么呀,现在网上都这样。"

她的反应出乎段焰预料:"你……不在乎别人喊我老公啊?"

周意:"别人乱喊的呀,你们做的这个效果不错,这个短视频都有十来万点赞了。"

"不是,你为什么不在乎啊?"

"别人乱喊的啊……"

忽然对话陷入了循环。

周意也忽然觉得,这是他们第一个矛盾,原因是她不吃醋。

她哭笑不得,这还是她认识的那个段焰吗?真是十足的幼稚鬼。

到了机场,段焰算着时间,没让周意下去,干脆锁了车门,利落解开周意的安全带,像抱小孩似的把人抱到了身上。

宽厚炙热的双手牢牢掐着她的腰,另一只手把人掰正,四目相对,他靠近周意,呼吸洒在她脸上,隔着极近的距离,不满地问道:"你喜欢别人喊我老公?"

"不喜欢……"

段焰低哼一声,捏了捏她露出的腰肉,纤细紧致,盈盈一握的腰像是用力点就能折断。

他忽略周意的第二句话,继续追问:"你一点都不在意吗?"

"有一点点。"

"你骗我。"

"没有,但是我知道那些都是假的,我公司里那个姑娘你们不是还差点相亲吗?听说你连微信都不愿意给,我相信你,所以那些都没关系。"

周意被他抱得快不能呼吸,连声音都轻得不行。

段焰一愣:"你怎么知道这个事情?"

周意意味深长地看着他,感觉自己掌握了点主场,她点了点他鼻子,说:"你猜。"

哪里需要猜,他估计是那个女孩无意间和周意提起过吧,那天他进她办公室,出来一嘴的口红,那么多人都看到了。

他把周意抱得更紧了，唇凑过去，低声蛊惑道："那我乖不乖？主动亲我一下行不行？"

这是周意第二次主动亲他。

他哑声道："我不喜欢别人那样叫我。"

周意半睁开眼睛，颤着睫毛。

他又说："我只想你这么叫我。"

周意"嗯"了声。

他人生的另一个阶段的开始应该就是让周意管他叫老公。

她的一声"阿焰"就让他浑身酥麻，更别说等到时候喊他老公，光是想想，他整个人就要爆炸了。

压下心中的激动，段焰用鼻尖蹭了蹭她的，低声调侃道："都亲好几次了，怎么还是不会？"

周意刚想反驳，但是他根本不给她说话的机会。

手也不安分。

男人干燥灼热的掌心像烙铁，把人的四肢百骸都融化，周意瞬间什么想法都没了。

段焰这几天的想念得到了发泄，他知足地放开周意。

周意勾着他脖子，看着他一笑。

段焰问她笑什么。

周意平复着呼吸，轻浅道："笑你现在和你刚刚判若两人。"

路上那一阵像个讨不到糖吃闹脾气的小孩，这会儿满足了，一身的浩然正气。

段焰扬了扬眉："现在叫'贤者模式'。"

想念得到纾解，段焰心满意足不再故意逗她玩了。

他在周意额头上落了一个吻，依依不舍道："后天来接你，到了那边给我打电话，尽量不喝酒，住酒店注意安全。"

周意点头。

段焰又突然想到说："你弟弟住校的话，我是不是可以搬过来了？"

"嗯，看你吧……"

同居意味着什么，两个人都懂。

段焰："会觉得太快了点吗？"

"还好。"

周意缓慢地抚摸他的脸，手指停在他的耳垂处，捏了捏。

怎么会觉得快呢。

眼前的人是她想了十年的人，现在所有的点点滴滴都是她曾经渴望幻想的，她已经不是那个什么自由都没有的小姑娘了，她现在能为自己的每一个决定负责。

段焰滚了滚喉结："那下周，我尽快。"

2. 一起回家

周日早晨，段焰按照和林淮约定的时间去接他，两个人之前互留了手机号。

段焰没上去，发了消息说在车库等他。

林淮让段焰再等他半小时，他要把房间稍微打扫一下，还有住在这儿睡的被套得洗了，这样周意回来就不用花精力去打扫了。

段焰见林淮这么说，觉得他确实挺乖。

然后，他转念一想，周意都那么乖那么好，她用心疼的弟弟又会差到哪儿去。

闲着无聊，他坐在车里打开手机玩游戏，打了一把排位，无意中瞥到林淮的段位，荣耀60颗星。

第一反应是正常，这个年纪的男生反应灵敏、手速快，上个荣耀不是什么稀奇事，接着他忽然想起林淮用的不是智能机，那天吃饭他拿的是只能接电话的老人机。

估计是私下偷摸自己买了手机吧。

周意知道吗？应该不知道吧。

段焰倒不是担心林淮打游戏成绩下降，在他看来成绩好不好和游戏没关系，完全看一个人的学习能力和自控能力。

一局游戏过去，结算时抬头正好看到少年拖着行李箱走来，很像周五晚上送周意那会儿，不知道哪里来的错觉，这一瞬间段焰觉得他好像成了周意的家人，帮她处理家里的事情。

他打开后备箱，下车去接林淮的行李箱。林淮没让，自个儿把行李箱搬上了车。

两个人坐进车里后，段焰问道："没忘记什么吧？你姐姐说的学费都带了吧？"

"带了。"

林淮系上安全带，余光瞥了他一眼。

段焰点头，发动车子，驶出车库。外面倾盆大雨，雨滴砸落的声音盖过一切，让沉默的氛围看起来没那么尴尬。

良久，段焰打开话题，问道："你的排位自己打的？"

游戏的荣耀和篮球的实力是男孩子的骄傲，林淮没多想，轻傲地"嗯"了声。

段焰说："不错啊，喜欢玩什么位置？"

"射手。"

"哪个玩得最强？"

林淮睨了他一眼，干巴巴问道："你也玩？"

"对啊，这个赛季七十星了，巅峰赛一千五百左右。"

"……那你玩什么位置？"

段焰："都能玩，一般打野。"

林淮望了眼窗外，似不太相信，问道："你一个人打上去的？"

"对啊，闲着无聊就玩玩。"段焰单手扶着方向盘，话里试探道，"下次一起？"

"……再说吧。"

"我里面没用完的点券还有，我送你皮肤，要不要？"

没有一个男生能拒绝皮肤，林淮心中的傲气被磨走了一大半，他打量着段焰，忽然觉得这个人也没什么不好，至少是个正常人。

不过林淮还是拒绝了，他反问道："你和我姐在一起后再这么往游戏里充钱她不会说你吗？"

段焰被问得一愣，试想了一番后，他笑着说："你姐要是这么管我就好了。"

他猜周意才不会管他的这种私事，她一定会觉得那是个人自由，而且现在这个时代，打游戏不是男生的专属，女生自己都玩，花点钱买皮肤不是那么难以理解的事情。

但是他挺想被周意管的，想看她吃醋、占有欲爆发、撒娇，一定可爱极了。

林淮听到他的回答打消了自己的想法。

他不是个正常人。

话匣子被打开，段焰直白地朝林淮问道："上周第一次见面，你为什么那么不喜欢我？觉得我配不上你姐？"

林淮扭头看向他，对于他的直接倒是很诧异，于是也直白地回答道："你让我姐哭过很多次。"

"哭……过？"

"你不知道？"

段焰大概知道了,是那时候她以为他和赵嘉互相喜欢吧。

林淮说:"她高中毕业那年哭得最惨,你要是真喜欢她,怎么会现在才在一起。你老实说吧,你图我姐什么?我告诉你,她除了漂亮聪明点其他没什么,你要是想玩玩她感情,真的求你,早点收手,不然我和你同归于尽。"

听着林淮的话,段焰脑海里自动拟出周意流泪的样子,是不是和那个夜晚一样,哭到眼睛红肿,漂亮的双眸里满是无法诉说的悲伤和无奈。

他想看到她对他不同的情绪,唯独不想看到她为他哭。

段焰绷着嘴角,不疾不徐地说道:"这样吧,那以后如果你看到我把她弄哭了,你来找我算账,我一定不还手。"

林淮从他的语气里听到了一丝对感情的坚定,问道:"你真心喜欢我姐姐吗?"

段焰还想着周意哭的事情,心里不是滋味,声音也不自觉低了几分,答道:"真喜欢,就喜欢过她一个。"

快到学校时,段焰才回过神,给林淮撑伞,送林淮进校门分别时,他绷紧的神色放松了下来,笑了笑,抬了抬下巴说:"你要是想保护你姐,你得让自己强大起来,不然说什么都是徒劳。"

林淮握紧了行李箱的拉手,没直接回答,只说:"下次要不要一起打游戏?"

段焰说:"行啊。"

林淮指的下次是等哪个晚自习能借同学手机打游戏,而不是报完名下午补习时。

报完名,段焰带着他在外面简单吃了个午饭,紧接着开车送他去于烟那边补课。

本来一切很正常,直到段焰把车一停,在于烟小区外看到一家卖手机的店在搞活动,他没来由地问林淮:"你这老人机怎么打的游戏?"

林淮如实说是借室友的。

还行,比段焰预想的要乖很多。

他没有再问什么,把林淮拉进了手机店。考虑到周意的感受,他没给林淮买特别贵的,左挑右选选了个中等价位且质量过关的。

林淮站在那儿都傻了,见段焰要付款,他一口回绝道:"我不要手机。"

段焰把手机递给他,说:"你先试试,我去给你姐打个电话,如果她允许,我给你买。"

摸着崭新光滑的全屏手机,林淮抿了抿唇。

当时周兰给他买老人机,面对同学自卑有,虚荣有,格格不入也有。

但因为周意总是给予他物质上的满足,他有同学羡慕的球鞋、限量版的篮球、整套的漫画书、山地自行车。

而现在,多了一个像周意一样的家人,也在关心他。

什么是家人,什么是责任,以后要成为什么样的人。

林淮忽然在这一刻有了答案。

接到段焰电话时,周意刚入座一个饭局不久。

这次副总和天空,还有在桐城的几个组长都来了,拼着人脉资源请了一些大牌作者,一个网站的起步,少不了这种有影响力的作者来支撑。

古色古香的酒店大包厢内个个笑语晏晏,不管男女,没人抽烟起哄喝酒,都风趣谈起未来的教育方向和早些年浪迹天涯的事迹。

所以周意不反感出差,早些年跟着天空到处走,见的人多数都有股侠义之气,心中怀着诗和远方却也能笑谈生活琐事。

偶尔也让她心生悸动,想着以后成为这样的人,只是可惜,那时候她有她的枷锁,回归现实后更多的是死气刻板。

前几天吃过一次饭的北城作协副主席还记得周意,因为挨着坐,又都是女生,自然而然地聊了起来,甚至谈起了婚姻观。这年头,特别是网络入侵生活后,很多社会新闻都成了"恐婚小妙招",但也有很多白头到老的真挚感情。

周意笑笑说:"遇见合适的就在一起,没遇见就自己一个人。"

副主席也笑,问道:"听你这意思,你现在有对象了?"

"嗯。"

"挺可惜,不然我把我弟弟介绍给你,我弟弟可帅了,大四,标准的小狼狗。"

周意喝了几口起泡酒,脸颊微红,听对方这么一说顿时有种老牛吃嫩草的感觉,脸更红了,轻笑摇头。

电话就在这时候响的,铃声声音很小,没打扰到其他人。周意看了眼来电,朝身边人说出去接个电话。

对方还不忘调侃她:"男朋友查岗了。"

出了包厢,周意走到一个安静的角落接电话。

她问段焰什么事,电话那头的人停顿了一会儿,只有大雨滂沱的坠落声。

良久,段焰开门见山道:"我给你弟弟买部手机吧,不贵,就千百块。"

"怎么了，他手机掉了吗？"

"没，这年头谁还用老人机啊，他都高三了，是个大人了，你们应该选择相信他。"

"那他自己想换吗？"

"嘴巴说不要，其实应该是想换的。"

周意拨了拨角落里一株绿植的叶子，笑道："才一天不到你们就处这么好了？"

段焰轻笑："总得想办法把小舅子拿下。"

周意说："你给他买吧，等会儿我把钱转你。"

转钱。

段焰就知道会变成这样，接受吧显得生分，不接受吧可能让林淮心里别扭。

他不知道自己哪根神经搭错了，他想为周意花钱，用在林淮身上也一样。

他没回答，转了话锋问道："你在干什么？"

"和别人吃饭。"

"大概几点结束？"

"可能四五点吧，晚上还得赶机场。"

"嗯，那你先忙，我给他买完就去于烟那儿了。"

挂了电话，周意给林淮发了条短信，让他别有负担，可以换手机。

如果不是段焰，周意觉得自己应该不会想到这个年纪小孩强烈的自尊心，是因为一个大人根本不在乎的手机。

那会儿周兰给他买老人机，一是怕他玩物丧志，二是觉得他还小用不了那么好的手机，等毕业了再买。

可确实，年代不同了。

发完短信，周意给段焰转了钱，并且说还是买个好点的吧。

段焰把转账记录给林淮看，说："买个你喜欢的牌子？"

少年低了头，拒绝得果断坚毅："手里这个一千多的就可以了，现在的手机都挺好的。"

"行。"

傍晚，段焰把人送回学校，一路上两个人聊得起劲，回顾着下午补习完，两人打游戏时的精彩操作。

到了学校，雨下了一天已经小了很多，傍晚空气干净清澈，林淮和段焰告别，心情难得这么好，像高涨的浪潮，汹涌澎湃。

段焰撑伞送他到校门口，拍了拍他肩膀说："从明天开始，好好学习。"兴奋的神经，高涨的心情，让段焰普通的话变得很有力量。

林淮点了点头，张张嘴，欲言又止，最后鼓足勇气，飞快地说："路上开车小心，姐夫。"

"姐夫"二字声音极低，说完他像逃命似的头也不回地往里走。

段焰微微挑眉，勾了下唇，回到车上迫不及待发微信和周意炫耀。

周意没立刻回他，估计是有事情。

完了，他思索了会儿，点开短信，给林淮发了一段话：外面的世界风大雨大，以后我和你姐会一直在你身后，我们都是普通人，但庸常之中，微芒不朽。这一年，加油。

回家后，段焰浅睡了会儿。他定了个闹钟，怕等会儿一觉睡到天亮忘了接周意，但可能一直想着不能忘记，绷着神经，眯了一小时就自然而然地醒了。

晚上八点，天全黑，老小区的夏天寂静，灯火微弱，雨不知道何时又变大了。

他躺在床上揉着眉心，扭头看向没拉窗帘的窗外，脑海里莫名想起2009年开学的那一周，似乎也是下了这样大的雨。

那天，因为他一头怪异的头发，段宏文将他骂得一文不值。

如果不是段宏文，他大概不会去剪头发，不会剃那种直到现在周意还能具体描述出来的头发，如果没有那么特立独行，大概周意也不会注意到他。

宁静的雨夜总是让人有点怀念过去，往事再一次如走马灯般闪过脑海。

不可思议。

他居然真的拥有了那个让他朝思暮想的姑娘。

段焰没开灯，在黑暗中伸手比了比周意的指围。

周五送她时一路上牵着手，时不时捏捏她的手指骨，怕太明显被她发现，又怕自己凭感觉量不准，还好，实际操作起来不算什么难事。

只是他对钻戒没什么研究，知道的就那几个老品牌，也不知道周意会喜欢什么款式。

这几天他上网搜了一堆求婚方式，那种场景式求婚虽然大众俗气，但搁现实里还是令人惊喜，不过他总觉得周意不会喜欢闹哄哄的求婚。

她像月色下迎风独立的红玫瑰，又像阳光下静静绽放的铃兰，风情和清纯并存。

所以他推测，周意会更喜欢安静的，只有两个人的浪漫求婚。

他想不出什么新意，只觉得当初读书都读到狗肚子里去了，连给心爱的姑娘一个盛大浪漫的求婚都想不出来。

他开灯拿手机，有几条未读微信消息，周意先是发了一个表情包，小兔子竖起大拇指说你真棒，然后临近八点时说她快到机场了。

段焰懒得打字，发了条语音过去，刚睡醒，声音低哑气息重，听得那边的周意脸红心跳。

他亲昵地喊她宝宝，问她有没有好好吃东西，晚上来接她要不要给她带点什么吃的。

坐周意边上的天空也听见了，她和周意相视一笑，波澜不惊地问道："回家乡了就交男朋友了？"

"嗯，正好遇见了。"

"你对象是什么样儿的人？"

北城也在下雨，机场外风雨急促，周意笑着缓缓说道："以前觉得他不羁浪荡，现在觉得……他有世上少有的温柔。"

天空能理解这种大千世界遇见知心人的可贵，但很现实地问道："那工作呢，有了家庭还有精力应付工作吗？"

天空没等周意回答，继续说道："你刚去南城时对自己很不自信，但我听说你前几天辞了人，那小姑娘想回来你也没同意，自己重新招了人，挺果断的。现在是个很好的事业上升期，昨晚副总和我说起你，觉得你做事细心认真，还说今年年会要放在南城办。你也知道，两个老总很重视这次市场拓展，你们到年底得拿出点东西来，一旦做好了，以后重心大概率要往南城这边挪，未来可期。"

职场没有不流通的消息，周意对总部会知道她的一举一动并不意外。

辞退江沁那天，那个小姑娘其实心地纯粹勇敢，也可能当时有点不服气，壮着胆子豁出去质问她，是不是对她有私仇，知道她和段焰差点相亲，看她不顺眼。

小姑娘一说，周意才知道还有这回事，于是多问了几句，推测出段焰拒绝相亲和加微信的时间段，那会儿他们正在暧昧期。

她感谢江沁，让她再一次知道，自己的男朋友对她多坚定。

一句谢谢反而让小姑娘手忙脚乱，质问完泄气了，问她能不能再给她一次机会。

她没点头，她这一次有心要带好团队，做好这一份工作。

上飞机时，周意和天空说："每个人追求不同，我希望更好地工作是为了更好的生活。"

为了……像这个晚上，回去就能投入温暖的怀抱。

航行路上，周意迷迷糊糊睡了一觉，抵达南城时她精神很好，混着夏夜湿润的风雨，她尤其想念段焰。

一出出口，她就看见段焰在接机口等着，简单的白色T恤和牛仔裤，干净的少年气和成熟男人的味道混合在一起，远远地凝视着，见到她勾了勾唇，晃了晃手里的袋子，朝她张开双臂。

周意快步走过去。

两个人顺其自然牵了手。

段焰说："我给你买了点小蛋糕，等会儿在车上吃。累不累？在飞机上睡了吗？别等会儿回家了睡不着。"

地下停车场沁凉的风穿过他们，把情侣间的喃喃小事吹成了万家灯火中的一盏。

这是他们曾经共同幻想过的一天，一起回家。

深夜路上车辆稀少，沿路的暖黄色路灯高高挺立，光芒刻画出大雨的形状。

周意坐在副驾驶座上尝小蛋糕，肉松堆满了盒子，口感软绵，入口即化。

她下午没怎么吃东西，这种饭局没一次能吃饱的，后来又匆匆赶飞机，到现在，确实有点饿了。

段焰见她吃东西总是很慢，细嚼慢咽，脸颊鼓成小仓鼠似的，忍不住笑了下。

以前她也是这么吃东西的，边走边吃，风拂过她的发梢，阳光下少女的脸庞饱满青涩，却可爱得不像话。

他看周意嘴角沾了奶油，拿过纸巾递给她，问道："比较喜欢吃甜口的蛋糕还是咸口的？"

周意擦了擦嘴角："我不挑这个。你呢？"

"我不太吃这种，之前孙毅坚想转型做美食博主，买过很多蛋糕，我尝了尝，都觉得腻。"

"好像男生都不太喜欢吃太腻太甜的，林淮也不喜欢。"

说起林淮，周意吃完最后一口看向段焰："你怎么把他哄好的？就因为买手机？"

夜色寂静，一闪而过的光影落在段焰脸上，衬出他嘴角微扬的笑意。

段焰和周意说了全部，周意理解不了男生之间奇怪的友谊，但又觉得简单的纯粹多好。

不过这是她第一次知道林淮游戏打得这么好，而段焰比她想象的还要厉害，她好像有了一个"野王"？

也正常，他学生时代就喜欢打游戏，好像打得就不差。

长路漫漫，周意和他闲聊，问他怎么有时间打游戏，会不会在游戏时骂人，会不会买很多皮肤，然后她联想到孙毅坚，顺口问了几句。

段焰说起孙毅坚就笑，把他的老底对周意掀了个干净。

于是两个人一起笑，对于孙毅坚相亲总是失败这件事，周意说："他真是个挺有意思的人，会遇到懂他的人的，可能年轻的姑娘看脸，但是像我这个年纪脸是其次，会觉得性格才是最重要的。"

段焰顺着话头问道："所以你喜欢我的脸还是性格？"

周意假装认真思考，好一会儿答道："都喜欢。"

"也是，像我这样长得帅性格又好的太少见了。"

他扬了半边眉，自恋的口吻不输那会儿的少年意气，戳中了周意的笑点。她轻轻笑着，眉眼舒展，神色安宁，看向段焰的双眸里盛满了温柔。

笑够了，段焰想起一桩事。

能一路相陪的朋友是不逊色于伴侣的可贵。

段焰问道："要不要找个时间请大家吃个饭？"

"大家？"

"我，你，孙毅坚，陈佳琪，或者你还有什么其他朋友吗？"

"没了，我就这么一个朋友。"

"我现在……也就孙毅坚一个了。"

雨刮器规律地摇晃，他略微的停顿让笑容渐渐往回收。周意感受到他的情绪，沉默了几秒，岔开话题说道："怎么突然想到要请他们吃饭？"

段焰说："我想把你介绍给我的朋友，我也想认识你的朋友。算是正式向大家宣告，我们在一起了。"

"好啊。"

段焰伸手去握周意的手，手刚伸过去，周意就懂了他的意思，主动搭上去，十指紧扣在一起。

凌晨两点十七分，两个人回到小区停完车一起上楼。

他们没有讨论过今晚去留的问题，进了屋，周意思量着要不要让他留下。

说得好听点是这么晚了，又下雨，别来回折腾了；说得真诚点是林淮不在，他可以留下来，她想他留下来陪她。

但男人的想法总是猛烈直接，不等她说话，她手刚攀附上灯的开关，腰就被人从身后搂住。

宽大温厚的手覆盖上她的，将她的手拉下来，灯没开成功。

下一秒，男人灼热清冽的呼吸落在了她耳后根，湿热的双唇没有顾忌地流连在脖颈处。

周意止不住浑身一颤，呼吸也变得急促起来。

禁锢在她腰间的手紧了紧，紧得仿佛要把她融进身体似的。

和走的时候不同，今天周意穿得很保守，低腰牛仔裤和黑色宽松T恤。

而他一定是被冲昏了头脑，就这样，他还是觉得周意很性感。

贴身紧致的牛仔裤很好地勾勒出笔直长腿的纤细，而她穿T恤，总是显得凹凸有致。

他撩开T恤的下摆，摸到她腰间紧致的皮肤，腰细得没有一丝赘肉。

他掌心贴着揉了揉，低沉问道："肚子不疼了吧？"

"不疼了……"

段焰吻着她的耳朵和脖颈，接着说："我今晚能留下来吗？"

不管是哪种，周意都愿意。

她点了下头。

得到允许，段焰的心跳漏了一拍，动作也更放肆起来，把周意掰过来，吻上了她的唇。

室内静谧一片，窗外的雨拍打在玻璃上，淅淅沥沥，声音时重时轻，犹如这个吻。

周意缓缓搂上他的脖子，开始回应他。

段焰搂着周意腰的手指尖微颤，停了呼吸两秒后再深吸了一口气。

他抱了一会儿便放开了她，低声笑着说："第一次觉得蛋糕的味道那么好吃。"

周意耳尖染上一层蜜桃色，双唇如涂了唇蜜，亮晶晶的，听着段焰肉麻的情话不禁轻轻弯了下嘴角。

纤长的睫毛缓缓浮动，内勾外翘的眼睛如水中月，清澈动人。

她踮脚，短促地吻了下他，说："我很想你。"

他们现在说得最多的就是想不想我，更多时候是他问她回答，她总是不太好意思问出口。

去北城两天也还好，可就在要回南城时那种思念变得很重，明明就要见到了，却还是莫名其妙希望时间快一点再快一点。

她突如其来的主动倒是把段焰弄糊涂了，愣了几秒后，他像孩子一样笑起来，追着问："多想啊？"

周意说："很想很想很想。"

她垂了垂睫羽，还是有点不好意思，靠过去，将脸贴上他的胸膛，低声道："想一直这样和你在一起。"

段焰摸了摸她后脑勺，一些话差点就没绷住要脱口而出，还好还有点理智。

这个时候，戒指没有，鲜花没有，什么都没有，不是什么求婚的好时机。

良久，他低头，贴着周意耳畔，热烘烘地说道："想晚上抱着你睡觉，行吗？"

周意埋在他胸膛，听到他强而有力的心跳声，她"嗯"了声。

段焰亲了亲她头顶的发，压下快要跳出嗓子眼的心。

又腻歪了会儿，周意说要去洗澡时，他心跳更快了。

其实他原本是没打算留下过夜的，只想着送她回来后再回去，毕竟第二天大家都要上班，而他和她也约定好了，近期会搬过来，根本不急这一刻。

但见到周意那一刻想法就有点变了。

可能是夜太深，雨太大，让人懒得再动弹。

又或者是热恋期一日不见如隔三秋，他一见到她，那点心思如雨后春笋般又冒了出来。

胡思乱想时，周意拿了换洗的衣服从房间里出来。

他看得很清楚，是孔雀蓝丝绸质地的吊带裙睡衣，几乎是条件反射，一瞬间大脑自动脑补出了周意穿上去的样子。

周意也是第一次和男生单独过夜，还是很不好意思，没了之前面对他的坦然和放松。

她捧着衣服和段焰对视了一眼，两个人颇有默契地同时挪开视线，然后缓慢地在半空中再次交会。

段焰舔了下唇，去开放式厨房那儿烧热水喝。

他也不知道为什么大夏天要喝热水。

周意抱紧怀中的衣服，开口道："我这里没有男生可以穿的衣服，不过有件林淮留下的T恤，干净的。你……嗯……内衣怎么办？"

洗了也得明天才干，家里没有浴巾什么的，总不能不穿吧。

段焰掏出手机："我、我点个跑腿送过来吧，应该有一次性的。"

"也行，那我先去洗了。"

"嗯。"

浴室的门被关上，里面淡白色的光通过玻璃门透出来，没一会儿水烧开了，浴室里也传来流水声。

段焰紧了紧喉咙，深吸一口气。

他边看手机边倒水，勾选完一次性内裤打算结算时意外瞥见计生用品，倒水的手一抖，洒了出来。

周意第一次洗澡那么慢。

不知道是水太热让人呼吸困难，还是她脑补得太厉害让自己心跳加速。

磨磨蹭蹭了半小时，她才走出浴室，打开门，热气飘了出来，她都没敢去找段焰的身影，快速进了卧室，打算找件开衫外套套一下。

吊带裙让皮肤裸露太多了。

段焰坐在沙发上玩手机，听到她出来的动静，下意识地抬眸看去，没太看清，但是女人白如羊脂玉的皮肤和纤细的身体很难忽略。

他喉咙一干，捞起茶几上的水杯灌了几口。

水杯见底，他舔了舔下唇，握着手机转了几圈，想半天想不出个所以然，最后身体比大脑先行一步。

他朝卧室走去。

门半合着，周意正站在衣柜前翻找，细白如藕条的手臂在孔雀蓝的衬托下似乎白得能发光，她刚洗完澡，看起来带着些许清凉感。

"找什么呢？"

听到身后的声音，周意的心跳漏了一拍，低声回答道："我……有点冷，找件薄一点的外套。"

段焰不知道女生心里的小心思，以为她真冷了，走到她身后握住她的手感受体温，关心道："这么热的天怎么会冷，是不是空调打低了？"

男人一靠近，周边像围了个火炉。

本来夏天洗澡就很热，他一贴近更热了。

周意没说话，快速从衣柜里抽出一件针织衫套上。

段焰浑然不知，他摸了摸她湿漉漉的头发，说："快去吹干吧，很晚了。"

她的睡裙款式看起来就是那种可当睡裙也可当正常衣裙的样式，现在套个外套搞得像要出门一样。

他笑了笑，放低声道："你晚上这样睡吗？之前洗完澡也会冷？"

周意低着头，缓缓关上衣柜门，再三犹豫后，实话实说道："不是……我觉得……觉得有点露。"

闻言，段焰迟钝地反应过来，他没忍住，笑得肩膀轻颤。

刚才还有点紧张，这会儿他放松了下来，只想逗逗周意。

他搂住周意的腰，把人往前拽，笑意不减半分，低语问道："那刚刚怎么不拿件外套进去，穿好了再出来。非要出来再穿，我会乱想的。"

他弯腰，脸对脸，故意去贴近周意，找她的眼睛和她对视。

周意往后仰，四处躲避。

他身上有股淡淡的小苍兰味道，之前没有的，周意猜是他这段时间换了洗发水或者沐浴露。

很好闻。

周意被他缠得也忍不住笑，那点因为要和他过夜的局促感顿时烟消云散。

好像又回到了之前自在的相处模式。

周意往后退了几步，他搂得更紧了，步步进逼，她撞上背后的柜子，无路可退，针织衫滑落肩头，连带着睡裙的吊带也滑了下去，露出一截肩头。

弓起的肩膀消瘦又圆润，淡淡的光落在上头犹如点睛的高光，女人皮肤的细腻紧致一览无余。

段焰双眸暗了暗，嘴角还扬着，视线停留在她肩膀上说："是不是故意的，嗯？知道我定力不好。"

后半句他声音压得极低，低到周意呼吸一滞。

他嗓音低沉，边说边低头亲上了她的肩头，周意缩了缩身子，耳朵瞬间变红。

段焰压着心跳，克制着自己，重重吻了下周意的脸颊，哑着嗓子道："别紧张，我就想抱着你睡觉。"

周意呼吸起伏，听着他的低语心软成夜晚的湖水，微风轻轻拂过，涟漪阵阵。

她相信他们有未来，所以内心是期待更多，只是这种事情，她第一次面对，多少有点不知所措。

周意不知道怎么回答，轻轻"嗯"了声。

段焰慢慢直起腰，慢条斯理地帮她把肩带扶正，双眸一寸寸扫过她的脸颊、锁骨、手臂，心动得不行。

他捏了捏周意的鼻子："晚上就穿这个睡觉，抱起来好舒服，面料

第四章 / 人生的另一个阶段

217

很舒服。"

他又扯了扯周意身上的针织衫，说："这个我挂起来了？你快去把头发吹干，跑腿大概还有几分钟就到了。"

周意点点头，将衣服脱给了他，低眸浅笑，白净的面孔在黑夜的加持下莫名多了几分幼态，有几个瞬间和少女周意重叠。

那头周意吹了个半干后洗脸涂护肤品，门铃声在这时响起，她不知道段焰在房间里干什么，拧上面霜盖子，走过去开门。

碍于穿着睡衣，她站在门口探出个头，拉开一条缝隙，骑手把一个小袋子递给她，她接过说了声谢谢。

关上门，周意习惯性撕下外卖包装贴的字条，瞥了一眼上面的清单，一瞥愣住了。

男士一次性内裤一盒，计生用品三盒。

三盒……

段焰从房间出来正好看到周意盯着票根发呆，他立刻反应过来，摸了摸鼻子，咳了一声说："凑单买的，三盒起卖……"

周意把东西塞给他，红着脸继续去吹头发。

段焰拉住她，低笑道："以防万一，但我说到做到。这个……放这儿，反正过几天我就搬过来了。"

周意："你、你自己放吧，我头发还没干，我再去吹一下。"

"行。"

段焰看着她脸红的样子，忍不住弯起嘴角。

段焰拆了内裤盒子，从里面拿了一条，走到浴室那边问周意要林淮的T恤，周意说在左边柜子里。

他点了下头，刚要走，但停了步伐，笑着问道："那这个东西我放你柜子的抽屉里？林淮下次来应该不会翻吧？"

周意从镜子里看向他手上银色的盒子，好不容易平复的心情又乱了起来，她关了吹风机，默不作声地和段焰一起回了卧室。

两个人盯着两个抽屉思考，放哪个安全一点。

最后决定放最后一层的一个化妆品废盒子里。

段焰说："以后拿起来挺不方便的，要不给你换个床头柜？"

周意这个房子的床头柜不是常规款，是一个白色的北欧风小茶几，能放纸巾盒和遥控器。

见她羞得不行，段焰合上抽屉从后抱住她，哄着："宝宝，我是说真的，至少在这里我们要住挺久，明天我量下尺寸给你买一个，成吗？"

"嗯，你看着办吧。"

"那我去洗澡了？"

没一会儿，浴室里传来"哗啦啦"的流水声，周意关了客厅的灯，只留了卧室的一盏暖黄色壁灯。

外面的雨还在下。

她躺在床上一点睡意都没有，翻来覆去，望着身边空出来的位置心跳不自觉加快。

浴室里还飘散着刚刚周意洗澡留下的香味和一丝热气。

洗漱用品整齐地排放在洗手台上，牙刷杯是紫色的，牙刷是紫色的，挂在钩子上的一个毛茸茸的发箍也是紫色的。

段焰拨了拨那个毛茸茸的发箍，轻轻一笑，翻了翻柜子，找到周意多买的牙刷，随便抽了一支开始刷牙。

手撑着洗手台边缘，对着镜子刷得快速利落，漱口时余光却无意瞥到边上衣篮里周意换下的衣服。

段焰盯着看了一会儿，再回神，那颗蠢蠢欲动的心又不安分起来。

打开淋浴的一瞬，他忽然明白为什么有的人和女朋友过夜能一夜睡不着。

这搁谁谁能睡。

洗完后，他关了浴室灯走到卧室，周意盖着被子侧躺着，只露出半个脑袋，闭着眼睛，看起来像睡着了。

段焰摸索了一阵卧室的电灯开关，把那盏壁灯关了，整个房间顿时陷入一片黑暗。

假装睡着的周意睫毛颤了颤，下一刻，身后床榻微陷，他掀开被子躺了进来。

床是一米五的，两个人躺着多少要挨到一点，他刚洗完澡身上冰凉凉的，让人一激灵。

周意攥着被子的一角，心跳如擂鼓。

段焰拨了拨短硬的头发，还有点湿，没完全吹干。

他枕着一只手，另一只手拿着手机看，亮度是最高，一瞬间房间被手机的光充斥。他很快把亮度调下来，下意识看了眼身边的周意，怕影响到她。

周意背对着他睡的，一动不动，看起来睡得很安稳。

只是，盖这么严实不热吗？

第四章　人生的另一个阶段

219

段焰放下手机,轻手轻脚靠过去,帮周意稍稍拉下了点被子,隔着幽幽夜色,他的目光温柔地划过她的脸庞。

他没忍住,俯身轻轻在周意额角上落下一个吻。

"晚安。"他低声道。

周意脑海里有两个小人在打架,是要继续装睡还是恰到时宜地醒来?

他不是说……想抱她睡觉的吗?

她其实也想抱抱他。

周意咬了下唇,装作被他吵醒的样子,慢腾腾地翻了个身面向他,睫毛轻轻扑闪,睁开眼,看向近在咫尺的段焰。

被窝里,她伸手去牵他的手。

男人回温很快,就这么短暂的工夫,段焰身上就又是热热的了。

热得让人感觉心安。

段焰刚想拿手机,但紧接着掌心一软,他转过头,看到黑暗中周意浅浅的轮廓,轻声问道:"吵到你了?"

"没……没怎么睡着。"

她也不知道自己刚刚为什么要装睡,好像这样能避免一些尴尬,可明明心底是希望对方能识破这种小把戏的。

周意和他十指紧扣,另一只手去勾他的臂膀,人贴过去了点,轻靠他的肩。

她浅浅笑了一下,想着自己真幼稚,玩这种小女生的心思。

段焰反握紧她的手,放在掌心揉捏,想说点什么,但又不知道说什么。

良久,他说:"你卫生间里的衣服,我刚和我的一起扔洗衣机了,内衣……单独洗了,晾了。"

"……啊?其实不用的,我明天早上会洗的。"

"都一样。"

周意心口发热,脑海里自动跳出段焰在那边揉搓内衣的画面。感受到身边女人的娇羞,段焰翻身面朝她,一把揽住她的腰,手掌的温度穿过睡裙悉数落到周意的皮肤上,滚烫如山火。

段焰凑近她,唇对着唇问道:"困吗?"

他温热的气息搅乱了一夜宁静,周意说不困。

在小小的房间里,任何暧昧都可以被放肆进行。

四目交汇,两个人顺其自然地吻在了一起,轻缓又缠绵。

没一会儿,段焰用鼻尖蹭了蹭周意的鼻尖,微微勾了下嘴角。

"累一天了,赶紧睡觉。"他说。

周意把被子往下拉,停在他搭在她腰间的手那边。

段焰从后抱着她,两人怦怦跳动的心跳声在这个黑夜被无限放大,重叠在一起成为另一种甜言蜜语。

安静了好一会儿,呼吸均匀下来后,段焰问她:"这样抱着会不习惯吗?"

周意闭着眼,声音比之前更软了,带着点小宝宝的奶音。

她说:"不会。"

相反,她觉得后背贴着他的感觉很舒适,被圈着,暖暖的,还十分有安全感。

外面的雨又大了起来,拍打在玻璃上,如千军万马,浩瀚无垠。

在这样一个风雨飘摇的夜晚,这种幸福感和安稳感变得尤其突出。

这不是周意第一次这样觉得。

渐渐地,雨声听不见了。

周意一回首回到了多年前的那个银河倒泻的夏天,她在大雨中满心欢喜又忐忑地去见喜欢的人。

画面一转又回到此刻他抱着她睡觉的画面。

两种幸福感交织在一起,连梦都是香甜的。

段焰没睡着,一是出了汗不舒服,二是他始终喉咙很干。

确认周意睡着后,他轻手轻脚离开房间,怕吵到她,顺带关上了门。

冲完澡,段焰倒了杯水去阳台上吹风,他开了点窗户,风和雨齐刷刷往里飘。

底下街灯昏黄,整个城市宁静一片。

他深深吸了几口气,打算回卧室时,一抬眼,看到他洗了晾在阳台上的周意的内衣。

只一眼,那种燥热又涌了上来。

他低笑了声,呢喃道:"真要命。"

他回到卧室,上了床,刚躺下,周意翻身来找他,迷迷糊糊地说:"阿焰,不要走。"

他以为她醒了,试探着喊了几声名字,周意没反应,段焰这才放下心来。

已经凌晨四点多了,她要是再不睡一会儿,明天怎么熬得住。

隔着夜色,段焰侧头看周意,细细打量她的眉眼,搁在被窝底下的手牵住她的。

他轻轻道:"快点和我结婚好不好?"

回应他的是周意安稳的呼吸。

可能是他掌心的温度让周意很贪恋,她不自觉往他那边靠,大腿搁在了他的腿上,另一只手环过去,抱住了他,跟抱小熊玩偶似的。

段焰不敢动了,也彻底睡不着了。

第二天一早,闹钟还没响周意就醒了,身边没人,她看了眼时间七点五十五分。

她困得睁不开眼,只觉得身体像被车碾压过一样,提不起劲,干脆和人事发了个消息说请半天假,让人事帮她走下流程,然后关了八点整的闹钟。

她揉了揉太阳穴,撑着起床,她有点怕段焰已经去上班了。

不和她说一声就去上班的话,她心里会空落落的,但一出卧室就看到段焰在开放式厨房那边煎蛋。

周意提起的心像羽毛一样缓缓落下,她靠着卧室门边笑了下。

好一会儿,段焰才发现周意醒了,睡得脸有点肿,头发乱糟糟的,可偏偏裙子领口下垂,女人的性感若有似无。

他洗了洗手,朝她走去,把人抱起,问道:"我做了早餐,吃完再去上班?"

周意双腿夹着他的腰,像个挂件一样被他抱到餐桌那边。

但她还有点蒙,靠着他肩膀说:"上午不去了,想再睡会儿。你呢,你几点去上班?"

"八点半走。"

"嗯,怎么起那么早,不困吗?"

"没睡。"

段焰抱着她坐下,双手转而搂住她的腰,等稳固后抬手帮她整理头发。

他忍不住笑道:"跟只小狮子一样。"

周意笑,带着点孩子气说:"你又逗我。"

"真可爱。"

话落,段焰掰住她的下巴,亲了一口。

周意不太愿意:"没刷牙……"

"干净的,我宝宝哪儿都是香的。"

周意睡眼惺忪地看着他,无力地笑了。

一大早听这种甜言蜜语原来是这么开心的事情。

3. 心跳加速的夜晚

下午,周意一到公司就开了个会,她精神依旧不太好,想喝杯咖啡,却再一次想起段焰的叮嘱。

纠结了半天最后没点。

昨晚雨下了一整晚,天亮了才渐渐停歇,今天的温度骤然下降,时隔多年在这个季节回到南城,轻嗅一口空气,只觉得恍然如梦。

不仅仅是歌曲记载记忆,一个城市的季节味道也能令人心神摇晃。

周意处理完手头上的工作,站在落地窗前看了会雨后风景,忽地想起段焰说的请朋友吃饭。

她给陈佳琪发了微信,问最近是否有空。

陈佳琪回得很快,一个委屈表情包,说:你自从谈恋爱后就不和我说晚安了,哼。

她们上次聊天是周五陈佳琪说段焰直播那事儿,再上次是她和段焰在一起的那天她发微信告诉陈佳琪。

和以前比起来,频率低了很多。

周意有点儿心虚,和陈佳琪道了歉,问她要喝什么,给她点果汁喝。

随后,周意说了段焰的想法,那头的陈佳琪正在厕所带薪摸鱼,看着这个邀请哼唧两声。

她给周意发语音说:"算他识相,还知道请我吃饭。还有谁啊?"

周意说还有孙毅坚。

陈佳琪完全不记得有这样一号人物。

周意顺着话儿简单介绍了一下,有趣、游戏主播、段焰的高中好友。

陈佳琪:"帅吗?"

周意回想了下上次用段焰手机刷短视频时无意刷到孙毅坚的账号,通过那些照片可以看出,近十年,他变化不大。

见周意迟迟不回复,陈佳琪说:"算了,帅哥都花心。"

周意从这话听出点别样意思,也发了语音过去。

她问陈佳琪是不是想找男朋友。

陈佳琪和她一样,没谈过恋爱,虽然陈佳琪自己认识挺多帅哥的,却总是处成哥们儿,爱情的小火花冒不起来。

陈佳琪自己也不着急,一开始专注创业,去银行上班后清闲了点,开始乐呵呵地追星追剧,看到什么帅哥视频都会分享给她。就是因为陈佳琪的分享,她的短视频可能觉得她爱看,时不时推送一些擦边视频。

如果上回是用她手机打赌的话,她肯定就输了。

段焰又好像挺爱吃醋的……被他知道的话，会不会生气？

她还挺喜欢看他吃醋生气的，怪可爱的。

一想到段焰，周意就忍不住笑了。

陈佳琪发了两条六十秒的语音。

大约意思是她当然想找，只可惜找个对味的人太难了。

说周意饱汉不知饿汉饥，又问她和段焰进展到什么程度了。

闺蜜之间知无不言，不过上回车里那点事周意没说，她说不出口。

这一次周意含糊回答道：昨晚他在我那边过夜的，没发生什么。

一句过夜把蹲在马桶上的陈佳琪整得精神抖擞，她提起裤子就往外走，找了个安静的角落给周意打电话。

一接通，陈佳琪就说："时间紧迫，被老大发现在偷懒就惨了，挑重点回答。他到底行不行啊？"

周意说不出口，低低一笑，转了话题："你怎么像爱操心的大姐。"

"还不是因为你总是那么害羞。"

"其实我也没那么……"

"好了，挂了，有人来了。"

周意想说，其实她也没那么保守。

和段焰在一起后，她感觉一种渴望驱使着大脑，自己在一点点地沸腾。和他接吻、拥抱，甚至更深程度的，她也愿意……主动一点。

手机连环振动，陈佳琪发来十来个网址，是微信直接点进去时会提示危险的程度。

周意还是没看，红着耳朵找到段焰的微信给他发消息说陈佳琪近期有空，可以一起吃饭。

晚上，段焰没去她那儿，回了自己的住所，边和周意打电话，边收拾东西。

他打算周五晚上搬过去，回头有空再把房子打扫完还给房东。

周意侧躺在床上，面朝他昨晚睡的那边，手指蹭着他睡过的枕头套。

真奇怪，他只是睡了一晚，但是房间里和床上似乎都留下了他的味道。

周意问他有多少东西，她怕她这里放不下。

那头，段焰把衣服塞进行李箱，差不多正好一个二十四寸行李箱的量，有些旧的他直接扔了。

周意想起从前，他从前穿衣服挺潮的，现在好像简单了很多，全靠脸、身材和气质撑着。

她问他："你是不是不太买衣服啊？"

段焰说:"平常工作有队服,也就不需要那么多私服了,而且都没打算找对象,弄那么好看给谁看。"

她又问:"那你……高中那会儿打扮给谁看?"

"不为了谁,只是比较注重形象。"说起这个,段焰补充道,"我人生第一次为一个姑娘打扮,等她等了一天,结果那个姑娘以为我喜欢别人,赌气故意不来了。"

周意没忘,立刻想起那一天。

可是……她没和他说这个,他怎么知道的?

果然,她就知道。

"你看了日记。"

段焰心虚,不回答,只说:"你知不知道,后来给你吃的糖、饮料都是那天本来就准备好的。"

周意眉眼微扬,听他说从前的小事,两个人复盘,失而复得的愉悦让这些回忆起来都变成了糖。

也许,如愿以偿是人生最大的惊喜。

惊喜到足以原谅所有的过错,忘却曾经年年岁岁心里填不平的遗憾。

周五傍晚,周意没加班,到点就走了,到家的时候段焰正好到楼下。她换了鞋赶紧下去帮他搬东西。

东西是真不多,两个行李箱,一个背包,还有一些零碎。

段焰只让她拿了个背包,他推着行李箱,上台阶拎起都是轻轻松松的。

到了家里,周意给他摆拖鞋,帮他先一步把行李箱推进屋里。

那天下过雨后又返热了,段焰拎着T恤领口散热,走到空调底下对着吹,短硬的发间有汗流下,从侧面看,凸出的喉结滚动,下颚线分明。

他一来,好像整个房间都满了。

又是好几天没见,周意走过去,主动从侧面抱住了他。

两个人身上,一凉一热,形成强烈对比。

段焰抽出手,轻搭在周意肩上,试图把人扯开点。

他笑着说:"出汗了,不嫌我黏糊糊的啊?"

周意往他怀里靠,摇头:"想你。"

本来两个人晚上能约约会的,但是这周她又在加班,不过下周开始就不用了,公司基础事宜都敲定了,她也可以短暂地享受一下二人世界。

之前每次都是他叫她才说想你,好像从上回开始她就变了。

听周意主动说这些,总是能让他的神经兴奋。

段焰没再推开她，揽着她的肩膀拍了两下，低低道："以后不用想了，每天晚上都能见到我。"

周意笑笑，合上眼，神情舒缓。

她感受着他怀抱的温度，过了一会儿说："晚上还做饭吗？累不累？"

"不累，搬个家而已，能有多累。我不是让你买菜了吗，买好了吗？"

"买好了。"

"那就糖醋排骨、干锅花菜、裙带菜蛋花汤？"

"我都行。"

两个人抱着，吹得段焰身上汗都干了，怀里的人都没松开他的意思。

"怎么今天这么黏人？"他问。

周意说不出个所以然。

她觉得她确实有点变了。

什么时候开始，她觉得自己真成了小孩，一举一动都有人说可爱；什么时候开始，她看风看云都觉得心生愉快；又是什么时候开始，她变得越来越少女。

是不是真如网络鸡汤说的那样，和对的人在一起，两个人会像长不大的小孩，却又能相互扶持，成为对方的港湾。

段焰喜欢她的黏人，也不吝啬于表达出他的开心和喜欢。

他说："宝宝，你这样好可爱，我好喜欢。"

每次他压着声音叫宝宝时，她都酥酥麻麻的。

说着，他找到周意的唇，亲了下去。

她颤了颤睫毛，轻微的回应里都是顺从。

两个人在一起时间总是过得分外快，吃个饭闲聊几句已经快晚上十点。

好在明天是周末，不用早起，也暂时不用处理一些烦心事。

两个人静静坐在沙发上，周意屈着左腿，单手抱着膝盖，而另一只手被他握着。

电视上放着近期的搞笑综艺，没太看进去，但是里头的人笑他们也会跟着短促笑一声。

段焰有一下没一下地揉着她的手指骨。

头顶的小顶灯投射暖光，呈圆锥形状洒下，落在两人的头顶上，温暖缱绻。

外面万家灯火，底下街道车水马龙，一天的炎热迎来结尾，夜空稀疏的繁星被风拂动，难以形容的宁静在这个喧嚣的夜晚里破土而出。

综艺差不多到尾声，不太人道地在这个点还插了一段广告。

段焰没看了，扭头看向周意，握紧了下她的手说："我去洗碗，你要不要先去洗澡？"

"也行。"

周意站起来时他没松手，借着劲儿把人拉了回来。

段焰抬起眼皮，似笑非笑地看着周意，暗示道："还穿上回那件吗？"

周意口是心非地说不穿。

但段焰看清了，她进浴室时手里拿的睡衣还是上回那件，他靠着沙发轻轻笑着，摸了摸鼻子端起茶几上的水一饮而尽。

拉回这颗乱跳动的心的是桌上响起的手机，是孙毅坚的微信语音电话。

段焰接通后走到阳台上。

孙毅坚说："我等会儿直播，帮个忙，和我打两小时游戏，我缺素材。"

"今天没空。"

"得了吧，都要周末了，你能没空？"

"你找其他人去。"

孙毅坚不知道在和谁聊天，噼里啪啦敲着键盘，和段焰说："别人不行，还得是你，你那个消防宣传视频火了啊，别人顺着扒到我这里，连带着我都小火了一下，我得把短视频也支棱起来，多少是点钱。"

段焰自己都没去看过视频，有点怀疑："有那么火吗？"

"可不，老火了。你都好久没和我打游戏了，粉丝说想你呢。"

段焰靠着窗户，视线虚虚掠过底下的车，笑道："你直播还是我直播，今天真没空，忘了和你说，我搬周意这儿来了……"

孙毅坚那边的键盘声停顿了一下，问道："你媳妇儿不让你玩？"

"没说不让。不是，这种时候谁打游戏！"

"欸欸欸，美人在怀，那必须……"

段焰堵住他的话："乱想什么呢你，我是说搬过来第一晚打游戏合适吗？不知道我们有很多话要说？"

"求求你了，大哥大嫂，江湖救急啊，等会儿你把电话给周意，我求她。"

"别闹了，改天陪你打通宵。"

说着，段焰想起刚刚吃饭时他和周意商量着什么时候请朋友吃饭。

周日要接林淮来补习，那肯定不行，明天虽然有点赶，不过刚住一起请吃饭才显得更热闹。

他问孙毅坚:"明天有空吗?"

孙毅坚:"白天行,晚上不行。"

"那过来吃饭吧。"

"不来,就你会拒绝我?"

"你怎么跟个智障一样。"段焰说,"我和周意请你吃饭,还有她闺蜜。"

"几点?闺蜜好看不,结婚了不?"

段焰想起小时候的陈佳琪,勾了下唇,漫不经心道:"没结婚,挺好看。不过建议你收起那些心思。"

孙毅坚:"哎呀,这不是相亲一直失败,家里催得紧,非要我今年带一个回家嘛……"

段焰轻轻"啊"了声,慢悠悠地说:"我不太理解这个,恕我不能感同身受。"

"你就嘚瑟吧,等明天吃饭看我不把你往事掀个底朝天。"

段焰笑:"明天上午十一点,地址微信发你。"

他说完,挂了电话。

周意正好洗完出来,比上回快很多。

她没洗头,但发梢还是被水打湿了点,如海藻般贴着雪白的皮肤,双眸里含着雾气,像一枝被冰封的玫瑰。

她见段焰还没把碗洗好,理了理头发说:"我来洗吧,你去洗澡。"

两个人吃完饭都有点犯懒,颇有默契地决定晚点洗碗,说着笑着闹着就滚到了沙发上,天南海北地聊。

他说了很多大学和工作后的趣事。

大学因为出学校要打报告,又因为假期甚少,宿舍里的哥们儿一个个都被分手,大男人失恋个个都哭得七倒八歪,只有算不上真正失恋的他撑住了,说照顾醉酒的男人真累,还好他不怎么喜欢喝酒,酒量也还行。

又说刚工作时真如新闻说的那样,救援剪过一次戒指,还有更多奇奇怪怪的事。

酒足饭饱,和喜欢的人聊些趣事,身心得到了前所未有的放松和满足。

她再一次确定,这就是她要的生活。

周意走到厨房那儿,段焰也快步走了过来,站在她身侧,先周意一步拿起碗,没让她手沾到油水。

他边洗边解释道:"刚孙毅坚打电话,我和他说了明天来吃饭。"

"他有空?他不是要直播吗?不能断的那种。"

"他每天有时长，播够就行，一般下午或者晚上。"

周意靠着岛台边缘，拨开黏着皮肤的头发说："佳琪也答应了，那明天早点起来，我们去超市买菜？或者要更新鲜一点的菜的话我们去远一点的菜市场。"

"明天我去就行了，等会儿列个购物清单。陈佳琪有什么喜欢吃的吗？"

"她喜欢吃甜的，像今天的糖醋排骨就很好。"

段焰冲着碗上的泡沫："我看……是你喜欢吃吧。"

周意很少晚上吃这么多，只能说味道真的很好。

她笑笑："嗯，很喜欢。"

洗完最后一个盘子，段焰冲干净手，指尖带着湿漉漉的水珠，故意去逗周意，指腹快速扫过她的耳垂。

他说："别改天吃成了个小胖子。"

"胖了你就会不喜欢了吗？"

"喜欢啊，胖了更喜欢……"

周意含笑朝卧室走去，边走边说："我帮你拿衣服，你快去洗澡吧。"

傍晚时，一会儿的工夫周意就把段焰的衣服整理好了，她前一晚特意理出一格衣柜准备给他放衣服，但是他衣服不多，都没挂满。

唯一占空间的衣服是他那套蓝色的制服，剪裁利落，版型周正，他自己收得很好，一丝褶皱都没有，光看着都能感受到属于他们这个职业的庄重。

周意十分小心地给他挂好，边上挂着的是她的连衣裙，风格完全不同，却又莫名滋生出铁汉柔情的和谐。

周意把他的内裤和她的放一起，买的收内裤的格子盒，空了一半，他的放进来正好填满。

都是平角的，颜色都是黑灰偏多。

周意随手拿了一条，再给他拿了件T恤。

他说他没睡衣，夏天就直接穿T恤睡觉。

段焰洗澡没关门，他正在脱衣服，皮带扣解一半，伸出的一截皮带就这么翘着，裤子腰部边缘露出一点内裤边缘，贴着男人结实劲瘦的腰腹。

这是周意第一次见他光上身，腹肌线条流畅分明。

从前周意觉得男人的汗毛什么的很粗糙，没有美感，但是现在她却觉得性感。

每次抱他的时候,她就能感受到段焰的身材,哪儿都是硬邦邦的,但不是那种夸张的肌肉男,就如现在见到的这样,张弛有力。

周意不太自然地移开视线,把衣服给他放干净的衣篓上。

"给你放这儿?"

"嗯。"

"换下来的衣服明天洗,你别再帮我洗了。"

段焰笑了下,盯着周意红扑扑的脸蛋说:"怎么现在还脸红啊,不都看过了吗?"

周意不想和他扯,把浴室一关说:"你洗吧。"

周意再一次为这个夜晚感到心跳加速。

为了掩饰自己,她找了点事做,把客厅的灯和电视关了,把门反锁,开了阳台的窗户通风,又去喝了小半瓶冰水。

水没能冷却心里的炙热。

段焰这次洗得有点慢,慢到周意躺在床上等的时候悸动的心都被慢慢平复了。

本来这样的夜晚也没什么事情做,她一般就是刷刷短视频,做无聊的事情时时间总是过得飞快,一眨眼就到了要睡觉的时间。

周意侧躺着刷视频,陈佳琪大概这时候也在无聊刷视频,给她微信分享了个链接。

她点开一看,标题是:失恋了好难受,谁有帅哥腹肌的账号艾特我看看。

评论底下一堆艾特。

陈佳琪说点赞第一那个账号绝了。

周意点进去看了,都是自拍腹肌视频,确实很养眼。

她看完返回微信和陈佳琪说:还行。

看得正入神,周意没发现后面站着段焰。

段焰擦着头发,绝佳的视力全程目睹了自己女朋友夸赞别的男人的腹肌。

他舌尖勾了下上唇,快速擦了下头发,把毛巾一放,轻巧地从周意手中抽出手机。

"还行。"

他玩味地读着周意的回复。

周意却像被发现了什么羞耻的秘密,浑身一僵,反应过来后,伸手去覆盖手机屏幕。

"别看。"

"别看?"段焰晃了晃手机,好笑又低声问道,"你喜欢……看这些啊?"

看过一些,但看得不多。

所以周意没办法否认,却同时羞于承认。

段焰握着手机挤进周意的被窝里,周意不得不往边上退。

他身上带着清香和凉意,很舒服,但是贴在一起,很快被窝里升起一股湿烫的热气。

段焰没让她退太远,长臂穿过她的后脑勺,把人固定在怀里,又拿过边上的玩偶抱枕垫在周意的脑后。

他半靠着床头,右手搂着周意,左手拿着手机,竖在两个人面前。

他当着周意的面复制那条分享链接,再点进短视频,找到周意说还行的那个人的视频。

确实还行。

不过看打扮应该是个大学生,年轻着呢。

"喜欢吗?"他问。

周意听出他略有点酸的语气,她打量了一眼段焰的神色,像个被打翻的醋坛。

她笑了一下,靠在他怀里,手环着他的腰,小声解释道:"只是偶尔看看。"

"怪不得上次问我是不是一打开我的短视频都是好看的女孩儿,原来是你自己的打开都是帅哥啊。我要检查一下你手机。"

虽然是肯定的口吻,但是说检查手机时,他揽着她肩膀的手微微用力,低眸看向她,想征得她的同意。

周意是个在社交平台不发表任何评论和很少加关注的人,她想了想,没什么,于是点头。

段焰哼笑一声:"提前说好啊,如果被我发现你夸别的男人或者更夸张的,今晚我们分被睡。"

周意没忍住,笑了出来,她肩膀轻轻抖动。

她仰起头,好笑地看着段焰,抬手点了下他鼻子说:"怎么一直没发觉你的幼稚。"

"什么幼稚,我这叫越活越年轻。"

周意再一次被逗笑。

段焰咳了两声,点开她的关注,假意凶道:"还笑,不知道危险在降临?"

"好好好,那让我看看有什么危险。"

周意账号的关注者只有十几个,最新跳出来的是几个独居生活博主,中间的有电影赏析、旅游风景、萌宠等,但她最早关注的是海城气象、海城指挥学院、军事速递等。

段焰再一次想起上回林淮说的,她为他哭过好几次。

他的心沉了沉,双眸不动声色地移到周意身上,嗓音软了,问道:"一直想着我?"

周意现在回想起从前,不会再有那么多情绪,她笑着回答说:"嗯,想知道你那边是怎样的天气,学校是怎样的,你们平常做点什么,不过都是没什么热度的账号,十天半个月都不更新一次。"

段焰滚了滚喉结,压下心里头的涩意。

他故作轻松道:"嗯,关注列表我挺满意的。"

接着,他打开周意的喜欢列表,不多,十几个,大多数是音乐馆分享的音乐,都是些老歌,周意的收藏里是一些治愈系电影,她自己则是没发过一条短视频。

段焰随手划拉了几条推荐视频,然后像是终于找到了证据,把手机怼周意面前:"就喜欢男大学生?"

周意试图和他讲道理:"现在这个时代,一般发这种视频的都是大学生……"

"之前没想着找一个?"

"想过。"周意看他越来越吃醋,不逗他了,"和你说过的,陈佳琪给我介绍过男生,有年龄小的,但是哪这么容易合得来。"

"哦,对,你不说我都忘了,她还给你介绍过男朋友。她喜欢吃甜的是吧,那真对不住了,明天我大概只会做川菜。"

周意摸了摸他下巴,笑他:"你现在也挺像男大学生的,只有弟弟才会这么吃醋。"

"那你喜欢吗?"

"喜欢。"

段焰勾了下唇,满意地捏了捏周意的脸。

见她害羞,段焰把薄被给她盖上,鸵鸟找到了窝,立刻缩了进去。

他手覆盖在电灯开关上,说:"真睡觉了?"

"嗯。"

"啪嗒"一声，卧室陷入黑暗。

他又挤了过来，将人搂进怀里，像哄小孩似的拍着她的背。

说不上为什么，周意觉得被人抱着，十分安心，好似这是这个人永远爱你的证明。

第五章 稳稳的幸福

1. 这么多年，终于等到你

第二天早上，周意有点起不来，但因为约了孙毅坚和陈佳琪来吃饭，得去买菜。

段焰保持着规律的作息，早早起来洗漱，顺带还去楼下小跑了一圈，回来时周意还是那个睡姿，睡得很沉。

他简单冲了个澡，准备了鸡蛋吐司和热牛奶。

九点了，真的该起来了，不然等会儿朋友来了，只能请人吃空气。

他用洗手液洗了手，闻了闻，确定手上没油烟味后去叫周意起床。

"宝宝？"

段焰握着她的手，轻轻摇了两下。

周意哼了一声，奶音可爱。

段焰快被这种声音融化了，他摸了摸她脸："起床了，宝宝，我们得去买菜了。"

"几点了？"

"九点多了。"

"嗯……"周意吃力地睁开眼，没坚持几秒又合上了眼皮，"能不能让他们晚点来？"

段焰笑："那理由呢？"

周意不说话。

段焰掀开被子，把人抱了起来。周意软得没骨头，长发散在肩头，他不小心扯到,周意疼得立刻清醒了。

"头发……"

"啊?"

"你压到我头发了。"

"哦,哦,好了,不疼不疼,我摸摸。"

段焰揉着她脑袋,周意看看眼前的人,心里也软得一塌糊涂。

她伸手环住他脖子,靠了过去,说:"过一分钟起床,就一分钟。"

段焰抱着她,忍不住问道:"真有那么累?"

"嗯。"

"要不明天早上开始你跟着我去晨跑吧。你们女孩子不是最在意身材了吗,锻炼锻炼,能有好的新陈代谢,不容易发胖,也健康。"

自打高中毕业后,她就没好好锻炼过了,好在不太容易吃胖。

有一回公司里的女生流行健身,她也报了,跑步机上跑了十分钟,心跳太快,感觉下一秒就要猝死。

现在是真没体力跑步了,而人总是越懒越累。

周意拒绝道:"不想跑步。"

段焰:"那我陪你做点其他的,仰卧起坐、平板支撑这种呢?"

"不是……我不想锻炼,好累的。"

段焰笑了声,掐了一把她光滑的大腿:"行,我还有别的锻炼方式,反正床上运动也是运动。"

这逻辑不对,听得周意发笑,不轻不重地捶了他胸口一拳。

两个人去了上回去的那家大型超市,比较近一点,但路上周意一点儿精神都没有,几度睡了过去。

回家时,段焰摸着她的脸说:"等会儿陈佳琪来了,见到你这副样子,不知道的,还以为我怎么你了。"

上午十一点,陈佳琪和孙毅坚碰巧一起来,同时进了电梯,但谁也不认识谁,直到走到周意公寓门口两个人才恍然大悟。

都不是拘谨的人,互相惊讶地对视一眼,就唠了起来。

段焰菜做得差不多了,锅里炖着老母鸡汤。

他拍了拍孙毅坚肩膀让他先去坐,接着和矮孙毅坚一头的陈佳琪对上眼,他挑了下眉毛,回忆着这人小时候的样子。

陈佳琪把红酒塞给他,直接问道:"周意呢?"

段焰说了声谢谢,又指指房间:"在卧室和她弟打电话。"

陈佳琪换了鞋要去找周意,段焰掂量着红酒,叫住她,笑了下,再次道谢:"谢了,麻烦叫周意出来吃饭吧。"

陈佳琪比了个"OK"的手势。

卧室里,周意在问林淮这周的学习状态,又问他有了新手机周兰有没有说什么。

林淮说:"都很好,班里的同学好像都变了,大家都很努力。妈妈只问了句谁买的,我说你买的。"

见陈佳琪来了,周意和林淮确认了几句明天补习的事情就挂了。

而陈佳琪看见她的第一句话是:"你怎么看上去那么疲倦,你们昨晚星球大战吗?"

周意顿了下,摸了摸脸:"很明显?"

"感觉,是一种感觉。"

"……也不是那样。"

"那是哪样啊?"陈佳琪用肩膀挤她。

"反正不是你想的那样。"

"我想哪样啊?"

你一句我一句,两个人笑声交叠,段焰在厨房听得一清二楚,他也跟着笑。

孙毅坚坐在餐桌上,双手捧脸,像个少女似的,含情脉脉地看着段焰。

他说:"原来你还有这么温柔的笑容啊。"

话落,段焰的笑戛然而止,他瞥了孙毅坚一眼。

孙毅坚就爱挤对他:"哟,还会变脸呢,我说慕容段焰,楚意知道你真面目吗?"

段焰随手拿起一颗小青柠砸他:"能不能不玩这么老的梗。"

话还没说完,周意和陈佳琪正好走出来。

孙毅坚完全没有生疏感,哭天喊地地对周意说:"妹儿啊,你老公总是欺负我!"

几个人都被逗笑。周意和段焰对视了一眼,彼此心意相通,都觉得和朋友这样闹闹哄哄地吃一顿饭是俗气生活里的一次治愈。

段焰做了五个菜一个汤,都是南城特有的口味,周意不吃辣,就都没放辣椒。几个人里只有孙毅坚喜欢辣口的,所以清汤寡水的饭菜让他不太满意。

也不是真不满意。

孙毅坚拿筷子敲碗,叮当响,像个学龄前儿童。

他哼哼两声问周意："妹儿，你是不是不吃辣？"

长方形的餐桌，周意和段焰坐一侧，孙毅坚和陈佳琪坐一边，垂荡的简约吊灯光线静静流淌，照得桌上菜肴诱人精致。

周意夹起一块糖醋排骨，是她最喜欢的肋排，骨头和肉轻轻一咬就能分离，段焰炖了四十分钟，很软烂。

她抽了张纸巾擦完嘴后回答孙毅坚："嗯，我不会吃辣。"

"你呢？"孙毅坚扭头看向身边的陈佳琪。

陈佳琪说她也不喜欢吃辣，从小就不喜欢。

段焰则是可吃可不吃，不过到底还是更偏一点南城的口味。

孙毅坚说："嗐，那就只有我一个人喜欢吃辣子啊，我妈是四川人，我像她。"

没人问，但他主动分享，让其余话不多的人觉得自在许多，有时候吃饭就是需要有能说的在。

孙毅坚在桌底下踹段焰一脚："帮我搞点老干妈啊，让我蘸蘸。"

周意记得他们买了，在超市时段焰特意买的，还买了辣椒酱，他说有用。

现在看来是为了孙毅坚。

从前她总是为他的一些细枝末节感到温暖，即使对象不是她，如今看来，他依旧能让人臣服于他的温柔。

周意说："我们买了，我去给你拿，还有辣椒酱，要吗？"

孙毅坚忙点头，不停道谢，说："真好，还是弟妹好。"

段焰按下周意的肩膀，起身去拿，拧开盖子递给孙毅坚，表情不咸不淡，带着几丝微笑。

孙毅坚见惯了他这副模样，看今天他不捅他个底朝天。

他大刀阔斧地吃着，虽然辣椒酱是蘸的，但是抵不过好兄弟完美的"人妻"属性。

段焰做菜是真绝。

在孙毅坚印象里，段焰也是工作后学的做饭。

他不理解。

对他来说明明那么难的事情，怎么段焰一学就会。

做菜学得快就算了，高考分数出来的那会儿他和赵纪才是真震惊。

这人不仅学得好，还偷偷努力，简直就是跑步前说一起慢慢跑，然后先跑到终点的那个；说昨晚没复习，结果第二天满分的学生。

他和段焰高中才认识，对于段焰初中的事情，他不太了解。

男生交朋友从来不在乎对方以前到底怎样，处得来、够仗义就可以。

而且当时中考成绩是透明的，段焰分数真的很烂，一进学校就被刘宣平逮着教训。段焰自个儿从没说和刘宣平的特殊关系。

这些都是高中毕业后，他和赵纪掐着段焰脖子质问才得知的。

段焰解释得足够真诚，避开了被友谊抛弃的命运。

让他和赵纪同时觉得这个离谱的故事很爽的地方在于刘宣平吃瘪的样子。

听说高考分数出来后，校长找到刘宣平了解段焰的情况，一是好奇这个孩子怎么突飞猛进，二是忍不住夸刘宣平，一定是老师有耐心负责任，学生才有进步的空间。

可把刘宣平夸得怒不能怒、笑不想笑。

想起那段夸张又飞扬的时光，孙毅坚自顾自地笑了两声，抬头，瞧着眼前的人，都是青春里的面孔，现在能这样吃个饭，人生还有什么不知足。

他之前刷视频，有那种做文艺句子的视频，有一句话让他琢磨了很久——人生的意义是什么？人生的意义就是找寻人生的意义。

他想，自己身体健康，父母安乐，朋友相伴，这不就是人生的意义！

他一向有什么说什么，灌了几口啤酒后，问段焰和周意："今天有的是时间，来吧，说说你们的爱情史，我和这个妹儿洗耳恭听。"

这个"妹儿"指的是陈佳琪。

陈佳琪把他们的爱情故事背得滚瓜烂熟了，但乐意再听一遍。

两个人齐齐看向周意和段焰。

相反的，周意和段焰觉得没什么好说的，周意私下和陈佳琪该说的都说了，陈佳琪是一路见证过来的，而段焰不想当着面掰细节。

段焰挑挑眉，言简意赅道："水到渠成，有什么好说的？"

一听这话，孙毅坚来劲了，嘿嘿两声笑，对着周意说："弟妹，你是不知道他以前那个花痴样儿，跟唱戏似的，一会儿高兴了，一会儿不高兴了，以前他都不怎么碰手机的，你知道吗？认识你以后手机不离身，老是盯着看，那眼巴巴的样子像只狗狗。"

段焰哼笑一声："狗说谁呢？"

孙毅坚："说你。"

段焰朝他笑一声："别逼我扇你。"

孙毅坚："弟妹，你都听见了，我跟了他十九年，他对我一直这个死样子，我受够了。"

"刺啦"一声,孙毅坚猛地站起身,椅子和地面发出摩擦声。

他脸有点红了,看起来一点都经不起酒精的入侵,很容易上脸。

孙毅坚朝周意伸出手,周意没明白。

孙毅坚说:"你站起来。"

周意不知所措地站起来,刚伸出手,孙毅坚就一把握住,像领导人会面似的,郑重地抖了抖。

他字正腔圆地说:"从今以后我把他交给你了,你要好好珍惜他,他虽然有很多缺点,也改不掉,但是他有钱啊,为了钱忍忍,我这些年就是这么忍过来的。"

话音刚落,段焰拉回周意,把周意的手抽出来握在自己手里。

他看着有点上头的孙毅坚说:"他就这样,喝点酒就飘,偏偏还爱喝,不过酒品还行,不会疯,就是嘴不把门。"

孙毅坚伸出食指摇了摇:"才一瓶啤酒,哪儿到哪儿。"

四个人笑,暖色灯光下,淡淡的笑声此起彼伏,每个人的眼神都被灌了温柔月色。

大家天南海北地聊。

聊南城的发展,聊各自工作遇到的闹心事,聊算不上未来的未来计划,聊他们共同拥有过的青春。

什么是青春?

对孙毅坚而言是偷偷打游戏,段位一天比一天高,是课堂上的昏昏欲睡,是一场大汗淋漓的篮球。

对陈佳琪而言是无数个梦幻的言情故事,是女生结伴一起手拉手去厕所,是不断变美的过程。

对周意而言是干枯迷茫生活里突然出现的段焰,是因为这个人自己拥有过的各种心情,是这份感情衍生出的勇气。

对段焰而言是彼时尚在的外婆,是灯火温馨的家,是没有自我放弃的叛逆,还有那个像玫瑰、骄阳般的姑娘。

乍一回想起来,扑面而来的蓝天阳光,篮球在操场上掷地有声,林荫道下学生三五成群,日复一日却每天有着热烈的喜怒哀乐。

是以为少年会永不平庸。

喝醉了,又或许没有。

往事总是让人笑中带着沉默。

孙毅坚想到那个早逝的兄弟,眼角沁出眼泪,感慨了一句。

说赵纪如果还在就好了。

他和段焰私下聚餐两个人都会尽量避开深入赵纪的话题，但是他也是他们的青春。

都说每个人的青春有遗憾，但他们的这份遗憾太沉重了点。

段焰滚了下喉结，什么都没说，只是笑笑，悄无声息地把剩余的酒喝完了。

孙毅坚摸了把脸，突然想起什么似的，说："啊，对了，我看赵嘉的朋友圈，她好像最近要回来了。"

段焰没什么反应，周意和陈佳琪对视了一眼，在陈佳琪要吐槽时，周意抢先一步问道："她之前一直在国外？"

周意对赵嘉，各种情感糅在一起，奇怪到她自己都不知道该怎么形容。

没人会喜欢青春里那个情敌，哪怕段焰从未喜欢过她。

却又有点心疼她一路走来的坎坷，人生有太多不公平，他们的不公平还有挽回的余地，赵嘉没有。

与此同时，周意还对她有点好奇。

在周意曾经的想象中，那个可爱好看的女孩会和段焰这样的人如书中结尾那样，幸福快乐地生活在一起。当初听了段焰说的以后，周意又想，赵嘉会不会在外面的世界找到一条属于自己的路。

如果再年轻一点，她听到赵嘉过得不错，心里可能并不会太好受，她的心底住着位卑劣小人，不希望情敌比她好太多。

但人就是这么矛盾和奇怪，到了某个年纪，很多事情都不会在乎。

有时候会觉得，"得"比"失"更需要被记住，要平静地接受别人的优秀和好。

心平气和，坦然接受，顾好眼下，是这一两年周意悟出的心得。

这个时代有太多声音，太容易激起一个人的情绪，人可以为天感动、为地流泪，唯独不能让自己的情绪成为伤害别人的利剑。

陈佳琪这些年没太大变化，但她的情绪不会刺伤别人。

周意时常觉得，所谓真性情，大概就是如此，有话直说，同时温柔善良。

陈佳琪不喜欢赵嘉，提起赵嘉的话题，难免要唠叨几句。

但周意知道，对孙毅坚和段焰而言，赵嘉不是敏感的话题，他们和她有着一层特殊的关系。

哪怕她拿从前的事情假装生气质问段焰，两个人说笑着玩，她也能理解赵嘉的特殊。

孙毅坚喝了四五瓶啤酒，脑子有点转不过弯，想了好半天，回答说：

"对,她去了后就没回来过,我觉得挺好的,对我来说是个很靠谱的代购,价格贼便宜,还不要我运费。"

清奇的脑回路让三个人同时愣了一下。

孙毅坚接着说:"不过弟妹,别误会,只有我还和她联系,你老公没和她联系过的。"

喝醉了终于说了句人话。

段焰看他顺眼了点,贴心地给他又开了一瓶啤酒,推到他眼前:"喝吧,多喝酒,少说话。"

周意笑笑说:"那怎么突然回来了?"

孙毅坚:"你们不知道?"

周意和段焰对视了一眼,两个人都没明白。

孙毅坚说:"国庆后,正仁要举办校庆,建校几十年,头一回呢,给一些以前的学生发了邀请函,搞得贼像偶像剧,听说还有礼堂致辞。"

说着,孙毅坚好奇道:"你们两个分数至今无人超过的大学霸没收到?赵嘉都收到了。"

陈佳琪吃着打了个饱嗝儿,懒洋洋问道:"她为什么会收到?她是什么了不起的人物吗?"

孙毅坚:"那啥,人在美国嫁了个有钱人,做慈善,很体面,懂吧?"

魔幻。

又正常。

陈佳琪愣在那儿,周意也微微一顿。

转念一想,确实,这样的背景邀请过来很合适。

但周意想,除了正好有这个契机,赵嘉应该也同他们一样,怀念那个时候吧,那个时候父母哥哥都还在,她也有大好的年华。

周意问段焰:"你没收到吗?"

段焰回忆了一番,他平常不怎么网购,近期确实没快递,两个邮箱也没新邮件。

他笑:"请我干什么,我又不是什么人物。"

周意也笑,靠近他,用只有两个人能听到的声音说:"你在我心里很了不起。"

男人总是很容易被鼓舞膨胀,他咳了声,神情肉眼可见地骄傲起来。

"怎么了不起?"他低声问。

周意说:"你读书很好,职业很好,满身正气,是可以给学生带来正面影响的人。"

段焰听得舒服极了,握住周意的手,放在自个儿手里揉搓,淡声笑道:"人家不请我,我也没办法。"

孙毅坚瞧着两个人腻歪的样子,之前的恶寒又来了。

他摆摆手:"人家发的邀请函是请人来做演讲致辞的,像我们,只要是正仁毕业的,都可以去逛逛。"

说到回母校,陈佳琪忽然兴奋起来,摇着孙毅坚的手臂问:"国庆后的哪天?你们去吗?我想去欸,我毕业后都没回去过,明明那么近,想回去,却找不到理由回去。总觉得自己一个人走到学校那边很傻,不知道的还以为在演伤感青春的电影呢。"

这话没什么好笑的,但戳中了周意的笑点,她看着身边的段焰,眼神意有所指,憋了一会儿,最后还是忍不住说:"他之前回去过,说是,经常回去。"

不用解释,陈佳琪也能想到段焰回去是干什么。

她看着段焰,啧啧两声,说:"没看出来,你还挺文艺的,考什么军校,当初应该去上戏北影,痴情男主就找你演。"

段焰无奈一笑。

孙毅坚趁着这空当,翻出正仁的官方微博,置顶是校庆相关通知,10月12日,周日。

陈佳琪垮脸:"那天好像要调休吧。"

孙毅坚:"无所谓啦,我到时候停播一天,去瞅瞅。你们俩去吗?"

周意说:"想去。"

段焰说:"我陪她去。"

孙毅坚:"回头碰见赵嘉不尴尬啊?"

周意笑着轻轻摇头。

陈佳琪苦恼了一番:"欸,我到时候也和单位请个假吧,多难得的热闹机会,而且好浪漫啊。"

段焰对这个还好,但陈佳琪的一句好浪漫让他缓缓抬起眼皮,脑海中一个想法骤然闪过。

这顿饭吃了两小时,到最后喝酒和饮料喝饱了,鸡汤没人动。

段焰把孙毅坚这个酒鬼扶到沙发那边休息后,问陈佳琪要不要留下来吃晚饭,陈佳琪说都行。

吃饱了容易犯困,陈佳琪也想打盹,问能不能给她在客厅铺个瑜伽垫。

好歹是姑娘,段焰指了指卧室说:"你和周意去里头休息吧,我和他在外面。"

陈佳琪点点头,低头笑了会儿,难得认真地说:"谢谢了。"

段焰看她一眼:"怎么,不讨厌我了?"

陈佳琪叹口气:"以后指望你对周意好点呢,我待你好,你们感情才能和谐。就和丈母娘对女婿一个道理。"

段焰没说什么了,扭头去收拾餐桌上的残渣,周意把吃剩的骨头收得差不多了。

陈佳琪干站着也不好意思,主动去洗碗。

整理得差不多,陈佳琪先一步去房间休息。

成年人的体力啊,一顿饭就累了。

她忽然有点能理解周意了,拉过周意的抱枕很快睡了过去。

客厅里,周意双手环抱趴在桌上。

她看着段焰还在厨房那头忙东忙西,心里感慨经常锻炼的人体力就是好。

段焰尝了尝鸡汤,盛了小半碗,撇去油花,加了点盐调味,端到周意面前。

他说:"喝几口?"

"肚子撑。"

"乖,就喝几口,刚刚你饭没吃,菜就动了几口。"段焰摸着她的头,弯腰低声笑道,"汤就是熬给你喝的,喝了就有力气了。"

周意脑袋枕在臂弯上,浅笑着看他,说他像老一辈的人,只有那辈人才会有一点点这种强制却温暖的爱。

段焰说:"我外婆就这样,她要是还在,见到你,一定把你当亲孙女疼。"

周意想起爷爷,爷爷也疼她,悲伤藏在心底,关心夹在玩笑话中,同时内敛而深沉。

所以,他们也不是完全的苦难者。

只是年轻气盛,习惯忽略爱放大不被爱,非要声嘶力竭呐喊一场,仿佛这样才能找到自己缺失的一角。

长大后才发现,根本不能用"缺失"来形容,而是人拥有的只是一角。

周意喝完了汤,穿着牛仔裤很撑,她说要去换裙子睡觉。

段焰抱着她,逗她,摸她的肚子,说:"跟怀了个宝宝似的。"

"还不都是因为你,下次真的不能多吃。"

段焰的心思不在吃的上,他看了眼睡得很沉的孙毅坚,然后快速亲了下周意的脸颊，目光灼灼，带着点不冒犯的试探问道："你说，我们年纪也不小了，要生宝宝的话还是早点好，你有想过生孩子吗？"

这个时代，人们习惯把不婚不育挂嘴上，他都能理解，只是他还挺喜欢小孩的，如果是和周意的孩子，他一定会喜欢得疯掉。

话题来得突然，周意一时没想好怎么回答。

她反问段焰："你想要？"

"只是觉得该做点计划。"

"什么计划？"

"假如我们今年结婚，那么就得养身体，过完年你二十八岁了，我们奋斗一年争取怀上，二十九岁你就能生，趁着身体年轻，恢复会比较快，就不会那么吃力，我也努力赚点钱。假如没有要孩子的计划，那么可以把这两年的重心放在别处，嗯……比如，我们可以多出去旅行，虽然我不太方便老出去，不过会有机会的。"

周意想了想："会要的吧，我挺喜欢小孩的。"

"真的？"

看他的反应，周意知道他也喜欢小孩。

周意问他："你喜欢女孩还是男孩？"

段焰又亲了她一口："女孩可爱，男孩扛揍。"

周意找回刚才他话里的另一个重点，说："所以……你想今年就和我结婚？"

"嗯，你愿意吗？"

周意不回答，推开他，眉眼含笑，只说："我去休息了，你也休息一下。"

大概是九月中旬，段焰的邮箱跳出一封校庆邀请。

那天他正在组装床头柜，周意正开车回去接林淮过来补课。

他拍了张照给周意，正巧，邮件这时候跳了出来。

有点意外，又不怎么意外。

他截图给周意看，周意很快发来语音，开玩笑说他得准备致辞了。

段焰高中毕业后就没怎么写过东西了，《唐诗三百首》能记得十首就不错了，他让周意当幕后笔手，帮他写一份，毕竟她是干这行的。

周意开玩笑说得付费。

周意最近发现段焰把和林淮的关系处理得很好，也许是解开了小少年的心结，林淮来补课时神态总是很轻松，自然热切地和段焰打招呼，

第五章／稳稳的幸福

245

仿佛不存在十来年的年龄差。

补习完，四个人吃个饭聊个天，好的亲情同样治愈人心。

他们两个聊篮球、聊游戏、聊赛车，对于天生热忱的东西，人谈起时眉眼会放光。

或许这也是人生意义的一种。

除开娱乐，段焰给林淮推荐了一些书，都是小说。

林淮怕分散精力，段焰却笑着说："有恒心做好一件事就不会被分散精力，随意翻翻，指不定有用。也不用硬是从书中学到什么道理，有时候人生没什么道理可言。人的一生最后概括起来就只是一段故事罢了，但体会体会别人的人生，能找到属于自己的精神支柱和世界，会更明白自己要做什么。"

林淮认真点头，看段焰的眼神带着点崇拜。

当时于烟和周意坐在餐桌那边吃西瓜，段焰则和林淮倚坐在沙发地毯上闲聊。

听到段焰的话，周意还稍稍思考了一下，牙签在一块西瓜上戳了又戳。

于烟被西瓜甜得眯眼，她扬起笑容说："哥哥他从小就看很多书，很多，什么类型都有。"

周意笑了下："他自己爱看书还是家长强制的？"

"他妈妈鼓励的，嗯……姑姑是个没读过多少书但是很通透的人，没有她哥哥也不会这么优秀，没有她也没有现在的我。"于烟在机构见过各色家长，她说，"好的父母太重要了，他们的爱也太重要了，虽然谁也说不准到底什么是好的父母。"

周意轻轻附和。

被爱包围长大的人一定是很自信的，就像陈佳琪。

那她呢，她以后会成为好的母亲吗？

也许总有做得不好的地方，可看着段焰和林淮的相处，周意觉得段焰一定能承担孩子的教育问题，把孩子教得很好。

除了这方面，这段时间的同居给了周意很多很好的感受。

有人接她下班，或者等她回家，吃饭时聊聊生活琐事，上映什么新电影一起去看个夜场，偶尔因为都不想刷碗，便要求猜拳，然而只要她稍微撒撒娇就能不用洗碗。

他的爱足够坚定和包容，原来，一个人，真的能撑起一道屏障，创造出一个理想国度。

查普曼说爱是自然界的第二个太阳。

所以周意偶尔觉得，二十七岁也许才是她人生真正的开始。

当然生活在一起也有不太好的地方，比如，段焰在试着让她晨练，每次他早起锻炼就会叫醒她。

周意跟着跑了两三天，累得不行，晚上一回家几乎是倒头就睡，他精力充沛，总是要睡前和她打打闹闹。

周意有一回真生气了，在他手攀附上来时狠狠打掉，把人手背都打红了。

气氛寂静了一瞬，段焰不太明白她的火气，还没问呢，她强忍着委屈说：'我很累啊。'

把段焰弄得哭笑不得，哭吧，也还不至于，笑吧，显得不太道德。

他哄了老半天，直到他承诺不再强迫她锻炼身体了，周意心里才稍微舒服点，轻轻'嗯'了声。

2. 谢谢你愿意嫁给我

九月过得飞快，南城的初秋也来得很快，一场雨带来秋的气息，但国庆回温，热得人门都不想出。

那年也是这样，其实年年都这样。一个城市的气息味道也因此被固定，只要用力一嗅，往事就会随着风回来。

工作后，法定节假日是治疗人的良药。放假前两天周意和段焰计划出游，考虑他不方便去其他城市，觉得南城的旅游景点去逛逛也不错。

夜晚，段焰躺在床上，手枕在脑后，想了很久说：'要不去你家吧？'

一般都是谈个一两年才带回去见家长，不过没关系，他们的感情很稳定。

周意问他为什么要去。

段焰说：'想看看你以前生活的地方是什么样子，拜访下你父母，看看你的房间，即使他们再……还是要拜访一下。'

周意护肤完上了床，躺进他的怀抱里问他：'那你家呢，什么时候去？'

段焰滚了下喉咙，欲言又止地说：'有机会就去。'

周意没察觉到什么异样，转头幻想起国庆回家的样子。

小时候看着隔壁的哥哥姐姐带对象回家，每家都是很热闹的，表现出了对客人足够的欢迎。她害怕段焰得不到应有的尊重。

后来，周意给周兰打了通电话，是近几年难得主动的一通电话，不知道是不是她的错觉，周兰接起电话时声音有点颤抖，还有几分小心翼翼。

周意没多想，简单直白地说了下情况。

那头周兰的声音很快平静下来，说会去买点菜，房间也会打扫好。

周兰最后略显生涩地说："你爸爸也回来，到时候一家人吃个饭。"

周意沉默了一瞬说好。

国庆当天艳阳高照，南城的大桥堵了又堵，朋友圈里说到处的高架都堵死了，建议不要高峰期出行。

周意看到地图上大段的深红标志，和段焰说还好出门得早。

那栋空荡荡的乡下两层楼房，只有周兰和林淮两个人，周意他们的车开进来，有了人声，好似才有了点生气。

头回上门，段焰的紧张不言而喻，还找林淮打听过长辈的喜好，补品、护肤品、烟、酒堆满了后备箱。

周兰一见到段焰就喜出望外。

她对周意谈恋爱一无所知，是周意说要回来，和林淮吃饭时提起，林淮才说了一嘴，大概了解了一下，觉得是个靠谱的人。

没想到真人比林淮形容得还好，按照他们那辈的说法，个头高、面孔正，是个人中龙凤的苗子。

段焰拎着东西微微低头喊了声阿姨。

他拘谨恭顺的模样把周意逗笑了。

阳光下，他们脸上都带着笑，仿佛已经是一家人。

意识到这种氛围后，周意渐渐敛了笑，抬头望了眼天空，阳光刺眼，前尘往事又怎么会轻易地一笔勾销。

童年和青春期的痛苦是需要一辈子去治愈的。

可亲情真复杂，它爱中掺恨，恨中掺爱。

进了屋，周兰烧水泡茶，不知道聊什么，干笑着，打破局促氛围的是隔壁邻居。

这儿的习俗，谁带对象回来，大家就会去凑热闹，看看人，夸夸孩子。

来了几个大婶、奶奶，个个脸上带笑，视线往周意和段焰身上瞟，从头发丝夸到脚后跟。

怪不自在的。

又坚持坐了会儿，段焰问周意："去你房间看看？"

"好啊，我带你去。"

两个人并排走，背影很快消失在众人的视线里，但他们的声音不断灌进来，背影都能夸出个花来。

上楼，段焰说："不出半小时，整个村都知道我姓甚名谁家里有几亩地了。"

周意挽着他的手臂,轻轻笑着:"乡下不就这样嘛。"

"以前我外婆也这样,整个一八卦移动机器。"段焰顿了顿,"不过还行,就是要方圆十里都知道我是你老公才好。"

话音刚落,两个人撞上刚睡醒的林淮,林淮惊讶他们来这么早,挠了挠乱糟糟的头发说:"姐夫,玩几把?"

就这样,段焰没参观成房间,被林淮拉去打了游戏,周意玩不来,看他们厮杀猛烈也不太想参与,干脆看起林淮的假期作业。

没一会儿,底下人散了,没了声音,楼梯口传来周兰的脚步声,熟悉得不能再熟悉,每一个小孩从小就练就了这种听父母脚步声和车子声的本事。

周兰敲了敲门,示意周意出来,她有话说。

段焰注意到周意的情绪,朝她笑了下,拍拍她的腰背,示意她去。

周兰把周意叫去了她自个儿的房间里。

十来年过去,这栋房子哪儿都没改变,家具还是那些家具,陈设摆放还是那个位置,但是已经有了说不出的涩感,带着尘埃的味道。

周兰床头那处的后窗还是被大大小小的塑料袋挂着,光线晦暗,她把门关上后房间里的光源更少了,配着老式复古的深花色瓷砖,令人呼吸开始不顺畅。

直到,周兰打开了房间的大灯。

白炽灯灯罩里积了一层灰,但还是能照亮两个人的脸,所有的情绪都能被轻易捕捉。

周意看了周兰一眼,微微凹陷的眼窝褪去了她年轻时的盛气凌人,眼角的鱼尾纹像被揉皱了的纸。

老了很多。

周意回来的次数很少,但每一次回来都能很直观地看到周兰的变化。

要说不心软,不可能,所以她都不太愿意在这里过夜,也尽量少和周兰直面接触。

也许是预感到周兰这次要说的会让她产生动摇,在这个封闭的房间里,她无处可躲后不得不仔细地打量周兰。

周兰从电视柜的最底层抽屉里拿出个信封,驼色的信封边角发毛,折痕发白,一看就是被反复抚摸了无数次。

周兰从里面拿出一张银行卡,递给周意。

两个人的视线在半空中碰到,周意没太明白。

周兰轻轻抖了抖银行卡,淡声解释道:"这些年你打给我的钱,我没动。"

周意没动。

周兰继续道:"你们以后要结婚买房,用钱的地方多。"

她声音和多年前一样,带着丝尴尬的冷硬,像是迷路的小孩,试图找到出口,却早就迷失在了时光的地图里。

房间里空气不流通,闷得难受,周意深吸了一口气。

她咽了咽喉咙,搭在椅子上的手轻轻握紧。

她说:"不用,我说到做到。"

周兰忽地眼眶湿润了,压着颤抖的声线问道:"和我们断绝关系,说到做到?"

"我知道没有办法做到那种程度,但是我还记得我当时说的话。"

这一刻,周意发现她真的有了大人的虚伪。

她明明心里清楚周兰在和她示弱,但就像个放不下面子的大人,口是心非地对过往咬文嚼字。

也像个稚气的孩子,试着用决裂得到父母的道歉。

她不理解,有那么多时间让周兰反悔,为什么是现在。

是不是觉得她的人生开始了新的篇章,而他们之间也能翻到新的一页。

又或者,她从来没有真的狠下心和这个家断联,她一直在等周兰的一句对不起。

可真当这一刻来临时,她根本不知道怎么处理。

周兰望着女儿隐忍受伤的神态,短促地笑了两声,沧桑的声音让她的语调慢悠悠的。

她说:"我知道你恨我对你不好,只关心你弟弟,我知道那些话让你不舒服,但你要我怎么说……我没读过多少书,那时候年轻,火气大,也确实看重你弟弟,想着不都是这样的吗?"

周意懂。

不仅仅是周兰这样,外婆他们也重男轻女,周兰也是不被重视的那个。

大概是她还在读小学时,外婆突发疾病,即使再看不起女儿,最后侍奉照顾老人的还是女儿,一切理所应当。

不读书,不接受新的思想和信息就会变成这样,以为自己活在象牙塔,想也不想地接受了家族传承的观念,继续理所应当着。

周意都能懂,但她没有办法释怀。

周意不想再试着理解他们的思想了,她垂了垂眼,试图结束这场对话。

"钱不用还给我,也不用对我以后的人生负责,我们……像现在这样就好了,大家客客气气的,别让小淮为难就行。"

她要走,周兰却猛地拽住她的手。

不只是周兰的眼睛呈现年过半百的苍老,最明显的应该是她操劳几十年从未享受过的双手,皱巴巴的皮下仿佛没有肉,日光晒黑的皮肤上斑驳着几处长不好的烫伤。

"小意……妈妈和你道歉……"

周兰的手很快松开,又深深吸了口气,一五一十地说:"我也是这两年才想明白了,我现在不是要依靠你什么,也不是图你什么。以前家里穷,好在你爸工作稳定,就是总不回来,家里大大小小的事情都落我一个人头上,一会儿你弟弟生病了,一会儿你又病了,厂里请个假老板百般不愿意,你爷爷又什么都不懂。我也不知道那时候为什么要和别人说那种话,大概是为了面子吧。你从小那么乖那么聪明,我是真希望你出人头地为我分忧。"

周兰把银行卡塞进周意手里,继续道:"小淮长大了,懂事了,和我说了很多,我以前哪里听过这些。是妈妈对你不好,不懂你的青春期,不懂手心手背都是肉。不求以后你对我怎样,只想让你心里舒服点。小段是个靠谱的孩子,以前总想着自家孩子带人回来是什么样子,今天真带回来了,心里头有种说不出的难受,一想到以前对你不够好,就难受。"

年龄的增长可以软化一个人的脾气。

周意能感受到。

年轻时的周兰如凶悍的老虎,看谁都不顺眼,大嗓门,总是皱着眉。现在人老了,眉目和蔼了许多,仿佛看透了很多事情。

那张四四方方的银行卡卡在周意掌心里,硌得肉疼。

她背对着周兰。

时间一分一秒地过去,周意都没说一句话。

尘埃在空气中坠落,挂在墙上的钟表指针在嘀嘀嗒嗒地走。

很久很久,周意微微低下头,鼻翼轻轻扇动,眼泪一行接一行地流过面孔,顺着下巴落在地上。

她在段焰那边是小孩。

在这儿也是小孩。

一个怄气怄了十来年的孤单小孩。

等到了道歉,却没有预想中的那样开心。

如果当时吵架,周兰紧紧握住她的手和她说对不起,一切还能如旧吧。

周意收下了银行卡,抹去眼泪,尽量平静地说:"我是有买房的打算,确实需要用钱,就当是我问你借的吧。"

周兰见她收下了,笑了下,点了点头,也抹去自己的眼泪说:"马上中午了,等会儿下来吃饭,我给你们准备了小鸡炖蘑菇。"

她先周意一步出去,打开那扇门,光照了进来。

临近中午的阳光猛烈,呈一种灼目的白色,周意眯了眯眼,看不清前方的东西,也想不明白这算什么。

四个人简单吃了个午饭,早上起太早,吃完没一会儿周意犯困了,去楼上午睡。

周兰最近在做小工,吃完饭就出去了,把空间留给了年轻人。

段焰本来想陪周意躺一会儿,奈何林淮游戏瘾犯了,又拉着他打。

他笑林淮:"读书怕分心,打游戏就不怕分心了?"

林淮坦诚道:"一号打游戏,二号看书,后面做作业,我都安排好了。"

也确实没什么事情干,段焰陪林淮打了几小时。

下午四点多,林厚中回来了,院子里的狗叫个不停。

段焰这才惊讶地发现,周意家怎么还有只狗。

早上他来的时候安安静静,一点动静都没听到,而且这狗是自家的吗?怎么谁来都不叫,只在周意她爸回来时叫唤。

听到动静,段焰和林淮结束了游戏,去周意房间找她。

她早就醒了,被工作电话吵醒的,这会儿也恰巧处理完。

哭过又睡了一觉的眼睛红通通的,跟小兔子似的。

段焰靠着门框,双手抄在袋里,似笑非笑地看着她,问道:"是不是你爸回来了?我听到了男人的声音。"

周意合上笔记本电脑,说:"好像是吧,听说堵车了,所以回来得晚。"

"你家有狗?"

"啊,对,有一只,小淮养的。"

段焰走过去,伸出手蹭了蹭她发红的眼角:"头疼不疼?"

周意:"不疼。"

"刚刚又哭了?"

"没……"

上午和周兰说完后,段焰没问她说了什么,只是让她看他打游戏,搂着她,一点点教,一点点讲解。

她听不太进去,不过也没再胡思乱想。

吃完饭她去休息,他也没问。

到现在为止,他都没问。

段焰揽住她肩膀,按着她的脑袋往怀里压,他笑着说:"真像个小朋友。"

周意也笑:"还不都是因为你,要是不回来会这样吗?"

"是,都是我不好。"他轻笑着,岔开话题,"你家狗怎么一直叫啊,楼下来的真是你爸吗?为什么我来它不叫啊?"

那狗是她和周兰吵架后,有一天林淮不知道从哪儿抱来的,小小的林淮抱着一只黄色小狗说送给她。

她第一反应是被周兰知道了又要吵,简单几句打发了林淮。

林淮不愿意送走,和周兰闹了几句,周兰就同意留下了狗。

她其实还挺喜欢小动物的,那只小狗碰巧很乖很乖。

林淮见她这么喜欢,让她取名。

那会儿,因为喜欢一个人,世界上所有的小花小草在她心里都和他有关,于是她和林淮说:"就叫焰焰吧。"

是只母狗,所以林淮以为叫"艳艳",俗气了点,但是那时候的林淮只想周意开心。

高三很忙,她没时间照顾狗狗,只偶尔摸几下、喂点饭,是林淮掏心掏肺在喂养。

小狗长大后爱乱跑,怕它咬人,周兰就给圈养起来了。

当然,谁也不知道它为什么讨厌林厚中,每次林厚中回来它都得叫上老半天。

段焰好奇狗在哪儿,明明进来后连个狗影都没见过。

周意带他走到阳台上,走到爷爷房间那侧,指了指下面一个破旧的老屋。

老屋门口果然坐着一只黄色毛发的大狗,雄赳赳气昂昂地叫着。

段焰瞅了几眼评价道:"挺壮的。公的母的?"

"母的。"

"叫什么?"

周意"嗯"了声,不太自然地说道:"焰……焰。"

段焰以为自己听错了,靠着阳台栏杆,扭过头,用眼神示意周意再说一次。

周意解释道:"同音不同字。"

段焰被气笑，捏住她的脸："你以为我信？我把你当老婆，你把我当狗？"

晚饭也就那样，林厚中对过往置之不问，对段焰也没有多好奇关心，眯起那双和爷爷相似的眼睛说两个人挺好的。

但很奇怪，他却喜欢对周兰打理的这个家挑三拣四，觉得周兰新修的院子栅栏应该用什么木材而不是现在这样的，觉得周兰应该抽空把周意的房间重新装修一下，窗户怎么搞，地板怎么搞。

周意看着在那儿洗洗弄弄的周兰的背影，软下来的心让她不禁眼睛酸涩。

只是周兰的错吗？

不是的，一个家庭，每一个人都可以是刽子手，每一个人也都可以是蜜糖人。

晚霞从远处压来，似柔软的布帘，缓缓给这平凡的一天拉下帷幕。

段焰牵起周意的手说："出去散散步行吗？"

周兰闻言，赶紧说："对，你们出去走走，带小段走走，那边的小公园装了灯，晚上很亮很好看。"

周意没多说，带着段焰去附近的一个人工湖。

那里算是这儿唯一看得过去的景色。

但两个人刚离开院子，那边就爆发出周兰的一声"够了"。

段焰听到了，周意也听到了，邻里也听到了。

周意没有回头，她低头看了一眼脚上没什么美感的水晶拖鞋，神色安宁："你觉得我爸爸是怎样一个人？"

段焰想了想回答说："典型的老好人？"

"嗯，形容得挺准确的。"

"还有典型的甩手掌柜。"

"是，他是这样的。"

段焰笑笑说："每个家庭，各有各的不幸，也别想去改变，看开点。"

周意早就接受了，只是今天周兰和她说完那番话后她又忍不住站在周兰的角度替她辩解。

他们都是"思想"的受害人，做着以为正确的事情。

可就像那天段焰说的，人生哪有什么道理可言，什么思想是对？什么思想是错？全都是人定下的。

走了会儿，两个人走出了小道转入沿河的大路。

宽阔的河流早些年修了防泥土塌陷的堤坝，看起来规整干净，霞光洒在河面上，波光粼粼，沿路的人家冒着饭菜香气，偶尔有一辆自行车驶过去，铃声清脆悦耳。

周意看着两个人十指紧扣的手，再看看身边的人，心里宁静无比。

和喜欢的人走在自己眷恋的家乡小路上，把自己的童年摊开给他看，他陪你笑陪你哭，比任何誓言都动听。

周意浅浅吸了口气，淡雅的桂花香沁人心脾。

她问段焰："那你呢？你和你爸爸……我们要像现在这样去拜访一下他吗？"

这不是她第一次和段焰聊起家里的事情，偶尔晚上睡前聊天会顺其自然聊到很多人很多事。

段焰对她无话不说。

他这几年和段宏文没什么往来，有过几通电话，不过最后还是不欢而散。

读书时段宏文说他不务正业，工作后段宏文说他没有未来计划。

有一回，段焰躺在床上，望着天花板，长长叹息一声，轻笑着对周意说："你说，关心儿子要什么面子，而我……又在要什么面子。"

听说他爸身体一年不如一年，新老婆后面没生了，他同父异母的妹妹和他不熟，没往来。

高考结束那一年，段焰说他爸找过他，面对他的分数欲言又止几次，他以为会是个冰释前嫌的机会，没想到他爸最后说他胡闹，那女人煽风点火几句，最后不了了之。

段焰也有和她撒娇的时候，像个小孩。

他抱着她，把头埋在她胸口，说小时候多开心，爸爸多好，妈妈多好，说青春期虽然情绪撕裂得厉害，但朋友在身边。

而现在，她在身边。

只是人生的不同阶段都会有一些人离开。

就如周意一样，段焰很难定义亲情的爱恨。

只不过他们家和周意家又不太一样，周意家拼拼凑凑还能算一家人，他那边拼都拼不起来。

所以，他回周意："不去了，回头我带你去我家看看就行，段宏文那边去了也没什么意思，你妈好歹做一顿饭给我们吃呢，他大概话都憋不出几句。"

周意不想用什么亲情伦理劝他，点了点头。

段焰看着周边的景色,觉得这儿和外婆家很像,人间烟火的气息最是难得。

很快两个人走到那个人工湖边,确实装了很多地灯,还搞了个玩偶立在那边,写着"共建美好乡村"。

段焰说:"这儿还不错,饭后散散步挺好的。"

走上木桥,周意松了松两个人的手,掌心都是汗。

她靠着木头栏杆,擦了擦汗,说:"你第一次打我电话,我就是在这里接的。那会儿还没灯,很晚了,我记得,当时只有月亮,那天月色很好,就是蚊子多了点。"

段焰笑起来:"第一次?我毕业那个暑假?你还提呢,我都说得那么明显了,你语文白学那么好了。"

他点了点她鼻子。

旧账翻了无数次,周意都翻累了,她看他一眼:"你别让我又把话题扯到赵嘉身上。"

声音轻轻柔柔,内容却十分具有杀伤力。

段焰知道她,不是真计较,所以这个错他认了,被她说一辈子都行。

他站在她面前,双手撑在栏杆上,把人环在怀里,脸凑过去,鼻子对鼻子,用眼睛找她的视线,强迫她看着他。

他压着声音说:"校庆,赵嘉,到时候不会醋坛子都翻了吧?"

周围有人,周意推开他,故作嘱咐说:"那你自己把握好分寸。"

"那肯定的,她一直靠近我我就拿出训练的速度跑,保证她和我的间距时刻保持五十米。"

周意被逗笑,说他胡扯。

这一晚,月色温柔,湖水清澈,晚风捎来心跳声,他轻轻吻了一下周意,说:"这么多年,终于等到你。"

听得周意心发麻。

3. 有个归宿

晚上,两个人洗漱完打算早点睡,在关门时,林淮的手卡进来,问段焰打不打游戏。

段焰看着个头和他差不多的林淮,寻思着大舅子都十八岁了,真一点都不懂吗?

他盯了林淮一会儿,挑眉暗示道:"你姐累了,我帮她按按腿,你自己玩吧。"

周意洗了头，家里的洗发水十年如一日，还是那个牌子那个味道。

她扶着包裹头发的毛巾，穿着高中那会儿的睡裙站在柜子前拨弄收音机。

段焰锁了门，还用力拉了两下，确认锁没坏，或者不会被轻易打开。

巨大的动静让周意不得不看过去："你干什么呢？"

"看看锁坏没。"

"刚刚没坏，你这么一弄就得坏了。这是老式的锁，几十年了，不牢了，你别用你工作上的劲去弄它呀。"

段焰看着她穿着学生时期的直筒卡通睡衣扬了下眉毛。

房间里二十多年的收音机还能运作，频道是陪伴周意度过了璀璨年华的1017，这会儿是黄金档节目。

主持人还是那两个熟悉的人，他们的声音从未变过。

周意擦了擦头发，把毛巾放下来。

段焰习惯性去拿吹风机，插上电，站在她身后给她吹头发。

周意有个不好的习惯，她有时候累，犯懒，洗完头就喜欢裹着，等到要睡了，才不得不去吹干头发。

被他撞见好几次，慢慢地，就变成了他给她吹头发。

女人的头发像海藻，又细又软，热风拂过，周意安静坐着的样子像只小猫。

他告诉周意，他觉得挺有趣的，看着头发一点点蓬松开，特别有成就感。

可能是他从小到大没怎么用过吹风机。

这是很小的事情，周意默认男人会没多少耐心。

但是后来的每一次都变成了他帮她吹。

在和他生活的日子里，周意对"好的伴侣"的认知越发清晰。

好的伴侣应该是足够温柔耐心、脾气稳定、说到做到。

两个人在一起在经济上可以没那么富足，但至少互相给予的精神世界得是丰富的。

吹风机嗡嗡响，周意看着镜子里的两个人，还是觉得这一天真不现实。

她曾坐在这个房间里一遍又一遍地想念他，而现在他就在这里。

吹得差不多了，段焰摸了摸她的脑袋，拔下吹风机将线绕好放到原来的位置。

他拨了拨收音机的音量，调高了两格。

里头在放最近的新歌，旋律挺好听的，但周意不知道是什么歌。

段焰一把抱起她。

等周意回过神，她已经跌落进柔软的床铺，他的吻悉数落下。

她看见后窗没拉紧的窗帘缝隙里有一抹月色。

校庆那天，其实也是很平凡的一天。

秋老虎过后，南城迎来早晚大温差的时节，空气中隐隐约约有了几丝凉意。

周意正好这天有两个线上会议要开，请不了假。

她有点遗憾不能看段焰上台发言，也有点遗憾不能趁这个机会回正仁走走，拜访一下曾经的恩师。

一个好的老师真的能影响人的一生。

这天早晨，段焰没早起锻炼，周意醒来时他正懒洋洋地靠着床头玩手机。

两个人窝在床上亲热了会儿，闹钟无情响起时周意很果断地起床。

她很少赖床。

从某种意义上来说，两个人还挺像的。

周意习惯性地拉开窗帘，打开窗户呼吸了几口新鲜空气。

秋天来得猝不及防，晨光间晕着淡淡的雾气，湿漉漉的迷人眼。

周意靠着窗户，伸手感受了一下，没一会儿，指尖上覆盖了一层水雾。

她还穿着夏天的睡裙，在晨曦里肤白透亮，长发慵懒地垂在肩侧，刚睡醒的眉眼毫无攻击力，还带着几分少女的天真。

窗外风景如画，人更甚画。

周意观赏了会儿，回头对段焰说："每年都这样，国庆一过，时间就变得格外快。"

就像那时候，她记忆最深的还是刚和他认识接触那段时间，后来的相处在记忆里总是模模糊糊的。

又是多少年，她没再看过喜欢的跨年演唱会，也没了最喜欢的明星。

段焰支起身子，屈起右腿，右手搁在膝盖上，笑盈盈地看着周意。

好似都这样。

高中毕业后，一年过得比一年快，工作后更是很难分清时间。

有时候他也不太敢相信，一转眼他都已经二十八岁了。马上到而立之年，而自己根本没达到想象中这个年纪的成熟。

周意关上窗，撸了撸手臂，提醒段焰说："听说晚上要下雨，外头有点凉,你记得带件外套。"

段焰朝周意伸出手,周意走过去,把手放进他掌心。

段焰揉搓着她的手,说:"今天穿西装。"

搬过来时,他的衣服都是她收的,那套西装她放在了蓝色制服边上,周意有印象,因为这是他为数不多的正装。

只是……

"因为要上台讲话所以穿西装?"周意笑着问。

"是啊,不得正式点。"

段焰亲了亲她手背,继续说道:"等会儿还得再背背稿子,你写得太长了,我现在记忆力没以前好,背起来真费劲。"

这是他今天没起来锻炼的原因,昨晚背了一晚上。

周意当他的检查老师,一来二去,根本没记下来多少。

他看起来不是很着急,周意就没想真管他。

稿子只是让心里打个底,她才不信他真上了台一句都说不出来,指不定说得比她写的稿子还要好。

只不过多好的一次机会,她不能和他一起。

周意问他:"到时候让孙毅坚录个视频给我看看?"

"行啊。"

段焰知道她想去,奈何工作不能推辞,他笑着把人揽入怀中,说:"你先上班,晚上我接你去学校走走。"

"晚上?"

"你不是想进学校吗?晚上也能进,就我们两个,走走。"

"可是好像要下雨欸……"

"怕什么,又不是没淋过。"

周意和他相视一笑。

那会儿真是疯狂肆意的十七八岁。

周意比他先一步出门,临走前靠在门那边柔柔笑着,让段焰记得把碗洗一下,把衣服晾一下。

段焰在刷牙,只穿了条白色的运动短裤,他鼓着一嘴的泡沫冲她点了下头。

人一走,他快速折回浴室,吐了牙膏泡沫,捧起一汪水快速揉搓了几下脸,换上衣服出门。车子离开小区时,段焰给孙毅坚打了个电话。

生怕这人在关键时候掉链子。

那头孙毅坚被玫瑰花扎得嗷嗷叫,一接电话就哭喊道:"你买的时候就不能给商家提个要求?不能去刺?你们的爱情拿我的鲜血祭奠?"

段焰:"……吉利日子不要说这种话。"

孙毅坚无语。

从前怎么不见他信这些。

不过算是苦尽甘来。

孙毅坚捏了一枝红玫瑰闻了闻,说:"还挺香的,也够新鲜,但到晚上会不会就蔫儿了?"

段焰说:"拍个照给我看看,你多浇点水,实在不行把空调打上。"

孙毅坚站在段焰家老房子的房间里,看着满地的玫瑰发愣,已经摆了两小时了,才搞了一点点。

别说周意了,他一个大男人看了都心动。

孙毅坚提醒段焰:"今天天气还比较凉快,说是晚上会下雨,你其他东西没出错吧?"

"没,我现在去队里拿戒指。"

挂了电话,段焰找到陈佳琪的电话,拨了过去,那头陈佳琪也是咬牙切齿,一接通就说:"你不是说只有三车吗?为什么是五车啊?"

段焰:"临时加了点,怕到时候不够。"

陈佳琪:"可是到时候下雨能放吗?"

"大雨不行,小雨没事。"

陈佳琪站在江岸的边界线上,晒了一早晨,联系着烟火师傅,还要确定摆放位置,联系好专人来点放。

这是段焰的求婚计划。

他和他们两个计划时,特意挑了个周意加班的晚上,三个人展开了三小时的语音通话。

孙毅坚觉得红玫瑰俗气,陈佳琪觉得烟花浪费。

陈佳琪让孙毅坚想点不俗气的花去,孙毅坚让陈佳琪学偶像剧那套,在雨中吃牛排去。

段焰听得头皮发麻,问他们:"真那么俗不可耐吗?"

两人异口同声:"有点儿吧。"

段焰说:"可周意最喜欢红玫瑰,烟花和夜晚比较搭。"

争论了一番,孙毅坚和陈佳琪最后说随你,反正现在应该没人比他更懂周意。

红玫瑰选的是卡罗拉,提前了小半个月从花都订的,烟花托关系几经辗转找到某乐园的同款,价格贵了点,但是就浪漫这一回,所以值得。

而戒指他看了很久做了很多功课，最后也是托关系进了一个品牌内部，订购了一款限定款。

他买下的时候一度想，知道了价格周意会不会和他吵架，怪他浪费。

他甚至都想好了应付未来老婆骂他的说辞。

为了不被周意提前发现，邮寄地址给的是队里的地址，巧的是戒指昨天正好到。

段焰到队里时轻轻呼出一口气，还没到关键时候呢，他就有点紧张了。

支队里的人正在训练，段焰瞧了一眼三两步上了楼，一进自个儿办公室就看到桌上放着一份快递。

快速拆开，里头包装不是一般的华丽。

他把盒子和相关包装塞在了柜子里，把戒指和戒指盒揣在了西装口袋里。

支队长正好路过他办公室，看他拆快递，停了脚步，敲了两声门问道："今天你不是调班了吗？怎么来了？"

段焰清理了桌面快递垃圾，笑着说："来拿我的求婚戒指。"

支队长一愣，微微笑了下："看来……我们很快要喝喜酒了。"

"快了，年后吧。我先走了。"

段焰回到车上，从口袋里把戒指盒拿出来，看了又看。

虽然他欣赏不来钻石的美，但是网上都说了，越大越好。

而且周意的手那么美，戴这种应该会很好看。

他还请设计师在戒指内里刻了字，是两个人名字的缩写。

想当初他还误会周意那枚戒指是她的结婚戒指，没想过，这么快，他就能给周意真的结婚戒指。

属于他们两个人的结婚戒指。

确认一切无误后，他开车回了正仁。

如周意一样，他也有点可惜，这样晴朗舒适的天气，两个人没办法一起慢悠悠地走进校园。

学校里挂了横幅，绑了气球，长廊展示柜里摆满了学校的荣誉，还有几十年来学校培育出的优秀人才。

有他，也有周意。

他上回问了一个老师，怎么没邀请周意，学校就请了五个人，从社会发展的各个部分来给同学做演讲，于是没挨上周意。

周意知道后并没有失望，也没太多想法，她对这个似乎不是很感兴趣。

展示柜里，因为他们当年是前后两年的第一，所以学生照挨在一起。

段焰拍了下来,想发给周意看,但转念一想,晚上带她来让她自己看更惊喜。

下午一点,学校礼堂坐满了学生,段焰站在后台等上去时,左肩膀轻轻被人拍了一下。

他回头一看,是多年不联系的赵嘉。

周意在公司那头会议一个接一个,一开始就是两三小时。

彻底结束时不算晚,下午四点多,正是傍晚最绚丽的时候,火烧云连绵千里,通红的云彩从落地窗漫入,周意站在窗前观赏了会儿,拍下照片给段焰看。

她一直觉得自己不是个话多的人,分享欲也不强烈。和陈佳琪在一起,更多是陈佳琪在说。

陈佳琪曾说过,好的友谊,就得有一个是话痨,有一个做聆听者。

可放到爱情里,完全不是这样。

回到家和段焰一起吃饭,她乐意把每一天生活中的小事都分享给他。开车去上班路上看到的小猫、忽然卷来的风云、同事们点的奶茶,偶尔,别人分给她的东西,她会想着留着带回去给他。

两个人在一起,分享是无比重要的事情。

同时她也是那个聆听者。

段焰的生活比她要精彩许多,他队里那些队员似乎每天都有趣事,而他本身也很有情趣,看到紫色的、可爱的东西都会问她要不要。

她通常拒绝得多,有时候他觉得那东西实在可爱,会擅自给她买回来。紫色的发夹,紫色的卡通水壶,紫色的……内衣。

他一点都不吝啬他的夸奖,偶尔她会有负能量的一面,抱怨一些工作上的烦心事,他总是能找到清奇的角度开解她,帮助她一点点重新建立勇气。

就如多年前的那个夜晚,他帮她找到了一条属于她自己的路。

他也会有这样消极的时刻,但是他比周意能忍许多。

但是他不好的情绪她又很容易察觉,要问很久,他才愿意吐露只言片语,不过话题打开后,他一通倾诉后心情好了,会抱着她问怎么解决,脸上的沉默神色被往日一贯的笑容代替。

周意不知道自己哪来的大道理,每次安慰他,总会莫名其妙蹦出一堆。道理没什么用,但可贵在有这么一个人愿意去理解你、安慰你。

她见过身边太多的人分分合合,网络上快餐式的爱情更是数不胜数,也曾为两个人的快节奏担心，怕现在的一切都是新鲜感。

但是她很难和别人去形容这种一拍即合的感觉。

当对的人出现，上天就会用这种感觉提示你。

不是一见钟情那么简单，它包含了世俗的一切，恋爱的心跳、灵魂的共鸣、生活的契合。

周意发完照片，看着今天段焰安静的微信觉得有点奇怪。

回了正仁，一点想说的都没有吗？

她给段焰发了个消息，问他结束了吗？她准备开车去正仁。

周意去了趟洗手间，回来拎上包准备下班，微信上还是没任何动静。

她等电梯时给孙毅坚发了个消息，问他今天怎么样，然后又发了个消息给陈佳琪。

奇怪的是，三个人像失踪了一样。

故事做太多的后果是，在这种时候很容易脑补不好的事情。

周意开车开到一半才收到回信，巧的是三个人几乎同时回的，她直接打了段焰的电话。

那头的段焰呼吸急促，似乎在刻意地让自己平静下来。

周意："你怎么现在才回消息啊？你……出任务去了？"

"没……刚有点事儿。"

"我在路上，你还在正仁吗？"

"在，刚和校长聊天儿，你还有多久到？我到停车场那边接你吧。"

周意听着他的声音，迟疑道："你今天……好像有点奇怪啊。"

那头段焰愣了一下，笑道："哪儿奇怪了？今天有点忙，回得不及时，等你来了我和你细说。对了，饿不饿？等会儿我们一起去吃饭？"

周意之前一个人生活，吃饭并不规律，但好几年的生活习惯，在短短一个多月就被纠正了。

消耗了一天，这个点确实有点饿了。

周意问他："吃什么？"

段焰似乎早就想好了，说："带你去我以前常和孙毅坚他们去的那家炒饭店，还开着呢。"

周意说："好啊。"

她以前和陈佳琪去过几次，那会儿是为了偶遇段焰他们。

没想到，十来年过去，居然还在。

段焰说："你快到了打我电话，现在专心开车。我等你。"

最后三个字他声音压得很低。

沿路的云彩似簇拥在一起的锦缎，万里霞光随着日暮一点点西沉，空气里多了几分初秋的清爽凉意。

周意开了点车窗，清新的空气灌入鼻腔，混着段焰低柔的声音，这个黄昏变得异常温柔缠绵。

周意轻轻一笑，应了声"好"。

正仁那边如段焰之前所说，改变很大。

一驶入曾经每天等公交车的街道，站台还是那个站台，边上的店铺增加了几家新的，小女生爱去的饰品店改成了运动鞋鞋店，转入学校的小路口，两侧的梧桐树壮硕不少。

正是学生放学的时候，人流量不少。

他们穿着正仁改版的校服，短袖上衣干净青春，女生手挽着手并肩走，男生手里拿着校服外套，说说笑笑。

周意开得有点慢，路过网吧的小巷子口时她的视线多停留了几秒。

那盏耀眼的壁灯还在，门口的帘子被绳子拴在两侧，换了招牌，看起来正式不少。

迎着夕阳的光，周意不知怎的，心短暂地快跳了一下。

再往前就是学校了，校门口那块荒地早就被筑成了宽阔干净的柏油马路，一路延展，通往不知名的地方。

周意给段焰打了个电话，边打边找他说的停车场。

车进不去学校，但是听他那意思应该附近有停车的地方。

段焰很快接通，说在学校南边，再开过去点就能看见。

周意没一会儿就找到了停车的地方，车就停在段焰的车边上。

刚停完，她一转身就看到不远处有个人朝她走来。

这是周意第一次看他穿衬衫。

他皮肤没少年时白，但也不算黑，比起少年的润朗，现在的他哪儿哪儿都透着几分成熟男人的英俊硬朗。

白衬衫领口处松了两颗扣子，露出一小片皮肤，袖口被他挽起，露出一截小臂，手臂上凸起的青筋延到手背，骨节分明的手握着西装外套。

随意散漫又携着独属于男人的清俊味儿。

夕阳下，他轮廓分明，眼梢带笑，一步朝她走去。

地上的影子被拉得很长。

周意抬手搁在额头那儿挡阳光，也朝他走去。

碰到一起，周意刚想夸他几句穿正装好看，但被段焰截了话，他先开了口。

他牵起她的手，让她走在自己的左手边，高挺的身躯帮她挡去了一点点阳光。

他说："以为你要到六七点才能下班，是开完会就过来了？路上没堵车吧？"

周意摇头："走的时候还没到下班高峰期，忙完事就过来了。你呢，你今天顺利吗？你怎么都没给我发信息？"

段焰习惯性摸了下鼻子，磕巴解释道："我也挺忙的今天，一会儿和那个老师聊，一会儿被那个老师找，还得抽空再把演讲稿背一遍。"

"老师？刘……他找你吗？"

段焰："没有啊，他找我干什么。"

印象中，周意觉得段焰对这儿应该是没什么感情的，但可能长大了，很多人很多事并不是非黑即白的。

周意问："那陈佳琪他们呢？"

段焰说："他们玩够了，回去了，没和你说吗？"

"都走了？"

"学校里人走得差不多了，毕竟放学了。"

"那我们进去真没关系吗？"

"没事啊，还有人在那边打篮球呢，现在学校半开放，晚上八点后才真闭校。"

说着，两个人没一会儿就走到了正门口。

正仁是个很普通的中学，正门并没有多气派，只是简单的大门和一道侧门，保安亭里守着人员进出的还是那个大爷。

段焰朝大爷点了下头，两个人就十分顺利地走了进去。

周意朝保安亭多看了几眼，和段焰说："还是那个大爷啊，不过老了一些。"

"放心吧，人家身子骨硬朗得很。"

"你怎么知道？"

"刚等你的时候聊了几句。"

周意看他一眼，笑道："你今天聊过的人不少啊。有遇见以前的同学吗？"

话音刚落，映入周意眼帘的是梦里那条林荫道。

金色的夕阳包裹着每一棵梧桐树，成片的树荫交织在一起，清风穿过，树叶响动，周意耳边的发顺着风飘起。

第五章 / 稳稳的幸福

她不由得一怔，脸上的笑渐渐敛起，琥珀色的瞳仁深邃闪动，瞳仁里浮现的是十年前的自己。

她在这条林荫道里来来去去，背过令人头疼的单词诗句，和陈佳琪手挽着手享受过中午的阳光，偷偷跟在段焰他们后面看着他的背影独自开心。

周意走得很慢很慢，慢到段焰都察觉出了她在想什么。

他问她："是不是觉得恍然如梦？"

"是啊，那是我人生最努力的时候，是觉得努力就能开始新人生的时候。"

段焰握紧她的手："就猜到你回来了会感触良多。"

周意："你呢，你不会有这种感觉吗？"

"我回来得勤，还好。我先带你去见见校长和老师，等会儿再去吃饭？他们说想见你来着。"

周意低头看了眼两个人十指紧扣的手，她也回握住段焰的。

她说："好啊。"

前面有一对学生，一男一女，似并排着又似没有，女生长马尾杏仁眼，低着头，双颊微红，男生高高瘦瘦，五官俊朗。

擦肩而过时，周意听到男生问女生要不要喝奶茶，女生很轻很轻地说好啊。

周意重新扬起笑容，很淡，如春风拂过。

穿过这条熟悉的林荫道，墙面重刷过的教学楼完整地呈现在眼前。

从前墙面颜色是白色的，现在成了淡橘色，有说不上的熟悉感，也有说不来的陌生感。

长廊还是那个长廊，小卖部装修了一番，现在这个时候，还有几个刚打完篮球的男生站在门口喝水。

段焰指了指长廊，说："给你看个东西。"

两个人挨在一起的两寸照片，都是十年前的样子。

周意记得，那是他饭卡上的照片，那会儿他眉眼还不够硬朗，略显青涩，头发比现在的还要长点，微微抬着下巴，双眸冷淡。

周意问他："你这个是什么时候拍的啊？我记得高考不是会重新拍照片吗？学校怎么不用你高考的照片啊？"

段焰："高一入学拍的，不知道他们，可能是只找到了这张照片吧，看着怪傻的。你那时候倒是很好看。"

黑亮的马尾长发,清秀温婉的五官,双眸似清泉,坚韧清澈。

周意今天穿得比较职业,杏色的长袖长款衬衫连衣裙,头发盘起,露出一截白皙纤细的脖颈。

残阳下,她的头发是淡淡的棕色。

纤长睫羽下的瞳仁依旧清澈,只是多了几分岁月的温柔。

但同样的惹人怜爱。

段焰松开周意的手,转而变成搂她腰。

他笑着说:"放在一起挺般配的,是不是?"

周意点头。

她觉得在校庆这样的日子挺有意义的,拿出手机拍了下来。

她问段焰:"白天你看到了怎么不拍了发给我?"

"想发的,但是想着等你来,像现在这样和你一起看更好。"

周意手指一顿,抬眸看他,不禁弯了弯嘴角。

她说:"还有什么其他有意思的吗?"

段焰:"中午食堂食物免费,不过你也吃不到了。走,几个老师还在办公室等你呢。"

早上绑的气球瘪了很多,宽大的红色横幅在残阳微风下反而像一场戏剧的落幕幕布。

后面那栋教学楼一楼是一排办公室,都熄了灯关了门,只有一间办公室大门敞开,灯光明亮,里头时不时传来说笑声。

虽然读书的时候老师对周意总是格外优待,但是多数时候还是严肃着脸,威严不可侵犯。

他们那会儿的班主任,心肠再软和学生关系处得再好,干正事时依旧还是能压制住学生。

所以当段焰带着她一进办公室,几个老师似朋友般的亲切感迎面而来时,周意微微一怔。

他们看她的眼神带着多年不见的惊叹、欢迎,还有年华逝去后的感慨。

九年。

能改变人太多。

周意一开始没认出来自己的班主任,直到他戴上眼镜,用那熟悉的语调说:"是周意啊,来来来,别站门口,起风了。"

这些不是段焰的老师,但是他似乎早就搞熟了关系,比她轻松自在得多。

老师们问她的工作、生活情况,每一个人脸上都带着笑。

笑意更浓时,段焰习惯性地不经意间搂过她肩膀,手握着她肩头揉了两下。

其中一个老师说:"你们这两个八竿子都打不到一起的人,居然走到了一起。怎么认识的?"

段焰低头看周意,在考虑怎么说。

周意被问红了脸,轻轻笑着,回答说:"以前认识,现在遇到了就在一起了。"

班主任喝了口茶,优哉道:"什么以前认识,我看你们以前啊,不简单,是不是读书时就有意思了?"

段焰:"她那会儿很难让人不注意。"

班主任点头说:"你也知道,我们周意长得乖学习好,那是学校里排得上名号的学生。你再看看你当时,每天把刘主任气个半死,书不好好读,还偷着读,往后几十年,你也是排得上名号的。"

老师们齐齐笑起来。

谈笑了近一小时,离开时老师们说结婚了发个请帖,段焰说一定。

周意怀中捧着班主任赠送的正仁校庆定制笔记本,嘴角一直上扬着。

周意和他开玩笑说:"谁说要和你结婚啊。"

段焰本来笑着,被她一说,心猛地一跳,搂紧她肩膀,揶揄道:"这话不能乱说啊。我今天这么帅,要是向你求婚,你不答应?"

周意目光落在他衬衫上。

夕阳已经沉了下去,操场上亮起了灯,他半个身子隐在黑暗里,说话时喉结滚动,显得格外性感。

阳光、黑亮如水洗过的双眸,在光影的变化下交织出独属于他的吸引力。

周意看得入迷,风吹过她的发梢,划过段焰的手背。

段焰停了下来,再度重重把人往怀里拥,低声说:"看来,你很喜欢这种风格。"

周意轻轻推他胸膛,笑着先走一步,段焰拎着西装外套追上去。

男人骨子里永远是小孩,正经不能超过三秒。

打闹着,周意忽然回头看了一眼教学楼。

承载了她所有青春悸动的教室。

她从来没见过它这么宁静的时候,像一个时代在缓缓下沉。

那是只属于他们这些人的味道和记忆,网络并不发达却依旧让人耳熟能详的歌曲、大街小巷没有源头开始流行的发饰、黄金档偶像剧之后爆火的周边产品……

她的视线落在二楼的楼梯口。

平凡的一天，毫不起眼的楼梯口，白衣少年，一眼万年。

段焰顺着她的视线看去。

他说："就是那边吗？第一次见到我。"

周意回过神，看着眼前的人，将少年的他和现在的他重叠，她点了点头。

段焰低低地笑，他指了指升旗台，说："可那儿，是我第一次见你的地方。"

并不是她为了他去网吧，让他认识了她。

而是他先看见了她，所以愿意去认识她。

那个升旗仪式，那一天，周意根本不记得了，就如同周意记忆深刻的第一次见到他，段焰也没有印象。

却不妨碍，他们各自心中有这样的第一次，一样的难忘璀璨，是闭上眼回忆就仿佛能回到年少的场景。

段焰带周意去吃饭，周意说好，又说："吃完了来操场散散步吧。"

段焰心中另有计划，但不想被周意提前察觉，道了声好，心中祈祷周意等会儿快点忘了这茬。

两个人走得很慢，拐入曾经午休常去吃饭的街道，又是一番别样的滋味。

老板娘还是那个笑声，炒饭还是那样重口味。

周意吃了几口推给段焰，想和他交换他的汤面。

段焰逗她："是谁刚刚说想吃炒饭，看看还是不是那个味道？"

周意被咸得喝了半瓶水，段焰让她少喝点，说着，把汤面推给了她，自己吃起了炒饭。

周意好奇："你不咸吗？"

"咸啊，但就是要咸才好，不然就不是以前的味道了。"

"那会儿，你们为什么喜欢来这里？"

"能坐着吃，能消磨时间，太早回教室没意思。"

"这样啊……我记得那会儿你还帮赵嘉买汉堡，说她不能吃辣。"

段焰被舸到了，抬眉："有这事吗？"

周意："有啊，我记得的，她不能吃辣。"

第五章／稳稳的幸福

见他紧张起来，周意笑着推了下他手臂："我不是那个意思，只是正好想到。对了，今天没遇到赵嘉吗？"

段焰想起在台下赵嘉和他的聊天。

他说："遇到了，聊了会儿天，问了问她的近况。我和她说我们快结婚了。"

这下轮到周意噎住："你怎么……到处和别人说我们会结婚啊。"

"上回你不是答应了的嘛，快点结婚。"

"上回是什么时候？"

"能记得赵嘉不吃辣，记不住我们要结婚是不是？"

恍然间，周意想起，是上回说孩子时。

周意笑着说："那次，我没有答应你呀。"

段焰哼笑一声，又把汤面和炒饭换了回来："那你继续吃吧，我只吃我老婆的剩饭。"

周意心里暗笑他是幼稚鬼，嘴上求饶道："我也没说不答应啊，我不想吃这个嘛……"

果然，扯皮扯着，吃完饭，周意就忘了要去操场散步的事儿。

段焰带着她往网吧的方向走，说去那儿上个厕所。

周意跟着。

华灯初上，月朗星稀，十月中旬的南城夜晚有些许的凉意，越来越急促的风暗示着风雨的到来。

周意在心底把网吧默认为最后一站，想着等会儿下雨了，两个人一起回去，这一天也算完美。

网吧里头如上次段焰所说，焕然一新，那股子嘈杂和烟味却从来没改变过。

周意终于见到了段焰口中所说的网吧老板，那个亮叔。

段焰简单给两人做了个介绍就进了小房间。

周意朝亮叔点点头，当作打招呼。

亮叔倚着前台桌子，笑道："听小段说了，你们快结婚了，恭喜啊。这么多年，这小子终于守得云开见月明。当年，你俩没成，可把他给愁得。"

周意浅浅一笑。

她数不清这是第几个说他们要结婚的人了。

小房间里头的段焰给陈佳琪打了电话，最后确认东西没出差错。

其实这一天，除了上台演讲，他都在忙求婚这事儿。

先是孙毅坚那边空调不好装，他后面亲自过去了一趟，加了一千块钱，那师傅帮他找了个专门装空调的师傅来，因为卖家不包装空调。

再后来是陈佳琪那边的烟花，有的运过来有点发潮，问他怎么办。

他又赶过去和烟花卖家协商，钱都是小事，最怕最后出错。

电话那头陈佳琪说都准备好了，等他短信。

段焰说："辛苦了。"

他从小房间里出来，一抬眼就看到站在柜台那边的周意，身材标致，长发柔滑，背着头顶的光。

是十年前那个姑娘，马上就要成为他妻子的姑娘。

临走前，段焰问亮叔借了把伞，走出巷子，两个人手牵着手，路灯下两个人的影子紧密地贴在一起。

风穿过胸腔，薄雾遮掩下的月光逐渐变淡，周围的街灯点亮这个黑夜，偶尔有几缕烟火气钻入鼻腔。

周意很久没这么放松了，她和段焰说这种感觉像是灵魂随着风飞行。

段焰看着周意舒展温柔的五官，心渐渐热了起来。

仿佛过去二十几年，没有一个时刻比现在更让他心跳加速。

周意浑然不知，她看着周围的商铺小摊，又抬眼凝视参天的梧桐树，轻声道："小时候一直想快点长大，长大了却想回到小时候，即使小时候有那么多烦恼。"

"你觉得小时候好？"他问。

"一半一半吧，现在也有现在的好，只是小时候多单纯。"

段焰笑："我觉得你现在也挺单纯的。"

他喜欢的人，那颗至纯至真的心从未改变过，他总是一不小心就会陷入她温柔似水的双眸里。

周意却不这么认为，但是话有点肉麻，她说不出口。

她觉得过去几年，她是个气韵消沉的人，她有许多烦心事，只是不说出来而已，是他，是他的出现让她慢慢找回曾经的感觉，让她重新做回了那个单纯的小姑娘。

往前走了几步，周意突然意识到他们在往哪里去。

她停了步伐问段焰："我们不回学校那边吗？不回家吗？"

段焰拿手背蹭了下鼻尖，左看右看，三秒之内扯出个理由。

他说："还早，来都来了，想去江边走走，今天风吹着也舒服，你不想去吗？"

"江边啊……"周意说，"可看天气一会儿要下雨。"

第五章／稳稳的幸福

"所以我问亮叔借了伞。"

"你……我还以为你怕等会儿回家下雨没伞才借的呢。"

周意晃了晃他的手,继续往前走。

说到伞,周意又想起当年那个离谱的夜晚。

那会儿雨衣被偷了后,她当时没啥钱,挪了之后的饭钱,想给段焰,但是又不好意思当面给他,托人把钱带到他班给他,没一会儿就被还了回来。

还钱退钱,成了那时候和他聊天的一个契机。

是个每次聊天都要找契机的时间段,怕打扰了他,怕自己的感情暴露得太明显从而失去和他说话的资格。

重新踏上这条路,周意还能回忆起那一晚沿路的悸动紧张,还有前所未有的自由。

越往里走铺子越少,网购的兴起让很多实体店都做不下去。

周意记得这儿本来是一排的服装鞋子店,如今稀稀散散开着的只有几家了。

越往里走也越接近公交总站,没了学校那块街道的车来车往和行人,只有偶尔几辆驶过去的公交车。

十来年过去,就连公交车也换了外观形象。

快到时,迎来那个风口,强劲的风吹得人不能呼吸。

段焰拉起周意的手小跑穿过风口,一路跑上拐入江岸的斜坡上,两侧是花败不久的成片夹竹桃。

黑夜下,风下,墨绿的叶片随着浪潮簌簌作响。

那个书报亭还在,上头悬挂着一盏裸灯,微弱的橙黄色是这块唯一的光源。

书报亭的工作人员正准备关门。

周意扫了一眼,当年那里面多琳琅满目,现在只有零散的几份报纸,和一只手数得过来的饮料。

段焰炒饭吃得咸,这会儿又小跑了下,他下意识扯了下衬衫领口,和周意说:"要不要买瓶饮料?"

周意平复着呼吸,笑他:"你又要喝酒啊?"

"喝酒?也行啊,就当壮胆了。"

"什么壮胆?"

"你说什么壮胆?"

一定是被他传染了,这种话,周意几乎立马想到了不该想的。

她推了段焰一下,段焰轻轻笑起来,搂过她走到书报亭前,买了两瓶苏打水,都是水蜜桃味的。

两个人迎着阵阵清风继续往里走,清凉的水灌过喉咙,纾解了一天的疲惫。

周意问他:"你很喜欢水蜜桃味道的东西吗?那时候你给的糖也是水蜜桃味道的。"

段焰说:"还行,买那个是觉得,你是这个味道的。"

"你又来……"

"真的。"段焰一把揽过她的腰,贴近,仗着这儿没有人,肆无忌惮地说道,"你就是水蜜桃的味道。"

周意一想到他在她家埋着头亲吻的画面指尖都发热,他那天亲完了就是这么和她说的。

周意说不过他,想着算了。

她看了眼没有尽头的江岸,问他:"还要往前走吗?"

段焰指了指前方那个阶梯:"去那儿,和以前一样。"

那座灯塔还在,微弱的灯光缓慢划过江岸,汹涌的江水一浪接一浪,拍打着礁石,溅起的水花像落下的大雨。

段焰握着周意的手,带她下台阶。

"小心点儿。"

"没事,我没穿高跟鞋。"

段焰又逗她:"我怕你等会儿摔了哭鼻子。"

周意:"你才哭鼻子……"

下了台阶,周意看着浪花和灯塔,有点不知道待在这里该干什么。

已经很难有闲情逸致坐在这里好好欣赏夜景了。

她问段焰:"我们坐一会儿就回去?"

"行啊。"

段焰倒是一副不慌不忙的样子,把西装外套和雨伞放在了一侧。

他背对着周意,周意没看到他吐着呼吸,连头发丝都透着一股紧张的味道。

周意喝着苏打水,看着那面涂鸦墙,试图找到当年的文字。

但新旧交替,风霜摧残,誓言会消失,痛苦会淡去,愿望会模糊,没有什么是能永远被保留的。

却一点都不妨碍后来的人重蹈这一份心情。

没有人永远年轻,却永远有人年轻。

第五章／稳稳的幸福

273

不过墙上头，没有那么多新的痕迹。

周意缓缓拧着盖子，边找边和段焰说："是不是现在的情侣都不来这里了？"

段焰放下东西后，压着忐忑的心情走到她身后，双手环抱住她的腰，弯着身子，脸贴上她的脸颊。

他的目光掠过那些文字，低低道："是吧，现在的情侣都有更好的约会地方。"

周意笑说："那看来来这里的还是我们这批人。"

段焰也笑："你在找孙毅坚他们的留言？"

"嗯，没看见了，不知道是不是因为太黑了看不清。"

"那你想写吗？"

"我？"

"嗯，想不想写？"

周意有点心动。

放现在看，多幼稚的事情。

却是她少女时代最想做的事情之一。

段焰直起腰，从西装裤里掏出两支油漆笔，说："问老师要了笔，写吗？"

周意看着笔，心头一跳，觉得哪里有点奇怪。

仿佛一切都变得刻意起来。

有种预感直冲脑海。

她缓缓接过那支笔，抬眸看向段焰。昏暗的光下，她的眼睛如秋日晚光般透亮，嘴角沾了水，莹润动人，面带若有似无的微笑，看得段焰心虚。

他觉得，他好像被看穿了。

但都到这里了，他硬着头皮说："我们一人写一边，写一个愿望，写完了互相看。"

周意的笑意越来越浓。

她配合道："好啊。"

墙壁左右两边，两个人像幼稚鬼一样，又像学生时代被老师叫上黑板写题一样，认真且大刀阔斧地写着。

都不长，一分钟就写完了。

合上笔盖的瞬间，两个人对视了一眼。

周意说："你好了吗？"

她一问，段焰就知道，她大概猜到了。

他笑着说:"好了。"

两个人交换了位置,朝对方那边走去。

金灿灿的字在灯塔的光下,鲜艳无比。

他写的是——周意,嫁给我。

她写的是——我愿意。

段焰看到周意写的三个字直接笑了,他双手叉腰,笑了又笑,回头看去。周意站在那儿,双眸含水,安静又温柔地看着他。

她朝段焰伸出左手,无名指微微抬起。

段焰凝视着她,笑容不减半分,但目光却一点点深了下去。

风卷着浪涛相继涌来,给底下的坝石镀上一道道如雪的花边,湛蓝深邃的夜空里,月光若有若无,和远处灯塔的淡光混在一起,形成一道长而颤动的光柱。

无人的空旷岸边,只有他们两个人,风和浪见证了他们的变化,记住了这一刻的誓言。

没有什么能永远被保留,但可以恒久不变。

周意见他不动,再一次往前伸了点手。

她说:"我愿意。"

她的嗓音和平常一样,没有什么太大的波澜,但顺着风带到段焰耳边,却听得他心头发热。

今天,为了不被周意发现,他连戒指盒都没拿,生怕鼓鼓的被她看见,又怕这么小的东西放口袋里掉了,时不时就要摸一摸它还在不在。

预想中周意应该会很惊讶,想趁着她惊讶的工夫,悄无声息地拿出戒指套到她手上,一气呵成。

他就猜到,只要稍微哪里不对劲儿,周意就能察觉出来。

但不管流程有无出入,真到这一刻,他几乎难以形容自己的感觉。

段焰看着眼前的周意,笑了笑,从西裤口袋里掏出戒指,低头看了眼戒指后缓缓走向周意。

硕大的钻石在光下折射出亮光,是这晚唯一的一颗星星。

走到周意面前,他看她一眼,单膝下跪,捏着戒指的手控制不住地在颤抖。

为了掩饰这种莫名的紧张,他咳了两声,忍不住笑自己。

周意这时才看出他的紧张,也跟着笑。

但她知道,他一定准备了很久,她不打算打断他。

段焰把戒指缓慢地给周意戴上,戒指比他预想的还要贴合。

周意有一双很好看的手,读书时,她会戴一块棕色表带的手表,衬得少女的手秀气温婉,有种小家碧玉的美感。而现在,少女成了女人,这双手依旧白皙纤细,同时多了几分知性的骨感美。

女人和钻石,天生相配。

他握着周意的手不禁轻揉了两下。

他说:"真好看。"

周意的目光顺着他的话落到手上这枚戒指上,她对钻石不太懂,猜测应该价值不菲。

她看着都有点心疼。

他却只管好不好看。

段焰还跪着,他握紧周意的手,亲了下她手背,说:"谢谢你愿意嫁给我。"

他再抬眼时,难得露出这种正儿八经的神色,一身正气却温柔到极致,一双如黑水岩石般的眼睛始终凝视着她。

周意眼眶温热,嘴角微微上扬,反手轻轻握住他的手指,示意他起来。

段焰一起来就轻轻一使劲,拉着周意的手把人拉进了怀里,他紧紧抱住她。

很久很久,他都没有说一句话。

周意抱着他,轻轻笑着。

她感受着无名指被圈住的奇特感觉,想着自己是不是要主动说些什么。

但是这一刻的安宁好浪漫,仿佛在和从前的时光相连。

唤回周意的是段焰的声音。

抱了许久后,他突然贴到她耳畔,声音极低地喊她:"老婆。"

温热的气息混着男人低沉磁性的声音,再配上亲昵的称呼,周意顿时整颗心都软了。

"嗯?"

"以后……你就是我老婆了,不要再误会我会喜欢别人,不要再一个人憋着心事,相信我,相信我会忠诚于你、保护你、尽我所能地给你浪漫。在我这里,你可以永远是长不大的小孩。"

周意轻搭在他背上的手指慢慢蜷缩,胸腔里涌起一股酸涩。

她抬眼,看着漆黑的夜空,在他怀里重重点头,嘴角弯了又弯。

她轻声回应道:"你也是啊,你也可以在我这里永远都做个幼稚鬼。"

"嗯。"

段焰笑了出来，蹭着周意的脸颊，问她："不是说不喜欢我幼稚吗？"

"我没有说过。"

"你每次都很嫌弃地看着我。"

"谁让你那么讨厌。"

"男人不坏，女人不爱，不是吗？"

周意拍他背："你又来了，上一秒还正经着呢，下一秒就又这样。谁求婚像你这样啊……"

说是这么说，但周意的声音却带着笑意。

段焰松开她，看着她，抬手帮她勾了勾耳边的碎发，漆黑的瞳仁里满是温柔。

他捧着她脸颊，在额头印下一个吻。

他又叫她："老婆。"

周意垂下眼，脸颊微红，目光流转过钻戒，再重新回到段焰脸上。

四目相对，风吹过眼睛，留下比黑夜还浓郁的爱意。

"你早就准备了今天这些？"她问，却像是白问。

可段焰很有耐心地回答道："嗯，指围很早就偷偷量过，钻戒是限定款，校庆是个意外，想了很久，生怕自己做得不够浪漫，怕你以后看到别人的求婚羡慕。"

周意抬起手，晃了晃无名指："你什么时候量的？这个戒指……几位数？"

"量过很多次，你去北城开会那次量过，后来晚上睡觉也量过。"段焰摸了摸鼻子，"价格的话……你别问了，是我的诚意。"

关于未来定居等相关事宜的问题，他们曾讨论过，是一笔不小的费用，所以周兰把钱给她，她也没骨气地先收下了。

周意看着段焰这个样子，心里大概有数了。

她没再纠结价格了，笑着看着他，只说："不管怎么样，它真的好漂亮，它让今天看起来格外浪漫。我很开心，也很喜欢……谢谢你为我做的一切。还有这个。"

周意指了指墙上的字，继续道："以前第一次和你来这里，看到别人写这些，自己就很想写，但又怕被你看见我的秘密。哪怕是现在做这个，还是觉得好开心。"

和一见钟情的少年在一起，圆曾经的每一个梦想，听他矢志不渝的告白，没有一个夜晚能比今天更浪漫。

周意踮脚，搂着他脖子，亲了他一下。

段焰顺势揽住她腰,没让她退回原地,低声道:"这么容易满足啊?傻不傻?"

周意没明白他的意思,心里又隐隐猜到还有什么在等着她,但不等她思考,段焰指指天上,下一秒,巨大的响声从远处江岸发出,一束接着一束的烟火从一个点齐齐飞跃至天际。

烟花盛开在广阔无垠的夜空里,璀璨的烟火不断交织绽放,似巨大的伞花,落下时星火做最后的绽放,如拖着尾巴的流星。

这场金色大雨染亮了整个夜空。

段焰没有抬头看一眼,他始终看着周意。

他看见周意眼里倒映出烟火模样,看见周意因为惊喜微微睁大眼睛,看见周意像个小孩一样笑了起来。

"这是你——唔——"

周意的话没问完,唇就被堵住了。

段焰一手揽紧周意的腰,一手扣住她后脑勺,情不自禁吻了上去。

周意闭上眼,顺从地搂住他。

漫天的火花坠落,晚风也吹不散它的炽热。

这场烟花放了将近半小时,周意坐在台阶上靠着段焰看完了。

因为放烟花的地方和他们隔了一段距离,所以观看起来并不刺眼,角度也正好。

烟花不是单一的花样颜色,其中有周意最喜欢的紫色。

看到的时候,周意还像个小孩一样兴奋,挽着段焰胳膊指着紫色烟花说:"你看,是紫色的。小时候看的最多的就是黄绿红了,蓝色、紫色都好稀有。"

"嗯,我买了挺多紫色的,今天看个够。"段焰说。

周意靠在他怀里,不禁再一次感慨:"今天好开心啊。"

烟花落幕,心头的雀跃却不消停。

离开江岸时,风又变大了,夜空中隐隐约约有雨滴落下来。

周意被他牵着手,一点都不觉得冷,他的手掌永远都是那么温暖。

雨滴落在睫毛上,眼睛下意识眨了两下。

感受到下雨了,两个人对视了一眼,但没一个人想急切地离开。

周意笑说:"我们这样走回停车场那边,会不会变成落汤鸡?"

段焰晃了下手中的西装外套:"这一次,我也还是有外套给你穿。"

走到一半,雨渐渐变大,风从平地流淌而过,绕着脚踝转圈,然后一溜烟地往上扬，沿路的稀少落叶被卷起，在昏黄的路灯下再缓缓降落，被接连不断的雨滴按在地上。

很快，柏油马路上湿漉漉一片，依稀倒映出两个人的影子。

段焰搂紧周意，撑着的伞偏向她那边，雨滴噼里啪啦打在伞面，律动的声音犹如周意的心跳。

他把伞压低了点，问周意："冷不冷？"

在那边吹了半个多小时的风，还好她今天穿的是长袖。

他觉得自己有一点没考虑到，那就是应该找个借口让周意今天打扮漂亮点，或者穿适合的衣服鞋子。

还好，她今天穿的是平底鞋，也还好，他没有搞那种一大帮人围着的求婚，她今天化的淡妆这会儿都掉得差不多了，如果很多人，估计女孩子会很在意自己的样子。

但他又觉得周意挺无所谓这些的，她说她现在很少化妆，除非是一些比较重要，需要带点妆的场合。

她说，她觉得自然气色好的样子最舒服。

他也觉得。

周意不冷，甚至还有点热。

可能是走路走热了，也可能是这个晚上很难平静下来。

她时不时摸下无名指的戒指，坚硬的触感在提醒她，从今天开始他们真的决定要相伴一生了。

再低头看地上缠绕在一起的人影，此刻不用偷拍，也不用藏着掖着。

他们真的在一起了。

周意温温一笑，靠在他怀里，两个人慢悠悠地走回了学校那边的停车场。

停车场上车辆只剩下几辆，看样子都走得差不多了。

段焰把周意送到她车子那边，两个人决定各自开车回去。

周意打开车门的瞬间，段焰突然想起个重要的事情，说道："今晚……不回公寓，去我外婆家，那边近，十来分钟就到了。"

女人的第六感总是十分准。

周意看着他的神情，觉得那边应该还有什么在等着她。

但她什么都没说，只问："去那边过夜吗？但是我晚上要卸妆，还有换洗的衣服……"

段焰指了指他车子的后备箱："我……提前给你整理好了，拿的都是你平常用的，护肤品也给你拿了。"

这下周意更确定他早有预谋。

周意说:"好,那你微信发个定位给我吧。"

"好。"

话音刚落,隔壁车子解锁声响了两下,两个人都是下意识往边上瞥了一眼,一瞥,三个人都微微一愣。

是赵嘉。

大雨如注,风在夜晚涌动,她还是如当年那般的短发,只是显得更为精致了点,娃娃脸的女生总是显得分外可爱。

她主动朝他们笑了一下。

周意也朝她点头笑了一下。

周意手上的钻戒很难不被注意。

大概是这么多年过去,很多事情早已释怀。

赵嘉先开了口,说:"你们准备回去了?"

段焰说:"嗯,你也忙完了?"

赵嘉:"对,我打算回老家看看,过几天去看看哥哥。你们呢……看来,今晚很顺利?"

她笑了下,似乎知道段焰今晚的计划。

周意想起吃饭时段焰说见过她,又张口闭口都是结婚,女生心细,钻戒明显,对赵嘉来说,应该不难猜。

段焰也笑,搂紧周意的肩膀说:"当然顺利。不都和你说了,准备结婚了。"

赵嘉看向周意,眼神柔软。

赵嘉笑着说:"从来没和你正式认识一下,但你,我们都知道。他真的很喜欢你,我都不喜欢他了,他还喜欢你,也怪不得,你真的很优秀。"

周意不知道,曾经也有一个女生,这样嫉妒着她,想成为她,又不愿意成为她。

但感情里除了充斥着自私,不分先来后到,最重要的还是情投意合。

相爱的人都会再相逢,所有巧合都不是巧合。

赵嘉顿了顿继续道:"恭喜你们,祝你们百年好合。"

风吹过周意的发梢,她摸了摸无名指的戒指,下垂的眼睛缓缓抬起,弯着嘴角说:"谢谢。"

赵嘉:"那我先走一步?"

她上了车,倒车出停车场,路过他们时,降下车窗,微笑着挥了挥手。

茫茫大雨下，她的神情周意看不真切，只是恍惚中，只觉得赵嘉还是当年那个模样，天真灵动。

谁不曾有过这样一段时光呢？

此去经年，过往的恩怨变得不足为道，谈不上释怀谈不上原谅，只不过未来的一切更值得去记住。

段焰看她失神的样子，问道："想什么呢？"

周意回过头，笑笑："吃饭的时候听你说起她，还有种不真实感，亲眼见到后其实心里也没太多波澜，只觉得，都过得好，挺好的。也可能只是因为，现在你是我的了，所以很平静。"

说着，周意伸出手，朝他晃了晃戒指。

段焰握住她的手，亲了一口，勾唇道："那快跟我回家，回我真正的家。"

段焰的外婆家离正仁不远，而且不堵车，路偏小路一些，道路两侧种满了水杉树。

这个季节的水杉树枝叶开始发黄，有凋零之势，这场大雨过后，沿路的地面上应该会被铺上厚厚一层淡黄色的水杉叶。

路过一片湖后，段焰的车拐进了一个小道，周意跟了上去。

乡下房子构造都差不多，这儿和周意的家很相似。唯一不同的是这一片只有七八户人家，并且看起来好像都没什么人在，显得很冷清。

段焰家的院子没有围栏，院子并不大，但停两辆车足够了。

段焰比她先一步下车，一下车就撑伞过来接她，把人送到廊檐下后，说："等下，我先去后备箱拿东西。"

借着车灯的幽光，周意打量了下周围，远处黑漆漆一片什么都看不清，但是院子入口有几株菊花开得茂盛，粉紫黄白都有，香气清幽。

对面还有一株高挺的桂花树，大概是晚桂，这会儿正是开花的好时候，若有似无的香味混着清澈的雨水气息滚来，周意觉得这是段焰外婆家的味道，可能也是他记忆里的味道。

段焰从后备箱里拿出了两个购物袋，里面装满了东西。

他走到廊檐下，收了伞，在口袋里摸了一通，找到钥匙串。

周意用手机的灯筒给他照明。

打开老式的门后，扑面而来一股质朴的气息，隐隐约约透着一股只属于夏天的汽水味。

段焰摸到墙壁上的灯，打开后，顶上两管白炽灯艰难地照亮了这个

第五章／稳稳的幸福

屋子。

段焰说:"一楼没怎么装修过,都是以前的老样子,灯换过,但总是照不亮。"

周意朝四周环顾了一眼,瞥见墙上大大小小的奖状,她多看了几眼。

多好啊,外婆还会把他的荣誉都展示出来,哪像她,周兰那会儿根本不在意。

可当周意看到有个奖状是写段焰在小学三年级得了憋气比赛第一名时,她笑了出来。

"为什么会有这么奇怪的比赛啊?"

段焰从购物袋里拿拖鞋,摆放在地上后示意周意来换鞋。

他搀扶着周意支撑她换鞋,解释道:"六一儿童节的项目,记不清了。"

周意:"这些奖状一直贴在这里吗,你小时候不是不住这里吗?"

"我爷爷奶奶走得早,小时候只有外婆外公,每次来我都会把奖状带给他们看,老人家说要贴在这边,爸妈都随意,我也愿意。因为他们一年到头见不到我几次,我知道他们只是希望想我的时候有个东西看看。"

周意弯了弯嘴角,低头看去,脚上是双新的拖鞋。

"新买的?"她问。

段焰边换自己的鞋边回答说:"今天买的,想着以后还要过来,总得留点日用品在这里。"

换完鞋,他把周意的平底鞋放了鞋架上。

老旧的木头鞋架上有两三双男士运动鞋,还有一双女士拖鞋和高跟鞋。她猜女士的是于烟的。

只不过,最底下那双白色的运动鞋……

周意看着那双鞋说:"这双鞋是不是你高中穿的?"

"嗯,高中最喜欢的一双,所以不舍得扔,一直放着。"段焰挑了下眉,"这个你也记得?"

周意说:"记得,和你擦肩而过的时候总是不敢看你,只能看到你的鞋子。你穿这双鞋很好看。"

段焰关了门,靠在那儿似笑非笑地看着她。

他没忍住,一把拉过周意,弹她脑门,低声道:"傻子。"

周意想起那时候,抿了抿唇,笑自己,也笑他:"你那时候不傻啊?"

"没你傻,看我一眼都不敢。"

"你敢啊?"

"怎么不敢,我一直看你啊,你上体育课喜欢和陈佳琪坐在阴影底下,有时候会把作业带到操场去写,冬天的时候晒太阳,跟只猫似的。早上做操的时候懒洋洋的。嗯……你最喜欢戴那个像兔耳朵似的发圈,喜欢和陈佳琪去便利店买芦荟味的酸奶,早上从公交车上下来时手里永远拿着单词本,还喜欢边走边背书……"

这不是第一次两个人说起往事。

但在今天说,感觉十分不一样。

周意难以描述她的感觉,她只是这样静静地温柔地凝视着段焰,听他说这些,挂在嘴角的笑容越来越灿烂。

段焰捏了捏她的脸,顺带关了灯,他说:"上楼吧,傻老婆。"

他一手拎着袋子一手牵着周意,带她上楼。

周意看不清,但理解,乡下都是这样,开了灯等会儿还要折回来关灯,所以小时候也是像现在,摸黑走得多。

但越靠近楼梯口,花香就越浓郁。

同时还有星星点点的亮光。

跨过一道老式的门槛,就是楼梯。

周意抬眼望去,微微一怔。

楼梯两侧铺满了娇艳欲滴的红玫瑰,花丛中缠绕了现下流行的小灯串装饰,铺出一条银河般的阶梯。

动人的红和温暖的黄缠绕在一起,倒映在周意琥珀色的瞳仁里,像中世纪颜色鲜艳的油画。

段焰用余光打量着周意的神色,在判断她喜不喜欢这样的惊喜。

戒指,周意没说他夸张,说很喜欢。

烟花,周意没说他浪费,也说很喜欢。

他想,鲜花她也一定会喜欢的。

他很喜欢她给的反馈,她的眼神所表达出的意思都满足了一个男人膨胀的心。

求婚仪式的主人公是她,可他偏偏也感受到了无与伦比的浪漫。

他拍拍周意的腰,试探地问道:"上去看看?"

周意回过神,看了他一眼,再一次像个小孩一样笑起来。

她一旦真开心,或者笑得很深时,细长的双眸会弯得像月亮,带着水波般的柔软。

她往上走,边走边看,这样的场景似乎看多少遍都不够。

整个楼梯两侧都铺了玫瑰,一路延伸到外露的阳台,但是阳台上没有铺灯串。周意猜大概是怕她一进院子就看见阳台发光，所以故意没在阳台上铺灯串。

再往里走是段焰的房间，玫瑰停在他房间门口，门是关着的，不过边上立了个类似咖啡店常用的小黑板。

黑板上写的是：欢迎踏进二十八岁少男的心房。

周意愣了一下，然后笑了出来，她的直觉告诉她，这不太像是段焰会写的话。

段焰一开始还没明白她笑什么，凑近一看无语了。

周意问他："这谁写的啊？"

段焰："……孙毅坚。"

"那原本要写什么啊？"

"原本没有这个。"

"啊？"

段焰拧开房门，说："买花的老板娘送的，我觉得没什么用，孙毅坚觉得有用，我说放一边，谁知道他给我整这出。"

房间里香味更浓郁，一开门，香气扑面而来。

"啪嗒"一声，灯被打开，房间顶灯是极其简约的款式，圆形白光，正照着遍地玫瑰，白雾似的光涌动着，勾勒出每朵玫瑰的婀娜轮廓。

段焰房间的陈设比她的要简单很多，一张一米五靠墙的床、一张书桌、一个老式的衣柜，几乎没什么杂物，就算有，大概也被清理掉了。

房间里哪儿哪儿都是玫瑰花，只留了一条狭窄的通道通向床。

周意再一次怔住。

她原以为铺了一路就差不多了，房间里可能有一束纸包的玫瑰，没想到他买了这么多。

周意把包放在就近的书桌上，随手拂过身边的花朵，指尖一下就沾染上了香味。

"你怎么买了这么多啊，会不会很快枯萎？如果枯萎了好可惜啊。"周意说。

"你喜欢，我可以以后每天都给你买。但是今天特殊，就算这么多花也不足以表达我的感情。"

房间的门被关上，段焰放下东西，听着周意的话他知道她很喜欢，心里不禁也觉得心满意足，眷恋地从后抱住她，下巴搁在她肩上，很低很慢地回答她。

周意微微侧过脸，嘴角快贴上他的脸颊，她柔声低低道："我觉得你对我说过的话,好像都会变成真的。"

"什么真的?"

周意摇摇头,她松开他环抱她的手,转过身,搂上段焰的脖子紧紧回抱住他。

段焰笑着再一次抱住她,还轻轻地摇了两下。

被他一摇,煽情的气氛没了,周意问他:"你干吗呀……"

"我开心嘛。"

说着,他像个小孩似的,摇得更用力了。

同时抱得紧紧的。

他低声叫她:"老婆……老婆……"

"嗯……嗯。"

两个人的笑声和气息搅在一起。

段焰闭了闭眼,嘴角上扬着,缓缓道:"我们认识的时候,我就在这里每天晚上等你的消息,刷卷子想你、看书想你、发呆的时候想你。想你此时此刻在干什么,在怎样的一个房间里。"

那天,当他踏入周意房间的那一刻,过往的画面自动形成,他几乎立刻想象出高中时周意坐在书桌前做作业的样子,躺在床上偷偷摸摸玩手机的样子。

那一刻,像是存在平行宇宙,有一道酥酥麻麻的电流涌过他的心。

周意听他安静地说着,脑补出当年他在这里的样子。

她问他:"那……有多想我啊?"

"很想很想,想了好久好久……久到都快忘了心跳是什么感觉。"

"那现在心跳快吗?"

段焰短促地笑了一声:"你摸摸看就知道了。"

他松开她,牵起她的手按在心脏的位置。

很奇怪,段焰每晚抱着她的时候,她都能听到他的心跳声,强而有力,同时蜷缩在他温暖的怀抱里,莫名给人强烈的安全感。

现在也一样,白衬衫下,手掌贴着心脏位置,能感受到它比平常更猛烈地跳动着。

段焰说:"快吗?"

周意笑他:"你很紧张?"

"谁求婚不紧张啊?我准备这些时在网上查了很久,还问了身边结婚的队友,他们都说会很紧张,怕自己口误说错话、怕忘词,还怕哪儿没做好等会儿让女朋友生气。"

"那你呢，你也怕这些？"

段焰攥紧她的手，另一只手扶上她的腰侧，虎口贴着纤细的腰线，蹭了蹭。

他反问："你说呢？"

周意笑盈盈地看着他，短暂回顾了下刚刚在江岸的场景，她说："可你没有口误，也没有哪里让我觉得不开心。"

"可我总觉得做得还不够好，却想不出怎样才能更好，又想快点和你确定下来。我们……我不想再有什么不平稳的因素挤在中间。"

周意温柔地看着他，轻声细语道："我见过很多求婚，也见过很多红玫瑰花海，但都是别人的，而这次，这些是我的，所以它很特别，它已经很好了。"

她知道，这些是在他能力范围内想到的最好的、最浪漫的方式。

这就够了。

段焰勾了勾唇，黑漆漆的眼眸盯着她："那你呢，你心跳快吗？"

周意点点头，想再补充说点她的感受，但还没说呢，就听到段焰说荤话。

他说："我不信，除非……让我摸一摸。"

周意只一秒就明白他在说什么，她笑着，不动声色地从他的掌心中抽离，背过身，岔开话题说："我还要去楼梯那边看看花，我还没拍照呢。"

她承认自己有点装模作样，因为她知道下一秒他就会过来抱住她。

果然，下一秒，身后的男人贴上来，搂着她。

他说："等会儿去……"

紧接着，耳后落下密密麻麻的吻，周意听到他低声重复道："等会儿去……"

良久，吻在温柔中结束。

周意用手肘顶了他一下，转话锋道："我真的想去再看看花，想拍照纪念一下，好不好？"

"好啊，我给你拍？"

周意顿了下，不太相信地看向他："你会吗？"

段焰想了想："应该会。"

周意还是不太相信。

段焰心里莫名被激起胜负欲，低声道："你先去，我洗个手就来。"

说到洗手，周意才注意到这儿的卫生间在哪里，不像她家，在里面。

他家去卫生间得穿过外阳台的走廊。

周意跟着他一起走，卫生间在楼梯口右侧的房间里。

周意有点好奇，于是一起进去了。

卫浴设施都是新的，应该是这几年新装修过的。

段焰知道她在担心什么，边洗手边说："这里灯都是好的，下午我检查过。阳台走廊也是有灯的，开关在房间里，要是你晚上实在害怕，可以叫醒我。"

周意倚着门框，身侧是银河倒泻，秋风渡着雨水，偶尔有几滴飘进来，打在周意手上。

她蹭了蹭雨珠，环顾了下边上。

刚来时，她就发现了，这里很冷清。

周意问："前面的房子现在也没人住吗？哪个是陈佳琪姑姑家啊？"

"没人，前面那户跟着儿子去了市里，陈佳琪那个……这儿看不到，你得去于烟房间才能看到。"

"这样啊……"

段焰擦干手，拉着周意去拍照。

周意不常发朋友圈，就算发也更多是工作上的一些宣传。

他问过她，她说觉得自己生活很枯燥，也不想为了几张好看的照片故意摆拍。

她说分享欲在大学毕业那年忽然就没了。

所以照片墙上的照片都停留在大学时光。

对周意来说，高中的时光更单纯点，再加上情窦初开，任何情感都真挚无比，但大学生活也不差，她能找得到属于自己的人生价值。

唯有真正走向社会后，无数个深夜，她都忍不住问自己一句，自己现在在干什么，接下来又要干什么。

信息碎片疯狂涌入，多少人被左右摇摆。

不过好在她在二十七岁，终于重新找到了新的信念。

不发朋友圈，但是和段焰在一起后的生活她很乐意记录下来，等老了，两个人再回头看，一定别有滋味。

就像他们能有一个日记本翻看，能有那样一段时光回忆。

江岸墙壁看似幼稚的求婚她拍了下来，漫天绚烂的烟花她也拍了下来，玫瑰那么浪漫，也一定要用照片封存。

周意摄影技术不佳，不过拍出来的照片还过得去。

段焰看她为了拍照片在台阶上摆来摆去，忍不住发笑。

他问周意:"别只拍花了,我帮你拍人。"

周意摸了摸脸:"还是算了吧,我今天就化了一点点妆,这会儿掉得差不多了,肯定不好看。"

"没啊,很好看。再说了,不是还有美颜吗?反正只有我能看到,可以试试。"

"那试试?"

"用你的手机还是我的?"

周意看了眼自己手机的电量说:"用你的吧。"

"行,那你挑个角度。"

段焰下了个美颜相机,比对了下光,觉得太暗,但开了楼梯间的灯又觉得少了丝氛围感。

周意看他不专业的样子笑了又笑,让他用原相机拍就可以了,有夜间拍摄。

段焰第一次用上手机的夜间拍摄,效果出奇地好。

他自认为很好。

周意的拍照姿势很简单,坐在台阶上,靠着花,扬了个笑容。

照理来说应该不至于太难看。

但是周意看着段焰给她拍的,慢慢皱起了眉头,她的眼睛像夜猫一样放光,有半截脑袋是没有的,底下台阶拍进去好几级。

周意语塞了会儿,问段焰:"你觉得好看?"

段焰凑过来,放大了照片,左看看右看看,反问道:"不好吗?这个小灯的光映在你脸上很好看啊,还有这边的玫瑰我都拍进去了。"

周意勾了勾耳边的碎发,咬了下唇,努力克制下自己的无奈和笑意。

她打趣段焰:"你当时偷拍的我们的影子拍得还挺有感觉的,怎么正式拍照就一点都不懂了?这你要是给别的女孩子拍,会把别人气死的。"

段焰:"……很差劲吗?"

"我的眼睛在发光啊,而且额头呢?"

段焰仔细看了下,轻轻笑起来:"我错了我错了,那你教一下我。"

周意把摄像头调成了自拍模式,递给他,指了指前面说:"你举着手机就好了,我说按你就按。"

段焰点头。

自拍的光线效果并不好,模模糊糊的,但有别样的氛围感。

拍完,周意在那十几张照片里挑最好的,其余的她想删掉。

段焰也想看看成果,再一次凑了过来。

两人坐在台阶上，靠在一起挑照片。

他比她还认真，说哪个好看哪个差点意思。

周意："要不要我也帮你拍？"

段焰一怔："我？"

他笑了两声，搂紧周意的腰："我不拍，对着相机摆姿势怪尴尬的。不过……"

"嗯？"

"合照可以拍，我们都没有合照。"

"有啊，你不是很早很早就拍过了嘛，还有上次于烟不是偷偷拍过吗？"

"那算什么合照，正脸都没有。"段焰点开相机，继续说，"还有，我们能不能换个情侣头像？"

他现在的头像是周意的照片，不是不好看，但是和队里有女朋友或者结了婚的人一聊，才知道他们都是用情侣头像。

怪不得，那些人头像都是可可爱爱的卡通图案，只有单身的男人才是什么篮球明星、风景图。

周意是不太在意这些的人，他想换也行，不换也没关系。

不过她说："头像可以换，但是不用合照行不行？可以网上找点图。"

"为什么？"

"用真人感觉挺尴尬的。"

"你是说我用你的照片很尴尬？"

段焰的目光斜过来，周意赶紧解释道："我那个照片是拍立得拍的，本来就模糊，你拍得也模糊，所以看起来不会很突兀，但是如果我们用彼此的照片做头像，很像销售……"

段焰的视线在她的唇和眼睛之间徘徊了几下，笑着亲了上去，同时举起手机飞快地按下快门。

照片里，光线昏暗，红色玫瑰铺成背景色块，白衬衫衬出男人流畅分明的下颚线和凸出的喉结，蜻蜓点水的一吻。

段焰说："这张最好看，回头打印出来。"

周意望着他的侧脸，忍不住小声说："你好幼稚啊。"

"你不是说喜欢我幼稚吗？"

"嗯，喜欢。"

星星点点的暖光下，周意的脸庞格外温柔，内勾外翘的眼睛总是显得风情万种、清澈干净，似能抚平所有的起伏波折。

外面的雨还在下。

老旧的窗户被风雨撞得咯吱响，总有股若有似无的雨水味溜进来，玫瑰花的香味和雨水的清新味道融在一起，像沉浮在世俗里，期待以后的早晨会每天不一样。

周意再次闭上眼，鼻息间是段焰皮肤散发的味道，难以形容的男人味道，似干燥的阳光。

段焰故意去捏她的脸："要睡了？"

"没有。"

"明天请个假吧。"

"嗯……"周意思考了一下，"好像没有会要开，我等会儿请一下吧。"

段焰怕她忘了，拿过她手机，解锁，说："我帮你提交？"

周意："嗯，就请一天，你别点错了。"

段焰很快弄完，切出去后，在周意的手机页面上停留了一会儿，晃了晃她肩膀说："刚刚我找了点头像，你看看喜欢哪个？"

周意犯懒，反问他："你喜欢哪个？"

"我觉得都差不多。"

"那都行。"

"不行，你挑一个。"

"明天挑吧，手机好刺眼。"

段焰哼笑一声："你都不爱我。"

话题拐得猝不及防，周意顺着柔声问道："我怎么不爱你了？"

段焰："你都不说爱我，也不改称呼，头像也不在意。"

"你好像小孩子啊。"

"小孩子不配得到这些吗？"

周意笑起来，一点都不困了。

他撒娇起来，真的让人招架不住。

段焰转着手机，滚了下喉咙，低笑道："人不都这样，能做小孩谁又愿意做大人。"

周意琢磨了下这句话。

是不是在爱情里，最至高荣耀的爱是年过半百，两个人仍然是对方的幼稚鬼。

她幻想着以后，等老了，他会不会变成一个爱斗嘴的糟老头子，她呢，她会不会变成固执的老太太?

想着想着,周意忽然说:"我之前从来没想过谈恋爱会是这样。"

"哪样?"

周意缓缓说:"小时候看《名侦探柯南》,里面有个配角对小兰说,女人一旦过了十八岁每增加一岁就会忧虑一点,大概是这个意思。所以上大学后我能明显感觉到人生的一个下坡感,我对爱情的理解一直停留在喜欢上你那会儿。很简单很纯粹,喜欢你,想得到你,同时害怕岁月的流逝。但好像……我现在觉得我们的三十岁、四十岁应该也会很精彩。"

"三十岁……快了。"

"是啊,快了。"

段焰搂紧她,笑道:"现在不累了?"

周意轻声道:"累啊,但是想和你说说话。"

"那你还想说什么?"

周意顿了一会儿,她笑着摇头:"不知道,你呢,你有什么想和我说的吗?"

段焰:"想听你说我爱你。"

周意收了笑,找到段焰的手,五指穿过,缓缓用力握住。

"我肯定爱你啊,从来都只有你。"

段焰反握住她的手,得寸进尺道:"多爱啊?"

周意配合道:"想和你一起活到一百岁的那种程度。"

"还不准我活到一百零一啊?"

周意气笑,说了句"不理你"后被段焰抱得更紧了。

段焰亲了亲她的发顶。

他说:"我今天和校长打过招呼了,拍婚纱照可以借用下学校的场地,不过只能寒暑假。婚纱店我挑了三家,都是南城最好的,但我不知道你喜欢什么风格。以后住的房子我比较倾向于江景房,那边有个新楼盘,也是学区房。婚礼我也想了一下,乡下办传统的或者是酒店,如果要有新意一点的,那我再想想。"

他停顿了一下,低声问道:"所以……快点和我结婚好不好?"

周意微微一怔,消化了下他的话。

"你……你什么时候筹划的这些?"

"记不清了,单身的时候就幻想过,见到了你就更加像个傻子一样在那边想啊想。"段焰说到后面,声线变得低缓,他有意无意地揉着周意的手指骨,气息带笑,装作轻松地说,"说实在的,一个人确实挺孤

第五章/稳稳的幸福

291

独的。回到这里，没人迎我，回到之前住的地方，发呆时间比较多。虽说孙毅坚和于烟都在身边，但是总是不一样的。"

每个人都是独立的个体，除开父母，这些人，面对他们时短暂的依赖并不能解决每一次低头时的疲惫。

只有这样一个人，毫无关系，突然出现，靠着一种感觉，成为世界上最亲密的人。

想成为保护她的那个人，想成为被她保护的人。

周意说不出话了，她静静靠在他怀里，听着雨声，想起南城四季的感觉。

夏天是故事的开始，秋天是依赖的深入，冬天是熨帖的温暖，春天是循环的心动。

这样的一年四季，一日三餐，两个人，在这个喧嚣世界里，是不是很难得？！

少年时以为自己会永不平凡。

十年后，厌倦挣扎在不甘平凡里的自己。

可有这样一个人，他永远如风似火，把平凡生活里的浪漫一点点捧到你眼前，重启你的心跳，筛去回忆的灰色。

让你相信童话会出现，暗恋有回响，初恋是一生，久别会重逢。

段焰问周意在想什么，周意想了很久，但形容不出来。

她慢慢撑起自己，凑过去，蜻蜓点水般亲了他一下。

似水的夜里，四目相视，目光在玫瑰花香中缠绕。

借着幽幽的光，段焰看到周意用口型喊他——老公。

他以为自己看错了，扬了下眉："什么？"

周意没重复，藕节似的手臂勾住他脖子，低头轻柔地吻他。

黑暗中，段焰看见周意的轮廓，白皙的皮肤如一抹幻影。

面对久远的记忆，人总是会把一些片段记得特别清楚，它由一抹光引入，由一首歌切入，由一个偶然开始。

后来回忆起这一天，周意只觉得这是人生一个阶段的终点，也是另一个阶段的起点。

她沉浮在黑夜里，直到清晨淡薄的光穿过淅淅沥沥的雨透进来，满室的香气令人昏聩。

眼前男人的脸庞模模糊糊，和她日思夜想里的那个人面孔重叠。

她听到耳边是熟悉的、令人心动的声音。

他说："睡吧，我哄你睡觉。"

他搂着她,像哄小孩一样,低哑的嗓音悦耳不已。

段焰说:"这次,别误会了,真的是唱给你听的。"

配着窗外温柔的晨曦、鸟叫、屋檐雨滴落地的声音,周意听到他低声哄唱:

有一天,开始从平淡日子感受快乐。

看到了明明白白的远方。

我要的幸福。

我要稳稳的幸福。

能够抵挡末日的残酷。

在不安的深夜,有个归宿。

…………

能用双手去碰触。

每次伸手入怀中,有你的温度。

…………

能抵挡失落的痛楚。

一个人的路途也不会孤独。

…………

能用生命做长度。

无论我身在何处,都不会迷途。

我要稳稳的幸福。

这是我想要的幸福。

是陈奕迅的《稳稳的幸福》。

- 正文完 -

番外一

热烈的夏天

第二天，周意问了一些求婚细节，她这才知道孙毅坚和陈佳琪帮了很多忙。

　　也许是因为整个流程没有跑偏，男人得到了想要的就会变得极其大方，段焰还给了两位犒劳费，孙毅坚和陈佳琪发了个"谢谢大佬"的表情包。

　　周意觉得这是应该的，但是对于他阔绰的手笔还是有点担心。

　　离开外婆家回公寓的路上，两个人只开了一辆车，把段焰那辆车留在了院子里，他说回头再来取。

　　她靠在副驾驶的座椅里，帮段焰发红包，按照他的意思，一人两千元。

　　发完，她翻了翻群聊内容，到顶的日期是大半个月前，他们有一通长达三小时的电话。

　　她从来不翻段焰手机，他也是，除最基本的信任以外，还有一个原因大概是他们平常在家里都不怎么碰手机。

　　他不打游戏，她也不刷视频，只想找点两个人能一起分享的事情做。

　　如果当时她闲来无事翻了他手机，估计他的求婚惊喜就会没了。

　　雨后风景如画，宽阔干净的路面倒映着昨晚的狂风暴雨，周意开了点窗，清风拂面，没一会儿吹得她额头微凉。

　　她把手机还给了段焰，舒服地靠在一侧，感受着风浅浅地呼吸着。

　　手上的钻石戒指在阳光下闪闪发光。

　　周意这会儿稍微从昨日晕头转向的浪漫中醒过来，想了想，还是问段焰:"你……你这次大约花了多少钱?"

段焰还没细算过,他看着周意,试探问道:"你怕花太多?"

"有一点,但又觉得你费点钱也是应该的。"

他笑:"是,应该的。有谁像我追女孩这么快就追到了,还直接拐进了民政局。"

说到这个,段焰一手握着方向盘一手去牵周意的手,说:"那什么时候可以和我领证啊?"

周意思虑了半晌答道:"你生日的时候吧,怎么样?"

周意找不到近期比较有意义的日子,离得最近的就是他生日了,11月20日。

段焰开玩笑说:"故意的吧,想少送我一个节日礼物?"

周意被他逗笑,顺着答道:"得节省点啊,我们马上要一贫如洗了。"

"和你在一起,一贫如洗我也开心。"

他亲了亲她的手背,喉结滚动。

周意看着他的侧脸,光影勾勒出男人清晰的下颌线和性感凸出的喉结,视线往下,是他和她十指紧扣的双手,他的手指骨节分明,带着几分男人的力量。

生日兼领证那天是个晴天,冬日暖阳照着,整座城市陷入一种温暖中,两个人特意起了个早去民政局。

没有经验,怕人多排队,又怕手续比较麻烦需要耗费大量时间。

但那天不是什么特殊日子,排在前头的只有两三对情侣,手续也比想象中简单。

只不过费用不是网上相传的九块九,一套流程下来花了小两百,还拍了时下流行的领证合照。

喜庆的红色本本拿到手里,段焰看了又看。

回到车上,他说:"没有哪一年的生日礼物比这个更好了,是吧?"

问的不是周意,是他车上周意送的小玩偶。

问完,他拍了照,又从手机相册里挑了几张图凑了个九宫格,发了朋友圈宣示自己已婚,发完递给周意看。

"我做得还不错吧?"

周意轻轻笑着,拿起自己手机给他点了赞,又忍不住说:"幼稚鬼。"

段焰哼笑一声,意有所指道:"叫我什么?"

周意有点叫不出口那两个字。

平常有事要么省去称呼,要么叫声阿焰。

他比她放得开,人前叫的是老婆,私下哄人时叫的是宝宝。

周意收起结婚证,佯装自然地说:"去蛋糕店吧。我……我帮你开导航,老公。"

乍一听,段焰也有点不习惯。

他笑了下,但周意那声"老公"莫名一直循环在耳边播放,越回想越觉得想笑。

周意见他笑,还笑个不停,耳朵一红,推他:"你还开不开车?"

"开啊,老婆。"

真是奇怪,他叫她总是那么自然。

蛋糕是周意提前一周订的,不仅仅是她许久没买过大蛋糕了,段焰也是。

一个人的时候过生日都是敷衍了事的,这会儿又是刚领证,拎着蛋糕回家,从未有过的仪式感让人心底雀跃。

本来周意还计划让于烟他们来吃个饭,一是给段焰过生日,二是简单庆祝下领证,但段焰拒绝了。

他希望这个重要的日子,就他们自己庆祝。

到公寓后,他们和往常一样,吃个简单的午饭看会综艺电视,打扫下卫生。

周意靠在他怀里看着南城办婚礼的场所,之前段焰给过一个清单,她左挑右选,纠结着,其实她也没想好要怎样的一个婚礼。

太过梦幻的开销大不现实,太过老套的又觉得这不是自己想要的。

权衡着,她问段焰:"婚礼的时间你有想过吗?我爸妈说得看下日子,虽然我觉得有点迷信。"

段焰说:"我定了寒假拍婚纱照,那会儿去校园能拍,就是稍微冷点,这样的话婚礼得放明年了。我们还有个事情要做,得买房,装修通风也需要很久。"

周意点点头,笑着说:"对,还有这些,我都没想到,感觉结婚流程还挺复杂的。那这样的话,要不明年夏天办婚礼?"

"会不会有点久?"

"也还好,都快12月了,明年上半年小淮要高考,等他考完,我们办婚礼,又是暑期,感觉会很热闹。顺便……再给我点时间减减肥。"

"这么瘦了还减?"

说到这个，周意拉着他的手放到她腹部："你不觉得我肚子都凸起了吗？还是不能吃这么多。"

她穿的是米色的羊毛衫，宽松柔软，段焰撩起衣摆，手贴着她肚子揉了揉。

"不胖，手感正好。"

本来定的是出去吃晚餐，但周意更喜欢窝在家里的舒适感，预订了某西餐厅的外送服务。

她打了个电话问店家可不可以提前一小时送来，那边大概比较清闲，一小时后晚餐送了过来。

周意摆盘点蜡烛时，段焰先去洗了个澡。

他穿着浴袍出来，头发湿漉漉的，黑漆漆的眼睛变得更摄人心魄。

吹完蜡烛，他象征性地吃了一口，然后抬起眼皮看向周意，挑了下眉毛叫她："老婆……"

周意耳后热起来，慢腾腾地吃了口蛋糕，看向别处说："我先去洗个澡。"

她站起身走时，段焰拉住她的手揉了一把，笑道："等你。"

周意从浴室里出来时，段焰已经不在客厅，桌上的晚餐也收拾干净了，她走到卧室门口，靠着门框似笑非笑地看着躺在床上的段焰。

两个人身上穿的都是浴袍，是之前一起逛商场买的情侣款，他要了酒店风的白色浴袍，她要了比较少女的淡紫色。

他身高体长，身材线条紧实流畅，眉目清俊，穿上这浴袍像极了画报里的人。

此刻，他半靠着床头，百般无聊地玩着手机，见她洗完了，眼睛都亮了几分，扔了手机拍拍床说："过来。"

周意摸了摸被淋湿的发尾说："等一下，我吹下头发。"

"又没洗头，吹什么。"

周意没听他的，转身走到洗手台前拿吹风机吹，刚打开吹风机，床上那人就坐不住了，跨着长腿大步走来。

段焰从后抱住她，顺手夺了她的吹风机放在一侧。

热气洒在周意脖颈上，她缩了缩，笑着看向镜中的段焰，明知故问道："你干什么啊……"

段焰靠在她后颈窝里眷恋地蹭了蹭，搂紧她的腰，哼笑道："我来看看某人还记不记得之前说过的话。"

"什么话？"

"没事，你不记得了，我记得，我帮你回忆。"

说着，他一把横抱起周意，转身走进卧室，顺带踢上了门。

一月上旬，他们去拍了婚纱照。

在正仁放假之后，段焰看了那几天的天气预报，阳光明媚，和摄影店那边协商了几次，把日子提前了，就定在这阳光较好的日子。

婚纱照选了五组风格，传统的中式礼服、西式白纱、消防制服照，还有近几年开始流行的街拍风，外加一组校园风。

校园风一般放在写真那块，很少有人把它算进婚纱照里，摄影师一开始劝，但后面发现劝不动也就算了，没人和钱过不去。

因为考虑到妆造顺序和天气原因，先拍了校园风那一组。

妆造借用了一间教室，是周意高二读书时的那一间，有种既熟悉又陌生的感觉。

里头黑板变成了电子屏，曾经原木色的单人课桌变成了连体的双人桌，还加了灰色的防光窗帘，不变的是坐在这里的感觉。

她朝窗外望去，还能看到那片操场，那个林荫道的入口。

像有第三个人记录着他们一样，她能看到自己坐在篮球场边上，尴尬地喊着加油的口号，对面的段焰一半藏在阴影下，一半露在阳光下，懒散又痞痞的模样，是那样意气风发。

段焰在隔壁教室换衣服，摄影师在楼道里抽烟。

这间教室里只有周意和化妆师，化妆师看起来是个和她年纪相仿的女生。

大概是职业习惯或者为了不那么尴尬，两个人很自然地聊了起来。

化妆师给周意别头纱："你先生真的蛮帅的，哈哈哈。"

周意也跟着笑。

说笑间，已经做好了造型。

镜子里的周意深棕色的头发简单盘起，在阳光的加持下，泛着健康莹润的光泽，别在脑后的头纱和身上的蓝白色校服出奇地搭配。

她照了又照，想着段焰穿上校服会是什么样子，她怕他穿着会看起来很搞笑奇怪。

周意打开门时段焰正要敲门，他手上挂着换下来的毛衣、羽绒服和长裤。

冬天，这一身春秋的校服穿在他身上略显单薄，不过好在是特意定做的校服，袖口脚腕处都正好。

他的穿法和当初一样，拉链敞开着，大大咧咧地露出里头的衣服，只不过从白T恤换成了白衬衫。

头纱、白衬衫，是他们的现在。

蓝白色的校服是他们的过去。

眼神交汇的瞬间是中间相隔的九年。

九年，是他们喜欢一个人的决心。

两个人互相把对方从头到尾打量了一遍，不约而同地笑出来。

段焰轻轻摸了下她的头纱，笑道："哪儿都和以前一样，只有眼神不一样。"

"怎么就不一样了？"

"那时候多青涩，似乎很难有和你长时间对视的情况，你要不就是微微低头看路，要不就是视线掠过不带停留的那种，哪像现在，经常直勾勾地盯着我看……"

他把声线往下压，尾音拖长，后面省略的话耐人寻味。

周意看着他的眼睛，几乎秒懂他的不正经，顾虑到还有别人在，她没接话，只是轻轻推了一下他的手。

段焰笑得不行，顺势握住她的手。

校园取了几个景，周意心心念念的楼梯拐角，充满校园象征意义的操场，还有曾经幻想的同班教室。

如果不是在冬天，那条梧桐树守护的林荫道出片效果肯定也很好。

起初两个人都有点放不开，摄影师见多了，耐心地指导动作眼神，越指导两人就越不自然，一次又一次笑场。

在教室拍同桌照时，要一个人趴在桌上装睡，一个人要深情看对方，为了拍出夏天的感觉，摄影助理在窗外拿电扇吹窗帘，一阵阵的冷风吹得两个人汗毛直立。

段焰心疼周意，开玩笑说："这要是当时认识时穿这么少，这么大的风，这么冷，肯定没心思觉得对方有多帅多美。"

周意趴在桌上好不容易酝酿的情绪被他说没了，睁开眼，催他："你还有心思开玩笑，快点拍，拍完就好了。"

段焰点了点她鼻子，低声道："都红了。"

话音落下的瞬间，摄影师按下快门，两个人的神情在此刻最自然。

休息时，段焰用羽绒外套紧紧裹住周意，说："你这么怕冷，今天为了我真是牺牲大了。"

周意被裹得动也动不了，她一动段焰就故意裹得更紧，像小孩子恶作剧似的。

两个人闹腾了一阵，周意被气笑，说："你怎么越来越像小孩。"

摄影师掐灭烟，插嘴说笑道："男人就是这样，越老越像小孩。"

段焰问周意："我老吗？和以前比，有区别吗？"

周意装作很仔细地打量他，说："刚刚要笑的时候，你笑得太刻意，好像有鱼尾纹欸。"

段焰不知真假，但知道周意肯定是有逗他的成分在。

他把脸凑过去："哪儿？哪儿？有吗？你再仔细看看。"

两个人挨得极近。

周意还是不习惯在外人面前这么亲热，想不动声色和他保持距离时，段焰趁着别人没看他们时，眼疾手快地亲了周意一下。

亲了一口仿佛像占了大便宜似的，他忍不住扬眉笑。

他得意偷摸的神色一点都不像快三十岁的人，穿着这身校服，倒真像十八岁。

周意有一瞬间的恍惚，她好像在和十八岁的段焰谈恋爱似的。

所以，周意忽然问他："如果我们当时是同班同学，你也会喜欢我吗？"

眼前的周意鼻尖似樱桃般红，双眸在冬日暖阳下泛着水雾，说话一如既往的轻声温柔，问得让人心发软发烫。

段焰想象着，反问周意："那你会喜欢我吗？"

周意就想听点好话，他不答反问，让她的叛逆心涌了上来，她耸耸肩说："不知道……"

段焰哼笑一声，再次裹紧羽绒服，一字一句说道："要真是同班同学早把你追到手了。还说我像小孩，我看你也是小孩。"

他蓦地长舒一口气："不过能怎么办，宠着呗……"

春夏万物生长时，两个人去店里挑照片，于烟憋得发闷，说也想跟着一起去，于是顺带去接了她。

两个女生挑照片挑得起劲，段焰坐在靠后的位置，静静看她们选。

在所有的照片里，他都不是重点，周意每一套衣服都太抓人眼球，美得惊心动魄。

于烟问起他们的婚礼，两个人对视了一眼，都说："看情况。"

如果没有意外，会如期在夏天举行。

婚礼地点选的是南城的一座略有点历史的教堂，并不华丽，却十分庄重，仪式结束后再驱车去酒店聚餐。

说到夏天，周意想到林淮即将考试了，她不免还是有点担心，但林淮比她想象的要刻苦许多。

于烟最近给出最多的评价就是小淮太厉害了。

段焰听到后会开玩笑说："你弟弟还是像你，有学习的天赋。"

林淮参加高考时，周意和于烟特意请了假去陪他。

林淮本来不紧张，但看见于烟也来了后，莫名觉得今年南城的夏天真是格外热。

考试结束的那个下午，夕阳异常瑰丽，林淮走出教学楼时感到前所未有的自由。

他觉得自己终于成了一个大人，不必让所有人照顾他，他也可以用自己的力量去扛起一部分责任。

他一出校门口就看到茫茫人海中在等他的周意和于烟。

周意安静地注视着他，而于烟穿着可爱的卡通T恤朝他轻轻挥手。

林淮走到她们面前，他看了眼周意，接着把视线放在了于烟身上，他说："考完了，听天由命。"

于烟笑着说："无论结果如何，自己只要对得起自己就好。"

七月底，婚礼如期举行。

宾客有人数限制，他们也不想太过张扬。

段家那边，段焰给段宏文打了一个电话，只邀请了他一人。

段焰打电话的时候周意在一旁听着，父子俩没了从前的剑拔弩张，只有道不尽的沉默，说了婚礼的时间地点，没有其他寒暄，他很快挂了电话，随后段焰陷入很长的沉默里。

但段焰很擅长收拾自己的情绪，晚上抱着周意入睡时，他轻笑一声说道："随他来不来吧，来了也挺好，红包总得包大点吧。"

周意笑着，温柔抚摸着他的头，一下又一下，一切尽在不言中。

那天天气还行，下过几场雨，所以不算太热，雨后的阳光总是格外明媚透亮。

周意邀请了于烟和陈佳琪做伴娘，把迎亲的地点放在了酒店，而公寓布置成了婚房。

酒店房间里贴满了红色的"囍"字，长辈们遵守着南城的嫁娶习俗，忙碌地进进出出。

上午九点五十八分，段焰带着一众伴郎来破门。

伴娘和亲戚堵在门口想着法刁难他们，孙毅坚一展歌喉，大伙笑得不行，拉开了点门，但锁链还挂着。

陈佳琪扯着嗓子对段焰说："别人唱歌有啥用，得新郎唱啊，天知道我们周意当年为了你一首歌多少个日夜睡不着。"

一身蓝色制服加持的段焰敛了平日里那股吊儿郎当的模样，只是轻轻笑着，接过他们准备的KTV式话筒，大声问道："老婆，你要听什么？"

一声"老婆"惹得姑娘们哄笑连连。

周意对边上的人说："让他自己原地创作一曲。"

话传到段焰那儿，他短暂地愣了下，很快再次拿起话筒，大声说道："老婆，那你听好了，我要唱了！"

他自己胡编了一个调儿，胡想了一些歌词，唱出来就变成："亲爱的，快快跟我走，晚上我们一起数钱，数完钱我们一起睡觉……"

孙毅坚："好家伙，老不正经了。妹儿啊，别跟他走！"

在接连不断的笑声中，伴娘仍不让他们进门，伸手要红包，门外的男人们喊道："发完了，都没了！"

"你们就骗人吧！"

"真没了！"

"明明还有，欸，你们干什么干什么！"

除开孙毅坚，段焰还请了七个队友做伴郎。

这种开门的事情对他们来说是小事一桩，个个都是专业的，只见人群中伸出一只男人的手，食指灵活拨弄，锁链就开了。

在起哄声中，男人们一拥而入。

陈佳琪："我就知道你们不守规矩！所以特意订的套间，两个门！想过这道门，你得——欸！你们要去哪儿！"

她规则都没讲完，只见段焰把花递给孙毅坚，拉开房间里的窗户，三两下爬了出去，贴着墙，直接走到里间的窗户边，拉开窗户，往房间

番外二／热烈的夏天

里一跃，稳稳当当站在周意面前。

不只是他，还有其他消防队员，陆陆续续都跃了进来。

只剩孙毅坚和林淮在原地发呆。

周意看着他们，一颗心都快跳出来了，刚想说段焰几句，只见他从房里给孙毅坚他们打开了门，然后慢悠悠地对陈佳琪说："昨晚我们连夜对这个房间进行了解析探讨，刚从正门和你走流程是给我老婆点面子。"

陈佳琪："哼，你以为这样就能接走周意了？"

她把指压板一铺，说："作为男人，体力是很重要的，你要是抱着周意能在上面深蹲二十个就算你过关。"

段焰脱了鞋站了上去，朝周意伸出双手，但周意穿着婚纱，很不方便。

段焰说："来，我抱孙毅坚做。"

孙毅坚："你行不行啊？"

段焰横抱起他，神色如常，看起来二十个对他来说不算难事。

陈佳琪后知后觉，糟糕，忘记他是消防员这个事情了！失策！

十点二十八分，段焰顺利找到周意的另外一只高跟鞋，单膝下跪亲了亲周意的脚背，随后给她穿上了鞋子。

周围人又是一阵哄笑。

他的视线一寸寸划过周意，她的头纱、她的钻石项链、她的婚纱、她的这双手……

他不舍得把视线挪到别的地方，来回看了一遍又一遍，在抱起她的瞬间低声道："宝宝，你今天实在太漂亮了……"

周意勾着他脖子，靠在他怀里，隐约能闻到制服面料上的特殊香味，满是庄严和无悔的味道。

她也看着他，心跳再次为他疯狂跳动。

接亲的车子是敞篷车，段焰没要司机，自己开车，周意坐在副驾驶。

夏天的风穿过他们，白纱被扬起，过往和现在交叠。

周意迎着灿烂的阳光和清风，忍不住叫他的名字。

"阿焰——"

"嗯？"

"没什么。"

段焰看她一眼，说："傻子。"

夏日焰火 2

周意笑。

道路两侧的夹竹桃郁郁葱葱,白色、粉色的花骨朵儿镶嵌在绿叶间,连接着浩瀚蔚蓝的天,空气里飘着熟悉的味道。

相识,分别,重逢,都在这样一个热烈的夏天。

而盛夏终于如约再来。

番外二
你的小狗狗

又一年新年初时，两个人挑了个日子乔迁新居。

房子是当初两个人领证后买的，两室两厅，首付就几乎掏空了两个人的口袋。

新房的用品都没添全，就两口锅、一张床、一张桌子、一个洗衣机。

周意几乎每个月都在算支出多少，能存多少，下个月能添置点什么。

她坐在桌前戴着眼镜按计算器的样子看得段焰发笑，他打趣周意："要不你转行好了，去做会计。"

每次他开玩笑时，周意都会瞥他一眼，晃晃自个儿手上的钻戒说："以后不许再这样乱花钱了，如果当时你没买这个，现在大概会轻松点。"

段焰从来不认可这种想法，他潇洒地说："这种浪漫只在那个时刻有，不是花钱买到了这个石头，是花钱买了值得你记住一生的时刻，让你回想起来会笑的时刻。"

周意越发讲不过他了，也开玩笑说："我公司还缺人，你这么能说会道明天来应聘吧。"

他说："我去了怕你潜规则我。"

周意被逗笑。

这天早晨，周意醒来后玩着手机，段焰最近没去晨跑，早上在空荡荡的客厅里做仰卧起坐。

像是习惯了般，他没看时间，都能知道差不多这个点周意该醒了。

他洗了把脸后轻手轻脚打开房门，果然，黑漆漆的房间内，床上亮着一小点。

感受到动静，周意放下手机，窝在被窝里伸了个懒腰，慢腾腾地转过去看他。

他问她早饭想吃什么，冷不冷。

说着，他拿过一边的珊瑚绒长睡衣走到床边，抱起周意，像照顾一个小孩般，给她穿衣服，还颇为熟练地帮她把头发拨出来。

也不知道从什么时候开始，周意也习惯了这样依赖他。

她喜欢看他做一些这样体贴细致入微的事情。

这天早晨，她格外有闲情逸致，在段焰给她扣扣子时，她握住他的手，对上他的眼睛，十分依赖地靠过去，轻轻道："再陪我躺会儿？"

平常工作日都是准时起床，而他更是自律得不行，鲜有两个人一起赖床的时候。

段焰抬起眼皮，意味深长地看着她。

周意重复道："就躺一会儿。"

段焰笑着，"嗯"了声，然后顺手把刚刚扣上的扣子依次解开。

但再往下，就不对劲了。

这一年半的相处，周意已经把他的行为语言摸得一清二楚。

她拍掉他的手，说："正经一点。"

段焰三两下脱了自己的毛衣运动裤，钻进被窝里抱住周意，直接用吻堵住了她的唇。

亲得难舍难分时，段焰喘着气问道："新的一年了，要个孩子吗？"

关于孩子，早在婚礼后他们就有过探讨和计划，只不过那时还是租房，经济压力很大，于是决定往后推推。

现在的话……似乎还是有很大的经济负担。

周意说："再等等？"

段焰凝视了她一会儿，点头说："好。"

周意也看着他，观摩了一阵，她笑着点评道："能感觉到你会是个好爸爸。"

段焰："哪里感觉到的？"

周意往他怀里缩，感受着他胸膛的温热。

窗外暖阳灿烂。

她笑得越来越深，说："从你对我做的每一件事上。"

三个月后，再一次迎来夏天，两个人整理好心情和琐事，开始备孕。

他们去医院检查身体，健康生活，锻炼身体，一切有条不紊地进行着。

段焰看着每天咬紧牙关跟着他跑步的周意忍不住哼哼唧唧道："之前让你跑步跑几天就耍赖，现在怎么坚持下来了？孩子比我重要，是吗？"

幼稚的男人。

周意没回他，笑笑继续忙自己的事情。

到了晚上，他连连逼问到底是谁更重要，周意被折腾得没办法，连哄带骗地才让这个"优质的男人"消停下来。

夜晚，周意懒洋洋地侧躺着，他半靠着床背在喝水，暧昧昏暗的光下，他滚动的喉结尤其性感。

周意忍不住逗逗他，反问道："那我和孩子比起来呢？谁重要？"

段焰慢悠悠拧上盖子，侧眸看了周意一眼，又垂下眼，思索起来。

周意说："你看，你的第一选择也不是我。"

段焰摇头，他牵起周意的手放在自己掌心揉弄，低哑道："不是，我刚刚只是在想真有个孩子是什么感觉。"

什么感觉……

周意听到他这么说，也幻想起来。

她说："嗯……大概会甜甜地说话，会让自己觉得被人需要的。这里，这个家会变得很热闹。"

段焰笑："你怎么光想好的，那还有不好的呢。比如，不会说软软的话，只会凶巴巴地说妈妈我要玩具我要玩具；又比如，根本不需要你操心什么，自己能吃饭穿衣服，独立得不行，甚至比你还聪明几分。"

"你想要男孩？"

"男孩扛揍。"

"我想要女孩子……"周意顿了顿说，"我想给她买好看的裙子、可爱的洋娃娃，每天帮她扎辫子。"

段焰的眼神深了些，轻笑着说："行，那我努努力。"

她也笑："你怎么努力？"

"我用意念，每次努力时都默念女儿女儿女儿。不信的话现在再来一次，试试看。"

一个月后，周意"大姨妈"迟迟不来，她下班时买了个验孕棒，一验果然两条杠。

周意在马桶上坐了一刻钟，握着验孕棒，有种新生命到来的恍惚感。

她想给段焰发个微信,但又想到他今天格外忙,最后决定等他回来了再说。

段焰回来时意外发现今天周意回来很早,并且还提前做了饭菜。

他把刚买的菜肉推进了冰箱,兴致勃勃地欣赏起桌上的菜。

有他喜欢的鱼头汤,还有红烧小排和粉蒸肉。

看得出来,已经是周意最大的努力了。

周意盛了两碗米饭,尽量让自己和往常一样。

她说:"坐,吃饭。"

段焰尝了一筷,点点头:"蛮不错的,又有进步了。"

周意拿筷子戳了戳米饭,笑着问:"你觉得我现在这个水平,以后我们的孩子会喜欢吃吗?"

"肯定喜欢啊,我们这个家一切以女王大人为尊。"

"说正经的呀。"

"挺正经的啊。"

"那他要是不喜欢吃怎么办?"

"给他塞回去重新生一个。"

周意放下筷子,摸了摸肚子说:"宝宝,你听到了啊,以后你可不能欺负我呀,不然爸爸会把你重新塞回去的。"

段焰咀嚼食物的动作瞬间成了慢镜头,但他没有影视剧里那种夸张的反应,脸上根本瞧不出是欣喜还是惊讶。

他只是像平常一样,双眸里闪着光,嘴角弯了个弧度,低声温柔道:"你什么时候测出来的?刚刚怎么不说?在逗我玩呢?嗯?"

周意自己都有点蒙,没太关心他的反应,她把验孕棒摆在他面前。

她说:"下班后测的,这个周末得去医院检查一下。"

他说:"我陪你去。"

这种迟钝感并非段焰一个人才有,只不过孩子在周意肚子里,她比他快一步感知。

周末来临之前,周意投入工作状态时时常忘记自己怀孕了这个事情,比如穿着高跟鞋走了半天才想起自己怀孕了,还是穿平底鞋好。

段焰晚上习惯性想和她亲热,但好几次想用点力抱周意时会猛然想起她怀孕了。

周末去医院检查那天,拿着啥也看不出的B超单,两个人有了共同的感受，非常强烈的感受，他们要做爸爸妈妈了。

他从超市买菜出来路过儿童服装店会开始停顿，看到有关儿童的短视频会多停一会儿，研究着各种品牌的奶粉，尿不湿买了试用装，有事没事在家灌水测试。

周意一改清淡的口味，变得喜欢吃辣。

辣椒比较刺激，不能多吃，但她变的不仅是口味，还有脾气，眼泪说来就来。

有一天他做饭，没酱油了，周意说下楼帮他买。

段焰在家等了会儿，跟了出去，就见周意腆着肚子慢悠悠地走着，一手拎着酱油，一手握着一包辣条。

他站在不远处哭笑不得，快速用手机拍下这一幕，打算以后笑笑她。

拍完照片，他小跑过去，在周意咬下去的一刹那他把辣条夺了过来。

四目相对，周意像个孩子一样看着他，尽量解释道："就吃了一点点。"

段焰逗她："大半包都没了，还一点点啊？"

大概是怀孕太过辛苦，她心里的委屈翻江倒海般涌来，眼睛顿时红了，但却低下了头什么都没说。

段焰最见不得她哭。

他蹲下来，握住她的手，哄着："老公错了，老公不是那个意思，我是觉得你偷吃东西等会儿有问题，我却不知道问题出现在哪里，我会很害怕。"

周意破涕为笑，泪在眼眶里打转，她笑自己莫名其妙的情绪，笑他这么认真地认错。

来年春末预产期将至，周意请了产假，提前半个月住院。

在她记忆里从前生孩子好像都是好几个人一间，现在都一人一间了，环境也好了不少。

陈佳琪和孙毅坚他们周末来陪她，陈佳琪笑道："你怎么知道以前是好几个人？难不成你二十年前就生过啦？"

周意说："有亲戚生小孩去看过，就记得那时候是那样的。"

陈佳琪说："现在也有多人间的，只不过呀，你家队长不舍得让你辛苦。现在看来，他还是靠谱的，哈哈。"

也许是因为即将"卸货"，周意这段时间心情很好，陈佳琪爽朗的笑声让她心情更好了。

在这种重要的时候，最爱的人、最好的朋友、最在乎的人都在身边，让她觉得自己是如此重要。

陈佳琪话音落下时,段焰正好洗了几个苹果出来。

他丢给陈佳琪一个说:"你少在我女儿面前诋毁我。"

说到孩子性别,一伙人再一次展开激烈讨论。

陈佳琪、于烟、周意坚持女儿,林淮、孙毅坚坚持儿子,理由都不差,女孩子能和妈妈做很多志同道合的事情,男孩子无非就是扛揍。

周意被推进手术室那天惠风和畅,晴空万里。

段焰站在走廊里靠着墙,一个姿势维持了很久,他看着纯白色的墙壁,上头仿佛有电影画面在一幕幕闪过。

人的离去和到来都是一个时代的象征。

这个孩子也好像象征着他们又一个新生活的开始。

那种时代更替,芳华逝去的流逝感侵袭了他,却并不伤感,因为下一秒他幻想出和周意和孩子在一起的样子。

这是他追寻了许久的生活。

不知过了多久,手术室的门被打开,护士抱着婴儿笑着走出来,问着哪位家属是爸爸。

一伙人赶忙凑了上去,却也都给段焰让了一条道。

他抱过孩子时问道:"我老婆呢?"

护士:"一会儿就出来了,没事,好得很。"

大家都松了一口气,随即笑起来。

这么小的宝宝什么都不懂,浑身红通通又皱巴巴的,但孙毅坚控制不住逗孩子。

他轻轻地碰了碰孩子的小手说道:"好手啊好手,以后叔带你打游戏!"

段焰嗤笑一声:"我女儿不打游戏。"

一旁的护士笑出声:"这位爸爸,你的孩子是个男孩。"

孙毅坚:"哈哈哈哈哈!"

林淮:"嗯!"

陈佳琪:"……"

于烟:"不会吧……"

段焰:"……我老婆知道吗?"

护士:"当然,产妇第一时间知道的。"

他怕周意失望,但等周意休息好缓过神来后,和她说起这个男女问题,她却表现得很幸福知足。

她说:"对我来说都一样的。就像你说的,他可能很聪明,你看,整个孕期他都可听话了是不是?"

他有时候调皮总是在肚子里闹腾,但只要周意和他说:"宝宝,妈妈想休息,你安静一点好吗?"

他就会乖乖安静下来。

周意和段焰时常为这种沟通感到神奇。

也许这就是生命。

周意问段焰:"你的愿望现在成真了,是男孩,你舍得打吗?"

段焰看着脑袋只有巴掌大小的宝宝,觉得打不打什么的不重要,重要的是这么脆弱的样子能长大吗?

所以取名字时,段焰说:"要不叫段刚吧,小名刚子。"

周意正在逗宝宝,听到他不着边际地取名,转而瞥了他一眼。

鬼门关走了一遭的女人气场发生了变化,少了些柔弱感,多了几分韧性美。

段焰被她的眼神杀到,把后续的话都咽了回去,说:"你取吧,你取名肯定好听。"

周意看着宝宝,眼里的温柔快要溢出来,她说:"段屿。岛屿的屿,涨潮时岛屿和大陆分离,是他自己,退潮时岛屿和大陆相连,是我们。人生有起有伏,扬帆起航时愿他能一人面对风浪,疲惫挫败回头时,家人和朋友会一直在。我希望……他是这样一个有自我、能独立,但也能感受到爱的人。"

周意希望自己能成为孩子的依靠,给他健康完整的爱。

但没想到等段屿稍微长大一点,他反而成了她的依靠,不断地给她爱。

段屿如所有普通孩子一样,一步步地长大,学走路、学说话、学自个儿吃饭,对这个世界充满好奇,偶尔也会因为疼痛哭泣,但眉眼神态之间总是有几分遗传段焰的潇洒气概。

而且周意发现现在的孩子比他们小时候聪明太多,对电子产品、对这个时代的学习速度令人惊奇。

段屿四岁左右就可以自己穿衣服准备早餐,这都归功于段焰。

周意从未想过能这么快让小孩子学会这些,所以她教他的是认识这个世界,享受快乐。而段焰对男孩子使唤起来是真不手软,一会儿让他拿茶杯,一会儿让他洗自己的袜子。

茶杯碎了段焰不在意,袜子洗不好他也不在意,他有的是耐心教会段屿在这世界上多的是意外。

久而久之,小小的段屿变得超级独立,而且还会奶声奶气地喊周意起床吃饭,周末的餐桌上总是有他准备的牛奶和燕麦片。

但小孩子学习能力太强也不是好事。

有一天,周意在陪他看《狗狗汪汪队》,段屿吸着酸奶,忽然问周意:"妈妈,我是你的小狗狗吗?"

周意没明白:"你怎么把自己比作小狗呀?"

他天真烂漫地说:"因为昨晚你说爸爸是小狗,爸爸还很开心,说这是你最喜欢的。我也要做小狗,让妈妈最喜欢我,爸爸说了,我们是男人,要让妈妈开心!为了妈妈我愿意做小狗,不过我要做队长!"

周意语塞了一会儿,笑着,尴尬解释道:"妈妈和爸爸在开玩笑呢。"

第二天,段焰听了后笑个不停,说:"这个坏小子,以后得谨慎点。"

段屿不知道从哪儿冒出来,戴着汪汪队的帽子,大喊一声:"我是队长,我是队长,爸爸,快跟我去执行任务吧!"

段焰亲了亲周意,转头问儿子:"是!队长!请问是什么任务?"

段屿:"寻找食材给妈妈做晚餐!"

"遵命,出发!"

"妈妈!出发!"

"好,出发。"

- 全文完 -